江湖消云史

北平暗夜

赵晨光·著

中国友谊出版公司

图书在版编目（CIP）数据

江湖消亡史 ：北平暗夜 / 赵晨光著. -- 北京 ：中国友谊出版公司，2021.3

ISBN 978-7-5057-5132-3

Ⅰ. ①江… Ⅱ. ①赵… Ⅲ. ①侠义小说－中国－当代 Ⅳ. ①I247.5

中国版本图书馆CIP数据核字(2021)第030825号

书名 江湖消亡史 ：北平暗夜

作者 赵晨光

出版 中国友谊出版公司

发行 中国友谊出版公司

经销 新华书店

印刷 唐山富达印务有限公司

规格 880×1230毫米 32开

13.5印张 259千字

版次 2021年8月第1版

印次 2021年8月第1次印刷

书号 ISBN 978-7-5057-5132-3

定价 45.00元

地址 北京市朝阳区西坝河南里17号楼

邮编 100028

电话（010）64678009

目录

篇一
初心

一

这个故事，发生在民国十几年的北京城里。故事的主人公是一个羁旅京华的客人。他原是苏州人士，在北京城已住了四五年的时间，姓卢，单名一个酬字。因此一班文士朋友就常与他开玩笑，说他是“为赋新词强说愁”。卢酬也不恼，索性就将这谐音的“愁”字一拆，以秋心为号。因他在报馆做事，不免也要发些补白上去，便以“秋心”署名。与他交好的一班人，索性便叫他作卢秋心。

卢秋心在京城这几年，不过是靠文字为生，并没有攒下什么银钱，也没有家室，孤身一人住在会馆里，倒也无牵无挂。这年冬天，一个大风大雪之夜，吃过晚饭，已到了上报馆的时候，会馆里的长班笑道：“卢先生真是辛苦，等卢先生发了财，可要好好地照顾我们。”

卢秋心笑道：“这就罢了，你卢先生怕是这辈子都发不了财了。”他出门雇了一辆胶皮车，冒风雪向报馆而去。

这正是华灯初上的时候，虽是一地琼枝碎玉，却不减半分灯红酒绿，路上仍可见坐着雪亮包车的女郎、来往奔驰的汽车，卢秋心看着，心中倒有一种感触。就在这时，他忽然听到路边有呻吟的声音，细一看，路边的胡同口里，似乎倒卧着一个什么物体，便要车夫停下，下车查看。

这一走近，卢秋心不由吃了一惊，那地上躺的竟是个魁梧的汉子，穿着敝陋。只见他捂着胸，神色颇为痛苦。卢秋心忙问："老兄这是怎么了？"

那汉子茫然抬眼，道："我原是在街上走，却被一辆汽车撞了，好容易爬到这里，再站不起来……"

卢秋心四下一看，哪还有什么汽车痕迹，不知是什么人，撞了人一走了之。他看这汉子身上虽然没有血，可说不定受了什么内伤，心下担忧，便又叫来一辆车，送这汉子去了附近的一家外国医院。

那汉子起初还不知要去何地，待到了医院，晓得这是外国人的地方，费用是极贵的，忙道："你这先生好意，可我身上无钱……"

卢秋心笑道："无妨。"

登记姓名的时候，那汉子脸红了半晌，方道："姓金。"看护又问他名字，他踌躇了半日，道："叫金老五。"

看护走后，他方惨然道："落到这个境地，说出姓名，徒为先人蒙羞。"

灯下，卢秋心看他形貌甚是雄壮，气概不凡，安慰道："明珠蒙尘，自有绽彩之日。"

金老五只是叹气，也不答话。

待医生为金老五检查完毕，说他外伤并不要紧，但怀疑脑中会有血块，要住院观察一段时间，方才的诊费不算，住院一日，需交纳费用十元。卢秋心便先交纳了诊费与今日的住院费用，这才离开。

他冒着风雪到了报馆，同事陈燕客笑道："秋心，你今日可晚了！”卢秋心也不及多说，先将陈燕客拉到一边，道：“我记得与你同乡的谯老，曾说想要我一枚印章，他还要不要？”

陈燕客诧异道：“你竟舍得卖？谯老自然是要的，前两日他还与我说，若你肯卖，愿出二百元的高价。”

卢秋心点头道：“那便好，若你今日方便，便带我去见谯老。”

陈燕客心里奇怪，但还是点头答应，两人便各自编稿。直到发完各自的稿子，其他的同事都去吃夜宵，陈燕客方拉了卢秋心道：“走吧，我带你去找谯老。”

这谯老原名叫作张静谯，在前清是一个大有名气的人物，如今又在政府里做高级顾问，钱财、身份、风雅都不缺。他与陈燕客是同乡，因此卢秋心也见过他几次。

此时，陈燕客叫了两辆车，一前一后向风雪中而去。走了一段，卢秋心觉得不对，问道：“燕客，你这是要去哪里？”

陈燕客便转身笑道：“带你去看花。”

卢秋心便想到，这可不正是去八大胡同的路，心道这位谯老年纪虽大，逸兴不浅，不免好笑。

两辆黄包车拐了一个弯，来到青凤班的门口，陈燕客下了车，引着卢秋心来到红姑娘晏云老五的住处。虽是这个时候，晏云的住处仍是灯光灿烂，一掀帘子，一阵阵的粉香合着酒香热气，向人的面上扑了过来。

张静谯正坐在里面，旁边一个生得极娇艳的女子，她穿着虽素雅，耳上却坠了长长的珍珠链子，轻轻一动，便是不尽的摇曳之意，无中生出一段风情，正是晏云老五。她原名艳云，识得张静谯后，后者对她十分倾慕，便为她改了名字。

此刻张静谯见了二人，便起身笑道：“你们两个也来了？甚好，我原说你们这班青年，正应吟风弄月，谁想竟不如我一个老叟，今天怎么又想开了？”

陈燕客笑道："旁人称您谯老，不过是佩服您的学问身份，实则看您的外貌，哪里称得上一个'老'字？若只听声音，说是青年也不为过。"

张静谯最欢喜听人说他年轻，陈燕客这几句话正搔到他的痒处，不由举着酒杯笑起来，道："好，好，你们两个便坐下来，这正是'晚来天欲雪，能饮一杯无'啊！"

陈燕客笑道："自当从命。"卢秋心想开口，陈燕客拉了拉他，使个眼色，卢秋心心中会意，也就随着坐下。

青凤班里，陈燕客原也有一个相知叫作解语的，此时便叫了来，张静谯又问卢秋心，陈燕客笑道："他倒是初次来这里。"便问解语，"你可有熟识的姐妹介绍给我这位朋友？和你一般美便可。"

解语打了一下他的手心，嗔道："瞎三话四！"雪白的指头放在下巴上点了一点，笑道："有了，我有一个小姊妹，还是个清倌人，我叫她来。"说着翩然起身，一掀帘子便走了。

卢秋心原无意于此，只浅酌着酒，与张静谯、陈燕客两人闲谈。那个晏云老五最善说笑，惹得张静谯不住地大笑出声。忽然间，外面传来个轻轻巧巧的声音："三姐，是这里？"

那声音仿佛玉磬击金钟，大雪里说不尽的一股清凌凌的韵味儿。解语打前面进来，一闪身，现出个十五六岁的小姑娘，一身月白，映着后面的雪光越发素淡可人。解语笑道："这是蝶影老七，还不见过卢老爷！"

蝶影便抬起头，看着卢秋心一笑，这一笑还带了几分天真的意味，见卢秋心一派斯文模样，不知怎的，又低下了头，拨弄漆黑的发梢，越发显得那手指如新雪一般。卢秋心心念一动，不由便想到"拂檐拖地对前墀，蝶影蜂声烂漫时"两句。心道这个女孩子，倒是楚楚可人。

解语笑道："小囡脾气！"便把蝶影送到卢秋心这边来，两人挨着坐下。卢秋心便同她闲聊，问她原名家乡，陈燕客笑道："你不必问，必是苏州。"

卢秋心道："这又怎么说呢？"

陈燕客指着解语笑道："不信你问她，她必也这样说。"原来当时青楼之中，向以苏州女子身价最高，故而就算不是苏州人，总也要学说两句苏白。解语便推了陈燕客一下，嗔他一句。蝶影却低声道："我不是苏州人呢。"

这一句老实话惹得大家都笑。张静谯指着她向卢秋心笑道："这个小姑娘，倒很有意思，我愿意给你们做一个媒。"

卢秋心笑道："谯老取笑，谯老此刻才是名士美人，一段佳话。"张静谯不由哈哈大笑，卢秋心乘机说道："因此我有一样贺礼，谯老曾说我那枚印好，不如便送予谯老。"说罢从身上解下一个锦囊，里面是一枚青田石的印章，上刻了"无可奈何花落去"七字。

这是卢秋心家传的一样物什，石头倒罢了，印面却是一位名家所刻。张静谯偶然看到一次便爱上了，只是卢秋心念及是祖传之物，不肯让人。如今张静谯听卢秋心这般说，不觉捋了捋颌下几根零零落落的白胡子："我也不肯白要你的，便给你二百元，做一个交换。"

卢秋心忙道："多谢谯老。"

这一件事做完，他才放下心来。晏云见席面上一时有些冷落，便又谈起一件事，为众人助兴。她道："你们可知，近日里西山出了一件奇事，有好些年轻女子竟不见了！"

卢秋心、陈燕客都是新闻记者，听得这一桩新闻，自然留意。张静谯听闻是年轻女子，以为是一桩风流艳事，也凝聚了神气。只听晏云道："起初失踪的是一位次长家的年轻女佣，主人家原没当一回事，只当这女孩子走失又或逃走了；过了半个月，又一个年轻媳妇也不见了踪影，这小媳妇的主人在西山有别墅，但平日里少在西山，因此借给一个外国友人居住，又赠那友人两户家人，那年轻媳妇便是那两户家人中的一个；还有一个失踪的，是一个年轻寡妇，也是在西山一家别墅里帮佣的。有人说，怕不是有狐狸，摄去了她们的魂魄呢！”

张静谯听得是些用人，便不感兴趣，又听得狐狸的说法，便大谈起鬼神的事情来。卢秋心、陈燕客二人对视一眼，彼此都有疑问，陈燕客轻轻地道：“这桩事情，咱们怎么都没听说？”

卢秋心也轻声道：“西山里都是达官贵人的住处，怎肯说这种事，况且又是些用人，他们自然不肯留意。”

陈燕客也想通了这一点，不由叹了口气。

蝶影却是第一次听到这桩事，小脸有些发白。卢秋心暗生同情，拍了拍她的手，偏被陈燕客看到，调笑道：“你们两个，又是何时梁鸿接了孟光案？”

这里面能听懂这句话的只有张、卢、陈三人，张静谯忙着与晏云说话，不曾理会。卢秋心便道：“她一个小孩子，你取笑她做什么。”

陈燕客又要说话，忽听外面好大一阵喧哗，张静谯便皱了眉头，道：“这是什么恶客？”

晏云也侧耳听了一会儿，惊道：“呀，这怕是韩少督呢！”

这一句一出，张静谯立时不说话了。

这韩督军是个有名的大军阀，手下有枪又有地盘，他有两个儿子：长子随在他身边，在外征战，也是一个天煞星；幼子喜好繁华，便一直留在京中，他年纪轻轻，有权有钱，京城里谁不晓得有个韩少督，谁又敢惹他？

陈燕客自然也听过韩少督的声名，一时好奇，便悄悄地将窗子推开一条小缝，向外看去，只见一个华衣美服的少年，昂首挺胸地正走进来，身前身后簇拥了许多大兵，都挎着枪。再看那少年不过二十出头年纪，威势既大，面貌又美，身上一件白狐披风竟是全然纯白，半点杂色也没有。卢陈二人都是新闻记者，晓得这件披风是上过小报的，闻说北京城里更找不出第二件。陈燕客不由叹息出声：“天道何不公至此！”

二

这一晚过后，卢秋心便拿了那二百元钱，重新来到医院，补交了十天的费用，又去看金老五。

金老五的神气还算不错。他躺在床上，只睁着眼看棚顶，实则这外国医院四下雪白，并无可看之处，见卢秋心进来，忙要起身，被卢秋心一把按下。

卢秋心缓声道：“医药费的事，你且不必着急，好好休养便可。”金老五面有惭色，喃喃道：“那就多谢卢先生了。”又叹道：“我堂堂八尺之躯，一身的本领，竟沦落到今天的地步。”

卢秋心便问道：“金先生，不知你是怎样一个出身呢？”

金老五叹道：“我怎配先生二字，您叫我金老五就好。”又道：“您莫看我现在这样，其实我原是出身虎威门中。”又解释道：“卢先生是文人，大抵不晓得这些。我师父原是清末一位著名的武术家，便是我的师门，也已延续三百余载。只是到了我这一辈，到底终结了。”说罢不住叹气。

卢秋心道：“我虽不懂，可也看过一些剑侠小说，过去以为不过是文人笔墨，难道竟是真的吗？”

金老五也不答话，伸掌平平地一击，那桌角是硬木所制，竟被硬生生劈下一个角，就是刀剑也没有这般利落。再看金老五的手掌上竟闪现出一种金属光泽，眩人耳目。卢秋心失声道：“好厉害！”

金老五叹息道："这个功夫，叫作'金波功'，练到十二分时手掌可如利刃。我自七岁时便开始练武，昼夜不息，至今已有二十几年。我师父常与我说，学成文武艺，卖与帝王家。可练了十年，连皇帝都没了，我却不服，又练了十几年，到这北京城中想谋一个出身，却一无所成……"他垂下头，意兴阑珊。

卢秋心便劝慰了几句，金老五反而更加难过。他道："卢先生，你不晓得我们这等人练功的苦楚，那真个是冬练三九，夏练三伏，汗水在背上留下一道道盐道子。可你看现在，火器也就不必多说。这北京城里，有钱人为富不仁，正经有本事的人反而沦落。这世道乱成这样，哪还有什么出路可言！"

卢秋心见他言语激愤，想了一想道："你说这些，也是有道理的。我不过一个卖文为生的人，原没有什么资格劝谏。但我以为，这乱世之中，个人的力量尽管渺小，但能不随波逐流，保持一点清明，也就是难得之事了。"又问："你除了金波功，还会什么？"

他的意思是问金老五是否有其他所长，自己也可为他找一条出路。金老五误会了，以为是卢秋心问他还懂什么武功，便道："点穴的本事，我不如金波功那样精通，多少也会一些。"说罢一伸手，两根手指迅速无比地向卢秋心右手点去。金老五的原意，也不是想伤害卢秋心，不过是点他的穴位，做一个示范的意思，结果卢秋心恰拿起茶杯喝水，那两根手指正戳在白瓷杯上。只见碎片四溅，水泼了卢秋心一身。

两人齐齐尴尬，金老五忙不迭地道歉，卢秋心苦笑道："无妨，无妨。"心里却想，一张桌子，又加一个杯子，都是要赔钱的啊！

之后数日，并无他事。这一日卢秋心来到报馆的时候还早，就见陈燕客笑嘻嘻地凑上来道："今天这样早，不如去青凤班走走，你这人也狠心，倒不顾念蝶影那小姑娘一点？"

卢秋心好笑："你想去看解语，偏拉上我，你自己去吧。"

陈燕客想了想，又凑近些低声道："前几日你把那枚印都卖了，是不是有什么急用？我正有一个路子。有一个姓富的富商要为他过世的母亲祈福，写一百部《金刚经》，言说一定要有声名书法又好的来写，写一部有十元的报酬，你那笔小楷何等秀丽，我便去与他说，分几部给你。"又低声笑道："如此，可有买花之资了吧！"

陈燕客交游甚广，卢秋心晓得这是他的一番好意，甚是感激，仍道："既是为母祈福，自己抄经方有诚意。"

陈燕客笑道："你管他呢！"硬拉了卢秋心，叫了两辆车，向青凤班而去。

待到了青凤班，解语的屋子里恰好没有客人。她与陈燕客携手并肩，坐到一张沙发上细语片刻，看到卢秋心闲坐无聊，惊起笑道："呀，怎的冷落了卢老爷，蝶影在那边等着您呢！"

卢秋心一想，自己在这里也是无味，就出门来到蝶影的房间。

蝶影的房间小小一间，裱糊得却也干净。她坐在窗下，拿着一支笔正在写字，卢秋心暗想：奇呀！这一个出身风尘的女子，竟会写字，也不作声，悄悄地走到她身后看，见她一笔小楷虽显稚嫩，但确是有功底的，不由惊讶道："实在难得！"

蝶影吓了一跳，手一松笔掉了下去。卢秋心忙伸手捞起笔，递回她手里，笑道："是我。"

蝶影抚着胸口："吓坏我了。卢老爷，你怎的也不说一声？"

卢秋心道："是我不对，你莫害怕，你这笔字实在不错，是怎样练的？"

风尘中少见卢秋心这等温软和气的客人，蝶影不免有所触动，垂着头道："是我父亲，他原是一个教书先生，早早便过世了……"想到这里心中难过，眼圈一红，忙转过头去用衣袖掩饰。

卢秋心见她难过，有意岔开话题，指着一个字道："你从前习的是《灵飞经》？这里有些欠缺……”说着一一指点，蝶影到底年纪还小，连忙问道：“是什么地方不对？”

他从前也教过自家子侄，便为她说明，随后握住蝶影的手，带她写了几个字。起初他还无知觉，待到后来，方醒悟到手中所握柔软，又觉鼻端一阵幽香，心神难免一荡，随即自责起来：“卢秋心啊卢秋心，她是一个小孩子，你起这样的心思，实在不该！”

想到这里，他便放开了手，蝶影还茫然不觉，道：“卢老爷，你日后还能来教我吗？”

卢秋心端正了神态，道：“你若想学，我自然会教你。”说罢便走到外边。

这时也到了该去报馆的时候，陈燕客也走了出来，全然没有发现卢秋心的异样。

之后一周，卢秋心又去看过蝶影两次，每次不过是教她习字读书。他白做了一个先生，倒要每次搭上两块钱的盘子钱，陈燕客不知所以，还当是卢秋心与蝶影相好，常拿他取笑。卢秋心也无意辩解，一笑而过。

这周之后，卢秋心又去看金老五，听看护说他已经出院，并未有什么后遗症，倒是放心了许多，心道雪泥鸿爪，一场相遇，如此这般，倒也不错。

次日卢秋心有一日假期。新闻记者的假期，那是不容易的，但卢秋心也没有什么出去的念头，只在会馆中凝神抄经，间或抬眼，见院中一片雪光微微，不由轻声吟道：“急雪乍翻香阁絮，轻风吹到胆瓶梅。心字已成灰。”

一语未了，一个人跳了进来：“你可够了！”

卢秋心转过头，却是陈燕客，只听他道：“好容易得了一天假，你倒待在屋里，这算什么。我有个主意，咱们租一辆汽车，到西山去。”

卢秋心笑道：“这样的天气，出去做什么。”

陈燕客也笑道：“这样的天气，不正好看雪？”

卢秋心被他这一句挑起兴致，便整理好抄完的纸张，道：“也好。”他这边整理东西，陈燕客跟在他后面道：“你不知道，西山最近又出事了，这次失踪的是个女学生，所以遮掩不住，警察局都出动了。不过好些人都说，这不是人力能做到的，多半还是狐鬼作祟。可照我看，”他神神秘秘地低下头去，“说不定，是个江洋大盗。”

卢秋心想了一想，居然点头道：“也有道理。”

陈燕客又叹息道：“唉，要是真有那剑侠一类的人物，此时拔剑而起，解救苍生，那该多好！”

卢秋心整理着抄好的经书，淡淡道：“这样的人，也是有的。”

“真有？”陈燕客不由问道，“你见过？多好的新闻材料，你怎的不写？”

卢秋心一笑岔开话题：“你去西山，莫非是为了做一个侦探？”

陈燕客笑道：“岂敢，咱们去看雪喝酒就好。”

两人当真雇了一辆汽车来到西山。城中看雪，本已不差，郊外却更加不同，二人只见四野茫茫，一片晶莹，天地万物，仿佛笼罩在水晶盒子之中，下车之后，呼吸一口冷洌空气，更觉心神大畅。陈燕客笑道：“人都说西山红叶好，我却看这雪景最妙。”又吟道：“才见岭头云似盖，已惊岩下雪如尘。”一抬头见卢秋心拈了一枝带雪树枝犹自沉吟，笑道：“你不必说，我晓得你最爱的，必是‘冷处偏佳，别有根芽，不是人间富贵花’几句。”

卢秋心笑道：“你都说了，还要我说什么？”又见陈燕客径直向前走去，不由叫道：“你不是要来看雪景，去那里做什么？”原来前面正是西山饭店。

陈燕客头也不回："你不去饭店里坐？哎呀，我也知道你那个脾气，罢罢罢，你逛完了回来找我。"

卢秋心失笑，这陈燕客，原来不过是换一个地方寻那繁华，也不介意，自去闲走。

雪后清寒，他不以为意，专寻些僻静地方行走，过了许多时候，忽然哎呀一声，竟失了路径。他又走几步，忽闻前方风声呼喝，气魄惊人。

他诧异地看去，却见雪树之下有一人正在演练拳脚。他静悄悄走近几步，隔着寒枝，见一名大汉拳脚如飞，虎虎生风，虽只一人，却有着无比的声势，仿佛蛰伏于大雪中的猛虎一跃而出，令人目眩神移。

卢秋心停下脚步，凝神观看，只觉这套拳法威猛之极，亦有不尽愤愤之意，反而更增加了一层气势。他心中暗想：数百年前武风极盛之时，那时的侠客高人，莫非就是这般的风范？

那大汉一套拳脚打完，忽然长啸一声，周边树枝上的积雪为他这一声所慑，纷纷飘落，倒似又下了一场快雪。大汉身形纵起，快意之极，那纷纷而落的雪花，竟没有一片落到他的身上。卢秋心不由击掌道："好！"

那大汉一惊，暗道我练功练着魔了，怎的没注意到人来，便做了一个出手的姿态，回首时方失声道："卢先生！"

这大汉原来是金老五，卢秋心笑吟吟走上前来："未想竟在这里相见，你的伤可都好了？"

金老五抓一抓头："没事了，多谢卢先生。大雪天里，卢先生怎么来了西山？"

卢秋心道："我和一个友人来西山看雪景，倒是你如何又来了这里？"

金老五叹道："北京城里委实不易讨生活，我便来西山寻个差事做，这里花费不多，勉强也可度日。”但卢秋心问他在何处做事，金老五却无论如何也不肯说了。

卢秋心也不多问，只道：“我贪看雪景，一时失了道路，又有些口渴，这附近可有什么能喝杯茶的地方？”

金老五想一想道：“有了，前面有个庙，咱们去向和尚要水。”

他引着卢秋心走了一段，来到一间外表清简的寺院门前，大雪之中，更增清幽，寺门前挂了一块牌匾，道是：飞泉寺。

卢秋心抬手叩门，半晌，有一个青年和尚开了门，卢秋心笑道：“打扰了，我想讨一碗茶喝。”

那青年和尚见金老五虽然粗豪，但卢秋心却是个斯文人模样，心道金老五多半是面前这先生的长随，也就请二人进来。

飞泉寺不大，里面的香火也很寥落。那青年和尚道：“小僧了因，自幼在飞泉寺出家，这里香火虽不盛，但我师父言道，出家人重的是修行，香火繁盛与否，不过是身外之物。”

卢秋心肃然道：“这几句话，才是有大修为者方能说出的。”

三人进了禅房，了因拿来两盏清茶，其中一个茶碗上甚至缺了个口，了因甚是歉然，道：“鄙寺清贫。”又说：“本该拿些茶点奉客，但寺里有规矩，过午不食，因此连吃的也没有。施主见谅。”

卢秋心笑道：“无妨。”又问：“这寺名是飞泉寺，莫非此处有泉水吗？”

了因叹道：“唉，从前确有一个泉眼，烹茶极好。只是近几年来，这泉眼也堵塞了。”

喝过了茶，卢秋心便去后面看了看那泉眼，果然如了因所说，泉眼已堵，上面满是枯枝败叶，卢秋心又慨叹了一番。金老五站在一边，心想，这个卢先生人虽然不错，却很有些文人的酸气。

一杯茶喝完，时候也已不早，卢秋心告辞离开，金老五引着他走了一段，指着前面一条路道：“笔直走过去，前面就是西山饭店。”又指着前面一座房子道：“卢先生是新闻记者，大概也听过那桩新闻，出事的那个女学生，家就在这里。”

卢秋心若有所思地看了一会儿，道：“多谢。”

待到卢秋心回到西山饭店，已经是华灯初上。他在大厅里找到了陈燕客，陈燕客跺脚道：“你这人到哪里去了！城门都关了，想回可也回不去了！”

卢秋心惭愧道：“对不住，因到一个寺院，便耽误了时辰。”

陈燕客“哎哎”了两声，道：“还好今晚遇上贵人。”他把卢秋心一拉，笑道：“我遇上了富又贵，他说请咱们在西山饭店里住上一晚，可不是件好事？”

卢秋心奇道：“富又贵是谁？”

陈燕客笑道：“你这人，你给谁抄的金刚经？”便遥指一个人给卢秋心看，那人身躯胖重，怕不有二百余斤，偏偏穿了一件淡青色的长衫，就算这饭店里不冷，也难为他穿得出来，手里又拿了一柄翠竹的折扇。陈燕客笑道：“我带你去打个招呼，这人没什么学问，可最喜欢结交有学问的人，又喜欢别人赞他风雅。你记住了！”

还没等陈燕客动作，忽然一阵喧嚣声从门外传来，两人同时抬头看去，不由咋舌。

只见两伙大兵，各自簇拥着一个人从门外走进来。左首那个人一脸横肉，四十来岁年纪，一身的气派。陈燕客低声道：“这是闫将军！”

这闫将军身后除了大兵，还跟着一溜的小姑娘、琴师、大鼓娘，陈燕客又咋舌：“也只有这闫将军，开个条子也这么气派！”

右边那伙人里的头子，却是一个美少年。这个人，卢秋月与陈燕客在青凤班里都见过，正是那韩少督。

三

这两个人一进来，陈燕客“哎呀”一声，低声道：“这怕不是要惹事。”原来这闫将军的兄弟闫大帅，正是韩督军的对头。且闫将军也是极受他兄弟重视的，又担任着驻京办事处处长的职务，这两人碰上，岂能罢休？

卢秋心也低声道：“无妨，闫大帅和韩督军彼此互相忌惮，反而不会公开闹翻。”

陈燕客一想也对，这时那闫将军带着一群人，呼呼喝喝地已上了楼。卢秋心呼吸忽然一滞，却见其中一个瘦伶伶的女孩子，目清如水，含着愁容看着自己，竟是蝶影。

这个闫将军最是好色，又好讲排场，因他出手阔绰，在欢场里倒很受欢迎。可看蝶影的样子，却是分明不愿。

陈燕客也看到了这一幕，叹了一口气：“好一朵名花，倒落到狼口里了。”

卢秋心叹息道：“蝶影还是个清倌人……”

“那又如何，”陈燕客一口打断，“若是闫将军今晚真看上她，咱们能说什么。”

那富又贵与韩少督似乎相识，点头哈腰地上前行礼。韩少督对他爱搭不理，倒是后面一个副官模样的中年人招呼了两句，又问：“富先生一起过来坐坐？”

富又贵喜上眉梢，一眼瞄见卢、陈二人，心中暗想：若让这两个有学问的人同去，也能为我在少督面前长些体面，便道：“李副官，这两人是我的朋友，不知……”

李副官一看就知道他的意思，见这两人都是一派斯文，笑道：“欢迎，请，请！”

卢陈二人是新闻记者，自然也好奇这韩少督私下里是怎样一番作为，陈燕客更想着多些材料，可做一篇新闻出来，便都随着进去。

原来这房间里还有他人，看那样子，不是清客，就是帮闲，一个衣襟上挂一副大茶晶眼镜的人正笑道："少督！雪天无聊，我认识这附近的两个女孩子，旁的不说，那一点外国姿势学得极有趣，其中一个还会拉梵婀铃，不如叫了来消遣消遣？"

那韩少督不在意地摆摆手："这种女子我见得多了，最会装腔作势，没什么意思。"

又一个人赔着笑说："少督是英雄人物，自然不屑于儿女情长……"话刚说到这儿，那韩少督不耐烦地一拍大腿："什么玩意儿，你们别在我面前拽文，我又听不懂。"说着骂了句极难听的粗话，卢秋心、陈燕客相顾愕然，小报上吹捧，这位少督乃是"文武双全"，没想外表锦绣，内里却是一包茅草。

第三个人便笑道："少督，不如咱们今天再讲罗觉蟾的故事？"

韩少督听了便道："这还罢了，前两天你说到什么双枪闯武昌，一弹定广州，真真好听，再把他下南洋的故事讲上一讲。"

这罗觉蟾是清末民初的一个人物，据说曾为革命事业做出许多贡献，又有许多传奇经历。据说，此人不但枪法极好，武功高明，又颇受女子欢迎，故而流传了不少故事。韩少督凝神听了一会儿，大是满意，摇头晃脑地道："这才是个英雄。"又转身向李副官道："我平生最欢喜英雄，很想和他一样，出去闯荡一番。"

李副官苦笑道："我的小爷，你哪有人家那两下子？"

韩少督很是不服，嘀咕道："父亲和大哥也不找个老师教我。"

李副官道："谁敢教你，被你打出去的还少吗？"他虽是个副官，但言谈语气倒像半个长辈，韩少督也不反驳。卢陈二人互视一眼，均以为异。

就在这时，忽然又有两人进来，打头的一个人韩少督和李副官都识得，这是那闫将军贴身的副官，姓刘，在闫将军身边，这人算是擅长交际的一个。他来这里的目的，倒也不是为了找碴儿，明面上，两系的势力尚未冲突，总还要敷衍一二。

刘副官一进来，韩少督不以为意，李副官还起身招呼。就在这时，忽有一个杂役端着托盘进来送茶，这人对侍候人的差事似乎并不怎样熟练，一个没留神，托盘上的三杯茶水，倒有两杯掉了下来。那人右手托住托盘，腰微微一弯，长臂一展，极迅速地抄起一杯茶水，这个动作真是漂亮之极。可另一杯到底没接住，"哗"的一声泼在刘副官身上。

刘副官不提防，溅了一脸的热茶，登时便大骂起来，刚骂两句，韩少督便跳起身："我这边听书听得好好的，你大骂我的人，是什么意思！"其实那杂役不过是过来服侍，但他却以为在这里骂人乃是扫了自己面子，因此将这杂役也归到"自己人"里面。

刘副官这个气，勉强按捺着未曾发作。谁想这韩少督年纪虽轻，却是一副大爷脾气，越骂越难听，连闫家都被捎上了。跟在刘副官身后那人忍耐不住，喝道："姓韩的，你别欺人太甚！"

原来这人是刘副官的远房亲戚，叫作孟单，初到京城，正托刘副官的门路寻个官做，这刘副官带他过来，也是长长见识的意思。他不懂其中的忌讳，又是个练家子，性子便发作起来。

韩少督一听，几乎要跳起来："你要反了！"手往腰间一放，孟单以为他要掏枪，心想大事不妙，不如先下手为强，上前便是两掌，这两掌击出，势沉风厉，竟是一个难得的高手。

李副官见势不妙，上前要挡，却被孟单一脚踢开，双掌不停，继续向前击去。

韩少督吓了一跳，他平日里养尊处优，更不曾见过这等高深的武学，一时间呆在当场，唯一的气力，只够他摆出一个昂首挺胸，尚算威武的姿势。他身边虽也有护兵，但因这孟单速度太快，根本不及反应，那几个帮闲更不必提。就在这时，忽有一个人影闪到面前，同样是双掌击出，四只手掌碰到一起，孟单的身体不由便摇了一摇。他大吃一惊，这个时代，肯练这等内功的人已是少之又少，怎的今天还能碰上一个？

他不肯退后，双掌一交，二度击出，然而这一招却是虚招，下面腿一扫，风声不闻，而劲力自现。这一招有个名堂，叫作“雨里风”，是他家传了五代的得意招式，过去的年头里，多少成名高手就废在这一招之下。

那人似乎并没发现异样，脚下不曾躲避。孟单嘿嘿冷笑，这一腿结结实实扫了上去，谁承想如击金石。他这力道极大的一腿不但未曾触动对方分毫，反而将自己震得生疼。

孟单震惊之极，方才那两招打得急，他这时才发现动手之人，就是方才洒了热茶的杂役！又见那人粗眉大眼，威风凛凛，暗道：“这竟是一个对手！”

一时之间，已然湮灭在心头十余年的武者之火骤然升起。他不顾身后刘副官的呼喝，凝聚全身的劲力，一击而出。

这分明已不是普通的动手，而是以命相搏！

那杂役呵呵一笑，右手手掌边缘忽然呈现出金属颜色，由上至下，骤然一砍，众人只觉一道闪电从面前划过。卢秋心“啊”的一声，忙站起身来，只是未等他言语动作，这场战局已见了分晓。

那杂役手掌上的金属光泽尚未退却，那孟单已惨叫出声，捂住右臂倒退数步。再看地上鲜血淋漓，原来方才那一掌如若刀剑，竟然砍下了孟单的一条小臂。

卢秋心长叹一声。他已认出那杂役便是金老五，此人在西山饭店做这等差事，不肯说明也是常情。而当金老五手掌光泽闪现时，他更识得这是金老五在医院里展现的金波功，虽欲阻拦，到底晚了一步。

屋内众人大半吓得面色惨白。刘副官素知孟单武功高强，没想竟受了这样的重伤，惊讶得说不出话来。金老五却打得兴起，一掌又要劈下。

“停下停下！”开口阻止的竟是那韩少督。他皱着眉头道：“分出胜负就得了，还要人家命就不算英雄了。”

他这般说，金老五也从方才的热血厮杀中回到现实，便住了手。刘副官感激地看了韩少督一眼，扶着孟单走了出去。陈燕客总算恢复了一些神志，凑到卢秋心耳边道：“他父亲哥哥都是杀人不眨眼的人物，没想这韩少督倒能说出这么一番话。”

卢秋心点点头，低声道：“我实在看不惯这血腥，先出去走走，等会儿回来。”

陈燕客知他好洁，便道：“也好。”

卢秋心良久未曾归来，陈燕客听那几个帮闲连同富又贵奉承不休，甚觉无聊，心道要不我也出去算了。念头刚转到这里，忽听门外脚步声响，有一群人闯了进来，打头的正是那闫将军，一派气势汹汹的模样。陈燕客暗道不好，这是来找场子了，还没等他伺机躲开，就听那闫将军怒道：“刚才那个小妞，韩小子你藏到哪里去了？”

原来竟不是为了方才那一场打斗。而这一句话亦令众人不解，韩少督当即火大，叫道：“我堂堂一个少督，抢你的女人作甚？”

闫将军手里的马鞭子几乎指到他鼻尖上，道：“小子！你若敢胡来，我也不顾和你父亲的交情！那个叫蝶影的清倌人，是老子今晚看中的，她竟不见了！不是你使的坏，又是哪个？”

韩少督大怒：“敢在我面前自称老子，你也配！”

这两人吵的根本就不是一件事，李副官连忙拉过刘副官问了几句，这才弄明白。原来今晚闫将军看中了蝶影，蝶影却不愿，闫将军大怒，抽了她几马鞭，又将她锁在旁边的房间里，自去听曲取乐。过了一会儿，他推门进去，蝶影竟不见了踪影。

闫将军大怒，想她年纪小小，在这风雪之夜，能逃到哪里去？就在这时，他又得知孟单受伤之事，越发以为蝶影的失踪是韩少督所为，特意扫他面子的，于是过来兴师问罪。

韩少督把那马鞭拨开，仰着脸，傲慢道："一个小丫头片子，什么大不了的事。就真是我藏的，你又能把我怎么样？"

李副官一听急了，心道少督你这般说话，不是没事找事吗？果然，闫将军一听就急了眼，嘴里骂骂咧咧就要拔枪，韩少督这边的护兵岂能容他，一个个都拥上来，眼见两方剑拔弩张。忽有一个清朗的声音传来："两位，我知道那小姑娘去了哪里。"

他这句话一出，两方都向他看过去。却见一个书生模样的人从从容容地走上前来，正是卢秋心。陈燕客生怕他出事，一时也不顾那大兵手里黑洞洞的枪口，挤上前道："秋心，你莫要乱说话！"

卢秋心低声道："无妨。"随后道："二位可曾听说，这西山里失踪年轻女子的事情？"

这件事情眼下已传了开来，闫将军不由点头，道："那又怎样？"

卢秋心上前一步，有意将声音提高了几分："那些年轻女子，是被狐狸掳走的！"

这句话一出口，韩少督瞪大了眼睛，闫将军也是一怔，随即骂道："你当老子是三岁小孩！"

卢秋心却很认真，道："是我亲眼所见！将军不信，就带我去那个女孩子失踪的房间看上一看。我愿以性命作保。"

他这样郑重，加上闫将军韩少督这些人无甚学识，对神鬼之说，内心深处都是有几分相信的。闫将军便道："好，你就跟我来！"韩少督年少好奇，便一同去看，李副官等护兵自然跟随其后，陈燕客担心卢秋心，也随之前往。

这闫将军关押蝶影的房间在二楼，门是一种外国锁，反锁之后里面的人再难出来。房间里有一扇窗子，倒还可以打开。卢秋心站在窗边，指点道："将军，您请看外面。"

这饭店外面虽也有雪，但为了方便客人往来，扫了一条路出来，闫将军随卢秋心所指方向看去，只见那道路尽头，依稀有一件姜黄色的披风，似乎与蝶影来时所披的一件相仿。闫将军不由打个冷战，暗道：这小姑娘真是从窗子出去的？她娇娇怯怯，怎有这个本事？难不成真是狐狸作怪？

刚想到这里，卢秋心又拉了一个人过来，却是金老五。他严肃道："闫将军可知，这个人方才何以能重伤将军手下？"

闫将军心中已有疑惑，便跟着问道："为何？"

"因为这位金先生，乃是张天师第五十三代传人！通晓法术，更会降妖除魔，方才那狐狸踪迹，也是他看破的！"

金老五刚才一掌斩断孟单小臂，这功力本就骇人听闻。刘副官自来晓得自己这亲戚，在武学上是十分高明的，闻说金老五竟然通得法术，不由点头道："原来如此。"

闫将军见自己很信任的副官也这般说，又动摇了几分。卢秋心补充道："眼下那狐狸还没有走远，将军是破军星下凡，身上有杀气压制着他，又有天师传人在此，正可将那狐狸捉住，这北京城里，自然便要传扬将军的风采了。"

闫将军此人，最是好大喜功，讲究一个面子。心道若是这北京城里四处传扬的事情被我所破，可是好大一桩光彩，又见身边许多护兵，心道：有这些杆枪在这里，还真怕了那狐狸不成？便道："你说得有理，本将军这就前去！"

四

一行人就此出了西山饭店，卢秋心虽是个文人，却并不畏惧，当先带路。待到那披风跟前时，众人细细一看，只见上镶雪白的蕾丝花边，真是蝶影来时所穿，更加笃信，便沿着此地唯一的一条道路向前走去。

这条道路颇有些荒凉，幸而此刻人多，又有许多护兵，也无人害怕。只那韩少督一边走一边嘀咕，他身边的李副官则四处查看，一心护卫着身边这位小爷。

又走了一会儿，众人一抬首，见眼前正是那飞泉寺。闫将军停下脚步，奇道："这是个和尚庙，我闻说狐狸精是怕菩萨的。你莫不是带错路了？"

卢秋心便抬头看金老五，金老五把头一昂，做出一副高深的姿态，道："并没有错。"

他生得雄壮，这个态度，自然是极可值得信赖的。就在这时，闫将军身边那刘副官叫道："将军，这里怎有条帕子？"说罢从地上拾起一条女人的丝绸手帕。

这下也不用多说，韩少督身后的两个护兵，晓得自家这小主子是极好面子的，风头不能让闫将军一人占去，连忙上前踹门，反倒比闫将军手下的人快了一步。

这一群大兵，如狼似虎一般冲了进来，先前他们在门口时，就已惊动了庙里零星几个和尚，大兵一进来，见到黑洞洞的枪口，个个都吓得腿软，被一个个按倒跪在雪地上。剩余的护兵便四下搜了一遍，但这飞泉庙也没多大，并没搜出什么，更不见所谓的"狐仙”。韩少督想去找卢秋心问个清楚，可那新闻记者已然不见。

闫将军倒不在乎，此刻他对金老五这个天师传人更加信赖，便问道：“这是怎么一回事？”

金老五绷着一张面皮，道：“去后面。”

后面就是那堵塞的泉眼所在，闫将军看了两眼，觉得也无甚特别。可就在这时，忽有一个黑影迅速无比地从半尊倒塌的佛像后冲出来，一展手，便勒住了闫将军的脖子。

这黑影来得奇快，闫将军身侧虽有护兵，并没有一个反应过来。眼看着将军被抓了去，有一个护兵便叫道：“狐仙，是狐仙！”

众人皆以为然，须知将军是在他们面前被掠走的，那不是狐仙也得说成狐仙，否则自己岂不要背个防护不周的罪名？金老五当先跳了过来，双掌一错击了过去，那人带着闫将军一闪，金老五看清他面貌，叫道：“是你！”

你道是谁？原来竟是白日里金老五与卢秋心来讨水时，招待他们的那个青年和尚了因！此刻这僧人目露凶光，喝道：“你们再上前一步，我就杀了他！”

闫将军吓得腿软，虽然喉咙被扼，还是模糊说道：“快救我，救我有官做！”

这一句话放在平时，自然是十分管用的，但将军被擒，上前一步说不定那狐仙就把人杀了。几个护兵犹疑不决，只有韩少督幸灾乐祸，叫道：“杀了也罢！”

金老五一咬牙，手掌在大雪中二度转为金属颜色。了因紧紧盯着他，晓得这不是一个容易对付的人。下一刻，就见金老五右掌已出，直向了因头上击去。

了因也不惧怕，把闫将军向前一送，眼见那闪着金属光泽的手掌就要打到闫将军身上，直吓得闫将军全身寒毛都竖了起来。未想金老五这一招却是虚招，他右掌轻挥，绕过闫将军，下面一腿踢出。了因晓得厉害，忙往后闪，就在这时，忽然一阵风起，地上积雪被风一卷，遮人眼目，了因忙把头一摆，却依旧难以视物，金老五何等武功，窥的这个时机，瞄准他颈部，一掌劈下。

一道血泉，霎时冲破天际。

泼泼洒洒的血花仿佛一场红雪，直撒在地面皎白之上，红白相映，格外鲜明。原来那一掌竟是劈破了因的颈动脉，鲜血迸射，不过片刻，了因便已倒地身死。

金老五上前扶住闫将军，那闫将军被溅了一身血，脚也麻了，手也凉了。金老五道："恭喜将军，借着您的福气，我已诛却这狐妖附身的妖僧。那些女子，都藏在这泉眼后面。"

闫将军一听这话，连忙站直身子，中气十足地喝道："来人啊！"

之后的事情，倒也无须絮表。在那泉眼后，众人发现一个地洞，里面关了数名女子，其中多是外界宣扬的失踪之人，那女学生也在其中。闫将军又打电话叫来警察署长，审问剩下的几个和尚，原来这些人借着飞泉寺的幌子拐卖妇女，那了因就是头子。警察署长侦破了一起大案，自然感激闫将军，那闫将军亦是得意非常。

唯有一桩，那蝶影却不在其中，可这时闫将军风头出得正足，哪还理会这事？就连陈燕客，心中也已拟好了七八个新闻题目，暗道来西山这一遭，当真是大有收获。

韩少督见那署长只捧着闫将军，心中不乐，便回了西山饭店。这时已过了午夜，他住的原是一间套房，自去里面卧室休息不提。他那贴身的李副官却留在外面的一间房里，房门也开着，不知在等什么人。

又过了一会儿，果然看到一个人走过门前，李副官一探手，正把那人拽了进来，那人吃了一惊："李副官……"

这人正是卢秋心，李副官用力一按，把他按坐在沙发上，返身又关上房门。卢秋心吃惊道：“李副官，这是何意？”

李副官看了他半晌，忽然笑起来：“卢记者，你当真是个聪明人，这一晚做的好戏，怎的把我家少督也引进来了？”

卢秋心神色淡定：“这话怎么说？”

李副官笑道：“明人面前不说暗话，我李大友是不信这世间有什么鬼神的。再说那小姑娘被掳走，怎的寺院里竟不见她人影？卢记者，这一干事情都是你挑起来的，我不信其中没有你的干系。”他虽无什么明面上的证据，但在社会上这些年，又一直在韩少督这样一个小太岁身边做副官，自然有着丰富的经验。说到这里，他目光烁烁地盯着卢秋心，心道今晚你若说不出个子丑寅卯，也别想离开这屋子了。

卢秋心看了李副官片刻，神态中竟没有什么惊惶的样子。终于，他微笑一下，在软绵绵的沙发上坐得端正，道：“李副官，你说的倒没错。”

李副官万没有想到，自己只问了这一句，对方便赞同起来。他仔细端详卢秋心，初时这样一个新闻记者，自然不在他的眼中。可这时看来，却觉对方态度里自有一种清华的意味，且神态从容不迫，实非常人，倒不自觉恭谨了几分态度，道：“这话怎样讲？”

卢秋心侃侃而谈：“实不相瞒，这失踪的事情，在下因着职业的关系，早些时日便已听闻。我也曾想过，这些女子的失踪是为着什么？鬼神之说，我也是素来不信的。而失踪的多是青年女子，又多是贫穷出身，因此我便大胆做了一个猜测，这其中，多半会涉及拐卖的事宜。”

李副官不由得点了点头，听得卢秋心续道：“这些女子失踪之地都在西山。我便想，若真有拐卖女子的组织，怕就在切近。巧得很，今日里我路过那飞泉寺讨碗茶喝，发现那寺中竟有三个破绽。”说到这里，他停顿了一下。

李副官忙问道：“是什么破绽？”

卢秋心道：“其一，那了因与我言道，寺内过午不食，因此不曾备得茶点，可我在后面闲走，却见厨房内有许多食物，都用油纸遮盖着，这些即便寺内所有和尚也吃不尽；其二，那了因说到自己刻苦修行，可手腕和食指中指上都有老茧，请问，蒲团念珠怎会留下这般痕迹？分明只有舞刀弄剑的人方能如此；其三，飞泉寺中有泉眼，了因道是年久毁损，可我去看时，却见那是人力填堵。而泉眼后面又是个机关模样，且那处雪与泥土混在一起，上面有人进出的痕迹，其中必有古怪。

“但我虽能看出这些，却不过是个小小的新闻记者，肩不能挑，手不能担，更不能应对这些和尚。若说去找警察署，我人微言轻，这些微的证据，亦无法令人信服。因此今日看到闫将军，我便有了利用的心思。”

他直言点出“利用”二字，不过李副官与闫将军一伙人正不对盘，听了这话倒很受用，眯着眼睛又道：“你是如何利用的？”

“就从那位名叫蝶影的小姑娘而始。”卢秋心从容道。

李副官道：“闫将军是个喜好女色的，这点我也很看不上。那小姑娘，怕不过十五六岁吧。”

卢秋心道：“是，我也很同情那小姑娘，所以助她逃了出来。”

李副官不由一惊：“原来是你，你怎么……”

卢秋心道：“那位金先生比武之后，我因不喜血腥，便出来闲走，恰经过关押那小姑娘的房间，听见她在里面哭泣，但求一死。关她的那个锁是外国的一种机簧锁，先前有人教过我如何开它。我出于怜悯的意思，便放了那小姑娘出来，让她先藏在我房间里。”

李副官这次又是一惊，道：“你一个文人，倒是好大的胆子！”这要是被闫将军发现，卢秋心因此送命也不稀奇。

卢秋心若无其事道：“不碍事，天明时蝶影寻个机会出来，自可说是和尚把她关在其他地方，现在才逃出。闫将军现下风头出得正足，不会对她多加留意。”

李副官细一想，确是这个道理。但面前这一个小小的新闻记者竟然敢如此做，也只有一句胆大包天可以形容了。他叹息两声，又问：“那雪地上的物什又是个什么缘故？”

卢秋心道：“那位金先生并非天师传人，但他确是武功高明。我放了蝶影后，想到此事恰可利用起来，营救出飞泉寺中一干妇女。便找来金先生，与他详谈此事，要他相助，更托他将蝶影的披风手帕放在远处，这才吸引了闫将军过来。”

他态度平和，不动声色，然而他义救蝶影是何等勇气，之后想到联络金老五利用闫将军，又是何等应变！李副官想到那闫将军被面前这人摆了一道，竟有些心惊。他忽又想到一事，便问：“你既和那姓金的熟识，他又有这般高明的本事，怎不就干脆让他去救人，反要牵扯这许多？”

卢秋心道：“不然。虽然那位金先生也可以打败这些和尚，但后续有许多问题，譬如这些女子当如何安置，如何顺藤摸瓜找出买卖之人，再有这些和尚当如何惩处。这些事情，并非个人的力量可以完成，仍需借助政府的力量。”

说罢，他从从容容地鞠了一躬，便开门离去了。李副官思量一番，不觉对这位青年记者钦佩起来。

第二日卢陈二人回京，陈燕客便趁热打铁，写了很好的一篇新闻。应卢秋心的要求，其中并没有提到他的名字，这新闻写得神神鬼鬼，奇惧莫测。虽然连陈燕客自己都不信，但这般写来，却很受一般民众的欢迎，闫将军也颇出了一番风头。

卢秋心自不介意，他在报馆忙了一晚，清晨回到会馆门口，却吃了一惊，只见门前站了三四个大兵。他心道：“糟糕！莫非是闫将军的事发了？”却见这些人对他也没什么敌意，又见里面走出几个大兵来，身上都扛着东西，颇觉眼熟，又一个大兵正走过他面前，一个白铜墨盒扑通掉到地上，显出上面梅竹图案，可不正是自己的物什？

他连忙叫住：“等等，这是怎么回事？”话音未落，又有两个大兵上来，一左一右捉住他的手臂，带他上了一辆汽车，风驰电掣地开走了。

过了一会儿，汽车在一个院子前面停下，两个大兵带着他下车，从红漆的大门走进，又推他来到正屋里，把门一关，便出去了，徒留卢秋心一个人暗自纳闷。

一时没有人来，他便打量起这屋子，只见里面布置得中不中、洋不洋，地上铺着厚厚的地毯，摆着软绵绵的沙发，墙上挂着西洋裸女画。窗下却又摆了一张红木的大书桌，上面一应文房用具都是全的。这份装饰，虽不能说是讲究，可足够贵重，一时倒看不出个所以然。

他正思量着，忽听门响，一个人笑容可掬地走了进来。卢秋心不由一怔，竟是李副官。

卢秋心不由苦笑：“李副官，请问这是什么意思？”

李副官的神态，却是很和煦的。他上前几步，笑道：“我听闻卢记者住在会馆里，那里的人物是很嘈杂的，因此便自行做了主张，请卢记者搬到这里。卢记者以为这里如何？”

实在是不怎样，但卢秋心口中却道：“很是别致。”

这句明褒暗贬的话，李副官并没有听出来，笑道：“那就好，那就好。卢记者今后就住在这里吧，房租自然不用提，每月兄弟再额外奉送一百元大洋。”说着又喝命门口候着的一个听差：“还不快送茶水点心。”

听到这里，卢秋心不由叹气，便道：“李副官，你还是直说了吧，不知有什么事情是我可以报效的？”

李副官也便笑道：“卢记者，明人面前不说暗话，我家少督，有意请你做一个教师。”

卢秋心之前想了许多可能，唯独没想到这一种，不由怔住：“什么？”

李副官苦笑道：“不瞒卢记者，那晚在西山饭店一场谈话，被少督听到了，他说很是佩服你。”

原来这位韩少督虽然顶着一个少督的名头，实则西瓜大的字不识一担，枪法拳脚更是不通，竟不似他父亲兄长的样子，活脱一个纨绔子弟。他自小骄奢惯了，脾气是极大的，从不肯听什么人的说话，请来九个教师，倒被他打跑了十个。

这李副官原是韩督军的同乡，看着韩少督长大，虽然担了一个副官的名头，实则倒有半个长辈的意思，对韩少督这个样子，实在是十分担忧。那一晚他与卢秋心交谈时，韩少督在里间并未睡着，都听了个清楚明白，之后竟难得赞了卢秋心两句。李副官心中一动，暗道这还是第一次听少督赞个外人，况且这卢记者胆大周密，学识也好，不如便请他教一教少督，哪怕只是多认两个字，也是好的。

抱着这样一个目的，他便大着胆子与韩少督提了提，未想这韩少督竟然没有反对。李副官大喜，深恐夜长梦多，赶紧把卢秋心的行李连同人一起弄了过来。

卢秋心听了这个缘由，真有些哭笑不得，但他心中明镜似的，知道若直言拒绝，是没有用处的。想了一想，便道：“李副官的意思，我已很清楚了。然而我也有三个条件，希望李副官可以考虑。”

李副官便道：“请讲。”

卢秋心道：“第一，我希望可以继续担任记者的职务，韩少督的公务，想必也是繁忙的，并不需我时时在身边教导；第二，那一百元的酬金，我并不需要；第三，我在会馆住着习惯，希望可以容我搬回去。”虽只见过两次，他对这韩少督的性情也颇有了解，也不提什么“尊师重道”一类的废话。至于不要酬金与搬回会馆，亦是望彼此之间少些联系，他想韩少督很快便会腻烦，自己到时也好脱身。

李副官心里明白，“公务繁忙”云云，不过是一种客气的说法。少督未必有多少时间学习是真，这卢秋心继续做个记者也无不可。但若让他搬回会馆，难不成少督想要学个东西，还让少督去会馆不成？因此道：“第一点也罢了，住在这里，是方便少督请教，那一百元是兄弟一点小意思，还希望卢记者笑纳。”

两人计议了一阵，最后取个折中，卢秋心还需住在这里，格外的酬金却不必奉送。刚说到这里，就听门口马靴声响起，一个少年倒提着一根马鞭走了进来，正是韩少督。

他见卢秋心在房里，便仰着脸道：“原来你已来了？我看你这个人还算顺眼，况且你又算计了闫东起那家伙一把，倒叫我心里喜欢。李副官说，要你教我东西，你可要谨慎些！”

闫东起便是那闫将军的名字。再听这一番话，哪里是一个学生对老师的说话，倒好似主人对下人一般，卢秋心只听得大皱眉头，淡淡答道：“是。”

韩少督全未看出，见卢秋心恭谨，很是得意，又炫耀道：“其实我也很懂些文字，譬如这两日在……不知道什么地方看了两句话，觉得很好，就记得清楚。”

他颇努力地思索了片刻，道：“上一句是人……什么什么，下一句是……什么什么人。”

李副官忍笑不住，把头扭到一边，韩少督自己也觉得不对，态度便有些愤愤然。却听卢秋心道：“少督所说，乃是‘人生如逆旅，我亦是行人’。”

韩少督大惊道：“就是这两句话。你真神了，怎记得这般清楚？”

卢秋心笑而不答，眼神落在窗下那张书桌上，上面文房之物齐全，想是新置备的，又有两枚镇纸，上面刻的正是苏轼的这两句词。韩少督平日去的地方，哪会有什么诗词，多半就是在这里看来的。

这时韩少督看待卢秋心，已与先前不同。他道：“没想你倒是个真有本事的。唉，其实我也不怎么懂这些酸文……”

卢秋心听他竟然说出了实话，心里倒有些好笑，便问：“不知少督喜欢什么？”

韩少督想了一番，道：“最近倒是迷上了这个玩意儿，很有点意思。”说着从口袋里拿出三枚骰子，随手一丢，出来了一个四五六，得意道：“本少督这一手，玩得不错吧！”

原来是一个赌字，卢秋心不动声色，从暗袋里取出样物什，韩少督凑过头一看不由吃惊：“你也欢喜这个调调？”原来卢秋心拿的，也是三枚骰子。

卢秋心道：“故人所赠，留在身边，做一个纪念。”他把骰子往空中一丢，双掌一覆，随即张开左手。

韩少督大惊失色：“满堂红！”这一个书生，怎有这样的能耐？

卢秋心顺手拿过韩少督手里的骰子，掂一掂道：“少督这一手虽然不错，但这不过是灌铅的骰子，真到了赌场，容易被人发现，不如我这水银的骰子好用。”

水银骰子固然难以察觉作弊，但用起来也极难，韩少督虽曾耳闻，却从未见过。他大喜过望：“你这人，倒可以做一个朋友！”

原是说做老师，现在又成了朋友……卢秋心暗自苦笑。好在韩少督这态度，总算比刚见面时好得多了。

五

韩少督的大名，叫作韩凤亭。虽然莫名其妙多了这么一个远不同于一般学生的学生，幸而卢秋心总不是喜欢难为自己的人，收了……也就收了吧。

幸而韩凤亭自从得知卢秋心有一手神妙赌技后，对他倒很是看重，每天竟也能来卢秋心身边混上一两个小时。卢秋心的学识是很丰富的，便经常把一些笔记中的故事，结合着做人的道理与他讲上一讲，韩凤亭听得津津有味。这般过了几日，韩凤亭识得那斗大的字，也由一担变成了几担，李副官大为欣慰。

再说卢秋心住在此处，虽说无须交纳房租，环境也算得幽雅，但房间里那些摆设，他可实在看不过眼，也曾与李副官商议，可否将自己所住那房间的装饰改上一改。李副官极是为难，怕韩凤亭不愿，最后好说歹说，撤下了墙上的一张西洋裸女画，也算聊胜于无。

这一日，卢秋心带了一沓稿子回来看，韩凤亭闲着无事，手里转着几枚骰子也走进来，顺手拿起其中一张，念道："金……什么什么什么……"四个字里倒有三个字不认识，不耐烦再看，便问："这写的是什么东西？"

卢秋心道："这是一个朋友写的武侠小说，讲上海滩里金针神医与金宝帮苏三醒的故事。"

韩凤亭听到"武侠小说"几字，便喜道："写的可是个英雄？我最欢喜听这些英雄的事情。"

卢秋心想了一想，道："这金针神医，确是个英雄。"

"比我之前听到的罗觉蟾如何？"

"他二人……自不相同，但照我的意思，实在也都配得上'英雄'二字。"

韩凤亭便道：“快讲给我听！”

卢秋心失笑，恰好这个稿子他已看完，便拣其大概讲了一遍，韩凤亭听得大呼过瘾，又问后文如何。卢秋心道：“我这朋友只写到这里，你若想看，过几日他便会写出新稿子。”

韩凤亭便问：“这金针神医，是真有这样一个人，还是写书这人编出来的？”

卢秋心想了一想，道：“这位金针神医，确是一个真实的人物，他的武功比书中所写只高不低。”

韩凤亭惊道：“果然是真的！那他最厉害的本事是什么？”

“点穴之法。”

这也是传说中才有的本事，韩凤亭瞠目结舌。卢秋心又道：“其实就是少督之前听书里面的罗觉蟾罗先生，他的看家本事，并没有在说书中提及。”

韩凤亭忙问：“是什么？”

“他枪法过人，左右手皆能开枪，甚至不必瞄准，随手一枪，便可命中。”卢秋心顿了一顿，继续道，“而这位罗先生与金针神医，亦是至交好友。”

韩凤亭钦羡不已，拍手道：“唉！我怎的没早生几年，识得这些人！”又与卢秋心议论起这小说中金针神医怒打上海租界巡捕一事，道：“像金针神医功夫这般高的，才叫个英雄！要是有朝一日我也能这样，死了都值！”

卢秋心听得好笑：“小小年纪，妄论生死。你以为，功夫高，就是十分了得了？”

韩凤亭瞪着眼睛：“这还不叫厉害？”

卢秋心道：“好，你且想上一想，假设说这金针神医，还是有这般高的武功。他出得门来，把那些种田卖菜的打上一顿，可算是英雄？”

韩凤亭道："打那些人算什么本事，好汉绝不这般做。"

卢秋心暗自点头，又问："那若是金针神医和一个与他本事相若的人动手，最后将对方打了一顿，你又以为如何？"

这次韩凤亭想了一想，方道："多半——也会很好看吧，不过和那小说里写的还是不同，那小说里的事情，一想起就像喝了碗烧刀子一样过瘾。要单是两个人打架，倒也未必。"

卢秋心笑道："是了！你说那小说过瘾，是因为里面有一个'侠'字。"

"侠？"韩凤亭不明所以，却听卢秋心声音低沉，一字字道："锄强扶弱，保国为民。"

这八个字，韩凤亭倒是在说书的鼓儿词里听过的，倒也晓得其中的意思，不过从前也就如风过耳，这次听卢秋心无比郑重地说出，结合方才听的故事细想一想，还真是这么个道理。

原来有本事又能这样，才配人叫上一声英雄……

他脑子里念头一转，忽又想到一事，便道："所以在西山饭店里，你才帮了那个叫蝶影的丫头和那些被拐卖的女子？这般说来，你虽没什么本事，算不上英雄，倒也有些'侠'的意思了。"

卢秋心不想这个纨绔子弟，倒能说出这么一番话来，摇头而笑："我算什么。"

他与韩凤亭谈论了一番，也到了该去报馆的时间，便带了稿子出门，却未留意韩凤亭在他身后站着，若有所思。

因这一晚要等一个消息，卢秋心直到快天明时才回来，之后一头便栽进了黑甜乡里。

待到他醒来时，天已过午。卢秋心坐起身，伸手去拿搭在床边的长衫，这一拿却拿了个空，一个清凌凌的声音响起："卢老爷！"

这声音颇为熟悉，卢秋心抬头一看，竟怔住了，他面前站的，赫然是蝶影！只她现在的穿着十分素淡，并没有一分青楼习气。她手臂上正搭着自己的长衫，见卢秋心起身，忙递过去，又要为他穿鞋。

卢秋心连忙阻止，他问道："蝶影，你怎么在这里？"

蝶影脸一红，低声道："韩少督把我赎了出来……"

"韩少督？"卢秋心又是一怔，心道这是怎么说的，莫非是昨天我那一席话，竟让韩凤亭对蝶影有了兴趣，所以把她弄来？以韩凤亭的财势，这自然不难做到。但韩凤亭大抵也不会明媒正娶这小姑娘，若最后不过是将她做了一房姨太太，甚或连名分都没有，这小姑娘日后又当如何自处？

他心里正寻思着，忽听窗外传来哈哈大笑的声音，韩凤亭一推门走了进来，面上十分得意："怎么样？我赎回这小姑娘，也算是个侠吧！哈哈哈！"

他走到卢秋心近前："这小姑娘就给你了。你说锄强扶弱就算侠，你帮了她一次，我现在也帮了她一次。我算不算？"

卢秋心实在没想到他是为了这个原因，想了一想便道："算。"

韩凤亭越发得意起来，哈哈大笑着出门，又寻他的欢乐去了。

卢秋心看着他的背影，不免苦笑一声，这件事对于韩凤亭，不过是一时的兴起，所花的金钱，对他也并没有什么损害。然而这样的随手可为，却把一个小姑娘从火坑里拔起。可见有权势的人，一举一动，实在是影响极大。

他看向面前的小姑娘，缓和了声音问道："你可有家人？"

蝶影怯生生地摇摇头，卢秋心又问："那你可有什么可以投奔的人？"

蝶影又摇头，眼圈便泛红了。卢秋心心道这却难办，一时之间，他也很难想出一个安置她的办法，便道："你先在这里住下。读书写字都好，有不懂的地方便来问我，日后我定会为你的前途，想一个妥当的办法。"

蝶影只听到“先在这里住下”几字，便欢喜起来，脆生生地道：“好。”

于是下午韩少督闲逛过来的时候，便见到他老师又多了一个女弟子。

若说韩凤亭一开始赎蝶影的时候，也不是没有些风流想头。他想蝶影是个年少美貌女子，卢秋心当初救她，除了仗义勇为之外，说不定还有些惜花护花之念，谁想现下一看，两人竟是秋毫无犯，心里倒是诧异。又想，这人虽不是个能打会杀的英雄，倒是个君子。

他心里寻思着，站在原地一时没动，卢秋心倒先注意到了他，起身问道：“少督有事？”

韩凤亭才想到自己的来意，眉飞色舞道：“我爹韩督军，这几日又打了一个大大的胜仗！闫东洋那老头子的兵，被我爹打散了一大半，哼哼，看闫东起日后还敢在我面前逞威风！”

闫东洋正是闫将军的哥哥闫大帅，这两方的势力早先虽有摩擦，但冲突却是此时方起。闫东洋吃了偌大一个亏，难怪韩凤亭得意。

他说得高兴，却见卢秋心面上并没有什么表情，奇道：“你怎的不说话？”

卢秋心淡淡道：“没什么，因这一条新闻，我昨晚已经知道了。”

韩凤亭道：“我倒忘了，你是个新闻记者。”却听卢秋心正低声念道：“白骨露于野，千里无鸡鸣。”

韩凤亭问道：“这两句是什么意思？”

卢秋心道：“没什么意思，随便念念。”

韩凤亭“哦”了一声，拎着马鞭走了。卢秋心叹息着坐下，蝶影看出他心情不好，小心翼翼地问：“卢先生……”

自从卢秋心收她做了女弟子之后，蝶影便改了称呼。

卢秋心叹道："没关系，现在这世道，哪里是一己之力做得了主的。"

蝶影想了一想，大着胆子又问："卢先生，我见你是个很有学问的人，怎的不去做官呢？若是你这样的人做了官，我们的日子定会好过很多。"

卢秋心平淡道："我年近而立，虽也学了些东西，但不曾学会的一点，便是如何在如今这个世道做官。"

那天晚上，卢秋心不知怎的受了些风寒，便没有去报馆。他打了个电话告知陈燕客，请对方代为处理一些稿子。陈燕客还当他一人住在会馆之中，担忧他身体，便说要来探望，卢秋心只道已有亲友在这边，婉言谢绝。

但他并没有让蝶影留在身边照顾，小姑娘看他的意思很是坚决，也不敢违抗。卢秋心喝了药，靠在床头坐了，只听外面簌簌声音不绝，原来是下起了雪。他坐着听了一会儿，不由叹了一口气，一种苍茫寂寥的情绪，慢慢自心中生发出来。

白日里蝶影对他说的那句话，又在他耳边回响。然而，这个城狐社鼠的年头，怎有正直之人的活路？而十几年前，那些不惜牺牲一切，推翻了清政府的革命党人又怎能想到，今日换来的是这样一个局面？细细想来，真令人心颓神伤。

就在这时，又有一阵喧哗的声音从前面传来，卢秋心晓得这是正屋中，韩凤亭等人在饮酒作乐，不由摇头。

这喧哗声一阵接着一阵，因在雪夜中，格外刺耳，也显得卢秋心所在这一处格外寂静。他正打算躺下，忽听一声响，房门被大力推开，一个人大踏步走了进来："你病了？老李怎不说一声？"

卢秋心甚奇，进来这人竟是韩凤亭，便道："少督，这不过是一点小风寒，并没什么要紧。"

韩凤亭便问："你叫医生了吗？"

卢秋心颔首："连药也一并吃过了。"

韩凤亭道："中国的医生还是西洋的医生？我虽不喜欢那些洋人，可他们医术还真是不错。不成，得叫个洋人过来。我韩少督手下的人，可没有让他们受委屈的道理。"忽又转回身，冲着正屋喊道："都闭嘴，卢先生病了！"

虽然卢秋心被请到这里，是以一个老师的名义，但如韩凤亭这等人，哪会真当他是个老师，便是这"老师"两个字也未曾叫过。不过最近二人相处尚可，韩凤亭又觉这人是真有些才学道理的，才叫他一声"卢先生"。

果然这一声既出，正屋里霎时静了下来。韩凤亭又道："蝶影那丫头呢？却是会偷懒，等我叫她过来！"

卢秋心正要拦阻，忽听外面一阵大雪落地的声音，心里一个激灵，道："少督，且莫言语。"

韩凤亭不明所以，正要出声询问，却见卢秋心把手一伸，将床边一盏小小电灯的开关按熄，这屋子里霎时一片黑暗。韩凤亭奇道："你这是什么意思？"抬腿就要往外走，忽觉手腕一凉，一只冰凉的手扣住了他的腕子。

韩凤亭又惊又怒，用力挣脱，无奈这只手竟似铁铸的一般，他自觉已经使出了全身的力气，竟然分毫不能动弹。就在这时，一个极熟悉的声音在他耳畔响起："韩凤亭，你不要动。"

韩凤亭只觉全身的血都涌到了头上。这竟是卢秋心的声音，而这只手，赫然便是卢秋心的手！

这反差委实太大，韩凤亭僵硬了身体，一时竟说不出话来。卢秋心见他不动，便放开了手，一纵来到了房门切近，月光映着白雪照进来，隐约可见他这一跃十分轻灵敏捷。韩凤亭吃惊地张大了嘴巴，心道这卢先生莫非被狐狸精附体了？

卢秋心没有再动，只侧耳细听，但方才一阵雪落之后，似乎并无其他的声响。他微微拧着眉，似乎在思量着什么。韩凤亭也不知发生何事，便向前走了两步。

就在这时，忽听一声巨响，屋顶上忽然破了一个大洞，一道比电灯还要雪亮的刀光炫人眼目。韩凤亭下意识地伸手遮脸，下一刻，他忽然意识到不对，这一刀，是直奔着自己而来的！

韩凤亭听了多少说书，向往了多少英雄，可从没想过，这等剑侠小说中才会发生的事情，竟然就这么发生在自己身上！发生在自己身上也便罢了，自己还成了那案板上的肉，只有等人宰割的份儿！

那冷冽的刀锋眼见已经逼近咽喉，韩凤亭甚至已能感受到刀锋上的寒气。他活了二十年，第一次觉得无比绝望，心道：我还没有做一番事业，成一个英雄，难道就这般死了？

方想到这里，忽觉有温热液体溅到自己脸上，韩凤亭不觉大惊，心想大事不妙，原来那刀风已经割破了我的咽喉，这血都溅出来了，我莫不是要死了？再一看眼前立觉不对，原来在生死关头，卢秋心不知怎的已挡在自己身前，右手握住那雪亮刀锋，阻其前行，那血正是从他掌中溅出的。

下一刻，那平素看似文弱的新闻记者未受伤的左手把韩凤亭向后一推，待他脱离危险范围后，右掌一松，随即一脚踹出。

这一脚劲道奇大，拿刀之人手腕一颤，长刀当啷啷直飞了出去。卢秋心就势上前，两根修长的手指也不知怎么一戳一点，看着轻描淡写，那人却立时倒在地上，惨叫连连。

韩凤亭大喜，正要上前查看，身后冷风又起，原来在他的身后，又有一人擎着一柄红缨枪扑了上来。然而此人尚未上前，卢秋心已拦在前方，他仍是一双空手，右手上的血还滴滴答答往下直流，韩凤亭不由叫出声来。

下一刻，却见卢秋心疾步向前，连环两脚踢出，那人一柄红缨枪登时脱手，空门大现。卢秋心身形一错，已抢到那人近身处，侧肘便是一击。那人被这一肘狠狠击中，连退两步，卢秋心左掌一切那人后颈，那人顿时倒在了地上。

卢秋心长出一口气，立于门前，一轮月光如切如磋，正笼在他周身上下。韩风亭只觉一颗心怦怦乱跳，从前钦慕那些英雄人物，今日里到底看到活的了！这份狂喜实是难以言表，一时间就连那两名刺客也被他丢在一旁。

六

闹出的声响这般大，不一会儿便来了许多护兵，那两个刺客早已没了反抗的力量，很轻易就被抓获。李副官匆匆赶了过来，问明发生何事之后又将那两人带下去审问。出了这般大事，自是要尽快查个清楚明白。

韩风亭倒不留意这些，他一迭声叫人去请医生，之后便像块膏药一样黏在卢秋心身侧。卢秋心不胜其烦，转身问道："少督还有何事？"

韩风亭极是崇敬地看着他，卢秋心被他看得险些发毛，然后就见韩风亭鞠了一个躬，随后毕恭毕敬地叫了一声："老师。"

自打卢秋心被李副官以老师的名义弄过来之后，这竟是第一次听韩风亭叫出这称呼。他不觉一怔，就听韩风亭续道："老师，你实在是一个大英雄，大豪杰，天下无双，能为万人敌，大大的了不起！"

卢秋心听得头疼。这韩风亭是把那些鼓儿词上的套话，统统用到了自己身上，居然还押了韵。他扶着额："我不过是懂得一些武功，并没有这般了得。"

韩风亭双眼发光地看着他："这怎么是一些武功，这，这真是……"

"我有些累了。"卢秋心打断他的话，韩凤亭想到他有病在身，手上又有伤，忙不迭地退了下去。

不久医生便即到来，卢秋心那手掌伤势看着虽然吓人，其实并未伤及筋骨，休养几日也就无事。而卢秋心这晚这么一折腾，出了一身汗，那寒症倒好了大半。

次日清晨，卢秋心甫一醒来，就见蝶影站在床头，眼中盈盈的都是泪光，颤声道："卢先生……"

卢秋心笑笑："我无事。"

刚说了这一句话，屋里一直守着的两名听差连忙上前，端茶送水，殷勤之极。不一会儿韩凤亭也推门走了进来，恭敬道："老师早！"又问："老师手怎么样了？昨夜歇息得还好？我看这屋子也不怎么样，您要不要搬到正屋去？"

这一连串话问出，卢秋心暗自好笑，原来只一晚，自己这待遇已是大不相同。他扫一眼四周，目光从那两名毕恭毕敬垂手而立的听差转到四下里中不中西不西，洋不洋土不土的装饰上，心道这倒是个机会，便道："这房间我住着不错，也不用搬，只是我不大喜欢这浮华的装饰，还请少督撤下。"

韩凤亭一听，一迭声地答道："好，好！"当即便叫人去换，也只一会儿工夫，卢秋心这屋子里便清爽了许多。他长出一口气，心道西洋的美术，虽然也有许多值得称道之处，但若按韩凤亭那个取其糟粕，弃其精华的布置法，还是换上中国自己的东西，更耐人寻味些。

他又向韩凤亭道："少督，我生性好静，许多事情自己动手即可，就算真有些缝补之类的琐事，蝶影也可代劳，这两位听差，还是请他们去侍候别人的好。"

韩凤亭抓一抓头，心道自己这位老师当真奇怪得紧，谁不是欢喜人侍候的？他口头答应，暗地里还是吩咐那两名听差听候卢秋心的吩咐，只不要时常在他眼前便是。

这一切都做完，卢秋心看了一眼自己的右手，伤虽不重，但这几日到底是不能去报馆了，暗自叹口气，只得出门打一个电话，告知报馆的同事。韩凤亭又要跟出去，卢秋心叹口气："少督，您还是在这里等等吧。"

他径自出门，谁想刚转了一个弯，便遇见了李副官。此刻李副官看他的神态，自也与从前不同，虽不似韩凤亭那般一脸崇拜，却亦是满心的感激。

"卢先生，你怎的起床了？身体可还好？"

卢秋心道："我并没有什么事。"他因见李副官，便想到了昨夜之事，问道："昨夜那两个人，到底是什么来路？"

一提起这件事，李副官便是满眼的愤恨，道："审了一晚上，两个老小子什么都招了。你道是谁？原来我家督军最近刚揍趴下的闫东洋，他弟弟知道这消息，大怒之下想要报复，就雇了两个人想要杀我家少督。要不是昨晚卢先生恰好在，少督可不就中了他们的毒手！"想到昨晚的情形，李副官不免一阵后怕，那两个人一身的好武功，真个是来无踪去无影。明明那么多兵在少督身边护着，硬是一个没有发现。倘若有个万一……

幸而我当初英明果决，把卢先生请来当少督老师。想到这里，李副官倒不免佩服起自己。

卢秋心便问："那两个人不是一般人物，李副官可知他们是什么来历？"

李副官道："听他们说，一个是什么天保门，一个叫什么断魂枪……谁晓得这些人的名字，古里古怪。"

卢秋心面色微微一变，道："李副官，可否带我去看看他们？"

这院子里原有一个地窖，这时便暂做了关人的牢房。那两个人都被戴上了铐子，动弹不得。李副官开了地窖门，任卢秋心下去，自己则留在上面。

卢秋心走到下面，这地窖里是有灯火的，只见那两人都是近天命的年纪，论相貌，原都是威武堂堂，但神色却是落魄憔悴。再看二人身上穿的衣服，虽然料子都是极好的，却是新制。心中已猜出十之八九，不由暗叹。

他问："二位可是天保门的卓成礼先生与绰号'断魂枪'的凌不凡先生？"

这两人都是清末的武术高手，曾经名噪一时的人物，就是刚才被人审问，也没有道出自己的完整名姓。此刻骤然被这么一点，都是一震，暗道：什么人竟然晓得我等姓名？再抬头一看，却见面前站的是个书生模样的青年，卓成礼看他右手，凌不凡看他身形，不禁齐声道："是你！"

昨晚二人败得干脆，却实在没想到，打败自己的竟是面前这个看似文弱之人，不禁又异口同声地问道："你是什么人？"

卢秋心叹了一口气："我是什么人并不重要，但两位皆是一时名家，怎的落到这个地步，竟做了刺客？"

凌不凡被他一问，不觉羞愧，便低下了头。卓成礼却大声道："名家，名家在现今的世道值几个钱？这年头，早就没了我们这一路人的饭碗！若不答应闫将军这一票，我二人就连身上这一件新衣服也穿不上！家里老小都等着饭吃，不然，不然……"他忽然哽咽，说不出话来。

卢秋心道："凡事有所为，有所不为。我识得一个人，亦是名门弟子，一身的好功夫，如今在饭店里做一名杂役，虽然清苦，却也是自食其力。"

凌不凡便在这时抬起头，苦笑一声："风光了半辈子，到头来去做小伏低？倒不如死了。”

武林中的人物，多是秉性高傲，这种情绪，卢秋心并非不能理解。就在这时，那卓成礼又开口问道：“你又为何要救韩家那小子？想必也是为了荣华富贵，竟好意思来质问我们。”

卢秋心并不动气，面色依旧沉静：“我救韩凤亭，只因他是一个人。”

“什么？”

“韩凤亭虽然纨绔，却并没有什么当死的罪名。我……”他微微一叹，“我不过是不忍心，看着一个不当死的人，就这么丧了命。”说罢，他不再多说，转身上了阶梯。

“小子！”卓成礼忽然叫住他，“你年纪轻轻，秀气文弱，倒这般好本事。你又是什么人？”

“我？”卢秋心道，“和两位一样，不过是个过时的人。”

待卢秋心回到房间之后，韩凤亭仍候着他，殷勤备至。卢秋心实在很不适应，便道：“少督，你想不想学上几招？”

韩凤亭大喜：“真的？”一眼扫到卢秋心手上伤势，却又道：“罢了，等老师好了再说。”

卢秋心淡淡道：“少督同我学本事，倒也无须我费什么力。”于是指着庭院中道：“你到那里去。”

韩凤亭便依言过去，却见卢秋心并未随之前往，心道这是个什么意思呢，难不成还能隔窗授艺不成？自己听过的那些书里，可没有这样的，却又听卢秋心道：“蹲马步。”

这个韩凤亭是会的，便蹲了个马步，卢秋心依旧坐在窗下，只道：“左肩再沉些，腰背挺直……好，这般两个钟头，你再来找我。”说罢，他自看书去了。

韩凤亭目瞪口呆，心道：就这么个练法？好像有哪里不对……

蝶影恰好在这时端茶过来，看到这一幕不由呆了一呆，道："这……韩少督只怕连一个钟头也坚持不下去吧。"

卢秋心叹道："我猜是半个钟头。"

最后韩凤亭坚持了一刻钟，便就此作罢。这下连蝶影都叹了口气。韩凤亭唉声叹气地蹭回来："这英雄真不是一般人做的……"他心里虽然对英雄这个字眼还是十分钦羡，却也不由得踌躇起来。

"能不能学点别的？"韩凤亭这话颇没底气，未想卢秋心竟然道："也不是不行。"

他右手虽伤了，左手还能用，韩凤亭都没看清他怎么动作，手腕就被一只冰冷的手扣住，韩少督不由一惊："这是怎样做到的？"

卢秋心放开他手腕，重新做了一次，这次的动作较之前那番要缓慢很多，韩凤亭明明看到他一只手朝着自己而来，便向旁边一躲，谁知卢秋心动作巧妙地一翻一扣，自己的手腕又落入了对方的掌握。

他不服，连续又试了几次，谁想卢秋心这一招极巧，竟是无论如何也不能挣脱。卢秋心收回手，道："这是一种小擒拿手，对学艺的人没什么特别要求，寻常人也可学得，少督想学，我自可教于少督，只是有一件事，还请少督应允。"

韩凤亭奇道："什么事？"又道："书上都说，这老师吩咐弟子，是天经地义的事情。再说老师你一口一个少督，我听着也别扭，怎不叫我名字？"

卢秋心笑了一笑，继续道："少督，昨晚那两个刺客虽然有不轨的企图。但他们不过是因着金钱的逼迫，方才做出这样的事情。况且二人是受人雇用，如今少督并没有受什么损伤。我想请求少督，不要将那两人处死。"

韩凤亭一怔："我也没说杀他们。这事全怪闫东起那个混蛋，我自然要找他这领头的算账。"

卢秋心暗自松了口气："那好，少督便请随我学习吧。"

韩凤亭吃苦的本事是没有的，练武的天赋，多多少少总还有一些，只用了一个上午，三招擒拿手便已学会。再往后的招式需要右手配合，卢秋心现下却教不了他。韩凤亭倒不介意，喜滋滋地一遍遍演习，卢秋心在一旁看了，不由叹道："这些无用的事情，少督倒学得起劲。"

韩凤亭奇道："这怎么没用？那老师你说什么有用？"

卢秋心道："做人之理，处世之则……算了，这些只怕更无用。"

韩凤亭心说，我都活了二十岁，怎么做人还用学？他关心的是另外一件事："老师，你这功夫真是厉害，是怎么学来的？"

这句话一出口，连蝶影都十分好奇。卢秋心想了一想，道："少年时，我因家庭的原因，在香港住了一段时间。那时遇上了我的老师，我在香港三年，学了他不少东西。"

韩凤亭道："想必这位太师父，是一位大大有名的英雄。"

卢秋心笑了一笑，也不知想起了什么："大大有名的英雄……或许吧。但我的武功，并不是和他学的。当时我这位老师身染重疾，他有一位友人自南洋来到香港为他治病，随意教了我几手功夫。"

韩凤亭心想，随便学两手也这么厉害，那个太师父，还有那个太师父的朋友，得多大神通？大概只有那说书里的英雄罗觉蟾，又或者武侠小说中那金针神医，方有这般的本事吧。

休养了一周，卢秋心觉得自己的右手已好了许多，便回到报馆做事。先前他与陈燕客说自己在亲戚家休养，陈燕客又不知他地址，自是挂念。如今看到人在面前，好歹放下了心，又道："你病这些天，有人连着来打听了两次。"

卢秋心寓旅京华，除了报馆几个同事，并没有什么朋友，奇道："是什么人？"

陈燕客还未开口，就听一个雄壮的声音道："卢先生可在吗？"

卢秋心一抬头，却见面前立着一个汉子，正是金老五。

七

卢秋心实未想到竟是他，陈燕客已在一旁笑道："就是这位西山饭店的金先生，一直挂念着你。"

金老五微红了脸，道："我已不在西山饭店做事了。"

卢秋心见他身上衣着确不似往日破旧，心中倒很为他高兴。又听金老五道："卢先生，不知你可有时间，我想请你吃一次馆子。"

这时卢秋心手头的事情已经做完，陈燕客笑道："这位金先生好意，秋心你便去。便真来了稿子，我替你编了便是。"

卢秋心便笑着谢一声，同金老五一同出去。他顾念着金老五，选了附近一家叫作"小扬州"的馆子，这里几个淮扬菜做得地道，价格又不甚贵。二人选了个僻静角落坐下，金老五又特别吩咐，要了一壶酒。

待到酒菜上来，金老五满满地斟了两杯酒，道："卢先生，你对我有救命的大恩，我也不知当说什么了，这一杯酒，我敬你！"

卢秋心笑道："西山饭店那次，你也帮了我许多，这件事不必再提。"虽如此说，还是把那杯酒一饮而尽。

金老五看他喝了酒，很是高兴，又从身上取出一个纸包，道："卢先生，这个还你。"

卢秋心不解其意，打开一看，竟是厚厚的一沓钞票，怕不有千元左右。他吃了一惊，连忙把纸包一合，递了回去："这是何意？"

金老五很是得意，道："滴水之恩，当以涌泉相报。当初卢先生替我交纳外国医院那医药费，怕不有一二百元吧，如今我发达了，自然要报答回来。”说着，又硬把那纸包往卢秋心手里塞。

卢秋心细细打量他，见金老五虽然不似以往，可也不是如何阔绰的样子，想了一想，便从那沓钞票中取出几张，其余的仍放回去，语气平和地道：“你的意思诚恳，我自然是十分感谢的。但这么多钱给我亦无用。我拿了一百元，做当日医药费的补偿即可。”

金老五还要说话，但卢秋心的意思十分坚决，最终也只能如此。卢秋心又问：“金兄，不知你现在是在哪里做事？”

金老五夹着菜，道：“说起来，还要多谢卢先生，因上次西山饭店的事，让我也出了一次风头，因此便得了个差事，我这一番所学，终于有了用武之地。”他神色很是兴奋，又道：“卢先生，初识你时我不好说自己的姓名，如今终可说了，我的名字叫作金成业。”

卢秋心笑道：“恭喜恭喜，不知你现在……”他话还没有说完，金成业便道：“卢先生，我听那陈先生说，你生了病，不知现在都好了吗？”

卢秋心伤在手掌，但一来已经好了许多，二来他一直刻意掩饰，金成业并没有看出，听得对方这般问，便笑道：“都已好了，多谢你，竟一直惦念着。”

金成业笑道：“卢先生是我的恩人，自然与旁人不同。”

卢秋心笑道：“客气。”他听出金成业有掩饰的意思，转念一想，自己眼下住在韩少督那里之事也瞒着人，旁人自也有些隐私，便没有追问。

二人又聊了一会儿，金成业颇有志满意得的意味，卢秋心想他一身抱负终有施展，觉得也可理解。他忽然想到一事，便问道：“金兄，你可知在京城中，天保门一位名叫卓成礼的，与另一位绰号‘断魂枪’，叫作凌不凡的，住在何处？”

金成业一怔：“卢先生你一个文人，问他二人做什么？”

卢秋心自不好明说，便道："我听一个新闻界的朋友提起，说他二人一身本事却家境贫困，我听了心中不忍，想接济一二。"

金成业不由大笑："卢先生真是文人的习气不改，你有几个钱？这也未免太滥好人了！"又道："照我说，这两人既然没有本事养活家人，那也是自己的命数。"他见卢秋心脸色不好，便道："也罢，就当是卢先生的面子，若说北京城里旁人我未必晓得，这两人却恰好认识，明儿给他们送些银钱就是。"

这一次饭局，乘兴而来，到结束的时候，却有些败兴了。

金成业，竟也与从前不同了。

然而，在这个变化莫测的时代里，一个人些许的改变，根本算不得什么；倘若一成不变，也许才是令人诧异之事吧。

卢秋心回到报馆继续做事，陈燕客见他神情并不很好，取笑道："吃个饭倒沉着脸回来，那人欠你钱不成？"

"没有，他还我钱了。"

陈燕客"哈"的一声笑了出来。

待到这一晚做完事之后，陈燕客伸个懒腰站起身，正想去解语那里消遣一二，就听门口一阵喇叭响，一个报馆同事匆匆跑进来，大惊失色道："这是怎样？门口好些大兵堵着，咱们报馆是犯了事不成？"

这报馆被抄检，也是常见的事情。当下里人人自危，有人问："后门在哪里？"又有人道："哪里能先躲上一躲？"陈燕客一手拉了卢秋心："坏了坏了，也不知是不是秦主编惹了什么人，咱们快走！"

就在这一团混乱的时候，门口又有人大喊："卢先生，卢先生在吗？"

卢秋心怔了一怔，陈燕客忙拉他："莫要出去！"

卢秋心道："你听门外人的称呼，想是不碍事的。"说罢便出门，只见报馆门口灯光雪亮，一辆汽车正停在那里，四个大兵站在车上，车内坐着个神采飞扬的少年，一见卢秋心出来，一探头，一句“老师”正要脱口而出。卢秋心一个箭步冲上去，道：“少督噤声！”

韩凤亭吓了一跳，好在还算从善如流，道：“哦，请上车。”说着一手把卢秋心拖了上来。

这时候实在不宜拉扯，卢秋心只好随韩凤亭上车，那汽车鸣着喇叭便开走了。卢秋心只觉头疼，问道：“少督这么晚来，是有什么要紧事？”

韩凤亭眉飞色舞：“来接老师看一出好戏。”

卢秋心只觉得自己的头更疼了。

这汽车一路开着，便到了临近城郊一个偏僻所在。汽车还没有停下，就见远远的红光闪耀。韩凤亭从车上跳下来，左手握成拳头一击右掌：“好，干得漂亮！”

卢秋心也下了车，看了那红光不明所以：“这像是起了火……少督，这是什么意思？”

韩凤亭眉飞色舞：“老师，我昨晚吃了那么大一个亏，怎么能就此罢休！老李端的能干，只一天，他已查出闫东起那王八蛋在这里有一个外室，每月这两天都会过来。他便带了人把这屋子前后一堵，再放上一把火，料定里面的人，一个也跑不出来！”

他说得痛快，卢秋心面色却已变了几变。等到韩凤亭终于说完，他寒着一张脸：“我问你，那里面除了闫东起，还有其他什么人？”

韩凤亭不解，回忆着道：“那个窑姐儿在里面，大抵还有个听差，有个司机？据说闫老头去这里都不带什么人……哎，老师，老师！”他看卢秋心就要往里面跑，忙一把拉住：“您去干吗？闫东起是必死无疑了！不用您动手！”

他竟还以为卢秋心是去杀人，卢秋心转过身来，看着他道：“闫东起是个作恶多端的人，也不必说他。他那情人、司机和听差又有什么罪名，要一同葬身火海？”

韩凤亭万没想到卢秋心是为这个生气，低声道：“这……他们不是和闫东起一伙的吗，一起杀了也没什么。那《水浒传》里都说，武二郎杀张都监是满门都杀，我这还没动他家里人呢。”

卢秋心只觉眼前有些发黑，先前在西山饭店时，韩凤亭曾说出“要人家命就不算英雄”这样的言语；处置卓凌二人时，这位少督亦曾表示并不想杀那两人。也正是因此，他一度觉得，这位少督，或许与其他人有所不同。然而这一刻，他才真真切切体会到，韩凤亭这等习惯了高高在上的贵公子，对人命，终是轻视。

他用力一甩，韩凤亭自然抓不住他的手，忙问：“老师，老师，你去干什么？”

“救人！”

“你……”

卢秋心看着他，疾言厉色：“你既还叫我一声老师，那就让我教你些功夫之外的东西。

“人死不能复生，韩凤亭，望你珍重一条性命！”

说罢，卢秋心的身形如一只白鸟，飘飘荡荡地向那片红光飞去。韩凤亭呆呆站着，看着他的背影，一个护兵就在这时冲过来：“少督，少督，不好了！原来闫东起今晚并没过来，咱们那把火是白放了！”说罢不由惴惴，暗想少督听了这消息，万一大发雷霆，自己可就做了炮灰。

谁想韩凤亭并没有发火，他一拍大腿：“没来就没来，日后总有机会。你们几个赶快去灭火，里面的人，能救出一个算一个！”

那护兵都怔了，心说这是怎么一回事，却见韩凤亭怒道：“还不快去！”

这一边，卢秋心已经连救出两个人，他咬一咬牙，有心再度冲入火海，但他的体力也到了尽头，衣衫上也满是焦痕。

罢了，就再拼一次吧！他心里想着，正要冲进去，身后忽有一个人大喊起来："老师，老师，你等等，待灭了火再说！要不，换我手下人进去！"

卢秋心一怔回身，却见韩凤亭一脸焦急站在他身后，又有一些护兵拿着水盆水桶，这附近原也有一口水井，但仓皇之间，自然寻不到多少应用的家什。卢秋心顺手拿过一个水盆，从头顶一浇，只将他全身浇得透湿，随后道："你们进去是不中用的，还是我来吧。"说罢人便冲了进去。

韩凤亭不及阻拦。他呆了一呆，看着身边的人问道："这里面还有几个人？"

一个护兵看看刚救出的这两人，一个便是那暗娼，另一个听差模样，便道："这窑姐儿家也没什么人，听说还有个老妈子？"

韩凤亭大怒："为个老妈子不要命？"然而他质问了这一句后，也不知怎的，心头到底生起一丝钦佩。

烈焰升腾，救火不及，韩凤亭急得跺脚，他年纪尚轻，性情冲动，竟要冲进去，周边人哪里肯让，七手八脚地忙把他拖住。

就在这一团混乱的时候，大火里忽然冲出一个人来，衣服上还带着火苗，一个护兵机灵，一盆水就泼了上去。

正是卢秋心，他手里还拖了个半老的女人，两人一起跌倒地上，那女人已经晕了过去，卢秋心大口大口喘着气，人几乎虚脱。

韩凤亭又惊又喜："老师，哎，老师，你没死吧？"

他情急之下，说得不伦不类，卢秋心听了不觉好笑，一抬头见自己这个名义上的弟子一脸关切，也未免有一丝触动。也因这一丝的触动，他到底还是有了一番挽回之意。

既然他也称我一句“老师”，既然他也并非罪大恶极，那么……总还是教导他几句吧。

他道：“韩凤亭，你应知这世上，有所为，有所不为……”刚说到这里，却见韩凤亭面色茫然：“这什么意思？”

卢秋心只好换一个说法：“有的事情可以做，有的事情不可以做。”

韩凤亭便问：“什么事情不能做？”

卢秋心道：“不可做的事情有许多，我今日教你的第一条，便是无辜之人，性命不可夺。”

韩凤亭福至心灵，说出一句：“那你今天去救人，就是你必须去做的事情了？”

卢秋心没想他能说出这么一句话来，看了韩凤亭半晌：“是。”

他又道：“若你再杀无辜之人，我必清理门户。”

清理门户这个词，韩凤亭在说书中听过，可没想过能用在自己身上。他呆了一呆：“老师，你、你是认真的？”

“言出必践。”

是时，火光熊熊，卢秋心一身狼狈，然而他之神态语气，却是无比坚定，双目炯炯，宛若寒星。韩凤亭心中又惊又震，惊的是卢秋心“言出必践”那四个字；震的却是卢秋心先前那一番言语，这样的教导，实是他活了二十年来首次听闻。

这亦是卢秋心对韩凤亭第一次正式的训诫，一直过了几十年，韩凤亭仍记得这一幕。回想之际，仍不免冷汗涔涔。

待到这些人终于回到住所，天色已然大亮。李副官虽然策划了今晚这一场事，但并没有亲身参与。事实上，就连韩凤亭也不当去，这位少督纯属是心血来潮自己偷跑去看。李副官见他归来，又惊又喜：“少督，有件怪事，侍候卢先生的那小妮子蝶影，竟不见了。”

八

昨晚经了这许多事，韩凤亭又累又困，连指责李副官办事不力的力气都没有了，只想一头扑上床睡上一觉，没想又听了这么个消息，顿觉火大：“这是怎么回事？一个大活人也能丢！”

他还要发作，被卢秋心拦住：“李副官，究竟是怎样一回事？”

卢秋心这么一说，韩凤亭还真就不开口了，李副官暗自庆幸，忙说了事情原委。

其实这事说起来也极简单，昨晚上的时候，蝶影还在帮忙做事，今天一早就不见了踪影。四下门窗安好，也没人听到什么异样声响。但要说是小姑娘自己跑了，她的衣服首饰却又一样没缺。

卢秋心皱着眉头，大步来到蝶影的房间，一进门，他就觉得不对。

“五更香？”

“啥？”韩凤亭瞠目。

“一种迷香。”

卢秋心又仔细审视四周，不久道：“蝶影是被人掳走的。”

韩凤亭奇怪：“老师你怎么知道？”

卢秋心道：“那人留下了字条。”原来那张字条混在蝶影的习字纸中，李副官等人竟未发现。

那张纸的字并不甚好，然而颇有剑拔弩张的意思。上面言道前来拜会韩少督，未想少督不在，因知这女子是少督心爱之人，于是将其带走，少督若想再见，请一人前往城外某地换人。

韩凤亭见了大奇：“这小丫头怎么就成了我的心爱之人了？她不是我为老师你买的吗？”

卢秋心却想清了其中原委，韩风亭素来豪奢，当初为蝶影赎身之时，说不定便有一掷千金之举，多半会传得沸沸扬扬。蝶影原生得美，外人又不知韩风亭为她赎身的缘由，自然会有这种误会。而韩风亭素来有着任性的名头，若因爱姬被掳，只怕当真做得出一人前去救人的事情。

可这般说来，蝶影这小姑娘其实也是受了自己的牵连……

想到蝶影自幼命运多厄，卢秋心不由一恸。他道："我去带蝶影回来。"转身便要走，他的衣服被火烧坏许多，此时是冬末，这般出去不雅相不说，更易染上风寒。韩风亭阻拦不及，顺手抄起自己那件有名的白狐披风掷过去，道："老师！老师拿上这个。"

卢秋心伸手接住，并不停留。

那张字条所约的位置是一处破庙，香火是早散了，里面的菩萨像上满是蜘蛛网，卢秋心四下看了一看，并没有什么埋伏。他心中奇怪，一脚踏入，内里亦是空无一人，正在诧异，忽听菩萨像后有人吸了口气，他喝道："是谁？"

一个人便走了出来，他奇道："卢先生，你到这里来做什么？"随后目光便看向卢秋心身上披风，又是惊讶，又是疑惑。

这人穿着富贵华丽，竟是金成业。

卢秋心万没想到竟在这里见到他。论说这破庙十分偏僻，金成业躲藏于此，总不成是来散心的。金成业犹疑了一会儿，强笑道："卢先生莫不是如上次西山饭店一般，又来做一个侦探，查什么案子？"

卢秋心面上却没有笑纹，他道："确是如前番一般，虽不是为什么案子，却是为了查一个人。"他看向金成业，目光在后者周身打了个转，这一身的穿着，比起昔日里二人雪夜初见，差别何止霄壤。

"蝶影呢？"他问。

"为何卢先生要来找蝶影？"

“为何是你带走了蝶影？”

这两句话，二人几乎是同时说出。卢秋心深吸了一口气：“你是为闫东起做事了吧？”他一早便应想到，那日飞泉寺内金成业大展身手，随后便发达起来，当晚在场有权有势之人，除了韩少督，便是闫东起。而这般与韩凤亭作对的，除了闫东起又有哪个？

金成业面色微红，但随即便昂起头道：“正是。”他恳切地看向卢秋心：“卢先生，旁人不懂，你定会理解我之所为，是不是？我一身本事，不能埋没。你我初识之时，你也看到，我再不出头，就要死在大街上！因此我眼下所为，实在是天经地义，是也不是？”

他说话时，卢秋心一直未曾言语，只等他说完了，方道：“你若以为自己所为是天经地义，却为何要我肯定？”

金成业霎时顿住，卢秋心续道：“你自己……也未必认同自己这等作为吧？”忆及当日雪夜初逢，后来西山饭店内一番合作，卢秋心不由深深叹了口气，实未想到二人之间，竟走到今日这个地步。

“把蝶影交还给我，你自己想走哪条路，随你去吧。”

金成业半晌没有说话，最后他低了头，声音沉闷：“那小姑娘在菩萨像后。”

卢秋心疾步向后面走去，果然见到菩萨像后依稀有个人影。他正要上前，忽然间一道劲风自身后劈来，他侧头一闪，反手还击，两只手掌交错在一起，力道相震，各自退后一步。他抬头，便见到金成业愤懑的眼神。

“你……你果然也是个练家子！”

当日在医院中，金成业向卢秋心展示武功，是时卢秋心正举起茶杯，恰好挡过这一击；西山饭店那里，蝶影的披风与手帕放在路上，卢秋心对李副官说是金成业所为，其实金成业并不知晓此事，是卢秋心以轻功放至；还有在飞泉寺，金成业与那了因和尚对峙，忽然间风起雪至，遮了那了因耳目，方才被他一举击杀……

这些事情，金成业并不是没有过疑惑，此刻见了卢秋心身手，一一对照，方才明晓前因。

而此刻卢秋心出现在这破庙里，又穿了韩凤亭的衣服，更说明他乃是韩凤亭的心腹。原来自己一直被他玩弄于股掌之间，原来这个所谓的恩人，不过是一直在骗自己！

想到此处，金成业不由恼怒，更有一个声音在他心底深处道："你方才顾念他是你的恩人，因此不好出手，如今再同他出手，可已不妨事了！"

这般想着，他气力凝于手掌，一层淡淡的金属颜色霎时满布于掌上，喝道："说出韩凤亭下落，再走不迟！"

卢秋心侧头一躲，几缕发丝被截断，飘飘扬扬地直落下来。他见过这"金波功"几次，知道其中的厉害，并没有直攖其锋，只是跳跃闪避，但这破庙统共也没多大，何况他一晚没睡，又连入火场救人，到现在实在没有什么体力，连避了七八招，金成业一掌劈到菩萨像上，菩萨的手臂被他劈断半根，碎片直溅到卢秋心面上，擦出一道血痕。

这庙本就年久失修，那半根手臂劈断之后，整个菩萨像失去平衡，蛛网合着灰尘纷纷扬扬直落下来。卢秋心暗叫不好，这菩萨像莫非要坍塌？那后面可还有一个人！

方才匆匆一顾，卢秋心其实并未看清那人样貌。但无论是谁，总不成看着他这般送死。他也不顾身后的金成业，匆忙奔过去，要救那人出来。

金成业怔了一怔，卢秋心这般做法，直是把背后空门都展示在自己面前，若他这时以"金波功"一掌斩下，卢秋心就是不死也会没半条命。

然而，面前这个人，却是为了救另外一个人，才这般不顾自己性命……金成业忽然想起初见之时，眼下卢秋心对那人，与当日对自己，又有什么两样？

这心念转动，不过是瞬息间事，金成业终究还是出了手，但并非金波功，而是一指向卢秋心后背点去。

这是点穴之法，这个年头，这种武功法门失传已久，就连一代武术大家，出身鹰爪门的齐鲁孙也不会。金成业天赋极高，竟被他自行研究出了一些法门，虽不能说如何完备，但在如今武林，却已是极难得的成就。

罢，罢，罢！卢秋心，无论怎样，你毕竟曾救过我一次。

这一指出手，速度奇快，又是罕见武学，卢秋心刚刚伸手抱起菩萨像后那人，论说绝没有还击的可能。谁想金成业刚刚出手，卢秋心骤然转身，他一只手还抱着人，另一只手闪电一般，往金成业腕子上一点。金成业只觉整条手臂都已酸麻，那伸出的手指不由自主便垂了下来。卢秋心又是一指，金成业登时动弹不得。

“这、这是点穴之法！”金成业大为惊愕，“传闻只有上海滩的金针神医聂隽然才懂……”

卢秋心没有答话，只看向怀中人，那道娇小人影正是蝶影。此刻她双目紧闭，面色苍白。卢秋心不由一震，探她脉息，知她只是晕了过去，并无大碍，心下稍安。

“你也走吧。”他看向金成业，随后解开了对方身上穴道。

金成业大为吃惊：“你……”

“你方才有留手，何况，你并没有真的伤害蝶影。”

金成业面上神情几度变幻，欲进又退，前后两难。忽地，他嘶吼出声：“我，我不甘心！”

仿佛洪水终于在大堤上找到了宣泄缺口。金成业面色惨白，紧握着双拳：“我若离开，在闫将军那里如何交代？好容易得到的机会便要毁于一旦！我只是不想继续在烂泥里打滚，庸庸碌碌地过一辈子，这有什么错？我只是想不辜负这一身功夫，这有什么错？我只想求一个发达，求一个得意，这有什么错？”

他声音痛苦，双眼通红。卢秋心喟叹一声，不再多说。只脱下白狐披风将蝶影一裹，道：“我送蝶影姑娘去医院，你走吧。”

金成业依旧站在当地，卢秋心与他擦肩而过，就在此时，只闻窗外“嗒”的一声轻响，卢秋心面色大变，抱着蝶影着地一滚，犹不忘朝金成业大喊道：“快躲开！”

话音未落，一颗子弹“当”的一声，擦着卢秋心的肩膀直打到地上，泥土四溅。

金成业虽然武艺高超，对枪支弹药等事却并不十分了解。卢秋心听得出方才那“嗒”的一声乃是子弹上膛的声音，他却不能。而当卢秋心叫他躲开之时，他怔了一下，竟然径直向前跃去。

又有数颗子弹连环射出，此刻卢金二人离得仍近，那几枚子弹又打得分散，其中一枚正穿透金成业胸膛。他惨呼一声，栽倒在地。

窗外有人“啊”的一声，枪声一顿，金成业忍痛向外看去，惊道：“燕子张？”

这燕子张是闫将军手下的一个人，街头上的小混混出身，不知怎的练了一身好枪法，因此被闫将军收罗过来。此刻燕子张一眼看到里面的卢秋心，目光又落到那件白狐披风上：“怎的不是韩……”

他只说了半句话，但无论是卢秋心还是金成业，都明白了。

这想必是闫东起不放心金成业一人，又派了燕子张过来。燕子张在窗外看到那件白狐披风，误将卢秋心认成韩凤亭，开枪射击，谁想却打中了金成业。

此刻，金成业中了一枪，伤势颇重，他大怒着指向燕子张：“你……”

燕子张又是惊讶，又是惶恐。他素知金成业本事了得，心道今日里重伤了这人，日后不知会被怎样报复回来。可转念又一想，自从金成业来到闫将军手下，便受到十分的重视，自己反被排挤出去。既如此，反不如乘今日之机会，一了百了！

他市井出身，颇有几分光棍的气概。一想到这里，索性一抬手，瞄准了金成业的头颅又是一枪。这时金成业已是动弹不得，两人的距离又近，这一枪正中金成业额头。他瞪圆了双眼，多少愤怒，多少不甘，却终究连一句遗言都没能留下来。

卢秋心目眦欲裂，他右手仍抱着蝶影，身子一低，左手抄起地上一块瓦片飞掷过去。这块瓦片速度奇快，弧度亦十分巧妙。燕子张虽擅枪法，却并不懂什么功夫，这一块瓦正敲到他手腕上，燕子张手往外一甩，那柄手枪竟朝着庙里直飞过去。

手枪尚未落地，就被卢秋心抄到手里，没见他怎样瞄准，甩手一枪，燕子张的额头上，已经出现了一个乌溜溜的血洞。

左手甩手枪，那正是民初罗觉蟾的绝技。

卢秋心松开手枪，长叹一声。

当年奇人罗觉蟾护送蔡锷出京，途中受了重伤，之后他去往香港养伤，就此住下。因他伤病严重，一时难愈，好友金针神医聂隽然特地从南洋赶来为他调治，卢秋心当时亦在香港，机缘巧合下与他们结识，这一身的功夫，正是由此而来。

尽管他有这般了得的本事，却并无意于乱世中谋一个出身。世路多风雨，他之所求，无非是在乱世之中保持一点初心。

足矣。

他抱着蝶影，继续向外走去，蝶影恰于此时睁开双眼，迷茫道："我是在哪里……卢先生，我不是在做梦吧？"

她一双明眸迸射出晶莹光芒，一派全然的信任与喜悦，卢秋心怔了一怔。他没想到，自己在这小姑娘的心中，竟重要到了这般地步。

远方有一个声音遥遥传来：“老师，老师，你没事吧？”一个大呼小叫的人影将将临近，后面跟的人则是李副官，口中叫苦：“少督，你慢些！”

那是韩凤亭，他到底还是赶了过来。

外面纷纷扬扬下起了雪，这个冬天发生了许许多多的事，而这一切也并未完结。卢秋心多了两个弟子，没了一个相识。未来的路究竟会怎样，会发生什么，卢秋心并不清楚。然而有一点，他却是可以确定的——

无论世道变迁，唯有初心不变。

篇二
双生

一

那一场雪后，卢秋心带着蝶影回到了韩凤亭家中。经过这一场大变故，韩凤亭也颇受震动。然而俗话说得好，江山易改，本性难移。韩少督这点爱好奢华、欢喜热闹的脾气是难改变的，现下他正坐在屋子里，绘声绘色地给蝶影讲着一桩新闻。

“我与你讲，这件事，可真真不得了……”

韩凤亭倒不是空口说白话，他说的乃是北京城里最近一件有名的案子。有一个初到北京的士绅，叫作秦大友的，夜半三更忽然被人杀死在家里，更被割了头颅，是时其妻犹自酣眠。这一起案子，直惊动了整个四九城。

论说韩少督这屋子里地毯足有一寸来厚，又安了热水管子，一阵阵的暖香扑面。可他这新闻一讲，蝶影想到那士绅妻子夜里尚与其夫同眠，凌晨醒来枕畔人却成了无头之尸，坐在沙发上竟打起了冷战。

“哪里有这般可怖。”随着声音，卢秋心从外面走了进来，韩凤亭与蝶影同时起身，一个道：“老师。”一个道：“卢先生。”

卢秋心微笑道：“你们说的那案子，我也知道一些。”

韩凤亭知他是一个新闻记者，这些消息定然灵通，忙问道：“那凶手到底是什么人？听小报上说，这人来无影去无踪，好似一个剑侠。”

卢秋心好笑：“什么剑侠，皆是小报胡写。据我所知，这秦大友乃是被一柄匕首刺中而死，也没被斩首。而他被杀那晚他妻子回娘家了，次日回来时才见到尸体。”

这么一说，这案子便少了许多的神秘意味。蝶影不再害怕，却也有些好奇：“这会是什么人做的呢？”

卢秋心道：“这我却不知，这秦大友家境是很富裕的，说不得是图财。”

韩凤亭胡乱猜测道：“也说不定是仇杀？情杀？”

卢秋心正色道：“秦大友并未传出什么不好的名声，莫要胡乱猜测。”又问道：“那闫东起已离开京城了？”

前番事后，闫东起一看不好，包袱款款便去找他兄长。韩凤亭觉得自己没能亲手报仇，很不乐意，听了这话便怒道：“那老乌龟跑得倒快！早晚一颗枪子崩了他！”

蝶影在一边抿着嘴不说话，她对这闫东起也全无好感。卢秋心看看自己这两个学生的模样，倒不好再说什么，只道：“也罢。”

好在韩凤亭的情绪来得快，去得也快。他骂了闫东起几句，气也就消了，只道：“老师今天回来得早，不如吃点夜宵？我也饿了，倒可以弄个火酒锅子。”

蝶影一听，便款款起身，笑道：“那敢情好，我去厨房看看。”说罢也不待卢秋心回答，径自走了。不一会儿，她便端了一只火酒锅子并材料回来，又配了一壶酒，笑道：“我想老师是个读书人，赏雪总要配些酒，便自作主张拿了。”

此时已是冬末，外面零星的还有些散碎雪花。卢秋心暗道我何时说过吃酒赏雪，但又感于两人的至诚，便笑道：“好，辛苦你了。”

蝶影又进出几次，拿了些果蔬冷荤之类下酒。此刻那锅子里的鲜汤也已经滚开，一阵阵的香气扑鼻，勾引起人的食欲。卢秋心笑了一笑，便坐了过来。

这一顿夜宵，吃得实在舒服。韩凤亭打着呵欠，摸着肚皮便要回去睡觉，却被卢秋心阻止：“出去走走，莫要积食。”他穿了大衣，当先推门走了出去。

韩凤亭打着呵欠，倒也跟了出来。

这正是夜深人静时分，一轮雪白的明月高高挂在天上，地上隐约有些积雪，那枯树的树枝，也从墙壁两侧胡乱地伸展出来，仿佛西洋油画的场面。卢秋心是寓居京华多年的人，看到这样的情景，心中未免有一种感触。他慢慢地向前走着，也不停歇，一时间也不知自己走到了哪里。

正这时，身后传来声音：“老师，你看这云……”

卢秋心想：了不得，这小少督竟也懂得风雅了。却听韩凤亭道：“听说最近京里有一个大盗，叫什么‘一天云’，专偷富贵人家，真有这么个人？”

卢秋心不觉失笑，但韩凤亭这一打岔，却也打消了他几分寂寥情怀，便道：“是有这样一个人。”

韩凤亭来了兴趣：“据说这人可以飞檐走壁，又会一种步法，轻易十个八个近不得身，有这等事？”

卢秋心道：“你说的这步法确是有的，叫作玉碎连环步。是多年前大盗曾头市的一样看家本领。若说学到了家，不得近身是真的。只这一天云我并未见过，不知他功夫究竟如何。”

韩凤亭不由感慨：“那这曾头市想必更加厉害，老师你可有见过他？”

卢秋心淡淡道：“武功厉害，并算不得什么本事。曾头市一生无恶不作，杀人嗜血，这样的人，有再大的本事，又算得上什么？”

韩凤亭便问：“那老师你说，要怎样才好？”

卢秋心想了一想，停下脚步，道：“为人处世，当守一个‘义’字。”

韩凤亭又要再问，忽听一声胡琴骤然响起。仿佛深山古林之中，一滴水骤然落入深潭，随即声音连绵不绝，悠扬之中，更有一种悲哀深沉的意味，衬着这一天雪一样的月色，令人魂魄为之震动。

韩凤亭长这么大，喜欢的是欢喜热闹，并不曾领略过胡琴的好处，偏这一次，一声声仿佛拧上了他的心，令他欲罢不能。韩少督平生不知愁苦为何物，却在这一晚，被这一支胡琴曲子震慑得欲罢不能。

——那就像将军百战，身死魂归，旧日袍泽均已不在，唯有战场上累累白骨，高天明月。

直到那胡琴住了，韩凤亭仍旧怔怔站在当地，半晌如梦初醒，道：“这真是好——真是好！”

他无甚学识，一时也想不到什么修饰的言语，只反复把“真是好”这一句连说了几遍，方问道：“这曲子叫什么名字？”他这一句自然是问卢秋心的，未想却是另一个人答道：“《夜深沉》。”

韩凤亭一怔，抬头见一个学生打扮的青年立于面前，自己方才竟未留意到这人到来，大抵是太过入神的缘故。他又看了那青年一眼，见这人穿着寒酸，只态度还算大方，因此倒也不令人生厌。

这时卢秋心便道：“这一曲《夜深沉》悲凉低回，委实动人。”

那青年听了，不由道：“这位先生实是个知音的人。学生胡思园，愿向您请教。”

卢秋心见他是个读书的人，便也多谈了几句，得知这胡思园家乡在湖北，眼下在京华大学读书。因听得这里胡琴拉得好，才走了过来。胡思园道：“我也算听过许多戏，却未见一个胡琴拉得这般好的。若是搭配上程老板的一段别姬，那才叫天作之合。”又道：“卢先生可曾听过程老板？”

卢秋心道：“不曾听说。”

胡思园诧异道：“大名鼎鼎的程芳容程老板，卢先生竟不知道？”

他这一说名字，卢秋心便晓得了，这程芳容原是当下的一个红角儿，便道：“原来是程老板，因我对梨园行不甚熟悉，一时竟未想起来。”

没想这一句话说错，那胡思园先前是个寻常的学生模样，听得卢秋心这般一说，便滔滔不绝地宣扬起那程芳容唱功如何圆转，扮相如何出色，某戏如何，某某戏又是如何，夹缠不清，只听得卢秋心一个头七八个大，匆匆地敷衍了两句，便带着韩凤亭离开了。回头时，却见那胡思园依旧站在当地，满脸的向往之情。

卢秋心叹口气，不觉摇了摇头。

之后两日又发生了一件新闻，城中一位士绅张复生被杀，与前番那秦大友相似，也是半夜里被一匕首刺在前胸。又有一桩奇异处，据闻这张复生与秦大友竟然是异姓的兄弟。而这二人虽然初到京城不久，但皆做了些慈善事业，报章上亦有宣扬，名声不错。这么一来，更是引得众人叹息。

这一天卢秋心来到报馆，正听到陈燕客高谈阔论：“谁想到一个做学生的人，竟也会去杀人呢！”

卢秋心坐下笑道：“这又说的是什么，新出的文明剧吗？”

“哪里是文明剧！”陈燕客道，“这是实实在在的真事。秋心你不知道，前几日张复生与秦大友的案子已捉到了凶手，这其中大有隐情。”

卢秋心便问：“什么隐情？”

陈燕客道：“说起来好像一部大戏，原来当年的结义兄弟，共计四人，其中三个家资都不差，只有一个姓胡的老四早年病逝，生计贫苦，这姓胡的独生儿子，就以为是他三个伯伯害了他父亲，因此才策划了这杀人的举动。”

卢秋心也深以为奇，又问：“那和学生有什么相干？”

陈燕客道：“那姓胡的独生儿子是个大学生啊！你看这事奇是不奇，若说杀人者常见，一个在学堂里读书的大学生，竟然潜入人家杀人，这就少见得很了。听说这胡思园还是在京华大学读书的……”

他刚说到这里，被卢秋心一口打断：“怎么，那人叫作胡思园，在京华大学读书？”

陈燕客不明所以：“正是。怎的，秋心你竟识得他？”

卢秋心不及回答，又问：“他一个学生，怎的有本事杀人呢？”

陈燕客道：“这事说来也巧，原来张复生被杀那一晚，他并没有当即就死，留下一句话，道是我若死了，定是胡家的人要杀我。他家里人都是知道当年这些事的，便去警署报案，再一查，那胡家的后人正在京里，而张复生被杀时无人见他行踪，可见有鬼。如今审讯之下，闻说是已经招供了。”

卢秋心想到那晚与己同听《夜深沉》的学生，不免叹息。忽然心中又一动，问道：“这胡思园杀人，究竟在什么时辰？”

入夜时分，灯火通明，卢秋心雇了一辆黄包车，匆匆赶路。

方才他听了陈燕客讲述，忽然发现，那张复生被杀的时候，正是那曲《夜深沉》响起之时，而张复生与韩凤亭一个城东，一个城北，就算胡思园坐了汽车，也万没有这般快就赶来的道理，可见是一件冤案。警局审讯，多有严刑拷打的事情，那胡思园说不得已遭了多少罪。他这般想着，便托陈燕客代为料理稿子，自己要去警局做一个证。

但黄包车走到一半，卢秋心却又停了下来。他在北京城里这几年，并不是一个不懂世故的人。一来现在已晚；二来自己是个文人，人微言轻，这时节去了警局，只怕帮不得那胡思园。但若说明日再去，又不忍心让这胡思园再遭一晚的罪。

罢罢，他苦笑一声，此时也只得扯一次虎皮了。

二

卢秋心这扯虎皮的主意，自然是请韩凤亭前来帮忙。但他回到家中，李副官却说少督去参加一个宴会。卢秋心再一问，得知这宴会地点相距不远，便赶了过去。

可过去之后卢秋心却暗叫不好，原来这宴会是在一位总长的家里举办，只看那雪亮的电灯灯光，来往的衣香鬓影，便知这不是一个寻常人物可以进去的所在。卢秋心扫一眼身上，心知不妙，这些听差都是先敬罗衫后敬人的，自己这一身比他们尚且不如，如何可以进去？

他正在门前踌躇，忽听一个声音道："这位先生，不知你有什么事情，可有什么我能帮忙的？"

这声音温雅动听，仿佛大雪天一道温热茶水直灌到嘴里。卢秋心回头一看，见是个洵洵儒雅的美青年，便先有几分好感。这青年穿一件灰缎袍子，外套青缎子坎肩，一身穿着虽是素净，但那坎肩上的扣子却是一颗颗珍珠所制，可见是一位富贵场中的人物。卢秋心见他热忱，便道："我有些急事，要入内去寻一位朋友。"

那青年了然一笑，道："我看先生是个读书人，大约不很适合这里的场合，这样吧，先生随我一路进去如何？"

卢秋心连忙道谢，又问："不知您怎样称呼？"

那青年笑道："客气，我姓程。"说完，脸上竟微微一红："叫作芳容。"

卢秋心倒吃了一惊，未想这就是那位大名鼎鼎的红角儿，程芳容程老板。难怪是这等的风度气质，他也不多说，只跟着程芳容向里面走，果然那些听差见了他，一个个毕恭毕敬，想这位程老板，应是总长家的常客。

两人向里面走去，这便更是热闹了，原来这位总长是一个留学归来的新式人物，故而他这宴会也很有文明的气息。别的不说，只他还专请了一支俄国的乐队奏西乐，就是少见的手笔。只可惜台上演奏的精彩，台下却三一群五一簇说得热闹，并没多少人注意。

程芳容这一进来，自然就有许多人上来招呼。他略带歉意地向卢秋心笑了一笑，二人行了一个西式的握手礼，程芳容便去周旋敷衍。论说这程老板生得温雅秀美，掌心却粗糙坚硬，卢秋心初时不解，后来想到他的出身，也是要冬练三九夏练三伏的，不免感慨。

宴会场上五光十色，令人眼花缭乱。卢秋心四下里寻找韩凤亭，不想走了一圈也没看到，他心中奇怪，韩凤亭莫非不在这里？

韩凤亭还真不在这宴会厅中，因韩少督身份不同，特别被总长请到后面招待。

那总长姓陈，面孔生得丰润雪白。他拉着韩凤亭的手笑道："老贤侄，许久不见。今日来了一个奇人，我知道你是最欢喜这些人物的，特地请你前来一见。"

韩凤亭心道："怪呀！这天下间还能有什么奇人比我老师更厉害？但陈老头这般说，定是有缘故的。"便坐在一边的沙发上等待，只见身边几个人也都是有身份有地位的人物，不免对陈总长所说的这“奇人”生了几分好奇之心。

又过一会儿，便有一个人走了进来，韩凤亭抬头看去，见这人二十六七岁年纪，身形并不十分高大，面目俊秀，穿一身西式服装，态度从容大方之极。

陈总长笑道：“这位周幻周先生乃是一个异人，天下所不能的事，他都能做到。因此我特地带他来向各位引见。”

这话未免有些大，韩凤亭年少，第一个站了出来：“天下的事都能做到？我却不信。”

那周幻笑吟吟的，也不着恼，道：“这位先生气宇轩昂，骨中却有铁血肃杀之气，定是家学渊源。可是韩凤亭韩少督？”

韩凤亭见他一口道破自己名姓，心中也有几分吃惊，再一想：自己在京中是一个大大的名人，这周幻识得自己并不算稀奇。便道：“正是本少督，你且说，你都有什么拿手的本事？”

周幻不慌不忙道：“岂敢，我这点本事，在韩少督面前自然是不值一提的。况且今日是总长的好日子，也不宜说什么煞风景的事情。这样吧，譬如说韩少督有什么想吃想玩的东西，我便给少督拿来，权当是一点孝敬，少督以为如何？”

他态度虽然谦逊，这话却也说得很满。韩凤亭心里不信，暗道：我若说天上的月亮，你也能弄来？却见那周幻上前两步，看着他双眼，笑道：“少督，不知您想要些什么？”

这周幻一双眼睛生得极好，黑白分明，炯炯有神，目光似可令人沉醉。韩凤亭情不自禁便看了进去，半晌方想到周幻所说的话，心中想：既是这般说，我须要些罕见之物才是。便道：“我要三凤桥的酱排骨，还要十年陈的花雕酒。”

这十年陈的花雕酒虽好，却也不算十分难得，那三凤桥的肉骨头产于无锡，此时他们身在京城，如何可以弄来？这分明是一种难为人的说法，未想周幻只笑了一笑，道了一个好字便转身出门。

他这一走，众人自然议论纷纷，有人便道莫非这周幻借机跑了？陈总长心中也有疑惑，但人是他请来的，口中还是要为周幻说话。未想没过多久，那周幻便提着一个食盒走了回来，朝着韩凤亭鞠了一躬，笑道："幸不辱命。"

韩凤亭半信半疑地打开一看，里面一坛酒，一个油纸包。他打开那油纸包一看，只见里面的肉骨头色泽绛红，香气浓郁，撕一块尝尝，只觉骨酥肉烂，甜咸适中，可不是三凤桥的酱排骨！他大吃一惊，又打开酒坛喝了一口，也正是十年陈的花雕酒，登时说不出话来，半晌方点着周幻道："你……真是神了！"

这时其他人也都围过来，看了食盒里的东西，啧啧称奇。周幻却依旧一派落落大方，颇有世外高人的神态。

正在这时，忽有一个听差过来，向韩凤亭道："少督，外面有一位卢秋心先生，说找您有要事。"

韩凤亭一听不得了，这是老师到了，也不再管那周幻，便走了出去。

原来卢秋心因没找到人，便寻了个听差询问。他这次心思一动，先塞了两块钱在那听差手里。果然那听差很是高兴，顺顺利利地便叫出了韩凤亭。

韩凤亭出来之后，卢秋心与他说了胡思园之事，韩凤亭叫道："老师你又做这滥好人！"但还是跟着卢秋心一同前去警局。果然韩少督一到，又说当时之事，胡思园便很快被放了出来。

胡思园对二人千恩万谢。卢秋心摇手道："你不必谢我，一则你本是无辜；二则你是一个学子，我也不忍让你辜负学业。"

胡思园听了这话，脸上未免带了几分羞惭的颜色。卢秋心问他道："因我是一个记者，故而也听到了一些消息，据闻你家与那被杀的秦张两人有一段渊源，因此警局才捉拿于你，不知这是怎样一回事？”

胡思园道：“不敢隐瞒卢先生。家父生前与秦大友、张复生，还有一位叫作宋翼的曾是结义兄弟，我听说他们当日都在一路做生意。但那三个都发了大财，只家父甚是潦倒，后来回乡不久便病故了。那时我年纪还小，只是从家母那里听说过这件事情，连这三人都没有见过。之前虽也在报纸上看到他们的名字，但我想这些年都没有来往，因此并不曾与他们联系。”

卢秋心道：“原来如此，但按你的说法，先前他们原是一路做生意的，却唯有你的父亲没有发财，你又是怎样看呢？”

胡思园摇头道：“家母曾说，富贵都是命数，何况又不是血亲的兄弟，何必计较呢！”

卢秋心称赞道：“令堂心性豁达，很是难得。”又道：“方才你说家境潦倒，可你能来京城读书，这开支不小，想必也是令堂筹划的？”

胡思园面皮一红道：“是，家母变卖了部分家产。”之后，便不肯多说一句，卢秋心想他经历了这些事情，必是十分疲惫了，便打算送他回京华大学。胡思园却道：“我……并不住在学校里。”

是时也有许多学生为图舒适省事，在外面赁房子，住公寓的。但胡思园先前说他家境不好，卢秋心便正色劝诫道：“你须得为家中着想，不可妄花许多钱财。”胡思园诺诺称是，也不多言。

不一会儿，韩凤亭的汽车便到了胡思园所说之处，韩少督是不耐烦下车的。卢秋心便陪伴着胡思园下来，却吃了一惊，原来这胡思园住的并不是什么公寓，而是一个大杂院。住在这里的人，无非是些缝补的、挑担子的、送水的，虽说是个四合院，里面怕不住了十户八户人家，胡思园这样一个学生住在里面，可说是格格不入。卢秋心想到他方才所说的家中情境，未免有些怜悯之意，便从口袋里拿了五元钱，向胡思园手中一递道：“我是个卖文为生的人，并没有多少钱财，这些钱你且拿去，买一件厚实些的大衣穿，也免得你母亲惦念。”

他不愿听胡思园的感激言语，因此递了钱之后，便上车走了，韩凤亭缩在车中打盹，并未注意到这些。

胡思园看了手中这五元钱，心中涌出一种说不出的滋味，一时间说不出话来，只怔怔地看着那汽车远去。

这件事之于胡思园，是救他于水火；之于卢秋心，是理所当为之事；但之于韩凤亭，那真是一件再小不过的小事。韩少督活着是要找乐子的，哪能在这些琐事上留意！

所以次日他起得身来，便摇摇晃晃地去找卢秋心：“老师！之前你曾教过我三招小擒拿手，当时你手不好，没有多教，现在不如再教我几招？”

这上午卢秋心左右无事，也就又教了他三招。按这学习的速度，这韩凤亭天赋实在算得上不错，但他一无常性，二无恒心，卢秋心也是有数，并不指望自己能教出一个武学高手来。

但韩凤亭可没有多少自知之明，他又学会了三招，心中很是得意，道：“老师！我想与你过过招。”

卢秋心叹口气，便起了身，挽一挽袖口，韩凤亭叫道：“老师，你怎的不换衣服？”

卢秋心只道：“你且攻来。”

韩凤亭便也没有换衣，左手握拳，向卢秋心身前打去，他心想：这一招，卢秋心必是要躲的。自己正可用方才的擒拿手拿他的手腕，可不是手到擒来？无奈想是这般想，卢秋心却未如他所料，而是左手从下方擒住了他打来的一拳，右手一拧一别，将韩凤亭另一只手也擒住，用的却是方才韩凤亭自己想用的一招。

韩凤亭不由叫道：“这一招是我要用的！”

卢秋心笑了，松开他手：“比武的时候，岂有你想与不想的？”

韩凤亭心中不服，按说以他的身份，要风是风，要雨是雨，但武学中真容不得人，绝非想要什么便能得到什么的。转念又一想：输给老师也不算丢人，不然他怎做得了自己的老师呢？

他这么一想，便觉得舒服了许多，正要再请教几句，却见听差进来道：“少督，有一位周幻先生想要见您。”

韩凤亭觉得这名字十分熟悉，一想，不正是昨晚在陈总长家中见到的那位奇人吗？忙道：“快请到客厅里坐，我这就来！”

三

韩少督素来眼高于顶，能被他这样对待的人却也少见。卢秋心便多问了一句：“这位周幻先生又是何人？”

韩凤亭一听，连忙把昨晚的事情讲了一遍，末了满眼憧憬：“老师！你看那鼓儿词上说的竟是真的！天下间果然就有这样的奇人，你说他是学过道，还是一个什么神仙？”

卢秋心听了，凝神思量了一会儿，慢慢笑道：“这也说不得。”

韩凤亭更加兴奋：“这般说来，老师也觉得他是一个异人了？”

卢秋心道：“不错。我也很想和这位周先生谈上一谈。”

韩凤亭忙道：“好，好！”

两人便一起来到客厅，周幻正斜倚在沙发一侧，见到两人进来，含笑起身，他今日里穿了一身藏青的西装，打着大红的领结，头发和皮鞋都是光可鉴人，加上一副笑若春风的面孔，真是让人乐于接近。韩凤亭上前一步，道：“周先生！我正想着你，没想你就来了。”又向周幻介绍卢秋心，周幻便和卢秋心行礼，态度十分地客气。

卢秋心笑道：“周先生客气。我也是听少督说到周先生的事迹，实在令人惊叹。因此想请周先生演示一番，我也开一开眼界。”

周幻听他这般说，便很注意地上下打量了一番，方笑道：“卢先生既新闻记者，必然是见过大场面的人，我这点雕虫小技，何必献丑呢？”

韩凤亭忙道：“不要客气，周先生你就再演示一次。我倒要看看，老师想要的东西你可能拿出来？”

周幻踌躇片刻，但见面前两人都是很坚持的态度，便笑道：“也好。”他站起身，来到卢秋心对面，一双黑曜石一般的眸子紧紧盯着卢秋心：“卢先生，不知您想要点什么？”

卢秋心也不答话，只也看着周幻。

这个场景，在一边的韩凤亭看来，实在是十分奇怪的，周幻和卢秋心两人你看着我，我看着你，可谁也不说一句话，脸上都还带着笑。他心里实在闹不明白，暗想师父是一个武学上的高人，这周幻也是一个异人，这高人对高人，莫非见面时还有什么特别的礼数不成？

好在这时间倒也不算很长，过了一会儿，周幻先收回了目光，有些无可奈何地一笑：“卢先生……”

卢秋心便笑道：“看来我也想不到什么了。”

周幻面色略有惊讶，随即道：“也好，多谢。”随即向韩凤亭道：“少督，我忽然想到还有些事情，便先告辞。”

韩凤亭原等着看一出大戏，没想这样莫名其妙就收了场，很是不解。但周幻已经告辞，卢秋心也已起身相送，他便不再理会。

卢秋心送周幻出了房门，此地离院门还有一段距离，经过院中一棵大槐树时，周幻便停住了脚步，唇边还带着一丝笑纹，道：“这院子里种槐树，可是犯了大忌了。槐为木之鬼，卢先生是有学识的人，怎的这样做事呢？”

卢秋心淡淡道：“我素来不信神鬼的说法。槐树也罢，鬼树也罢，都没有什么区别。”

周幻拱手道：“佩服，佩服，今日里也多谢卢先生给我一个台阶。那么，我便告辞了。”

他转身要走，忽闻身后风声暗响，速度奇快，周幻一惊，连忙侧身错步，幸而他穿的是一身西装，否则衣襟都要被人抄到手里。他目光向后一扫，却见出手的人正是卢秋心，用的则是先前曾教韩凤亭的小擒拿手。然而这小擒拿手在卢秋心手中用来，可是老辣纯熟之极。周幻心中一惊，反手一掌切向卢秋心的手腕，这一掌突如其来，更难得的是速度奇快。就连卢秋心一时也没能反应过来，手腕恰被斩中。

卢秋心只觉手腕一麻，幸而这一击的力量并不很大，他另一只手一翻，啪的一声正搭到周幻斩来的那一掌上。周幻躲闪不及，只觉手腕上仿佛多了一道铁箍，暗惊这书生模样的人力道竟然如此之大。他反应却也快，一脚便踢了过来，这一脚不算光明，放在武林中，有个名号叫作“撩阴腿”。卢秋心晓得这一脚阴毒，只得放开周幻手腕，向后一退。周幻借机也退了一步，从内怀掏出一样物什，迎风一抽，日光下看得分明，银光闪耀，却是一根极细的软鞭。

那软鞭在空中一卷，便向卢秋心手腕袭去，收放自如，好似灵蛇一般。卢秋心见那软鞭来得奇快，也不硬接，身子一侧，软鞭唰的一声，将那槐树上一根手指粗细的树枝带折，也不停留，朝着卢秋心的脖颈又卷了过去，这一招不但袭向人的要害，更兼是在背后出手，可说是防不胜防。谁想卢秋心仿佛背后长了眼睛，将手一伸，一把便抓住了软鞭的鞭梢。

二人互相对峙。这周幻的出手是很快的，招法也称得上变化莫测，但他气力不大，却是一个弱点。因此这般相峙，他其实是要吃一些暗亏的。这人的反应却也很快，他手一松，那根软鞭便掉到了地上，随即朝卢秋心笑道：“卢先生，你怎开起这样的玩笑来了？”

卢秋心见他先示弱，便也停了手：“非是我先出手，只是周先生身怀这样的奇术，又有这般的武功，找上少督，不免让人心生怀疑。”

周幻笑起来，把双手向空中一举：“明人不说暗话。实话讲，我因韩少督年少轻信，又有权有财，因此很想搭上他，求个财路，别的心思，倒也没有。”

卢秋心道：“闻说周先生与陈总长交好，怎的不寻陈总长？”

周幻摇一摇手，道：“不要提他，那陈百龄莫看是个总长，却吝啬得很。说起来却是韩少督这样的人好，高兴起来，多少钱也不在乎的。可惜我事先不知卢先生在这里，否则，也不必白走这一趟了。”

卢秋心听周幻这话，分明把自己当成和他一路的人，跟在韩凤亭身边不过是为了捞钱而已，而方才出手也不过是防人断己财路。他无意解释，只道：“既是这样，那也罢了。”

周幻拾起软鞭，收回口袋，脸上没有一点介意的样子，笑道：“那便告辞。天下的财主多得很，总不成下次再撞上吧！”说着推门而去，背影甚是潇洒。

卢秋心看他背影，摇头叹息，这周幻颇有能耐，但为人却是如此。转念一想：自己这些年滞留京华，碌碌半生，又何尝有什么出息？不免又叹了口气，一回头却见韩凤亭站在后面，正好奇地张望：“老师，那周幻走了？”

卢秋心听他口气，似乎并未看到自己与周幻动手的事情，道：“是。”

韩凤亭道：“奇了，今天你们那样你看我、我看你，是个什么路数？”

卢秋心淡淡道：“因为我破了他的催眠术。”

韩凤亭奇道：“催眠术，这又是个什么？”

卢秋心道：“少督，我且问你，当日在陈总长家，这周幻问你想要些什么时，可是一直看着你？你当时又是怎样产生想要酱排骨与花雕酒的念头的？”

韩凤亭被他一问，寻思起来，果然当时周幻一双眼直看过来，自己脑子里便没了其他想头，后来也不知怎的，便冒出“三凤桥的酱排骨与十年陈的花雕酒”这些字，但这些分明不是自己素日喜爱的吃食，为何当时要这般说呢？

卢秋心看他神色，已经了然，道：“这是他把自己的念头灌输到你的脑里，那酱排骨与花雕酒都是事先准备好的。所以你一说，他自然就拿得出来。”

韩凤亭听得惊讶不已，忙问：“催眠术是个什么东西？”

卢秋心道：“我所知也不多，听说是西洋的一种法门，可以操纵人的思想，有人借助器物令人中招，也有人利用目光对视，因我在香港时见到一次，所以晓得。”

韩凤亭不由咋舌：“这还了得，那周幻不是看一眼旁人，就能说什么是什么了？”

卢秋心笑道：“那也不至于，要施此术，也需种种条件。譬如说当日里周幻对你施术，你心无杂念，又全神贯注于他，这才中招。若是你当时注目别事，又或意志坚定，那他这施术就失败了。”

韩凤亭把手一拍：“我晓得了，因为老师知道这件事，所以他方才看你，你已有了抵挡，就不曾中他的术法。”

卢秋心点了点头，又道：“此人心术不正，你下次见他时，需得小心。”

韩凤亭不在乎道：“我怕他什么，何况他来找我还能为什么，不过是要钱嘛！”

卢秋心倒没想这个斗鸡走马的少督看得通透，心里微微一动，又听韩凤亭道：“所以，我敬重老师，不全是为你有本事，我身边这些人，只你一个，是真心不图钱的。”

卢秋心心中又是一动，却听韩凤亭道："可这一来，下午拿什么消遣……对了，上次咱们晚上听那胡琴真真是好，李副官，李副官！你去找找，这附近有个拉胡琴的，你把他找过来，拉一下午胡琴取个乐子！"

卢秋心真是哭笑不得，这韩凤亭就是这样，你刚对他有些触动，这人马上便露了原形。他也只得匆匆出来，告知李副官那晚两人听琴的大概位置，又请李副官万不要惊扰他人。

李副官笑道："卢先生放心。少督每次找这些人，都是不吝惜银钱的。他们乐不得来呢，哪会有什么惊扰？"说着便出去了。

这李副官不愧是跟随了韩凤亭许久的，又得了卢秋心的指点，不一会儿便找来了人，方禀告道："人已到了，不知少督想听个什么曲子？"

韩凤亭道："你把他叫过来，我当面问问他。"

李副官踌躇，韩凤亭却是个见不得人犹豫的，催促道："叫来叫来！"

李副官只得应一声，不一会儿带人来了，照韩凤亭先前所想，这人既然拉得一手好胡琴，外表不说仙风道骨，也总该是超凡脱俗的。谁想李副官领来这人煞白的一张脸，眼眶子下面重重的两道青痕，直好像一个纸人。再看他伸出一双手，瘦得便和鸡爪子一般，这也就是白日看到，若是大晚上骤然一见，怕不当他是一个鬼。卢秋心在一边看了，心中也是一惊，因他是从金针神医聂神通学过武的，多少也通一些医术，眼见面前这个人，只怕是沉疴已久。

韩凤亭到底年少，最看不得这样的人物，把头一扭："这是个什么人？"

李副官心里叫苦，暗说我就知道少督不乐意见他，只得道："这便是那晚的琴师汪九。"

韩凤亭只觉兴致全无，摆摆手正要叫他下去，却听那汪九道："少督想听个什么曲子？赏我个烟膏子钱，你要听多少都能伺候。"说着还笑了笑，露出一嘴白森森的牙。因他消瘦得厉害，这一笑更是瘆人。

原来此人还是个烟鬼。韩凤亭更是腻味，挥了挥手道："给他两个钱，叫他快走！"那汪九一听有钱拿，也不管其他，随着李副官便下去了。卢秋心暗自感叹，那晚雪夜听琴，是何等雅致的一件事，未想其人却是这般模样。

这般想着，在李副官叫人离开的时候，他忍不住还是在后面看了一看。却也正因这一看，听得那汪九在离开之时，口中低低念了两句话，因卢秋心是个练武的人，耳目比寻常人灵敏，因此听得清晰。

"契阔死生君莫问，纵有欢肠已似冰。"

后来卢秋心与陈燕客说到此事，道是遇见这样一个人物。陈燕客比他在京中多住了几年，想了一番，忽地一拍腿道："我说这名字耳熟，这不是汪九明吗！"

卢秋心道："那又是何人？"

陈燕客道："你对梨园行不熟，难怪不晓得。这是好些年前的事儿了。这个汪九明，年纪轻轻就有大名声，胡琴拉得极好。当时他是给程老板拉琴——程老板你知道吧？就是程芳容，那时刚出道，在天乐戏园里初次登台，戏码都排在前面。你知道戏园里的习惯，之前登场的，下面有几个认真看呢，无非是谈天说笑。可偏偏汪九明那胡琴一响，下面人都静了下来，这一把琴，就是有这样一种力量！后来程老板再一登场，他扮相本好，下面自然就是一阵彩声，再一开嗓，配上那把胡琴，那叫一个漂亮！那时外面正下着大雪，有说法是汪九明和程老板这一出戏，直叫这雪也停了，他二人又是师兄弟，这梨园双生，当即便红了起来。"

他这般一描述，卢秋心听了也不由遐想，又问道："如今程老板大红，这汪九明怎又成了这般模样呢？"

陈燕客道："你有所不知，这一场戏后不久，有一个大红的坤伶叫作金凤窈的，听了汪九明的名号，便想把他弄过来。谁想这汪九明后来抽了大烟，弄得人不人鬼不鬼的，没人敢用他，他也就沦落了，再没听过他的消息，因此他琴虽拉得好，但出来的时间短，记得的人也不多。"便叹一口气道："谁想你竟还见到了他。"

四

鸦片这东西，但凡沾到就没一个好的，多少人被它弄得家破人亡。这汪九明胡琴至今拉得仍是精彩绝伦，却已变成了这般人不人鬼不鬼的样子。

卢秋心犹自寻思，陈燕客笑道："得了，你感慨什么，北京城里一年死的活的多少，你还感慨得过来？吃酒玩乐是正经。巧得很，今晚我得了张程老板的包厢票，一个人总不成话，便请你去看看。"

卢秋心虽然久居京城，但对梨园行并不如何有兴趣，因此从未来过。眼见陈燕客又邀了另外几个同事，心道同去看看也好，便应了下来。大家做完了手里的事，也便嘻嘻哈哈一同去了大喜戏院。

虽然红角儿在外面个个光彩熠熠，但这剧院里面的情形，可并不怎样匹配。只说陈燕客的这个包厢，里面无非几条长凳，上面铺了个也不知多久没洗的垫子。卢秋心皱眉低声问道："这便是包厢？"

陈燕客笑道："你看下面，才晓得这里已是好的呢。"卢秋心往楼下一看，只见下面一排排的椅子，挤挤擦擦，那些卖香烟水果的举着木盆在人群里走，直要让人担心那木盆会不会砸到人头上。再看地上瓜子皮香烟屁股水渍应有尽有，可周围墙上，红的绿的画了许多的故事，那戏台上一溜颜色灿烂的花牌，却又是五光十色。陈燕客顺他的目光看过去，笑道："你看台上那些角儿，可不也和这戏园子一样，看着光鲜，实则苦楚。打小练功遭罪不说，就算成了名，还要四处敷衍应酬，又有多少不堪的事情。这些都不论，就说咱们现在在台下看戏，穿着皮袍子舒服暖和，他们在台上只那一点点衣服，想起来真是不易。"

他说到这里，报馆另一个同事便笑道："你真是看三国掉泪，替古人担忧。别的不说，他们一月包银多少，咱们一月多少？还争什么啊！"

陈燕客哈哈地笑了，卢秋心笑着看他们说笑，也不搭话。忽然间他见楼下有个身影有些眼熟，仔细一看，果然是个熟人，这不是胡思园嘛，这大学生身上多了一件旧的青呢大衣，看着还算体面。他还想再看，这时锣鼓声响，一个青衣身姿娇柔地走了出来，陈燕客叫他道："秋心还不看戏？"卢秋心方把目光收回，转到台上。

说到卢秋心这个人，他对旧文学是很有研究的，但对戏剧上的知识，委实不如何精通。好在身边有个陈燕客，此人算是半个戏迷，因此不懂的地方，都有人解答，卢秋心听他说这些戏剧上的故事颇为有趣。但这么一来，台上到底唱了些什么，就没有过多留意。待到台上的戏都唱了好几出，他这才醒悟过来，道："今晚听说是有程老板的戏，莫不是刚才只顾说话，已经错过去了？"不由有些歉意。

陈燕客笑道："怎么会！你只想想，程老板这样的身份，自然是要唱压轴子的。"卢秋心一想可不是，也笑起来，果然又过了两出戏，方是程芳容的戏码。这一出戏乃是《别姬》，卢秋心觉得耳熟，忽然想起前些时日雪夜里听《夜深沉》，胡思园曾提过程芳容的《别姬》，可见极有名，不免很是期待。

人尚未出，先听到一段胡琴的声音，正是那《夜深沉》，能给程老板拉琴的，手艺总不会差，这曲子也是悠扬动人，但卢秋心细细品味，总少了汪九明那一种苍凉悲哀的味道。未待他多想，帘子一挑，程芳容已上了场，台下便是轰天的一阵喝彩声。卢秋心向台上一看，不由也吃了一惊。

程芳容他是见过真人的，洵洵儒雅的一个青年，虽然生得俊美，但仍是一个男子的样子。但此刻台上的人，扮相之美暂且不说，那举手投足，全然是一副女子的神态。任谁也不能和自己曾见过的那个青年联系起来。卢秋心再听他开口，自己虽不懂戏，却也觉真是“大珠小珠落玉盘”方可比拟。更难得的是，这程芳容不但唱腔美，身段做得好，更是婉转中带着执着，悲凉中带着身份。不但模拟出那虞姬的形，更有其神，这便是更上一层楼的本事了。

程芳容这一出戏唱完，台上台下，喝彩声不绝。而待到众人都叫完了好，忽有一个人大声地鼓着掌，叫了一声：“好啊！”因这时都已安静下来，他这一声叫好，就显得格外突兀。众人都注目于他，就连台上的程芳容，也很注意地向台下看了一眼。那人见程芳容看他，更发疯似的拍起手来。

在包厢里的卢秋心却不由叹了一口气，这个喝彩的人正是胡思园，想到听琴那一晚胡思园提到程芳容时的滔滔不绝，他心中明了，这个学生原来是个捧角的。想胡思园年纪轻轻，家境不好，却不寻思上进，反纠缠于这些事情，不免甚是遗憾。

但是胡思园自己却没有这样的感慨。他此刻眼里心里就只有一个程芳容，直到程芳容唱完了戏，下了台，戏散了场，大喜剧院里人一个一个都走光了，他还兀自站在那里。

就在这时，忽有一个人走了过来，一拍他肩道：“胡先生？”

胡思园抬头一看，乃是程芳容身边的琴师，不由有些惊喜。却听那琴师道：“胡先生，程老板有些话想和你谈，请跟我过来。”

胡思园喜出望外，原来他捧了程芳容一年多的时间，心里清楚得很，自己不过是个穷学生，无论是那有贝字的才还是无贝字的才，都是一样没有，程芳容身边豪客多多，他也不指望怎样，便如今天这般，程芳容在台上看他一眼，也就足够他欢喜几日了。谁想今日程芳容竟说要见他，不由脸都涨红了，先整一整衣服，才随着那琴师过去。

琴师引他去的是一条小巷，这里距戏园不远，但因其偏僻，少有人来，胡思园远远便见程芳容站在那里。此刻他已卸了妆，戴着阔边的呢帽，搭一条雨过天青色的围巾，素雅中带着文秀，心头不由狂跳不已。

那程芳容却是落落大方，含笑道："胡先生，一向承蒙你捧场。"

胡思园结结巴巴道："程老板客……客气……"

程芳容道："并非客气，胡先生是个学生，家境又不富裕，却一直捧我的场，我是很感激的。"

胡思园这时到底找回了几分理智，想自己与程芳容这等见面机会难得，忙道："不，程老板的戏实在是好，我当年进京的时候，对老戏还是不屑一顾。直到见了程老板的戏，才知道戏中有这许多的滋味，真是美不胜收。因此但凡是程老板的戏，我每一场都不愿放过，这不过是尽我个人的一点能力……"

这些话在他心里，也不知转了有多少回，好容易找到这样一个机会，竹筒倒豆子一般哗啦啦都说了出来。程芳容也不打断，直待他说完一个段落，停顿下来的时候，方才徐徐道："多谢胡先生。但据我所知，你家境并不富裕，这一年多来，捧场也好，买票也好，都是要花钱的。你怎么能支撑下来呢？"

胡思园当时顿住，程芳容却不给他反应的机会："我还听说，因你缺课太多，京华大学已除了你求学的资格，而你现在住的地方乃是一个大杂院，并不是你这样人住的地方。”

胡思园当即倒退两步，面色变得雪白，原来他因缺课太多，校方本已着恼，加上前段时间的凶杀案一事，便将他开除了资格。这事发生未久，所知之人寥寥，而他所住的那个大杂院所知之人更少，这程老板怎么晓得的？

他这边震惊，程芳容却叹了一口气：“胡先生，就我个人，是十分感激你的捧场。可你是一个大好青年，我也不忍耽搁了你的前程啊。”

胡思园一时说不出话来：“这……这不干程老板的事。”

“我不杀伯仁，伯仁因我而死。”程芳容声音娓娓，却干脆利落，“你家境不好，母亲把你送出来读书，实是付出良多。你如今读书不成，哪怕做一点小买卖，能养活家人，不让你的母亲操心也是好的。可你一心滞留在戏园子里，有进无出，钱早晚有花完的一天。这京城里又是米珠薪桂，待要如何过活，又怎对得起你的母亲？”

这一番话情理兼具，胡思园想到自己家乡的老母亲，不由羞惭之极，泪水便一点点地落了下来。程芳容又道：“胡先生，如今你读书已是不成，京城里又牵涉了人命官司，莫如回乡奉养老母，路费方面，我可以奉送。”

胡思园更是感动，但他迷程芳容的戏不是一两天的事，让他即刻放下，却也很难。他踌躇不决，程芳容看出他的心思，道：“胡先生不妨想上一想，明日我再来寻你。”

胡思园点头答应，擦着眼睛离开了。程芳容留在当地，直至那身影消失，他正要离开时，忽有一个声音道：“程老板好仁义。”

随着声音，卢秋心从一边的阴影里走了出来。原来他看到胡思园痴迷于戏，有心劝导两句，这才跟了出来，没想竟看到这样一幕。

世人皆说戏子无义，但卢秋心两次见程芳容，此人不但风仪甚美，为人更是谦逊仁义，对其颇有好感。他又想到汪九明之事，心道程芳容这般为人，那汪九明虽已落魄，想必程芳容也不会对其弃之不顾，他们同是梨园中人，说不得还可寻些门路，便道："程老板，有一位名叫汪九明的琴师，你可识得？"

程芳容听了汪九明这三个字，先前那温煦的神态登时不见，一展手抓住了卢秋心的衣袖："怎的，你见到了师哥……汪琴师？他现在哪里？"

他神态焦急，那种关心的意态显而易见，卢秋心对他更增好感，心想这程芳容果然是一个念旧的人，便将汪九明眼下所住地址告知了他。程芳容听到汪九明那种潦倒的情形，脸又白了几分，颤声道："我寻了汪琴师良久，都不见他踪迹，一度当他离开北京城，原来他还在，好极，多谢卢先生了！"

他再三感激卢秋心，这才匆匆离去。

第二日里，卢秋心难得有两日假期，上午他教蝶影习了一会儿字，下午睡了一会儿，起来时只见日影西斜。他想到昨晚见程芳容奉劝胡思园，其意恳切，但胡思园还有踌躇，心道自己不如去劝说那胡思园一番，也算助人子弟。这样想着，他便叫了一辆车，去向胡思园的住处。

谁想到了那大杂院，里面并无胡思园的踪影。一个老太太道："方才真是吓杀人，好几个如狼似虎的汉子竟把小胡先生带走了，这皇城根儿底下，怎么有这种事啊……"说着拍腿叹息，又说："当时院子的人都出去扛活了，我上去问一声，倒险些被他们推了一跤，这世道啊……"

卢秋心忙问："老人家，带走那小胡先生的是什么人？警察？还是当兵的？"

老太太摇头道："都不是，穿着倒很气派，腰里还扎着巴掌宽的红带子，哎呀，这都什么世道啊……"

卢秋心安慰了她几句，心中诧异，论说胡思园无辜之事已被证明，胡思园家境贫寒，也不至于出那些绑票的事情。他被人带走，究竟是为何呢？

卢秋心正思量着，身后传来脚步声，却是程芳容走了进来，他见卢秋心在这里，也有几分吃惊。听卢秋心讲了一遍事情经过，面色一变："糟糕！"

"怎样？"

"我在三教九流里混，消息灵通一些。听说，前些时日被杀的那秦大友与张复生的结义兄弟宋翼也来京了，又听闻他是个有势力的人物。虽说警察以为胡先生无罪，但那人未必会这般想……"

话说到这里，卢秋心已经明白了，他问道："那人住在何处，程老板可知道？"

程芳容有些惊讶："卢先生，你……"

"我去见他，胡思园实是无辜的。"

五

程芳容是坐汽车来的，到了他这样的身价，有一辆汽车也不算稀罕事。这时事态紧急，他便亲自送卢秋心前往，不久来到一所大宅院前面。卢秋心下了汽车便往门口走，却见程芳容也跟了上来，他奇道："程老板？"

程芳容神色凝重，道："卢先生古道热肠，我很是钦佩，但你毕竟是个读书人，一时辩驳不过，岂不要把自己也搭进去？我好歹在北京城混了几年，识得一些人，便陪你一路进去。"

卢秋心暗道：这程老板真是难得的好人，又想自己身有功夫，就算有些什么意外，总可以带着程芳容全身而退，便道："多谢了。"

两人来到门前，向门房报了各自名姓，卢秋心也就罢了，程芳容声名赫赫，那门房不禁多看了两眼，方道："程老板且等等，我去通告一声。"不多一会儿，便归来请二人入内。

两人刚入门内，就见一个腰扎红带子，五大三粗的壮年汉子从门里走出，卢秋心心中一跳，这个装束，仿佛正是先前绑走胡思园的那些人，便暗自记下。

听差引着两人来到一间厅堂里，里面陈设富贵，一个五十多岁的老者端坐在中间一把太师椅上。这人的年纪已经不轻了，但是并无一般老年人的蔼然之意，而是满脸横肉，太阳穴高高鼓起，一双三角眼里凶光四射。既有老虎的威猛，又有豺狼的凶残之意，一看便是一个不好相与的人。他没看卢秋心，只看着程芳容，口气中带着傲慢："不知程老板有什么事情？"

程芳容尚未答话，卢秋心先上前一步，他猜想面前这人当是宋翼，便道："宋老先生，在下卢酬，今日是为了胡思园的事情前来。"

一听到"胡思园"三个字，宋翼的一双三角眼霎时竖起，喝道："胡思园？你提那小子作甚？"

他这样一说，卢秋心越发肯定胡思园的失踪与宋翼有关。他从从容容地道："宋老先生，您的两位兄弟过世，这是件很令人悲伤的事情。但胡思园委实是个无辜的人，就连警方也认定他是无罪的，还请您放过他。"

宋翼怪眼一翻："警局的那些小子都是吃白饭的，他们说的话，如何能信？"话里的意思，竟是没有否认自己带走胡思园一事。

卢秋心道："不然，当日警局放过胡思园，是因为在下的证言，我今日前来也是为此，程老板不过是做一个引荐的人。"他率先把程芳容摘了出去，免得万一动手，对这位红角儿不利。

宋翼冷笑道："你又是个什么人？"

卢秋心道："在下不过是一个卖文为生的新闻记者。"

“哦？”宋翼自太师椅上起身，背手踱着步子，来到卢秋心面前，一双怪眼从上到下来回打量着对方：“你说你是一个新闻记者，何人可以证明？”

卢秋心不慌不忙地道：“宋老先生若不信，自可到报馆……”

话刚说到这里，只觉眼前一花，竟是一个拳头直打了过来，这一拳罡风四溅，来得既快，力道又足，幸好卢秋心身手不俗，情急之下，一个铁板桥方才勉强避过。他随即身子一挺，站直后连退数步，喝道：“宋老先生，你！”

那出手之人正是宋翼，此刻他一个拳头紧紧攥着，上面苍老的青筋毕露：“你说你是卖文为生？哼哼！”原来此人混迹江湖已久，一双眼睛利如鹰隼，看出卢秋心掌有老茧，身形不同，竟是个练家子的模样，果然一试便试了出来。

卢秋心没想这宋翼如此厉害，心思电转，须知自己的身份若被怀疑，那自己即便说出证词，可信度岂非也没有几分？他忙道：“宋老先生，请听我解释……”

“闭嘴！”宋翼大吼一声，“与胡思园勾结那人定然是你，还我两个兄弟命来！”说罢，他握起两个拳头，朝着卢秋心头上便砸了过去。

卢秋心没想自己竟被扣上了这样一顶帽子。这宋翼年纪虽然不小，可是劲力十足，并不因他年老而有所衰败。看他这一拳气派俨然，正是少林寺的伏虎拳，卢秋心不敢硬接，侧身一步，躲过两拳，小擒拿手疾去拿宋翼手腕。未想这老者不但内力强盛，对敌经验也极是丰富，一见卢秋心手腕微动，已知端倪，将拳头向后一缩，手肘向卢秋心胸口直撞过去。

手肘的力量，可以汇集全身的重量在里面，这一击力道更猛，卢秋心只得再退，忽地一腿自下面扫出，直向宋翼脚踝。那里是人身脆弱之处，若被扫中，必倒无疑。

宋翼冷哼一声："黄毛小子，也敢放肆！"竟也是一腿踢出，两两相撞，卢秋心只觉脚尖仿佛踢到了一块钢板之上。这宋翼的力量实在是超乎想象。就在这时，程芳容忽然叫道："卢先生，小心！"

卢秋心急忙侧身停步，向后一看，不由骇然，原来就在他与宋翼交手这短短一段时间，宋家那些腰围红带的打手已经围了上来，将花厅门口围了个水泄不通，更有人手持短刀。若非方才程芳容那一喝，他只怕便要撞到其中一人的刀尖上。

卢秋心暗道自己鲁莽了，莫说这些打手，就是面前这个宋翼，也是极难对付的人。自己也就罢了，更有一个古道热肠的程老板要折在这里，这如何是好？

此时身前身后都有敌人，身前这些打手人虽多，但论到本事，却远不如身后宋翼一人有威胁。卢秋心心念一转，展手将程芳容颈上那条湖水色的围巾抽下，道："程老板，借围巾一用！"随即一卷，一旁红木桌子上一个插着鲜花的青花花瓶被他卷翻，里面的水淋淋漓漓都洒在了围巾之上。那围巾蘸了水，便不似之前轻飘，挥动间隐隐有风声，与一条软鞭无异。他一拽程芳容，将其护在身后，向前便冲。

那些打手都觉卢秋心自不量力，各举短刀便杀了过来。卢秋心也不与他们正面冲突，左一卷，右一扫，众打手手腕脚踝纷纷被袭，倒的倒，叫的叫，手中短刀都飞到了天上。

当年教导过卢秋心的金针神医聂神通，在洋泾浜怒打印度巡捕，便是脱下身上长衫，浸湿后束衣成棍，十几个巡捕都被他打得连滚带爬。卢秋心本事不及聂神通，但道理是一般无二，几招之后，竟被他开出一条路来。

卢秋心护着程芳容又向前走，忽听身后风声暗起，他把头一低，一支飞镖擦着头皮直飞了过去，直钉到前方木柱之上，镖尾红绫犹自颤动不已。卢秋心看那飞镖是青蓝颜色，心头一凛，这镖身定是淬了毒的。这个时候武学衰败，这宋翼却犹以毒镖伤人，他年轻时候……又该是怎样一个人？

这些念头不过是一转念间，身后风声又起，却是宋翼从打手手中拿过一把短刀，再度冲了上来。虽是一把短刀，却被他使出了一往无前的气势，正是一路五虎追风刀。卢秋心自艺成以来，除却师门中人，再未遇过这般高手。无奈之下，他只得放开围巾，叫道："程老板与此事无关，你们不要难为他！"一展双掌，与宋翼斗到一处。

短刀风声不绝，不出片刻，花厅内的字画顿成碎片，那坚硬的红木桌椅上也多了一道道的刀痕。卢秋心衣衫上割破数处，左臂也被划伤。论到武功一途，他实在不比这功力深厚、经验丰富的行家老手。但卢秋心有一样好处，他的心态，便到此时仍是极稳。

当年，卢秋心的师父罗觉蟾收他做个弟子，便曾惋惜道："我这学生样样不错，只有一点不好，这性子可委实不像我。"

罗觉蟾风流自诩，飞扬跳脱，卢秋心的个性实在和他大相径庭。聂神通却冷笑道："亏得不像你。"

也正因这一个稳字，纵然前后遇敌，己方落败，又有一个程芳容在侧，卢秋心仍是未曾慌忙，因他心中清楚得很，若是自己不倒，尚有一线机会；若是自己倒下，那只怕这一点机会也没有了。

宋翼起初见他虽有些本事，但并不及自己当年遇到的那些对头，颇有些轻看这个书生模样的青年。谁知几十招攻下去，卢秋心虽然左支右绌，竟也坚持下来，仿佛一叶小舟漂浮于大海之上，虽然狂风呼啸，波涛汹涌，却始终不曾倾覆，不由大是恼怒，刀风挥舞，一意置卢秋心于死地。

就在这等打斗之中，卢秋心犹不忘回望程芳容一眼。程老板声名极大，又兼这一桩事似乎并未牵涉于他，因此这些打手并没有出手，却也分出了两个人将他围住，并不容他随意离去。

卢秋心略放下心来，这时宋翼又是一刀劈来，虽然依旧是又快又狠，但他毕竟已是年老，这一招比起先前，已有了一分破绽。

按说这一分破绽出现得极快，寻常人绝注意不到，就算注意到了，也未必能抓住其中关窍。但卢秋心与众不同，他手快，心更稳，乘这一瞬之机，手指疾出，正中宋翼胸前。

那是失传已久的点穴之法，卢秋心在香港时自聂神通那里学来，但他之所学实不如其师，因此直过了这许久，方才找到这一个机会出手。

宋翼被卢秋心这一点，霎时短刀脱手，动弹不得。他面露惊讶之色，却已开口不得。

卢秋心长吁一口气，这时方觉自己汗透重衣，便向那些打手道："把刀放下。"

那些打手见主人被制，个个惊惶，过了一会儿，终有一个人迫不住压力，当的一声把刀丢到地上。这一声似是一个前奏，只听叮叮当当一阵响，其余人也都弃了短刀。

这时卢秋心也只好装出一副凶狠的模样，道："你们的主人在我手里，那个胡思园现在何处？"

众人犹豫了一会儿，你看看我，我看看你，终于有一个人站出来道："那胡……"

只说了这两个字，卢秋心忽觉身后动静不对，他匆忙一闪，却见宋翼举着拳头，竟又向他砸了过来。这一次突如其来，这一拳正中卢秋心前胸，他整个人都被击飞，唇边直流下血来。

原来宋翼毕竟经验老到，卢秋心一指点来之时，他虽不及躲，身子却动了一分，只这一分之差，卢秋心戳中的便是穴道旁边而非正中，只因那部位着实关键，因此却也麻痹了片刻，宋翼人老成精，伪装点中，直到此时方才出手。

程芳容一看不好，正要上前，却被两个打手拦住。程芳容毕竟是学戏出身，有些功底，两下子竟然打倒了一个打手，第二个打手刚要出手，被他抄起卢秋心方才丢在地上的青花大花瓶，搂头盖脸便砸了下去。

就在这一团混乱的时候，门口忽有人叫道："老爷，周先生回来了！"

一听这句话，宋翼满脸欢欣，叫道："我等了他半天，他怎的才回来，快请，快请！"

宋翼这样一个人物，是什么人这般受他礼敬？卢秋心、程芳容同时向门外看去，却见一个穿西装的青年走了进来，那上装的口袋里还露出一角白色方巾，正是周幻。

六

这西洋幻术师的出现更增加了许多变数。卢秋心知道此人除了通晓西洋幻术之外，更是一名国术高手，心中担忧不已，又想此人前几日还想在韩凤亭那里讨生活，怎的今天又出现在这里？难不成他又搭上了宋翼这个主顾？

这时宋翼也不顾地上的卢秋心和一旁的程芳容。在他看来，这两人与砧板上的鱼肉也无甚区别。他抢步上前，道："周幻！你怎的才回来，那胡家小子我早已抓到了，正要用到你的本事！"

周幻笑容可掬："真是抱歉，宋老爷子，请问人在何处？待我去问他。"

宋翼却道："不必你去！"随即吩咐一个手下道："你去，把胡家小子带上来，就在这里问他！我要知道，这姓卢的到底是不是他的同谋，这杀人的事，是不是姓卢的下的手！"他阴沉沉地看了一眼刚用花瓶砸了人的程芳容："程老板，你也留下！"

这时卢秋心已被四五个打手围在正中。他是识得周幻的，之前两人在韩少督那里，还有过一番过节，心中未尝没有些紧张的意思。但此刻己方处于弱势，也只得静观其变。

但是，周幻却并没有显示出一点见过卢秋心的样子，只是笑道："好。"

过不多久，一个打手便拽着胡思园上来。此时的胡思园头发蓬乱，嘴角一块青紫伤痕，狼狈不堪，那打手就要他跪下，周幻却摇手道："不要这样。"

他拖来两把椅子，对面而放，并亲手扶着胡思园坐到其中一把椅子上，自己则在另外一把椅子上坐下，随即笑道："莫怕，我问你几件事情，待问完了，便送你回去如何？"

他的态度十分可亲，自胡思园被抓到这里之后，所见之人非打即骂，如周幻这般亲切的还是第一个。胡思园胆怯地看着他，神态略放松了些："你……你要问什么？"

周幻却不急着问，而是先招呼人拿了一杯茶，神态温煦："你一定是渴了，先喝一杯茶。"

胡思园半日里水米不进，这杯茶真是救了他的命，对面前这人更增了几分好感。喝了茶，周幻看着他笑道："胡先生，你看着我，觉得我这个人如何？"

他一双眼睛亮光中蕴含着深沉，仿佛悬崖下的深潭，胡思园看了一会儿，竟无法从他的目光里移开，低声道："你、你是个好人。"

周幻笑道："这就是了。我且问你，你叫什么名字？"

胡思园定定地看着周幻的眼睛，道："胡思园。"

"你今年多大年纪，生辰是何时？"

"二十岁，三月初七。"

"你家中尚有何人？"

"老母在堂。"

两人一问一答，胡思园所答句句是真，卢秋心是知道周幻本领的，却也是第一次见到，深以为异。却见宋翼紧紧盯着两人，目光关注之余，更有许多信任。暗道果然这周幻是将宋翼收服了，这幻术师倒也了得。

连问了几个不打紧的问题之后，周幻微微笑着，继续问道："胡思园，我来问你，秦大友和张复生两人，可是为你所杀？"

这个问题一出，所有人的目光都凝注在两人身上，却见胡思园神态茫然，道："不是。"

这一句语惊四座，宋翼更是险些叫出来，但顾及周幻正在施术，终不曾开口。周幻却仍是不疾不缓道："那么，是你派人杀的他们？可是这个人？"说着一指卢秋心。

胡思园却仍是道："不是。"

"你不识得他？"

"我识得他，他是卢记者。"

"那你可叫卢记者为你杀人？"

"我没有，卢记者去警局替我做证，他是好人。"

话已说到这份儿上，宋翼不由呆掉。他对周幻的施法，是十分相信的，难道自己两个兄弟被杀之事真的与胡思园无关，这到底又是怎样一回事？

这时周幻已收了催眠术，胡思园本就虚弱，慢慢地滑倒在地。宋翼背了手思量，便叫了周幻到后面，不知商议些什么。

又过了好一会儿，周幻走了出来，他笑道："几位受惊了，这原是一场误会，都请起来吧。我送你们出去。"

没想这件事竟然这般解决，连卢秋心都松了一口气。

胡思园还没有完全清醒，程芳容扶着他在前面走，卢秋心错后两步，低声道："谢过周先生。"

他与周幻之间其实是有过节的，倘若方才周幻施催眠术之时略动些手脚，自己一行人等只怕不能全身而退。周幻却笑道：“凡事留一线，日后好相见。卢记者身后的人可是韩少督，我也不愿平白地惹一个对头啊。”

这人倒是坦诚，但真小人总比伪君子来得痛快，卢秋心点了点头，又道：“宋翼对周先生很是信任。”

周幻笑道：“信任我是其一，若胡思园真不是杀人凶手，他自然要防备其他的对头。”

卢秋心想到宋翼其人，心道看他的武功行止，青年时怕不是一个江湖大盗，仇人大概不少。

卢、程二人将胡思园送回了那大杂院，这时胡思园也清醒了许多，想到这一日的遭遇，后怕不已。程芳容正色劝道：“胡先生，昨日我劝你返家还是为了你的前途着想。今日看来，这京中十分危险，你实在是不能再留下了。”

胡思园连忙点头：“我明日便走，但……”他想说一声苦无路费，却不好开口，程芳容却已拿出五十元钱：“我明日有事，无法相送，这些钱便作为胡先生的川资。”

胡思园感动不已，一时竟说不出话来。

次日一早，胡思园果然买了车票南下。卢秋心前来相送。胡思园对他很是感激，道：“卢先生，你救我性命，这等大恩我不知如何回报，眼下我身无长物，只有一些书籍，是当初从老家带来的。可惜我在京里时并未关注学业，这些书都是白拿了，也没有怎样看。就赠送给卢先生，不敢说报答，不过是一点小意思。”

卢秋心再三逊谢。胡思园道：“我回去之后，打算做些小生意奉养家母，这些书也用不上，卢先生不接，我真不知该给何人了。”他这般说，卢秋心也只好接过。胡思园叹道：“回想我来京这一年多，真和做梦一样。从前我迷程老板的戏，脑子里日日夜夜都是他，学业也不顾了，什么都不理了。可昨天被人抓住，生死一线，我想，若我就这样死了，我的老母亲何人奉养？她岂不是要日日以泪洗面？这样想着，便觉得纵是程老板，似乎也可以放下了，我今后只当他是一个恩人。”又道：“我不知父亲生前为何结交这样一些江湖匪人，我也不再想这些，过去便是过去，那一切都不再与我相干。”

卢秋心点一点头：“你能这样想，便已很好。”

这时钟点将至，卢秋心下了车，不多一会儿呜呜的汽笛声响，那火车也便轰隆隆开了起来。随着这火车逐渐远去，胡思园终究是离开了京师。

卢秋心拿着一包书回了住处。昨晚发生的这些事情，韩凤亭与蝶影都不知道，这时韩凤亭犹自高卧未起，蝶影见卢秋心坐在窗下，便泡了一杯茶拿过来，又送上些细点。

卢秋心道一声谢，便打开胡思园赠他的书本翻阅。这些书保存得并不好，大约是年头太久，书页泛黄不说，隐隐还有一股霉味。他见今日阳光不错，索性拿了书到外面晾晒。

蝶影看了，忙道：“先生，还是我来。”便小心翼翼捧了书出去，细心翻开放好。但这些书毕竟年头久了，饶是她小心非常，到底还是弄掉了一本书的封底。她很是不好意思，正要道歉，卢秋心摆手道：“不要紧。”便拾了起来。

一拿方知，难怪这封底掉了下来，原来它上面用牛皮纸黏了个口袋，十分沉重，现下口袋也散了，掉出几张纸来。卢秋心暗想：这莫非是旧人写的一些诗词之类，便拿起细看。才看一眼，便是一惊，又看几眼，只觉惊心动魄。

难怪那宋翼以为杀人之事是胡思园派人所为。这几家之间，确实有着夺命的仇恨。

这几页纸，乃是胡父当年留下的笔记。

胡父亦是一个江湖人物，与宋翼、秦大友、张复生三人结拜为异姓兄弟。十几年前，四人结伴进京，欲求一个前程，谁知钱财用尽，并无出路，四人只得赁了一所破屋居住，正思量着离京的时候，赫然发现邻家竟然有一笔资财。

按胡父笔记中所写，邻家不过是小康之家，这笔钱想必倾其所有，不知有什么用途。宋翼却不管这些，心道这是个大好机会，便连同秦大友、张复生三人将邻居杀死，又把那笔钱据为己有。胡父先前也和宋翼等人一起劫财，到了后来要杀人时，胡父究竟有些于心不忍，却被宋翼三人拳脚交加，打了一顿，他被打到吐血，再不敢多说一字。

拿到那一笔钱后，宋翼三人径自离开了，胡父伤重，在客店休养了一段时间后回乡，没多久就因伤病死了。临死之前，他想到自己曾与宋翼等人一并劫财，认为这是自己的报应，因此并没有和家人讲述，直到他死后，胡家人仍当他是因病过世。然而，胡父心里确实也一直记挂着这件事，他将其记录下来，只是羞与人言，一直藏在书中，直至今日，才被卢秋心看到。

卢秋心放下那几页纸，感慨之极，眼下宋翼三人都是富翁，多半就是在劫到那一笔钱之后发的家。胡父之死与宋翼三人直接相关，宋翼又不知胡父未将此事告知家人，自然会以为胡思园对自己心怀恨意。加上张复生临终的遗言，便更加认定胡思园是杀人凶手。而他对胡思园那般防备，除了恨他杀死张复生、秦大友两人之外，更怕的大抵是胡思园要找自己算账。而胡思园不会武功，多半是雇用了武林高手，恰在那时自己又找上门来，宋翼疑心自己是那真正下手之人，所以出手才会那般不留情。

唉，当年做下恶事，日后的果报，竟是这般惨痛。

卢秋心正在寻思，没留神韩凤亭已走了进来，大大咧咧地道："老师，听说你今日也不必去报馆？有人送了我一张包厢票，你不是得意程芳容的戏吗，晚上咱们就去看。”

卢秋心奇道：“你怎知我喜欢程老板的戏？”

韩凤亭道：“你前两日去看了一场，回来说时极好，我便记下来了。”

这虽是一件小事，亦可见他的细心。卢秋心暗想：自己当初收下这个学生，固然是不得已而为之，但过了这些时日，却也看出这位韩少督虽然身上有诸多恶习，对自己却委实很好。他又想韩凤亭的父兄都是杀人无算的人，世间总有因果，韩凤亭的日后，又会如何呢？

——无论如何，自己总要将他教成一个可以自立之人，方不愧了这一番师生的情谊。

七

这一晚，卢秋心与韩凤亭又去了戏园子。因那包厢不小，连同蝶影、李副官等人也都一同前往，按照韩少督素来的规矩，自然又带了若干大兵，煊赫之极，和之前卢秋心与陈燕客等人前来看戏，可就全不是一种态度了。

韩凤亭等人往戏园子里走的时候，又有一拨人也走了进来。这拨人按说声势也是不小，四五个剽悍的护卫拥着一个主人，又有一个穿着时髦的人跟在那主人身侧，但和韩凤亭这边一比，还是落了下风。且不说人数多少，只一点，民怎能与官斗？

卢秋心微微一惊，原来那主人正是宋翼，他身边的人则是周幻。看了胡父的笔记后，他对宋翼恶感更甚，并未上前招呼。

宋翼也看到了韩凤亭。他就算初到北京，不晓得韩少督何许人也，只看这声势，也晓得这是一个不能惹的人物。他又见卢秋心在韩凤亭左右，眼神中更多了几分诧异。这时便显出周幻的好处，他笑意吟吟走上前来，行礼道："韩少督，卢先生，原来你们也来看戏，真是巧了。"

韩凤亭并不晓得卢秋心在宋翼家那些事情，但周幻他是认识的。尽管卢秋心言道此人心术不正，但周幻这个人单看他的外表举止，实在是很难产生恶感的，于是难得地也点了点头，便昂着脖子进去了。

宋翼看了卢秋心一眼，冷冷哼了一声，便随后走了进去。

卢秋心倒是落后两步，毕竟之前周幻对他，也算是有恩的。他回了一礼："周先生今天也有兴致来看戏？"

周幻笑道："程老板的戏我是很爱看的，但今晚却是另有原因。"

卢秋心怔了一怔，周幻笑笑，却不再多说什么，一路走进去了。

卢秋心也便进到了韩凤亭所订的包厢里，心里却想着周幻所说的"另有原因"。他的心思很是机敏，便想到那日救了胡思园回来，周幻曾说宋翼要防备其他对头一句，暗道：莫非今日宋翼前来，是与杀了他两个结义兄弟，又想对他动手的那个真正的凶手有关？但自从知道了宋翼当年所为之事后，卢秋心对此人委实没有什么好感，心道若是狗咬狗，便随他们去好了。

他落座不久，这戏台上的戏也就开始了。蝶影少来这种场合，对台上的戏都很感兴趣。韩凤亭起初兴趣不大，但后来演了一出《水帘洞》，这是一出十分有趣的武戏，韩凤亭便看得入神起来。但卢秋心为人，实在对这些过于热闹的东西无感，只觉那锣鼓锵锵震得耳膜生疼，便道："少督，我有点头晕，出去走走。"

韩凤亭正看得高兴，闻言忙道："李副官，去找个医生……"卢秋心连忙拦住，笑道："这也不是什么大事，我出去喝一点东西，也就好了。"

韩凤亭看他脸色确实无碍，也便应了。

卢秋心走出包厢，正要下楼，忽见一个壮汉赶着也下了楼。他这下法与众不同，旁人是一步一个台阶，他是一步两三个台阶，下得偏偏又快又稳，卢秋心忍不住多看了一眼，暗忖这人必是个有功夫的人。

谁想那戏园里的梯子日久腐朽，那壮汉劲力又大，一脚竟然踩塌了一级梯子，这时他正往下迈，眼见这一脚就要走空，须知他此时一步迈下三个台阶，若真踏空，却不是闹着玩的。卢秋心尚在楼顶，救助不及，不由“啊”了一声。

那壮汉却不慌忙，脚下虽空，他身子在半空里拧了一下，堂堂一个八尺之躯，这动作却很是轻盈，随后向右下方连踏了两步，便很精确地踏上了下一级梯子，又几步便走了下去。

卢秋心不由一怔。先前也就罢了，方才踏出的那两步，可是不同寻常，先前他与韩凤亭还聊过，说有一个名叫“一天云”的大盗来了京城。这一天云的师父是昔日的大盗曾头市，有一种独家步法叫作玉碎连环步，十分了得。而那壮汉踏出的步子，分明正是这步法！

这是曾头市的独家本领，只传过他弟弟曾玉函和他这个徒弟，现如今，无论是曾头市还是曾玉函都死了许久，这般说来，莫非这壮汉竟是一天云？

卢秋心又想到今晚前来看戏的宋翼、周幻等人，不免寻思，这是一种巧合，还是真有什么事情要发生？

他随后也下了楼，但一天云的脚程很快，又在他之前，早不见了人影。卢秋心正张望之时，忽又看到一个人，张皇地从马路对面走了过来。

卢秋心一惊！这个人他是识得的，而自从他识得这个人那一天起，无论怎样惊险的场面，他都未曾见此人有过这般张皇的神情。他连忙上前，道：“程老板，你还好？”

这走过来的人，赫然正是程芳容。

按说，今晚压轴子的戏就是程芳容，绝没有这个时候跑出去闲逛的道理。再加上程芳容此刻的神情，想必定是发生了大事。

程芳容看到是他，怔了一怔："卢先生……"长叹了一口气。

站在路边不方便讲话，恰好路边有一家小番菜馆子，卢秋心便拉着他进来，寻了个座头坐下，要了两杯橘子水，方问道："程老板，发生了什么事？"

程芳容长长叹了一口气，愁容满面，终于道："卢先生，你不是外人，况且这件事先前也承蒙你……"他叹了一口气，方续道："先前承蒙你告知我师哥汪九明的消息。我找了他这些年，现在好容易找到了他，安置在家里，谁想方才家里人来报信说，他竟又不见了。我匆匆忙忙回家看了一遍，竟是没有半点消息，这可如何是好……"

他面容哀伤，卢秋心想到这陈燕客讲述汪程二人昔年之事，不免感慨，心道这程老板实在是一个重情义的人，便安慰了几句，又道："程老板莫急，我想汪琴师既然抽……"他犹豫了一下，并未把"大烟"两个字说出口，只道："不如从做这些买卖方面的人身上入手，或许能查出些下落。"

程芳容听了这句话，不知触动了他哪根心弦，眼圈忽然红了，道："师哥何尝愿意抽大烟，那一般是被逼出来的！"他垂了头道："卢先生既知道我师哥，想必也知道我当年的那些事情。"

卢秋心点了点头，他从陈燕客那里得知，汪程二人初成名的时候，有一个叫作金凤窈的坤伶看中汪九明的琴艺，想要把他挖过来。却听程芳容悲声道："师哥是个性情坚忍的人，又怎么会自己去抽大烟。"

"性情坚忍？"卢秋心想到自己见过的汪九明其人，非但是个烟鬼，还是一个钱鬼，实在与这四个字谈不上联系。但他也是反应很快的一个人，联想到这时程芳容所表达出的负疚之感，忽然想到了一种可能性："难不成，汪琴师是因为程老板……"

程芳容点了点头，这一件事情，压在他心头已有许久，如今好容易找回了汪九明意图补偿，忽然间人又不见了，失而复得，最是难过。加上他知道卢秋心是一个至诚君子，便终于吐露出这一番心事。

"汪师哥与我家原有远亲，后来他父母因病过世，因我家还算过得去，父亲便把他接来同住，彼此的感情也就和兄弟一样。这之后我家忽然败落，万般无奈之下，只得进了戏班，师哥先前学戏，但他嗓子不好，后来便学了胡琴，众人都称赞他……"说到这里时，程芳容的面上也带了分浅淡笑意，似是想到了当年时光。卢秋心听到这里，不免想到当日陈燕客描绘的情形，心道自己当日隔墙听曲尚觉十分感动，昔日之汪九明，自然是更具风光了。

"谁想方出了一点头，金凤窈便看中了师哥的琴艺前来要人，又拿我做威胁。当时她身后有大倚仗，师哥怕我出事，又实不甘为她拉琴，索性抽了大烟，竟是宁可毁了自己。金凤窈一看师哥不中用了，这才放手。可师哥中烟毒已深，不愿牵连我便走了，我寻了好几年，好容易寻到人，谁想……"

说到这里，程芳容一时哽咽难言。他是一个温和有礼的人，少见这般失态，卢秋心看了也是难过，又劝慰了一番。程芳容反而先道："没事，叫卢先生见笑了。"又道："我今晚还有戏，这时也该回去了。"他先前虽然伤心痛苦，但到底也是经历过许多事的人，便抑制了情绪，起身结账，再次谢过卢秋心。

此时走戏园前门自然是不合时宜的，程芳容便抄一条小巷，打算从戏园后门进入，卢秋心便送他一程。谁想刚走到那小巷里，就听到有金铁交鸣的声音，两人都吃了一惊。卢秋心连忙把身子一闪，藏在巷子口一棵树后，又把程芳容扯到身后。

夜色幽幽，幸而这一晚的月色是极明的，可以见到有两个人在这小巷尽头打斗，其中一个人赫然正是宋翼，另一个人背冲着自己，看不清脸，那脚下的步伐他却看得分明，正是玉碎连环步！

宋翼和一天云？卢秋心大惊，眼见这两人打作一团，恰是势均力敌。一天云一掌劈出，喝道：“姓宋的，我一早知道你约我来这里没有好事，可如今你那些手下都没有来，咱们便凭真本事拼个高低！”

宋翼嘿嘿冷笑：“凭你？你大哥当年都死在我手上！”

一天云冷笑出声：“那又如何？你师父还不是被我宰的！”

卢秋心听到身后的程芳容吸了一口气，心道这种江湖仇杀的事情残忍血腥，难怪程老板会感到害怕。他又听了几句，大约理出一个头绪，这宋翼与一天云从前是江湖上的血仇。今天原是宋翼带了人手，约一天云出来意图围攻，没想不知怎的被这一天云抢了一个先机，反而把宋翼单人约到了这里。这般看来，前日宋翼将自己与胡思园等人放回时，想到的其他对头，当就是这个一天云了。

他不愿参与这些江湖仇杀，何况这两方也都不是什么好人，低声道：“程老板，此地不宜久留，咱们走。”

程芳容亦点了点头，两人刚踏出一步，忽生变化，那一天云毕竟是壮年之时，脚下的玉碎连环步又十分巧妙，连击两拳宋翼都未躲开，正打在胸口之上。他连退两步，栽倒在地，一口血“哇”的一声吐了出来。一天云大笑出声，踏前一步，正要再补上一拳，谁想宋翼袖子里藏了毒镖，一镖射出，速度奇快，树后的卢秋心只见到红缎子一闪，那毒镖已没入一天云的前胸，人倒了下去。

这个变化不过是眨眼之间，那见诸报端的大盗竟倒地身死。卢秋心心知到了这时，万万不能再留下去，也不及多说，拉着程芳容就往后退。谁想这时从小巷另一端蹿出一个人来，手里拿了一把寒光迸射的匕首，朝着宋翼前胸就刺了下去！

宋翼虽杀了一天云，但他受的伤也不轻，因此拿匕首那人虽没有什么身手可言，他亦是不曾全然躲过，只向旁边一滚，那一匕首便刺进了他的小腹，霎时血流如注。宋翼没想这等时候竟冒出这样一个人来，忍痛去抓他肩头，喝道：“你是谁？”

宋翼这濒死时的一抓，劲力是很大的，那人的肩骨只怕都要被抓碎，那人并无能力躲过，也没有躲，反而借这个靠近的机会伸手握住匕首柄，用力又向里一推，匕首全部没入小腹，只留下一个匕首柄在外头！

宋翼嘶声大叫，手也松了开来。那人连退几步，手抚肩头，月光恰在这时照到他的脸上，卢秋心、程芳容二人同时大吃一惊，叫道：“汪九明！”

八

那骤然出现，又给宋翼补了致命一击的人，竟然是汪九明！这个结果，实在出乎二人的意料。此刻的汪九明虽然依旧是一张白里透青的面孔，瘦削得与鬼魂无异。但一双眼睛却十分坚毅，与他之前全然不同。

程芳容一把挣脱卢秋心，朝着汪九明便跑了过去，叫道：“师哥，师哥！你何苦……”

汪九明低声道：“好歹是报了仇……”

程芳容一时竟说不出话来。

这个时候，反倒是卢秋心旁观者清，道：“二位，咱们快走。”

程芳容也醒悟过来，扶着汪九明就向外走。谁想刚走了几步，一个人已走了出来，微笑道：“且等一步。”

这人笑意盎然，正是周幻。他身后还跟着两个打手，想是一天云虽将宋翼单独骗了出来，但毕竟不能瞒上太久，到这时周幻终究找了过来。

宋翼拼尽最后一点气力，叫道："那个痨病鬼是杀我的人。快、快救我……"

周幻道："是！"便向身后两个打手吩咐道："还不快去找医生！"

周幻来宋家时间虽短，却很受宋翼的倚重，两个打手听得这话，又见宋翼伤势沉重，连忙便去了。

待那两个打手走远，周幻却分毫没有看宋翼的意思，他径直来到程芳容面前，笑道："程老板，把人交出来吧！"

程芳容怎能答应，周幻笑了一笑，也不多说，一手就向汪九明胸前抓去，他速度奇快，谁想有人比他更快，一掌便切开了他的手，正是卢秋心。

周幻"哎"了一声："卢先生，你这不是恩将仇报吗？"

卢秋心也不答话，只道："程老板，快走！"

程芳容不用卢秋心说第二遍，架着汪九明就往外走。周幻叹一口气，退后一步，那条极细的软鞭已经出手，朝着卢秋心的脖颈便卷了过来。卢秋心不避不让，夹手就向软鞭抓去。周幻所长，乃是出手奇快，招数莫测，气力却不很大，便将鞭子一缩，反向卢秋心腰间抽去。

卢秋心见软鞭来得快，向右一闪，谁想周幻到了这时竟然还能变招，他一鞭转向卢秋心脚踝，眼见就要扫到之时，卢秋心左脚一起，忽地将那软鞭踏于足下。周幻用力一抽，只觉如蝼蚁撼大树，怎能抽动。

卢秋心冷冷道："周先生却也有趣，放宋翼在那边流血不止，倒急着和我打斗。"

这时宋翼躺在地上，已是出气多进气少了，但周幻竟然全无一点救治的意思，这里面可就透着诡异。

周幻索性把手一松，放下软鞭，笑道："哎呀，竟被卢先生看出来了。"他脸上还带着笑，忽然间一掌向卢秋心打了出去，正是一套小巧连绵的随云掌，掌掌贴身，乃是适于近袭的招式，卢秋心以擒拿手招架，十余招内，周幻未占到分毫便宜。他见机也快，把掌法一收，叹气道："卢先生，咱们两次相遇，我何尝对你不起，你何必要拦我呢？"

卢秋心也便住手，道："宋翼作恶多端，不该由杀他那人偿命，是其一；周先生放着主家重伤不问，却执意捉拿凶手，事有蹊跷，是其二。因此我不得不拦。"

周幻面色微微一变，随即便叹起气来："卢先生，你非拦不可？"

卢秋心点一点头，周幻只得道："也罢，我的本领原不如你。既然你这般说，这件事也就算了。"说着转身就走。

任谁都认为他真是就这么走了，谁承想周幻刚走两步，忽然一转身，一把小巧精致的手枪便出现在他手里。"卢先生，停手吧。"他微笑，"你功夫再高，又怎能抵得过火器呢？"

卢秋心看了一番他手中的东西，向前走了一步，道："若我不退呢？"

周幻笑道："卢先生当我开玩笑？"说到最后一个字时，全无预兆地扣动了扳机。

此时两人距离很近，就算卢秋心有通天的本事，也不能躲过这一枪。谁想扳机扣动之后，卢秋心竟然毫发无伤，他飞起一脚，惊呆的周幻全无防备，正中手腕，手枪直飞到天上，被卢秋心一把抄在手里，随后"啪"地在枪身上一抹，枪口已对准了周幻。

"周先生忘了开保险，如何开枪？"卢秋心语气沉静。

周幻先是一怔，随即叹道："果然，我原不会使枪，现学现卖到底不比卢先生这样的高手。我只是奇怪，卢先生一个新闻记者，怎会有这样的本事？"

卢秋心自不会说出自己师承昔日罗觉蟾枪法之事，只道："这件事就这样算了，周先生，我无意伤你，你走吧。"

周幻却不动身，笑道：“按说我这最后一点看家的本事都被卢先生识破了，就该识趣离去。可卢先生，你可知我为何执意要捉这凶手？”

他不待卢秋心回答，便道：“我一早就知道宋翼当年所做的恶事，投靠他不过是权宜之计。恰好宋翼与一天云争锋，我便趁机调走宋翼手下人，让他两个自相残杀。”

卢秋心道：“我倒不知周先生是这等好心人。”

这话说得便有些讥讽的意思，周幻笑道：“是是是，俗话说得好，无利不起早。我呢，其实之前曾向宋翼下了一个催眠术，叫他写下一份遗嘱，将他的财产都留给我。”

卢秋心不由一惊，宋翼武功高明，人又多疑警醒，周幻竟能令此人中招，可见他的本领，却又道：“宋翼自有徒弟随从，你来他身边时间未多，就算有遗嘱，那些人如何肯顺顺利利把宋家财产交托给你？”

周幻笑道：“卢先生到底聪明，看出了这件事的关键。是啊，宋翼并无妻儿，若他骤然死了，他手下人也未必服我，但若是我抓住了杀他那人，为他报了仇呢？”

卢秋心一惊，原来这才是周幻的目的！难怪他对地上的宋翼全然不顾。又听得一阵“咯咯”声音，原来宋翼延到此时仍然未死，听到周幻这一番话，大怒之极，却因流血过多，伤势又重，一句话也说不出来，唯有喉间咯咯作响。

周幻向一旁看了一眼，道：“差点忘了这位，若万一没死，也是个麻烦。”便来到宋翼面前，此时那匕首仍在宋翼小腹上，他抓住匕首柄，忽地向左右用力一拧！

这一招实在是狠毒之极，宋翼的内脏几乎都被绞碎。他先前便受了重伤，这时再忍不过，一口气没上来，便没了气息。

周幻把手一松，若无其事地站了起来，身上连点血都没溅上，又道："卢先生，宋翼这个人，想必你也清楚得很，他的家产都是些不义之财。待我拿到之后，你我二人各分一半，那可是多好的一件事？"

财帛动人心，这本是最直白也最容易的一件事，无奈周幻从一开始便看错了卢秋心。他当对方是个与自己相似的求财之人，卢秋心看着他，慢慢道出两个字："不可。"

卢秋心回到包厢时，还有大半出戏，就要到程芳容的压轴戏了。

韩凤亭看了卢秋心道："老师你怎才回来？眼见程芳容的戏便要开始了。"

卢秋心笑道："我出去寻个茶馆坐了一坐，因此回来得晚了。"后来周幻晓得自己无法突破卢秋心，这才走了。卢秋心倒是白捞了一把手枪。但这些事，他自不会与韩凤亭说。

韩凤亭瞪他两眼，坐在一边的蝶影也看了卢秋心一眼，却都没说什么。直到把这出戏听完了，眼见下一出就当是程芳容的戏，卢秋心想着，也不知程芳容回来没有，能不能及时上台，又不知那汪九明此刻如何，周幻会不会使旁的主意。正想着，忽听楼下一阵喧哗的声音，竟有若干警察冲了进来，扰得一片慌乱。

韩凤亭怒道："这是什么意思？好容易请老师来听个戏，倒有这许多麻烦，李副官你下去看看。告诉他们，无论闹什么，戏散场了再说。"

卢秋心原要道一声"不必"，一眼却看到一个跟在警察身边的人，赫然正是周幻！原来周幻无法从自己这边突破，竟请了警察过来，这可如何是好？

他甚是紧张，须知李副官纵使拖延，也不过一出戏的时间，程芳容又不能走，到时汪九明又当如何？但此事他又不愿请韩凤亭帮忙，须知此事与前番为胡思园去警局做证不同：一则汪九明确实重伤了人；二则那周幻是个心狠手辣的人，自己已经得罪了他，纵然韩凤亭有势力，但惹上此人，后患不小。他正寻思着，却听韩凤亭道："老师，你是想护着个什么人，怎不和我说一声？"

卢秋心当即惊住，实未想到这素来粗疏的韩少督竟然说出这样一句话，便想自己方才是露出何等破绽。蝶影却怯生生地站起身道："卢先生，方才因我担心你身体不好，便远远地跟了出来，看到了……一些事情。"

她离得远，不然一早被卢秋心等人发现，因此并不能了解到事情全部，虽则如此，也隐约看出卢秋心是要护着一个什么人，回来后便告知了韩凤亭。

卢秋心情知是蝶影关切，如何能说出责备的言语，犹豫一下尚未开口，韩凤亭已道："我是不知老师你有啥顾虑，但学生为老师做点事那是天经地义，更不必提你又救过我。有什么事，你要藏着掖着的？"

卢秋心停顿片刻，正要开口，忽闻一声胡琴声音，分明入耳，苍凉中夹了十二分的无奈，却终是气节不改，就仿佛一个人独行旷野之中，纵然星月无光，仍旧执着前行。先前戏园子里原有些骚乱，这胡琴响起之后，瞬息之间，一片安静。就连韩凤亭都道："这曲子熟悉，这不是……"

他忘了名字，卢秋心却记得，这正是那一曲《夜深沉》。放眼京华，再没有第二个人拉得出这般的曲子。蝶影幼年便入了青楼，更有许多感触，情不自禁地落下泪来。

这一曲实在是动人心魄，胡琴声音方止，扮戏的还没有上来，台下便是一阵掌声，如若雷鸣，卢秋心按捺不住，也鼓了几下掌，韩凤亭一见卢秋心鼓掌，索性便叫起好来。卢秋心颇觉无奈地看了他一眼。

须臾，程芳容上了场，台下自然也是喝彩声不绝。论到程老板的戏，那自然是极好，但今晚却又不同，仿佛在这一个“好”字上，又更上了一层楼，竟是十二分的圆满。若照之前讲，旁人无非是赞颂程老板唱得好，身段好云云。可今日看来，台上竟是生生的一个虞姬本人，神态举止，恰是下一刻便要与霸王诀别，那等哀伤，令人穿越到千载之前，为之魂断神伤。

卢秋心忽然想到，陈燕客讲到当年雪夜双生登场，一曲别姬珠联璧合，京华为之震动，怕不正是这般情景。

台上的人正唱到要紧关头，此刻恰是一个不需胡琴的时候，侧身坐在后面的琴师眼神怔怔，忽有人轻轻拍了一下他的肩，他回头看去，那人竖指唇边，做了一个噤声的姿势，便拿过他手中的胡琴，递给了程芳容原本的琴师。

“汪琴师，请随我来。”

这说话之人正是卢秋心。汪九明见他身后又站了个华服少年和两个大兵，只当事情败露，周幻到底带了人来捉拿自己，随他们到一个僻静角落后便惨笑出声：“你们带我走吧，秦大友、张复生、宋翼三人都是我杀的。我自小父母没了，寄住在亲戚家，那亲戚待我如亲生一般，又筹钱要送我读书，谁想竟被那三人劫财杀人。我心里一早便存了报仇之念，如今终于如愿以偿。”又道：“我在这里拉琴，是我方才胁迫程老板把我隐藏起来，并不干他的事。”

卢秋心笑了笑：“汪琴师，你不必担心。”

汪九明怔了一怔，却见卢秋心拿出一套大兵的衣服，道：“汪琴师请换上，然后随我们来。”

警局的人再怎样搜，终究搜不到韩少督这里。散场之后，韩凤亭轻轻松松带着一干人等离开了戏园，反倒是卢秋心落后一步，在离开戏园之时，被门口的一个人叫住。

那人正是周幻。他斜倚在门上，口中叼着烟卷，眉梢眼角竟然还带了两分笑意：“卢先生，坏人衣食，可是大罪过。”

烟卷上火光明灭不定，在他俊秀的脸上带出几分幽暗光芒。“北京城说大不大，早晚咱们再见面。”他把烟卷随手一掷，恰掉到旁边一个水洼里，嗤的一声，火光熄灭，那诡异的幻术师掉头便走，全无犹豫。

卢秋心看着他的背影，情知自己今日是树下了一个大敌。然而，他终究没有一分后悔的意思。

这几起连续的杀人案，在北京城里颇轰动了一段时间，但最后终是不了了之。韩凤亭在京里的屋舍非止一处，便随意指派了一处给汪九明。然而，汪九明中烟毒已深，先前卢秋心见他时，就觉他身体的情形不对，如今又遭了这一桩事，不过十余日的时间，眼见一日不如一日，竟是个一病不起的模样。

这些时日，程芳容一直陪在他身旁，中外的医生也都请过，但俗话说得好，治得了病，治不了命。汪九明这一遭，实是命数已到了这里，再难医治了。

卢秋心在一边看了，也不由深深叹气。这鸦片之毒，中毒若深，实在是难以医治，也只当年教他武功的聂神通曾整理出一套金针打穴的办法，但是这个治法既要懂医术，又要配合着内力。卢秋心虽有武功，但医术一门博大精深，他并未学得。

如是到了一个月头上，汪九明终究是不治身亡，临终前他人已晕迷，迷蒙间哼了一两声，仍是《夜深沉》的调子。程芳容痛哭失声，在京郊一块墓地上，以兄长之礼葬了汪九明。

头七之日，卢秋心念及汪九明身世凄惨，又是一身技艺付之东流，便叫了车去他墓前，想烧些纸，不想程芳容也在那里。他见到卢秋心，亦是惊讶。

“没想到在这里见到卢先生，也好，我本想去城中找你的。”

说完这句，他便不肯多说，只继续烧着纸。卢秋心想了一想，便也将自己携来的黄纸在墓前烧了。待到这一切事情料理完毕，二人同时起身，程芳容方道："卢先生，我师哥虽已过世，我却不愿他身后背负污名。"

他吸一口气，缓缓道："杀秦大友、张复生二人之人，是我。幼年时，我家境尚可，秦大友等人却为财杀人，也恰巧，我母亲在那日带我们回娘家探亲，偏我当时淘气，要回家取一样玩物，因此师哥偷偷陪我回来，恰好赶上杀人之事，师哥紧紧捂着我的嘴，带我躲在墙角狗洞里，才躲过杀身之祸。这是师哥救我第一次。"

他深深叹一口气："我当时救不得父亲，只记下了那几个人的相貌名字。次日我母亲归来，经此刺激身染重病，最终病故，医药丧事耗尽了家中钱财，又欠了外债，不得已，我与师哥才入了梨园这行。那些年，我两人相依为命，好容易熬出了头，又遇上那等事，师哥自甘染毒。这，却是师哥救我第二次。

"后来秦大友、张复生进京，因做些自欺欺人的慈善事业登上报纸，被我看到。借着堂会的机会，我两次杀人，闹得沸沸扬扬。那时师哥听到这个消息，便已动了疑心。后来承蒙卢先生的消息，我找到他，他便径直问我，杀人的可是我？我虽否认，但他如何看不出我是扯谎，因此后来家人告诉我师哥再次离开之时，我才那般惊惶。"

卢秋心此时也想到那一晚在戏园前见到程芳容，他面上那等少见的惊惶之色，那不单纯是因为汪九明的离开。若是离开，总有找到的可能，那时的程芳容更多的是担心——

他担心，汪九明是去杀人。更担心的是，汪九明不仅是为了报仇而杀人，更是为了救他而杀人。

这一番事闹得大，宋翼更是一个难以对付的人，汪九明决意去杀人。能杀，自然最好，万一杀不了人，他也要把这几桩案子都扣在自己身上，免得对程芳容不利。

程芳容低声道：“师哥救我，这是第三次。”

这一对师兄弟，论到血缘，不过是极淡薄的一些牵连，然而论到情谊，却实在如嫡亲的兄弟一般。当年的京城双生，也合该是这样的角色。

他说完这些，便不再多说，其实此时汪九明已死，就算他一字不提，也无妨碍。然而卢秋心几次助他，他不愿欺瞒，更不愿令汪九明身后声名受损。然而等了良久，却听卢秋心道：“程老板，其实我早已猜到，前番杀人之人，绝不会是汪琴师。”

程芳容一怔，又听卢秋心道：“一来汪琴师身子损坏厉害，宋翼那一晚事发突发，尚可理解，那秦、张二人，他绝无能力杀死；二则，我亦是知道，他并无机会杀张复生。”

那一晚雪夜听琴之事，程芳容并不知情。胡思园尚无机会前去杀人，更不用提汪九明。

他平淡道：“程老板为人坦荡，但今日事出你口，入我耳，便即罢了。我不为别的，只为敬程老板是一个好人。”

程芳容又是一怔，却听卢秋心平平静静道出三个字：“胡思园。”

胡思园之父当年亦曾参与其事，虽然其父并未杀人，可同样参与劫财。程芳容却全无累及后人之意，甚至为了胡思园的安危专门前往宋家救人。这份胸怀，实是难得之极。

说完了这三个字，卢秋心便转身离开。直到他上车之前，才回身看了一眼，却见程芳容依旧站在坟前，黄土在侧，纸灰纷起，他一个孤零零的人影伫立风中，正是无限凄清之意。

篇三
为师

一

师者，传道授业解惑也。

卢秋心自然十分清楚这个道理。然而面对韩凤亭时，他却觉得做到这一点，实在也不是件容易的事儿。

梨园双生之事已过去一段时间，卢秋心因于此事中有所感触，决意好好教导韩凤亭，不再似先前那般随意。只是这韩凤亭虽然聪明，要他潜心学点什么，可真是比登天还难。

譬如说武功方面，虽说韩少督对功夫极感兴趣，但却不耐烦做扎马步一类的基础，试想如此学武，就算他把擒拿手学出一朵花来，也不过是表面功夫，真遇到有本领的人，那是全无用处。

文学方面倒还勉强有些进展，卢秋心晓得韩凤亭喜欢武侠小说，便以报纸上连载的武侠小说作为课本，旁人从“人之初，性本善”学起，韩少督学的却是刀枪剑戟拳头暗器，后来卢秋心又有意念一些武侠小说与他听，待到韩凤亭听到精彩之处时，便道：“你若想知道下文，报纸在这里，便自己看吧。”这么着，韩少督总也算学了些东西。

卢秋心教了韩凤亭，再想到蝶影，又叹了口气。他寻思着，自己住在韩凤亭这里并不是长久之计，将来有一日离开，这女孩子又当何去何从？如今最好让她学一门安身立命的本事，譬如念一所职业学校之类，但他对此了解不多，便托了同事陈燕客代为打听。陈燕客反取笑他：“倒不如寻一个青年，令那女孩子嫁了，方是一劳永逸。”又说：“先前我看你对她颇有相怜之意，如今……”说到一半便笑。

卢秋心正色道：“莫要取笑！”自己脸先红了。

陈燕客哈哈又笑了，便道：“好吧好吧，这件事我记在心里。”便自去编稿子。

卢秋心也坐下来看稿，前些时日来的稿子很多，在抽屉里攒了厚厚一沓。他随手抽出最上面的一张来看，乃是一篇小说，叫作《逆旅》，讲一个外省青年独自在京城的事情。只看到这个，卢秋心便有些不愿看下去，何故？只因这京城里的外省青年多如过江之鲫，如这般题目的文字，他亦是看过许多，多是写自身如何孤独苦闷，凄清难过一类。看得多了，直让人觉得喘口气都带了一阵莫名的忧伤，因此卢秋心看了几行，便想把稿子放到一边。然而，因这人一笔字实在漂亮，便忍了一忍，又看了下去。

谁想继续一看，倒有些惊讶，原来这人写的虽是常见的题目，立意却大不相同，颇有一种振奋的风气，令人觉得他虽在逆境之中，却没有灰心丧气的意味，令人耳目一新。卢秋心忍不住拿了一支红笔，密密地画了许多圈，又情不自禁地赞了几声。陈燕客在一边听了，诧异道：“你素来不喜欢这些新小说，今日怎的转性了？”便把那稿子抽过来，看了之后也赞道：“我看这作者必定是个心胸开阔之人，否则写不出这样的文字。这是谁写的……岳剑尘？倒像是他本名，还真没听说过这个人。”

卢秋心想了一遍，也没有印象，笑道：“若有机会，我倒很希望结识一下。”

说来也巧，第二天卢秋心去一个淮扬馆子吃饭，出来时恰看到门前有个青年，穿一件鸭蛋青的长衫，面容白净，越发显得英姿挺秀。可这青年又将袖子高高挽起，双手互握着指关节嘎嘎作响，这行为举止，并不似读书人的样子。因着这份差异，卢秋心不由多看了他两眼。

这时又一个青年追上来笑道：“剑尘，且等等我！”卢秋心一听这名字，便想到昨日那稿子的作者，心道莫非真个是他？又想偌大一个北京城，同名的人也有的。正想上前询问一二，那名叫剑尘的青年已一搭朋友的肩，大踏步向前走去。

卢秋心忙叫道：“前方可是岳剑尘先生？”

那青年一听，便停下脚步笑问道：“是我，在下眼拙，这位先生是？”

卢秋心正要上前说话，忽然斜刺里冲出个蓬头垢面的少年，一双腿跑得飞快，后面又有一个人喊道：“抓住那个小偷！”

那少年距离岳剑尘不远，后者一听这话，忙上前一步，伸腿一绊，那少年不提防，恰被绊了个跟斗。他手脚却也迅速，一骨碌翻身爬起来，朝着岳剑尘挥拳便打。

卢秋心一看不好，这少年生得虽然瘦小，这一拳力道却很大，岳剑尘一个书生，怕不是要被打伤？他正要上前助拳，却见岳剑尘向左一闪，便躲过了这一拳，随即一掌打过来。那少年一看不好，忙要闪开，谁知这一掌却是虚招，岳剑尘另一只手不知怎样一拧，恰拧住了那少年的手腕，喝道：“胆大的小贼！”

少年吃痛，大力扭动身子，又仰起脸大骂：“王八……”最后一个字尚未说出，他恰看到岳剑尘的面容，忙叫道：“师父，师父是你吗？”

岳剑尘诧异起来，便认真看了那少年，一眼扫到他右眉间的一颗黑痣，犹疑道：“是小路子？”

那少年忙道：“是，就是我啊！师父，你可要救救我，不然我就要被抓到局子里去了！”

岳剑尘皱起眉头：“你怎么来了这里，又怎么去做那偷窃的勾当？”

小路子眼睛一挤，便掉下泪来：“我也是实在没有活路了。”说着又去拉岳剑尘的袖子：“师父，师父，你可不能不管我啊！”

这时失主也已赶到，岳剑尘从小路子身上翻出钱包还给了他，那人见钱包已找回，也无意再追究。岳剑尘拉着小路子就要走，忽又想到方才叫他的卢秋心，拍一拍头道：“真是抱歉，这位先生如何称呼，你方才叫我是什么事？”

卢秋心原想与他攀谈一番，但看此时情形，也不宜多说，便笑道：“在下卢秋心。”

岳剑尘“哎呀”了一声：“原来是卢记者，你不晓得，我最喜欢你的文章。我在树人美术学校教书，你若有时间，便来寻我。今日匆忙，就不奉陪了。”

卢秋心含笑答应，眼见着岳剑尘拉着那小路子走了，还听岳剑尘一边走一边道：“你这小子，几年不见都做了什么事情……”他心里也觉得奇异，这岳剑尘既是个教书先生，怎又有这样一个弟子？转念一想自己还收了韩风亭这样一个学生，倒也说不得旁人。

他回去之后，念及这树人学院，觉得十分耳熟，想了一番才想到，这是最近颇有名气的一所美术学院，女子亦可就读，因着最近引进模特儿的事情，还在报纸上引起了一番风波。

卢秋心为人，虽然喜好旧文学，却并不迂腐，有人以为模特儿是伤风败俗，他却不以为然。随即他念头又转到蝶影身上，心道若是蝶影入这学校读书，倒是可以学一些东西的，将来也有了自立的本事。

他既生了这个念头，第二天便赶去那树人美术学院，偏巧正看到岳剑尘夹着几本书从大门里走出来，一见卢秋心就叫道："哎呀，卢先生！我正想着，你若不来，我便去寻你。"便携了卢秋心的手："这附近有家馆子不错，我们去那里坐坐。"

卢秋心喜爱他言辞爽快，便一同去了。

岳剑尘带他去的是一间小小的河南馆子，门脸不大，里面布置得倒还干净。两人寻了一副座头坐下，岳剑尘笑道："这家鲤鱼做得好。"便先点了一个糖醋瓦块，搭配几个小菜，又从怀中取出一瓶酒来，交代小二去热了，笑道："说来也巧，有个朋友近日送了瓶南粤荔枝酒，正好和卢先生喝两杯。"卢秋心笑着应好。

不一会儿，酒和小菜先上来，岳剑尘亲自倒了两杯酒，笑道："往日我也常看报纸，只有卢先生的文字，我最是喜爱，没想到今日竟然有缘相识，先敬您一杯！"说着，举杯一饮而尽。

卢秋心也举起杯子，这南粤荔枝酒色泽微黄，入口一阵清甜，并无多少酒味，他便也一口饮尽。笑道："岳先生客气。"

岳剑尘又斟满了酒，道："只我有一件事不解，按说，我虽然钦佩卢先生的文字，但如我一般的人想必所在多多，卢先生又是怎样识得我的？"

卢秋心一笑，便将自己看了岳剑尘的小说，又偶然相逢等事一一讲述。岳剑尘听到卢秋心对自己那篇《逆旅》赞誉有加，脸都有些涨红了。

二人因着这一番文字上的缘分，虽是见面未久，却也交谈甚欢，这时岳剑尘点的那道黄河鲤鱼也已上来。这家馆子的做法与众不同，鲤鱼下锅之前，先抽去其中的大筋，因此做出来的鱼肉格外鲜嫩好吃。卢秋心称赞不绝，加上那荔枝酒十分顺口，他虽不贪杯，却也喝了不少。

而岳剑尘所喝的酒，较之卢秋心却要更多一些。两人酒品大不相同：卢秋心喝了酒更加安静；这岳剑尘喝多了酒，话却格外多一些。他一手紧握着酒杯，絮絮叨叨说起了自己少年的经历。

“卢先生，你看我现在这般，不知我当年也是荒唐过的……幸好有个一等一的好老师在一边看着，不然早走上了邪路……唉，正因如此，我看到小路子，才特别难过……卢兄，来来来，请！”原来这时伙计送来了一盘先煮后煎的细面条，这是点糖醋瓦块时店家所赠，待到吃完鱼时，用卤汁一拌，十分爽口。无奈这时两人都是醉眼迷离，胡乱吃了几口，也就罢了。

会了账，岳剑尘扶着卢秋心，两人踉踉跄跄走了出来。论到卢秋心平日里，绝不能让自己如此失态，只是这荔枝酒入口绵软，后劲却是十足，卢秋心此刻离不省人事也只一步之遥，岳剑尘虽然醉得厉害，好歹比他强些，还问：“卢先生……卢兄，你住在哪里？我送你回去？”

卢秋心勉强睁开眼睛，报了住处，岳剑尘忙叫了两辆胶皮车，先把他送了回去。

巧得很，今日韩凤亭并未出去闲逛，看到卢秋心醉成这样也很是惊讶，心道老师原来也会喝醉，真是奇事一桩。李副官年纪大些，晓得人情世故，心道卢秋心若与岳剑尘喝醉，说明二人交情当是不错，便吩咐司机好生送岳剑尘回去。

岳剑尘却只不肯，坚持道自己并未喝醉，司机上去扶他，他因醉了不晓得控制力道，险些一拳将司机打翻，随后忙忙道歉，自行叫了车离开。

韩凤亭在一边看了，他此刻随同卢秋心学艺，虽说学的功夫不过是半桶水，眼力却不比以往，心道：“这人很有两下子，从前又没见老师提过，到底是什么来头？”

二

再说岳剑尘到家好睡了一场，早就把自己险些揍人的事抛到脑后，只想这一顿酒喝得很是痛快，有机会定要与卢秋心再叙一场。

又过了两日，这天岳剑尘教完了课，拿着书本走出学院大门，刚拐进一条胡同里，就被一个华服少年拦住了去路。

岳剑尘打眼一看，这少年穿着十分豪奢，看面貌似乎有些脸熟，便笑问道："阁下有事？"

那华服少年把下巴抬得高高的，道："你可是岳剑尘？"

岳剑尘心道：这少年怎晓得我的名字？他因在美术学院，里面女学生不少。又见这少年显是个富贵子弟，心想莫非是牵涉了什么罗曼蒂克的事件？这可得谨慎处理。谁想那华服少年下一句便是："听说你功夫不错，我要与你较量一番。"

这华服少年自然是韩凤亭。自他与卢秋心学武以来，自诩也是一个高手，那日见了岳剑尘出手之后，心道这人功夫不差，正可以拿他试试手，便私下里要李副官去查此人身份，查到后便来堵人。

欲较量一番虽是实情，可这句大实话在岳剑尘听来，就是不折不扣的挑衅之言。他素来不喜欢美术学院中那种浪漫风气，更不喜欢这等盛气凌人的态度，心中早已把韩凤亭当成了一个花花公子，便道："好。"

韩凤亭很是兴奋，便先摆了一个造型出来，他向前迈了一步，左掌一伸，也道："请。"自觉颇具英雄气概。

岳剑尘却暗自摇头，心说真真到处都是破绽，他伸腿一扫，韩凤亭本来下盘便不稳，扑通一声便摔到了地上。他倒也灵便，身子一挺跳了起来，尚未施展出卢秋心教他的小擒拿手，却见对方一掌已经劈了过来。

这一掌气势汹汹，韩凤亭来不及出手，赶快地向左一闪，谁晓得这一招原是虚招，岳剑尘第二掌劈向的正是他左肩。

韩凤亭大叫不好，幸而这些时日他和卢秋心学武，总不算全然白学，向后就退，竟避开了这一掌。没想这一掌还是虚招，真正的实招乃是下面的一脚，韩凤亭哎哟一声，又被扫趴到地上。他不由大怒："这是什么鬼门道，怎的全都是虚招？"

岳剑尘嗤笑一声："见识短浅。"

韩凤亭一骨碌从地上爬起来，指着岳剑尘怒道："你敢骂小爷！"话音未落，扑通一声，第三次被岳剑尘扫倒在地。他气道："要不是你虚招太多，待小爷施展出擒拿手……"

岳剑尘笑起来："谁家打架，是站在那里等你来打的？技不如人又要嘴硬。你有时间泡女学生，倒不如认真学学功夫，好歹也算一桩事业。"

韩凤亭冲冲大怒，尚未发作。就听身后有人咳嗽一声，他一回头，叫道："老师！"

卢秋心今日来，原是想打听一些入学的讯息，没想刚来就听到岳剑尘那一句话，不由得大皱眉头。但当着岳剑尘的面却不好说什么，只道："原来少督也在。"

韩凤亭叫道："老师，这人使诈，你快和他比比，他一定不是你对手！"

卢秋心并不理他说话，只向岳剑尘道："惭愧，岳先生见笑。"

岳剑尘为人爽快，他也看出两人关系，心道原来这华服少年是卢先生学生，倒也不必太计较。就笑道："无妨。卢先生怎么来了？"

卢秋心便打发韩凤亭先回去，岳剑尘的住处距此不远，他便邀卢秋心前去小坐，只见小小一个院落，窗下放置着一盆兰草，墙上挂了一支洞箫，窗明几净，看着很是干净雅致，竟不像一个单身男子的居处。岳剑尘看出卢秋心的诧异，笑道："这些都不是我收拾的。"便叫道："小路子，出来见过卢先生。"

随着他这句话，一个少年端着两杯茶走了进来，这少年身材瘦小，收拾得却也齐整，卢秋心觉得这名字很是耳熟，细细一看，可不正是他初遇岳剑尘时，那个当街偷窃的少年！

小路子送了茶便下去了，卢秋心又为方才韩凤亭之事致歉。岳剑尘摆手道："我都明白，一个做老师的，自然是要护着自己的学生，莫说你那学生，就这个小路子，我也为他操了不少心。"

起先卢秋心不好多问，但这时岳剑尘主动提起，他便试探着问道："这个小路子，岳先生起先也教过他？"

岳剑尘先不言语，喝了一口茶，方道："我与卢先生一见如故，这话也不必瞒你。这个小路子，原和我早年的经历有关。"他拍了拍自己胸膛，道："你看我现下是个教书匠，怎的倒会功夫？"

这一点，卢秋心也是好奇，当初岳剑尘街边一招拦住小路子，他就看出这青年身手不俗。但自己学了功夫，是因当年在香港时遇到罗觉蟾聂神通这一番境遇，这岳剑尘又是所为何来？却见岳剑尘又喝了一口茶，便道出自己早年的故事。

原来这岳剑尘本是书香门第出身，但他少年时便讲究义气，喜好武学，父母自是不喜。他一气之下，便跟着一个跑江湖的离家出走了，谁想这个跑江湖的也不是平常人，而是一伙占山为王的土匪中的二当家。

那时岳剑尘尚且年少，看了这一伙人，只当他们是《水浒传》中一流人物，成日里与他们厮混。闲暇时候，他也教山上人识些字。然而这些人大多对此不感兴趣，只有小路子当时年纪尚小，倒跟着岳剑尘学了不少东西，这"师父"二字，便是由此而来。

再说岳剑尘在山上住了一段时间，看这些人的作为，却越来越觉得不对。这些人虽也是大碗喝酒，大块吃肉。但除此之外，那些获取钱财的手段，竟都是为恶的居多。只那二当家待他还不错，他如今所使的一套虚招为多的掌法，便是那人所教，江湖上称为“颠倒掌”，颇有些名气。那人向他道，你毕竟是个少爷，这山寨不是你待的地方，不如归家。

岳剑尘本就对这山寨有了疑惑，加上这人一番话，便下了决心离去。此时距他离家，已是两年有余。一到家中，却见门前一片素白，原来他父亲因思念儿子，竟在他归家前三日一病过世了。

岳剑尘痛哭失声，只觉这些年来虚掷年华，一事无成，又害得老父身死。实在是大大的不孝。一时间自暴自弃，每日里喝得烂醉如泥。就在这时，他父亲生前的一个好友及时训醒了他。

那人对岳剑尘道：你固然犯有大错，但你若就此沉沦，便是错上加错；反之，你若从此悔悟，尚有亡羊补牢之机。再说你的老母亲只有你一子，你若这般下去，她将来又由何人奉养？

岳剑尘如梦初醒，而那人训过这番话后，更把岳剑尘带在身边，从头教起。岳剑尘毕竟家学渊源，原本的国学功底还是在的。这般学了几年，那人又帮他觅到一个教师的职位，岳剑尘之母在此期间因病过世，因独子到底走上正路，逝时面上犹带微笑。

听完这一番经历，卢秋心亦是感慨，又赞岳剑尘父亲那好友实在是一个难得之人。岳剑尘叹道：“若没有他，怎有今日的我？他学问广博，按说，我本不配当他的弟子。但他教我几年，我心中实在把他当作恩师看待。前几日我看到小路子，便如看到当年的自己一般。”说罢，又叹了一口气。

卢秋心便问：“不知那位前辈如何称呼？”

岳剑尘笑道：“我提他的名字，卢先生必然听过，他老人家名讳叫作谢兰圃。”

卢秋心不由“啊”了一声。这位谢兰圃谢老先生，乃是一位极有名气的大学问家，国学功底深厚，于金石篆刻上亦有极深的造诣。早在前清之时，他的名气就已传播四海。清亡之后，他心中感念难过，辞却一切政府任职，过着隐士一般的生活。因此他名气虽大，近些年见过他的人却不多。卢秋心对其学识人格都很敬仰，却万没想到，他竟是岳剑尘的恩师！

他按捺不住，犹豫半晌，到底和岳剑尘提出，若有机缘，希望能够前去拜望谢老先生。

卢秋心提得小心翼翼，岳剑尘笑道："卢先生也是我佩服的人，我想老师定然愿意见你。"卢秋心忙道"岂敢"。两人便议定了，次日清晨，一路去拜会谢兰圃。

这些事情商议完毕，卢秋心方才想起，今日前来，原是为了咨询蝶影入学一事的，不由有些惭愧，又向岳剑尘请教。岳剑尘手头恰好有相关简章，便拿来交予卢秋心，又道这树人学院确有些出色的教师，定不致误人子弟云云。

这一次长谈之后，二人关系又进一层，待到卢秋心离去之时，二人已互以"卢兄""岳兄"相称，不似前番生疏。

离开岳宅之后，卢秋心直接去了报馆，恰好今日事情不多，他回家之时韩凤亭犹未归来，卢秋心拿出简章，细细研究。

一看之下，这树人美术学院确实极好，只有一点：因学的是美术，又要住校，学费却不便宜，粗略一算，只这第一学期，卢秋心便要先准备出三四百元。这之于他乃是一笔大数目。卢秋心踌躇半晌，却也想不出哪里可以筹得这样一笔款项。韩凤亭虽然十分富贵，但当日李副官请他来教课时，他便不愿与韩凤亭有金钱上的往来。眼下也只是住在这里，连教习费都不曾收取。

思量了一会儿，不得要领，卢秋心也只得先行安歇。

他睡下不久，韩凤亭也回来了，这时李副官忽然匆匆赶来，道："不好，韩二老爷在天津得了重病，发了电报要少督快去探视。"

韩凤亭不由“哎呀”一声，这韩二老爷是他的亲叔父，与乃兄不同，此人于军事上一窍不通，只好吃喝玩乐。韩凤亭与他感情不错，听到这消息，连夜就要赶去。

他正要出门，忽然又想道：“这事竟没对老师说。”便问身边一个听差：“老师回来了吗？”

那听差忙道：“卢先生原回来得早，只才睡下。”他因要讨好韩凤亭，便道：“卢先生似是有心事呢。”

韩凤亭听了这话，便停下脚步，问道：“是什么事？”

那听差赔笑道：“小的只看见卢先生拿了张纸看了半晌，又说蝶影姑娘的学费什么的。到底是什么事，小的也不晓得了。”

韩凤亭想了一想，便来到卢秋心房间，卢秋心已经睡熟，那张简章还在桌上。韩凤亭如今也识了几个字，拿起一看，半蒙半猜地倒也晓得其中意思。他本性聪明，细一想便明白卢秋心心中所思，遂从身上取出一沓钞票来，约有千元，都塞到卢秋心挂在一边的一件长衫里，又向那听差道：“我去天津的事儿，你明儿一早说与老师。”便径自走了。

那听差倒有些茫然，心道少督这般说，那他给钱的事儿我说还是不说呢。少督只让我提他去天津的事情，却不提此事，想必还是不愿我与卢先生说的？不如这般，待到卢先生问到这钱时，我再说不迟。他这般想着，也就退下了。

次日清晨，卢秋心醒来，那听差便与他说了韩凤亭去天津一事。卢秋心点了点头，穿了长衫自去寻岳剑尘。那一千元说起来虽多，揣在怀中不过薄薄一沓，韩凤亭一番好心，卢秋心却并未留意到。

再说卢秋心与岳剑尘会合后，两人便一路去了谢兰圃家，原来卢谢两家相距不过一条胡同距离。谢兰圃虽是一位大学问家，可是他的居处却十分朴素，房间四下里都是书架，书籍一直要堆到天花板上。

岳剑尘引着卢秋心来到里面的书房，此处书籍更多，卢秋心抬头见到一位清瘦老者，不敢多言，忙深施一礼，道："学生卢秋心见过谢老先生。"便听那老者道："不必多礼。"他的语速很是缓慢，带着南方人的声气儿，自有一种文雅的韵味。

卢秋心便站直身子，看到这位闻名遐迩的大学问家花甲年纪，身形十分瘦削，面上略带郁郁之色，但态度却很和蔼。

岳剑尘忙上前介绍道："先生，这位卢秋心卢记者，就是我之前给您提过的那位，机缘巧合，我们竟成了好友，他对您也十分地敬仰，所以我带他前来拜望。"

谢兰圃笑道："好，好。"

卢秋心正要说几句谦逊之语，一眼却扫到书桌上的一张麻纸，不由得大吃一惊，眼睛仿佛黏在上面，再移动不得。

面对着这样一位大学问家，何物竟能使卢秋心如此？实是因为这张麻纸太过不同寻常，这乃是西晋陆机的《平复帖》，乃是传世最早的一件名家法帖，有称号叫作"法帖之祖"，可说是价值连城的一件瑰宝。而其在书法史上的意义，更是不同寻常。卢秋心素爱书法，连这张《平复帖》，他也是临过的，如今得见，怎能不惊？

谢兰圃见他注目，捻须而笑，道："你认出来了？剑尘，你也来看看。"

岳剑尘先前没有留意，如今一眼看过，不由惊道："这不是《平复帖》吗！"谢兰圃笑道："正是，我借来了三日，你们来得巧，正碰上了。"

卢秋心这时也觉察到自己礼节疏忽，连忙致歉，道："因少时极爱此帖，一时失了分寸，请谢先生见谅。"

谢兰圃笑道："不碍事，你既说极爱此帖，想必也是临过的，不如写几个字来看看。"

卢秋心甚是惶恐，但谢兰圃既这般说，也只得拿起笔来。他自觉一支笔在手中从未如此之重，屏气凝神地将此帖写了一遍，便侧身退到一旁。

谢兰圃看了一遍，道："确有功底，这个帖子，最难得的是要有一种古朴淳厚之气，看你的字已有三分精髓。但此处笔画若游荡过远，便失了本意。"说罢指点其中几字，为卢秋心一一分说。又向岳剑尘笑道："你的字，可就大大不如了。"

岳剑尘不以为意，反为卢秋心高兴，须知谢兰圃评为"三分精髓"，已是极为难得之事。卢秋心见谢兰圃态度谦和，心中亦是感念。

三人正谈论时，忽然小路子叩门进来，道："师父，有位云先生找您。"

岳剑尘"啊"了一声："这个老云，原说下午的，他怎的上午就来了。"便道："先生，我先回去一下。"

卢秋心忙也起身告辞，岳剑尘笑道："不必，原是一个同事有些学校的事情，我很快便回来，卢兄先与先生谈谈，中午我请你们吃饭。"

岳剑尘说完便走，谁想那同事却耽搁了他不少时间，中午他回到谢家门口时，却见许多人挤在那里，指点不休。他奇道："这是做什么？"

一人道："你不晓得，这家出了大事，说是一个什么字被偷了，谢老先生也被打伤了，幸而那犯人没能跑，已被抓走了！"

三

岳剑尘大吃一惊，忙赶入书房中，却见里面半个人影也无，屋中纷乱，不知所以。

这下岳剑尘着了急，正要出去打听，一个人走了进来。这人乃是谢兰圃身边的老仆，先前岳剑尘来时，那老仆出去采买，并未在家。岳剑尘连忙抓住他，问道："忠叔，你可知发生了什么事？"

忠叔把腿一拍："岳少爷，你快去看看老爷！"

岳剑尘吃了一惊，忙进内室，却见谢兰圃倒在床上，人事不省，细检查身上并无其他伤痕，只额上一块青肿。

忠叔忙道："我方才掐人中、灌水都不管用哩，听得前面有个何一帖，什么病都是一帖药便好，我待要找他去看看。"

岳剑尘并非那等冷静善谋之人，见得谢兰圃如此更乱了分寸，便任由忠叔去请人，又想：卢兄到哪里去了？恩师到底为何受伤，他们说有什么字被偷，难不成竟是《平复帖》？这、这到底是怎样一回事？

他站起身来，急躁地连转了几个圈，心情略有平复，一眼又扫到榻上昏迷不醒的谢兰圃，心头忽然晃过老师当日曾与自己说话，道是自己性情浮躁，最重是一个"稳"字。此时老师如此，忠叔又年老，自己再不能做主，老师又当如何？这般想着，慢慢地安定了一些。

就在这时，忠叔带着一个大夫走了进来，这大夫四十多岁年纪，长袍马褂，衣着连同拎着的药箱都极讲究。但他的相貌却令人不喜，尖削一个下巴，细小一对眼睛，岳剑尘心中先有几分不快。待到这大夫慢条斯理诊了脉，又检查了片刻，最后竟拿出一帖膏药，说什么"只要贴上，便药到病除"，岳剑尘更是不悦，道："从未听说贴一帖膏药便可病好的，若醒不来，又或耽搁了病情，到时算在谁身上？"

那大夫便道："这位老先生年纪大了，一时醒不来，也是常见的事情，但你若不贴我这膏药，只怕连那醒来的一丝机会也没有了。"

忠叔在一边搓着手，急道："岳少爷，既这般说，先贴上给老爷试试也是好的。"

岳剑尘这时心思清明许多，接了那膏药，拿了几块钱打发何一帖走了。道："我只怕老师是撞到脑子，伤了血管。这须得去外国人的医院。"

谢兰圃是国学大师，忠叔崇敬其主，对西方的物什多不信任，犹疑道："我听说那外国人的医院，说不得要把脑壳劈开，可不是要坏事？"

岳剑尘摇头道："不会。"嘱咐了忠叔一句，便出去寻人帮忙。

他所在的树人美术学院，本就是一家偏西式的学校，因此同事中有许多熟悉外国医院的，又听说是谢兰圃受伤，这是有名的大师，大家皆是敬仰的，因此很快寻了一辆汽车来，将谢兰圃送去医院。医生细细一查，果然是伤了头部，因谢兰圃身体素来不算康健，年纪又老迈，因此何时能够醒来，却是一件难以定论之事。

岳剑尘听得心头又焦躁起来，但按此刻情形，若谢兰圃不住院，情形更是不好，便仍是办理了住院手续。待一切安顿完毕，岳剑尘方有闲暇，向忠叔询问到底发生了何事。

原来岳剑尘走后不久，忠叔便已归来，他为客人上了茶后，便退到一旁的厢房。谁知没多一会儿，忠叔忽觉困倦，迷迷糊糊睡了过去，待他醒来后，一进正房，便见桌上狼藉一片，《平复帖》却不见了踪影，谢兰圃半身歪斜倒在一边，卢秋心则站在当地，欲待出门。忠叔一看不好，忙一把抓住卢秋心，叫来许多邻居帮忙，待警察来后，又在卢秋心身上搜出一笔说不清来由的款子，更增嫌疑。卢秋心便被警察带走，追寻那《平复帖》的下落。

岳剑尘只觉脑子"嗡"的一声。他万没想到。偷走《平复帖》的人竟然是卢秋心！不由自主便道："卢兄怎会做出这等事……绝不会如此，写出那样文章的人，怎会做这等事？”

忠叔跟随谢兰圃良久，也是通些文理的，怒道：“若说写好文章的都不去做贼，那秦桧也是忠臣了！”

岳剑尘哑口无言，但他无论如何也不能相信卢秋心会去打伤谢兰圃，偷走《平复帖》。忠叔冷笑道：“岳少爷你从前便轻信人，这一次更是引狼入室！”

岳剑尘张了张口，终说不出话来。他低了头，拿出二十元递给忠叔，道：“你拿着，支付些零碎小账。”便匆匆出了门。

他来到医院门口，只觉心头郁闷之极，真想大喊大叫一番，他想到与卢秋心几次会面，实不认为对方能做出这样的恶事。可这事若非卢秋心所为，又是何人？此时天色已晚，就是去警察局也无法探监。他思来想去，又回到了谢兰圃家门前。

此时忠叔留在医院照料谢兰圃，谢家再无旁人，大门已经锁上，岳剑尘想了一想，找个僻静角落翻墙而入，却并未入书房，而是到忠叔当时所在的厢房看了一遍。原来岳剑尘曾在江湖上混过几年，听忠叔的讲述，白日里他忽然困倦睡倒，此事不合常理，更像是迷香一类的勾当。

他细细查了一番，果然在窗缝里寻出一个小小竹管，若不是他熟知这些事情，打眼一看，真要被错过，这正是熏迷香所用之物，近些年来，已经十分少见。

岳剑尘拈着竹管，心头生疑，论说忠叔的年纪这样老迈，卢秋心直接打倒便可，再用迷香岂非多此一举？他把竹管往怀里一揣，又打算去书房查看，谁想刚出了房门，却见隔壁一家邻居灯火忽然熄灭。

若单是灯火熄灭，自然算不得什么。但这灯火熄灭之后，忽又点燃，如是者三。岳剑尘在院中看了，联系起方才找到的小竹管，心头不由生疑。

待到那灯火终于熄灭，隔壁人家一片漆黑之时，岳剑尘展身出门，来到隔壁人家墙边，手一撑便跳了进去。

这若被人发现，少不得告他个入室盗窃之罪，但岳剑尘本是想到便做的性子，并不计较这些。他在院子里站了片刻，侧耳细听，却不闻任何声响。他又待一会儿，轻轻走到那灯火亮了又熄的窗下，轻轻将窗子推开一道缝隙，借着些许月光向里一看，房里并无一个人影。

岳剑尘又来到房门前，一只手搭在门上。他本意是要探查一下里面情形，谁想这一推，门竟开了，他险些摔倒，原来这门并不曾锁上。岳剑尘站直身子，索性走了进去，他一眼扫过，房中果然无人，便轻轻退了出去，又到其他房间看了一番，也是全无人影。他便回到先前房间，点燃油灯，细细查看。

这房中的布置，并没有什么特别之处，桌上放了一把茶壶，四个茶杯，岳剑尘伸手一摸，那茶壶尚有余温，心里不由犯了嘀咕，显见这里面的人是去了别处，可黑灯瞎火，这户人家能去哪里？他转身正要出门的时候，鼻子忽然一耸，暗道不对，这房里怎的有血腥气？

这股血腥气很是细弱，先前他进来时到底有些紧张，因此未曾留意，此刻安定下来，方才察觉出来。他握紧了两个拳头，沿着那气味走近，原来这房里尚有一处小门，一股细细的血流从门缝里涌了出来。岳剑尘心中暗悔，实应带些防身之物，但此时退后不得，他一咬牙，上前去一把拉开了那小门。

那原来是个小小的储藏室，一只斩了头的公鸡血淋淋地扔在地上。他出来再细一看，连那茶杯上也有些血气。

这……莫非是江湖上歃血盟誓的仪式？大家斩了鸡头血，或结为兄弟，或是约定在某一事上互不违背，可这里又怎么会有江湖人？

岳剑尘轻轻合上门，翻墙离开。

种种事情，令人疑惑。虽有谢兰圃的书房尚未查看，但此刻岳剑尘已是腹如雷鸣。这一天里他四下奔波，除早饭外水米未进，便来到胡同口的二荤铺里买了一些面食，又向那山东老板要了一碗水喝。

手里抓着半个馒头，岳剑尘边走边吃，将至谢家门前时，忽见一个黑影，一蹿便从自己方才查看那邻居家的墙里出来，一溜烟似的向胡同另一端去了。岳剑尘叫声不好，把馒头一丢，疾步赶了上去，偏那黑影动作极快，两人又隔了一段距离，岳剑尘追了一段，那黑影已不知拐到了什么地方去。

他垂头丧气地往回走，险些撞到一个人身上。这人与谢兰圃同住在一条胡同里，名叫王子玄，也是一个学者，岳剑尘与他本是熟识，忙行下礼去。

王子玄见得是他，忙询问谢兰圃眼下情形，得知之后叹息几声，又问了那医院地址，打算明日去探访。岳剑尘忽然想到一事，问道："王老先生，不知这里现住的是什么人？"伸手一指方才自己探查过的那家。

旧时胡同，与今日不同，邻里之间皆十分熟悉，因此王子玄扫了一眼，便道："哦，那是丁家的房子，原本他们老两口住在那里，近日里赁出去了。"

岳剑尘忙道："赁给了什么人？"

王子玄道："是一位姓周的小先生，他一个人倒住了这么大一间房，闻说他家里很有势力，自家也在海关做事，却也难怪。我看他身边，足跟了两三个听差呢！"

岳剑尘心中疑惑更甚，按说，这般一个青年，家中又怎会出现那些怪异之事？但此时王子玄犹在，他却不好再去探看，自己也是十分疲惫，便与王子玄道别，自回了家。

次日清晨，岳剑尘一早醒来，想到昨日种种，真恨不得那不过是大梦一场。可惜事情却已发生，总不能视而不见，他随便吃了一点东西，决意去监狱看卢秋心，可想到谢兰圃邻居那种种怪事，又放心不下。

正在这时，小路子推门进来，看着岳剑尘笑道：“师父，您昨儿回来得倒晚。”

岳剑尘心念一动，小路子年纪轻，手脚却很伶俐，又是在那样地方长大的，心思比一般少年要灵动许多，便道：“小路子，有一件事我想托付给你，却不知你能不能做。”

小路子一听，忙笑道：“师父你说。”

岳剑尘道：“昨日里我的恩师出了事情，他被人打伤，一样重要的东西也被偷走了。如今有些线索，但我手上另有事。你能不能帮我去看看？”

小路子一听，立即义愤填膺：“什么人敢打伤我太师父？师父你放心，这事便着落在我身上。”

听到“太师父”三字，虽是这般时候，岳剑尘多少也有些啼笑皆非之感。他带着小路子来到邻居那家门前，道：“你盯着这家，有什么可疑的人或事，等我回来和我说。你自己也要小心，一切以安全为上。”

小路子满口答应：“师父你就放心吧！一切都交给我！”

岳剑尘转身欲走，想了想又问道：“你带钱没有？中午若我没回来，就自己去买点东西吃。”

小路子抓抓头：“我身上……没钱了。”

岳剑尘吃惊道：“前两天刚给你五块钱，竟都花了？”见小路子低下头不说话，心想他那样出身，先前又流落街头，必沾染了许多不好的习气。现下他在自己身边日子短，日后慢慢调理也不迟，便又给了他两块钱，这才离去。

四

去探视卢秋心之前，岳剑尘到底还是又去了一次医院。自然，一夜之间，谢兰圃并不能有什么大的改善，岳剑尘见他一个衰弱的老人躺在床上，一把白胡子露在被子外面，哪里还看得出是一个大学者的模样，只觉心酸不能自已。忠叔年纪也大了，倚在旁边的一把椅子上打着鼾。岳剑尘并没有叫醒他，只轻轻走出了病房。

他走在医院的走廊上，不知怎的，忽想到了第一次见到谢兰圃的模样。

那时岳剑尘年纪尚小，淘气得厉害，某天在外面玩了半日回来，还摸了两条鱼，用柳枝系着一路拎回来，谁想刚到家，就见到父亲一张黑面，吓得他迈进门里的一只脚又缩了回来。父亲更加恼怒，抬腿追赶，岳剑尘一见父亲如此，跑得更快。

刚拐出胡同，他一头撞到一个人身上，那两条鱼也脱手而出。

岳剑尘这下急了，那两条鱼虽小，可花了他一下午时间才捉到，当下也顾不得被撞那人，忙去捉鱼，谁想他刚捡起一条鱼，就被一只大手拎了起来，咬牙切齿地道："你往哪里跑！"

这正是他父亲的声音，随即他父亲注意到了被他撞倒的那人，吃了一惊，忙道："兰圃兄，你怎来了？啊，这小孽畜可是撞到了你？"

岳剑尘这才留意到那人被他一撞，已经坐到了地上，他听父亲的语气，对那人是很尊敬的，不免害怕起来，可因着年少的缘故，越是愧疚，越是说不出一句歉意的话。那人慢吞吞地起身，在长衫里掏了一会儿，居然掏出一条鱼来，原来另一条鱼竟跳进了他衣服里。

岳剑尘缩着脖子低着头，心道一顿训斥是少不了的，只怕还要挨打，却觉一只手轻轻抚摸了一下他的头，那人笑着道："小孩子顽皮是常见的事，岳兄何必气恼？"随后又对岳剑尘道："快把鱼拾起来吧，你小小年纪，料想捉到它们也不是轻易的事。"

岳剑尘呆呆地抬起头，这才注意到眼前这人。这人与他的父亲年纪仿佛，却要清瘦许多，面上的神情蔼然，其时夕阳正于他身后缓缓落下，映得他一身霞彩，恍惚并非尘世中人。

这是岳剑尘与谢兰圃的初见，之后再见，已是十余年后，可是此情此景，却铭记于岳剑尘心中，永世不能忘怀。

他下定决心，一定要寻回《平复帖》，告慰恩师。带着这样的念头，他来到了警察局。颇花了一些时间，终于见到了卢秋心。

虽是能见上一面，但要求也颇苛刻。岳剑尘将那探视犯人的单子交给警察之后，那警察扫了他一眼，道："说几句便赶快出来，这里面可不能待太久。"岳剑尘点头称是，进了一道栅栏门，又走了一小段路，方才见到了卢秋心。

一夜未见，卢秋心亦是憔悴不少，见到是岳剑尘前来探视，他很有些惊讶，站起身道："岳兄……谢老先生可好？"

岳剑尘摇了摇头："恩师已送去了医院，可还没有醒。"他抬起头，紧盯着卢秋心的眼睛，道："卢兄，我只问你一句，这件事，究竟是不是你做的？"

卢秋心摇了摇头："不是。"

岳剑尘呼出一口气："我原想也不应是你……你这样人，本不会做出这种事！"

他这般说，卢秋心反而有些诧异，道："岳兄，你信我？"

岳剑尘道："你说，我便信。"他摇着头继续道："旁人总说我好轻信人，可我心里总想着，这世上若是连一个人也信不得，那还有什么趣儿？因此我虽信错过几次人，却依旧想相信你一次！"

卢秋心手指紧紧扣住栅栏，半晌方道：“多谢你。”

多谢你，当此时刻，犹这般信我。

岳剑尘摆了摆手，道：“不必说这个，卢兄，我想问你，昨日到底发生了什么？”

卢秋心道：“我说出来，只怕岳兄不信……然则，昨日我实在是什么都没有看到。”

“什么？”岳剑尘大惊。

卢秋心道：“昨日岳兄走后，谢老先生与我谈了些学问上的事，后来，谢家那位老仆便走了进来，对我道，卢少爷，胡同口有一个穿长衫的人寻你，说是有重要的事。我便去了，岳兄知道，那条胡同很长，我走到胡同口又等了一会儿，并不见有人，忽然间我觉得不对，便赶了回来，那时谢老先生便已倒下，我则被那老仆指认为犯人，扭送到了这里。”

岳剑尘思量道：“这可与忠叔所说的不同啊……”

卢秋心问道：“那忠叔又是怎样说的？”

岳剑尘便把忠叔所言对卢秋心说了一遍，他心中也疑惑二人所言矛盾，卢秋心却正色道：“岳兄，你可知，为何我在胡同口忽然觉得不对回返吗？”

岳剑尘实未注意到这点，随口问道：“为何？”

卢秋心道：“岳兄引我前来谢老先生家中时，那位忠叔并不在家中，也不可能知道我是何许人也。可他回来之时，为何直接便称我为卢少爷？”

岳剑尘道：“想是与他说话那人道出卢兄名姓。”

卢秋心摇头道：“不对，老北京的仆人熟谙礼节，他既未见过我，那么第一句应是‘您可是卢少爷’！”

岳剑尘一惊，他察觉到这句话中的深层含义，险些跳起来，道：“这不可能！忠叔跟了恩师十几年，他怎么可能做对不起老师的事情？”

卢秋心见他激动，忙道：“岳兄，你且听我说……”岳剑尘摇头道：“你不必说了，卢兄，我是很信任你的，可我也同样信任忠叔，若忠叔我都不信，我又怎么去信你？”

他这话说得有点颠三倒四，卢秋心倒也明白了他的意思。他道：“并非如此……”刚说完这四个字，先前那警察便又来了，催促道：“时间到了，快些出来！”

岳剑尘无法多待，匆匆起身，犹听卢秋心道：“岳兄，我怀疑的是……”他掩住双耳，不愿再听，便离开了。

一路上，岳剑尘心思起伏不定，一想到清晨时忠叔累极在椅上睡着的情形，便觉忠叔对谢兰圃如此忠心，绝不会背叛主人；而当他回忆起卢秋心在报纸的种种文字，又觉文如其人，能写出这般文字之人，绝不会是一个恶徒。

他思来想去，又回到了谢家门前，不见小路子人影，却见一个风仪翩翩的青年正在邻居家门前。他心中一动，想到昨夜里王子玄的话，暗想这莫非就是隔壁那姓周的小先生，便叫道：“周先生！”

那青年回身笑道：“这位先生是叫我？您怎么称呼？”

岳剑尘道：“小姓岳，是隔壁谢家的子侄，周先生住在隔壁，昨夜这里发生了一些事情，我想向您请教。”

那小周先生笑道：“客气，只我前几日去了上海，今天才回来，不知能帮上什么忙。”

岳剑尘一听，倒有些踌躇，人家根本不在，自己要如何打听？他犹豫着不知如何开口，那小周先生哈哈一笑，自进了门，谁想他进去不久，便听他怒道：“人呢，人呢！这群背主的东西！”

岳剑尘一听，料得有事，也走了进去。只见那小周先生在院子里跺着脚骂，他上前问道：“出了什么事？”

小周先生正在恼怒的时候，也不计较这岳剑尘怎么跟进来了，气道：“这是个什么世道，我原雇了三个听差，又给了三个月的工钱，如今可好，我不过去了一次上海，回来竟一个都不见了！”

岳剑尘一听这话，恰和昨夜发生的事情对上，忙道：“周先生，你可丢了什么东西没有？”

小周先生一听，忙冲进房中，过一会儿只听他叫道：“哎哟，这什么东西！血糊糊的！”岳剑尘不由失笑，多是小周先生看到那只无头公鸡。

又过片刻，小周先生走了出来，奇道：“这真是一件怪事，竟没有丢什么，可他们不是贼，为何要跑？”

岳剑尘道：“周先生还不知道吧，昨天这里发生了一桩案子。”便将《平复帖》的丢失，谢兰圃的受伤，以及自己昨夜见到的那些特异之事都说给了小周先生，只听得后者紧张不已。待到岳剑尘说完之后，小周先生方道：“你的意思是……他们几个是贼？躲在我这里就是为了偷那什么帖的？”

岳剑尘道：“此刻尚无证据，不过我确实这般怀疑，不知这几个听差周先生是从哪里雇来的？”

小周先生道：“是牌桌上的一个朋友介绍给我的。那小子混账，现在倒在南方呢，留下这烂摊子给我！”赌气又骂。

岳剑尘安慰道：“这些人若是惯犯，只怕周先生那朋友也不知情。”又问那几人名姓，无非是姓张姓李，岳剑尘也知这些名字未必是真，只先记下，又问他们样貌如何，小周先生想了半日，道：“一个做听差的，谁耐烦记他们模样，仿佛都是有些气力的。对了，其中有个叫孙二的，下巴上长了一颗黑痣。”

这倒是个明显的记号，岳剑尘记了下来，又安慰了小周先生几句，这才离开，临行时犹听小周先生自语道：“这地方住不得了……”

他不晓得小路子究竟去了哪里，毕竟担心，在胡同里前前后后转了一圈，不见小路子踪影，又觉腹中饥饿，便打算先回家去吃些东西。

刚走进家门，岳剑尘一眼便看到小路子，登时放下心来，这小子盘着腿坐在椅子上，旁边放着一包椒盐烧饼，一盒熏雁翅，吃得正香。见他进来，小路子从椅子上跳下来笑道：“师父你回来啦！一起过来吃烧饼，夹着熏肉吃，香！”

岳剑尘不觉好笑，看那酱红油亮的熏雁翅，倒也有些心动。他提着青瓷茶壶泡了一壶香片，往小路子身边一坐，也拿了个烧饼吃了起来。

他虽师从谢兰圃学过学问的，可不是那种食不言寝不语的书生，一边吃着东西，一边便问小路子：“你上午都去了哪里？可遇到了什么事情？”

小路子嘴里还含着东西，含含糊糊地道：“上午见了人……”岳剑尘虽不是很讲究的人，到底还见不得这个，斥责道：“把东西咽下去再说话，成什么样子。”

小路子连忙用力吞咽，谁想他嘴里东西太多，险些噎到，岳剑尘忙倒了茶给他，好容易才把东西冲下去。小路子才道：“师父，我约是看到你说的那些人了！”

“哦？”岳剑尘也来了兴致，忙问道，“你快说说，是怎么一回事？”

原来小路子今天在谢家附近蹲守，守了一个多时辰后，真有两个大汉鬼鬼祟祟地来到邻家切近，却没有进去，只在墙根下商议。小路子不敢离得太近，只装作一个顽童，隐约听得他们说到什么“大河旅店”“丁字号房见”之类，过了一会儿，那两人分头走了。他再不见其他人来，又觉腹中饥饿，便买了些吃食先行回家，恰好岳剑尘也到了。

岳剑尘听了，寻思道："大河旅店，倒不知这是哪里……"

小路子笑道："我知道，在南城，都是穷人住的地方，难怪师父你不知道。"

北京城里，东城贵、西城富，至于南城多是穷苦人，旅店想也不会太奢华。听到这里，岳剑尘心里越发有了数，又想到小周先生的话，问道："那两个人里，有没有一个下巴上有黑痣？"

小路子怔了一怔，道："大约……没有……"

岳剑尘道："有就是有，没有就是没有，什么叫大约没有？"但一想小周先生雇的听差原有三个人，约是有黑痣的那个不在其中，便两三口把手里一个烧饼吃完，道："很好！我便去看看。"

他拍拍手愈待出门，小路子忽然叫住他，犹豫着道："师父……"

岳剑尘停下脚步道："怎的？"

小路子道："师父，你不会生我的气吧？"

岳剑尘奇道："生你什么气？"

小路子又犹豫了一下道："我明知大河旅店在哪里，自己却没有去……"

岳剑尘哈哈一笑："我一早便叫你小心行事，你若去了，我反要担心；你不去，才正合我意。"

他叫了一辆胶皮车去了南城，打听着来到大河旅店，从外表一看，这果然是个龙蛇混杂的地方。岳剑尘是个书生打扮，反倒惹人注目。他想了一想，便把袖子挽得高高的，长衫的衫角也系起来，做出一副落拓不羁的模样，这才走了进去。一个伙计上前要询问，岳剑尘不待他说话，先塞了一块钱过去，问道："丁字号房在哪里？"

那伙计登时眉开眼笑，也不问岳剑尘什么，伸手一指。岳剑尘点了点头，便走了过去。

那丁字号房房门紧闭，岳剑尘不知里面是个什么情形，刚想上前查看，房门一响，一个人恰走了出来，这人眉骨粗壮，穿着短衣，下巴上正有一颗黑痣，岳剑尘细看他身形举止，确认这是个有功夫的人。

岳剑尘装作一副若无其事的模样，与那人擦肩而过，待到那人走出一段路后，便悄悄地跟在他后边，眼见那人拐进了一条小胡同便不见了踪影。岳剑尘心里奇怪，盖因这原是条死胡同，人怎的不见？他正左右张望，忽然耳畔风声呼呼，一个醋钵大的拳头，朝着他直砸了下来！

五

岳剑尘一看不好，亏得他身手灵便，一个铁板桥向下一闪，好歹避过这一拳。他挺直身子，也是一拳回敬，谁想这一拳虽然打中，那人不过晃了一晃，随即飞起一脚，向岳剑尘头部踢去。

岳剑尘忙侧头躲过，这一脚正踢到墙上，灰土四溅，可见此人力气之大。他不依不饶，见这一脚落空，又来了一个双风贯耳，直向岳剑尘头部而去。

这人招招是要命的招式，岳剑尘不由恼怒，暗道果然是一群穷凶极恶的强盗，偷窃伤人不说，如今还要杀我？恰好旁边有一条破条凳，也不知是谁家不要丢到外面的，他顺手抄起招架，只听咣的一声，条凳被一砸两半，木屑擦得他脸颊生疼。

然而力气大的人，往往就没有那么灵活，岳剑尘心念一动，看到墙角还有一根竹竿，一伸手抄了起来，朝着那人脚下便扫了过去，果然那人险些就被绊倒。岳剑尘心里一乐，执着这根竹竿，专向那人下三路袭去。

那人霎时手忙脚乱，单要躲避这根竹竿已成了问题，手上的袭击自然也就缓慢下来，直气得满口乱骂。岳剑尘心中暗喜，动作更快，没过两下，那人扑通一声便被绊了个跟斗。他刚要起身，岳剑尘哪容他再动，竹竿一动那人又被摔到地上，这一下却是头先着地，那人只觉天旋地转，岳剑尘一不做二不休，想到方才他出手凶狠，抄了块石头便砸了下去。那人哎哟一声，额角渗血倒在了地上。

岳剑尘丢下竹竿砖头，心里松了一口气，忽又觉得不对，自己前来找人，是要问个究竟，并寻到《平复帖》的，如今人被打晕，如何问得。但若要叫醒他，这人凶悍得很，倒不易对付。岳剑尘有心寻条绳子把人捆上，一时又寻不得，正踌躇时分，忽有两个人，从胡同另一侧跑了过来。

这两人的外表亦很凶恶，打头的是个瘦子，他一眼看到地上被打晕那人，叫道："老七！"再一看岳剑尘正站在旁边，身上还有打斗痕迹，骂道："小白脸子！"上前就打。

岳剑尘脸虽生得不黑，可被人这般骂倒也是首次。他心中气恼，伸臂一挡，两条手臂在空中一撞，两人竟同时后退了一步。岳剑尘心道：这人看着瘦削，力气倒也不小。又见后面一个胖子也赶了上来，心想方才那个老七功夫不低，自己打倒他多是取巧，这两人若与他功夫相若，同时出手，真还不好应付。然而此处原是一条死胡同，走是绝对走不了的，若想抄家伙，地上除却自己方才用的那些竹竿条凳，也没了旁的东西。

岳剑尘心思本快，他一眼看到身后围墙，手往上一搭，向上就爬。

那瘦子吃了一惊，心想：难不成他是要翻墙逃走？可这里面都是住家，逃走不易，再不然，这小子和里面的住家是熟识的？他因心里转了这些念头，手上行动未免就慢了两分，原是要抓岳剑尘小腿的，这一下只扯住了长袍一角，"哧"的一声，被他拽了一块布头在手里，而岳剑尘早已上了墙头。

那瘦子急了起来，一手指着岳剑尘骂道："小子，你要跑就是丫头养的！"

这是极难听的一句骂人话，岳剑尘不怒反笑，道："谁要跑！"往下就是一跳，这一下出乎意料，且他是瞄准了那瘦子跳下去，又使了个千斤坠。那瘦子全没想到，被压个正着，他原就生得瘦，这一下更是出气多进气少，连哎哟都发不出声来。

那胖子原落后一步，他似乎还要自持些身份，不肯两人同时上前夹攻，但待到瘦子被压，他自不能袖手，方要上前，岳剑尘手疾眼快，一个手刀先劈到那瘦子后颈上，直将他劈晕过去。

这一手刀，可是岳剑尘当年在土匪窝里练出的本事，端的是又准又狠。随即他从那瘦子身上跳下来，一掌向那胖子头颈劈下去。

这一掌来势汹汹，胖子又看到岳剑尘方才劈晕那瘦子的力度，自然要闪避，谁想岳剑尘这一招乃是虚招，又一掌打向胖子胸口。

这也是要害部位，亏那胖子身躯肥重，却不比方才面带黑痣之人那般不灵活，竟将这一掌也避了过去。可他万没想到，连这一掌也是虚招，岳剑尘伸腿一绊，那胖子再躲不过去，扑通一声被绊了个跟头。但他身手委实不错，一个鲤鱼打挺站了起来，眼看着岳剑尘，目光里惊疑不定："颠倒梦想……"

这正是岳剑尘流落江湖时，与那山寨上二当家所学的"颠倒掌"，掌法中虚招极多，难以应付。江湖上虚实结合的拳脚原也不少，但如这颠倒掌一般，虚招远远多于实招的，却是只此一家，别无分号了。

但这颠倒掌，原名并不叫作颠倒掌，它原是一名僧人所创，取了《心经》里的句子，给这套掌法起名叫作"颠倒梦想"。这个"颠倒"，便是真假不明、迷真认妄的意思。但江湖中多有人嫌这名字冗长，索性叫它"颠倒掌"。到如今，能识得颠倒掌之人已然不多，能叫出原名的更是少之又少了。因此岳剑尘听他一口道出这名字，也是十分诧异。

那胖子又很看了岳剑尘几眼，问道："你是什么人？"

岳剑尘冷笑一声道："来找你们的人！"

胖子又盯了他一眼，忽地道："你若是个汉子，便在这里等我！"说着，竟也不顾地上那两人，径直就走。

岳剑尘心里奇怪，若换作别人，总要担心这胖子会不会带来打手，对他不利之类。但他却不理这些，索性往地上一坐，看这胖子到底要什么把戏。

时间未久，这胖子就带着一个人赶了回来，这人身形并不十分高大，头上戴了一顶斗笠，遮住了大半个脸，胖子一指岳剑尘："就是这个人！连着打翻小李和我兄弟两个，您看是个什么来路？"

当这人走来的时候，岳剑尘虽然不曾见他面容，可不知为何，却有一种十分熟悉的感觉，待到这人向他走近之时，这种熟悉之感愈发强烈，他心头怦怦直跳，自己也诧异为何会如此。眼见那人越走越近，他忽地福至心灵，叫道："秀姐！"

那人脚步一顿，抬手摘下头上斗笠，露出一张素淡面庞。

那是个不到三十岁的女子，一张清水脸不施脂粉，颇有风霜之色，头上梳的并不是妇人的发髻，显示她是一个未嫁的女子。她见了岳剑尘，态度并不显得惊讶，只是道："听老六一说，我便想多半是你。"

岳剑尘一时竟不知说什么才好。他理理头发，又拍打一下衣服，但方才与几人打斗已弄得他一身尘土，袍子还被撕下一块，这是无论如何也不能保持仪容齐整的。他心下懊悔，不想与这女子再见时，自己竟是这副样子。

当日里岳剑尘曾与卢秋心言道，自己年少时曾随着一个跑江湖的离家出走，又随他上山，那人传授他一套颠倒掌，后来更劝他下山归家。以上种种，并非虚言，只有一点岳剑尘当时未曾说明，这个山上的二当家，自己随他入江湖的人物，原是一个女子。

这女子名叫庞冬秀，其父也是一个武学上的大家。她家学渊源，身手亦很出色。但后来父亲不幸身亡，却是他一个师侄替他报了仇，而这个师侄，乃是一个山寨上的大当家。庞冬秀感谢他为父报仇，为了报恩，便入了山寨，闯下了不小的名声。这固然因她功夫高明，也因她行事较之寻常山寨人，要正直光明许多，纵是做些勾当，亦不伤妇孺老人。当日岳剑尘初见她，便将她比作《儿女英雄传》中的十三妹，可见其为人。后来庞冬秀劝岳剑尘归家之时，曾说过自己也有离开的意思，可没想一别多年，两人竟在此地再度相逢。

那老六见岳剑尘称呼庞冬秀为“秀姐”，也怔了一下，原来江湖上的人，客气些的叫庞冬秀作“庞二当家”，又或者便叫“庞二姐”，岳剑尘这两个字出口，可见与庞冬秀是很亲近的关系。他抓了抓头，有些摸不着头脑。庞冬秀转头向他道：“老六，你把小李和老七先带回去，我和这个人有些事情要说。”

老六对岳剑尘仍有些愤愤之色，但他似是很尊敬庞冬秀，并没有违背她的意思。好在那两个人只是被打晕，并没有性命上的危险。岳剑尘看着那几个人离去，心里其实亦是不满，但他又看了一眼庞冬秀，终究也遵照了她的意思。

庞冬秀道：“这里不是说话的地方。”她引着岳剑尘，来到一家冷酒铺子里。

此时因是下午，里面人并不多，两人拣了一副靠窗的座头，要了两碗酒，随意点了两个小菜。岳剑尘忍不住开口问道：“秀姐，你怎的进京来了？你和那三个人，又是什么关系？”

庞冬秀把斗笠放在一旁，并未回答这些问题，只道：“你和他们动手，是为了什么，讲给我听听。”

她说话并没有一般女子的婉约，也不似如今时式女子的态度，简洁干脆，又带些命令口吻，倒似一个男人。但岳剑尘熟悉她的作风，不以为意，就道：“我有一个老师，对我是有大恩德的，他的一幅字被人偷了，人也被打伤，现在还没醒来。因此我一直追到这里。”

庞冬秀点了点头：“我知道了，你是疑惑我身边这几个人做下这番事。”

岳剑尘并不反驳，道：“正是如此。”

庞冬秀问道：“你的老师，是何时被打伤的？”

岳剑尘答道：“昨日上午。”

庞冬秀道：“那不是这几个人。”

她说得斩钉截铁，岳剑尘一怔，还没有说话，庞冬秀又道：“昨天一天，这几个人都在我身边，不曾出门。莫说昨日，就是最近半个月，他们也未曾脱离我身旁。另有一个小癞子，虽然昨日不在，可他没什么本事，胆子又小，打伤人的事，他是做不出的。”她端起面前的酒碗，喝了一口酒，又道：“况且你说那字，既是专程有人去偷的，想是很值钱的一样物什，我身边这几个人大字都不识一个，如何做得？”

是时走江湖的人多出身底层，读书识字的少之又少。因此当日岳剑尘上了山，竟可充一个教书先生。岳剑尘听得此言，心中一动，暗道这个道理我之前竟未想到，那《平复帖》原是草书，在这班人眼里看来，与鬼画符也没什么两样。谢兰圃家中字帖无数，若是他们前去偷盗，莫说分辨真假，就是辨出哪一张是平复帖也是难事，这一定需有一个通晓旧知识的人，才能做出这等事。可这般说来，莫非自己之前的推论，都是错的？难不成这件事真的与卢秋心有关？而小路子上午遇见那两个人提到大河旅店，又是怎么一回事？

他脑子里一片混乱，又听庞冬秀道：“至于我到这里，实是有一件大事，与你可没什么关系。”

岳剑尘怔怔问道：“秀姐，当年你不是说过，你也打算离开，不混这一条路了？”

庞冬秀淡淡道：“是，若不是此事，我也不会回来。”

岳剑尘又问是什么事情，庞冬秀却不肯说。她在岳剑尘面前始终有一分威严在，岳剑尘并不敢十分逼问，但又心有不甘，不肯这般离去。就在这个当口，刚才那个老六匆匆地跑了过来，到了庞冬秀面前道：“小癞子回来了！好容易找到了那几个藏身的地方！”

庞冬秀倏然而立，道：“走！”

老六搓着手，极不满地瞥了岳剑尘一眼：“小李和老七都晕着，小癞子哪当得人手用，那一边至少有三个人，咱们怎么够……”庞冬秀冷冷道：“多说什么，走。”

岳剑尘也站起身，他虽不晓得是什么事，但情形对庞冬秀一方不利是可想而知的，便道：“秀姐，不知是什么事，我说不定可以帮忙……”老六在一旁倒有些心动，刚要说话，已被庞冬秀打断道：“你现时是个少爷，不必理这些事。”便结算了酒钱，带着老六走了。

岳剑尘坐在原位上，拈了一颗玫瑰枣放入口中，却是食而不知其味。

六

这一边庞冬秀回了旅店，小癞子早已等候在那里，一见庞冬秀便上前道：“庞姑姑，我查了几天，终于查到他们的踪迹了！”便低声说了一个地方。

庞冬秀点了点头，道：“很好，辛苦你了。你就留在这里。”便对老六道：“我们走吧。”

老六犹豫着道：“咱们只有两人，万一……”

庞冬秀冷冷道：“前怕狼，后怕虎，也不要再混了。”又道：

“你也知道，这一路寻到他们的踪迹何等不易，这次错过，再找这样的机会就难了。”说罢，径直走出门外。

老六寻思了一番，一跺脚道：“拼了！”也随着庞冬秀走了出来。

两人出了旅店，净寻了些小路走，渐渐地出了城，因两人都有功夫在身，并未觉得如何疲惫。又走了一段，四下里荒草萋萋，庞冬秀忽然一转身，扬声道：“出来！”

老六吓了一跳，心道莫非自己已被那些人发现了？心中惴惴不安，可是回头一看，并不见什么人，正疑惑处，庞冬秀又道：“再不出来，等着我用水泼你？”

其实这里并没有什么水源，因此听起来也不似什么威胁，可这句话一出，真有一个人拨开长草走了出来，垂头笑道：“秀姐，当初我刚见你，跟在你身后，你也这般说。”正是岳剑尘。

老六一伸舌头，心道这个少爷倒很有两下子，跟了这许久，自己并没有发现。却听岳剑尘道：“我终究还是放心不下，秀姐，你到底是有什么事情？我总可以助你一臂之力。”又笑道：“况且现在天已晚了，你便让我回城，也不方便了。”

庞冬秀并没有回答他的问话。她叹了一口气，道：“没想过了这几年，你的性子，还是一点也没变。”

岳剑尘却道：“秀姐，我看你的性子也没有变，既如此，又何必说我？”

他两人语带机锋，老六并没有听懂，但他心里实在是很希望岳剑尘来帮这一个忙的，又见庞冬秀的态度，似乎并不是十分的坚拒，索性把岳剑尘拉到一旁，道：“我来告诉你！山上的大当家被杀了！杀他那几个人，偏还是旧日的兄弟，这是三刀六洞的叛门大罪。因此我和小李老七几个气不过，决意为他报仇。但我们几个能力不足，所以特地请了退隐的庞二当家来帮忙。”

岳剑尘“哦”了一声，明白过来。当日山上的大当家他是见过的，此人是庞冬秀父亲的师侄，又曾为庞父报仇，难怪庞冬秀毅然蹚了这次浑水。他心念一转又笑道："难怪那个老七见我面时下狠手，定是把我当成了仇人一伙。"

老六一拍大腿道："正是这样，你忽然冒出来挑衅，功夫又高，怎叫我兄弟不疑心？莫说是他，我若不是看到你使了庞二当家的掌法，也把你当成一伙的了。"又道："看你像个少爷，怎会庞二当家的看家本事？"这一句话声音却低，很怕庞冬秀听到。

岳剑尘哈哈一笑："我比你们上山的年头，都早得多呢！"他也怕庞冬秀听到，说了这一句不再多说，便转了话题问道："你们的大当家功夫很俊，是什么厉害人物杀了他？"

老六道："都是山上的叛徒！共有三个，一个叫海底眼，一个姓别名小七，还有一个叫王兴。"这几个名字岳剑尘都没听过，料想当是和老六等人一般，后上山的。老六又道："他们杀了大当家后，就进了北京城，听闻要做一个什么大买卖，若不是小癞子人头广，绝不能找到他们。"

"大买卖？"岳剑尘把这三个字念了一遍，心中似乎闪过了什么念头，但一闪即过，这时他也不及多想，只笑道，"我知道了，按说，那个小李和老七今天本该跟着你们一起去吧。原是我误会，打伤了他们，现如今和你们一起去，也是应当的。"

这几句话老六本就想说，只碍着庞冬秀不好出口，现下岳剑尘自己说出，他自然大喜过望，道："就该如此！你……"忽又想到庞冬秀不曾表达态度，犹豫着又看过去。

庞冬秀看了岳剑尘一眼，终是道："你既然已经到了这里，便一起去吧。"

三人又前行一段，看到前方有几间屋子，东边孤零零的一棵白杨树，上面一个乌鸦巢。对比小癞子所说，庞冬秀确定这就是那三人藏匿之处，又观望一番，见四下空旷，并没有什么可以躲避的地方，暗自点了点头。随后又领着两人绕屋走了一圈，见到有个后门半开半掩，便对老六说："你守在这里。"

这是防人逃脱的意思，老六心下担忧，就算里面是三人，三对二，己方也少了一人，万一对方再有个帮手，就更加难办。但现下想也白想，庞冬秀带着岳剑尘，已大大方方走了进去。

这几间屋里唯有正屋有灯光，里面三个人围着一张桌子，正在喝酒吃肉。打头的一个人还道："怎么才来……"忽地一抬头，看到是庞冬秀、岳剑尘两人，眼睛几乎要瞪出眼眶。岳剑尘他虽不识得，然而庞冬秀其人为何，他却是一清二楚！

另外两个人也都跳了起来，仓皇之下，抄起桌上的杯碟一顿乱扔，庞岳两人左躲右闪，那三人乘机各自拔出一把尖刀，便扑了过来。

这三人对庞冬秀似乎较为忌惮，三个人里，倒有两个人是冲着她来的，剩下一个个子矮小的人则对上了岳剑尘。这个人正是三人之中的海底眼，论起来他胆子最小，因岳剑尘外表似个少爷，他才挑了这么个软柿子。

谁想一动上手，这"软柿子"险些硌掉他一颗牙！岳剑尘出手就是颠倒掌法，海底眼躲了他三掌，发现皆是虚招，自己反被他第四掌打中时，吓得一抖，心说这明明是庞冬秀的看家本事！这小子到底是庞冬秀的师弟还是她丈夫？本事必定也是了得的，这可如何是好？

其实这海底眼的功夫并不弱，真正动起手来，不一定就输于岳剑尘，但海底眼心里先存了怯意，气势上就输了一截。岳剑尘却是越打越勇，海底眼一连中了他五六掌，连连后退，他手里原拿了一把薄刃厚背的尖刀，先前没来得及出手，这时也顾不得了，高高举起尖刀，朝着岳剑尘前胸就扎了过去！

岳剑尘可不惧他，略退一步，正要招架，谁想刚才这三人扔了一地的碗碟，他一退正踏到一只碟子上，脚下一滑，扑通一声摔倒在地。海底眼见势大喜，拎着刀便扑了上来！

另一边，庞冬秀独对王兴和别小七两人，她手中也不曾拿什么兵刃，神态冷静自若。这两人知道她不好对付，出手便是狠手，两把尖刀刺眼，刺胸，刺喉，招招都是要害。庞冬秀从容招架，接连躲过许多杀招，王别二人见她只是招架，并没有闲暇还手，心下稍安，可十来招过去，连庞冬秀一丝油皮也没有划破，又有些焦急。

再过一招，别小七一刀扎过，王兴同时一记重拳击出，庞冬秀把头轻轻一偏，躲过这两招，王兴的拳头却收势不住，直打到窗上，他力气不小，半扇窗户都被他打飞出去。庞冬秀借此机会，轻轻一纵，直跃到院中，喝道："出来！"

王、别二人对视一眼，到底不愿在一个女子面前落了下风。他二人却没有庞冬秀一般的小巧功夫，不能跳窗，只能走门。王兴打头刚一推门，门后忽然飞来一脚，这一脚又准又狠，正踢在他太阳穴上，那是人身上的要穴，王兴一个踉跄，只觉眼前天花乱坠，霎时栽倒在地。蒙胧之中，依稀见到庞冬秀站在身前，目光冷若寒冰。

"你……你……"庞冬秀在江湖上素有名声，谁料得到她也做得出偷袭一样的事情？王兴一直防着她的颠倒掌，谁承想，最后竟在这里吃了这样大一个闷亏！

他挣扎着想要站起来，庞冬秀动作却迅捷之极，她收回先前踢人那一条腿，脚跟在地上一碾，轮起另一条腿又踢了过去，这一脚踢中的所在，正和上一脚相同。

王兴哪里还招架得住，刚撑起的一半身子又倒了下去。只这两脚，竟硬生生踢死了一个身高八尺的汉子！

庞冬秀把脚收回，低声冷笑道："对一个叛徒，又讲什么道义。"

别小七在一旁看得亲切，"啊呀"一声，欲跑不能，咬着牙上前，这一次庞冬秀方是以颠倒掌与他对峙。这路掌法岳剑尘虽然也用过，但比起庞冬秀，无论是经验火候都远远不如，别小七与之相比，本来就略逊一筹，心中又惧了她，未过多久，已被打倒在地，被庞冬秀一脚踏住，再动弹不得。他想到方才王兴的惨状，只道自己必死，叹道：“刚挣了大钱却没命花，也罢，这原是我的命。”

庞冬秀还没说话，身后早有一个人窜了过来：“你说什么？”

这人正是岳剑尘，原来他被碗碟绊倒，却不曾慌乱，他也不顾地上的菜汤酒渍，索性在地上打了两个滚，避开了海底眼那一刀。他原打算站起，手臂一伸碰上了一样东西，低头一看是个酒坛子，心念一动，抄起酒坛子劈头一砸，海底眼忙向旁躲，人虽躲了过去，手里那把尖刀却正被酒坛子套住，岳剑尘乘机在他手腕上一击，尖刀连着酒坛都飞了出去。随即他翻身跳起，正跳到海底眼身上，压着就打。

他外表是个少爷模样，海底眼怎样也没想到他打起架来这般无赖，被压个正着，他的个子本就矮小，被岳剑尘压在身上难以逃脱。岳剑尘接连几拳打下，海底眼哎哟几声，便晕了过去。岳剑尘挂念庞冬秀，不再理他，恰逢别小七被打倒那一幕。

先前他听到老六说这三人要做什么大买卖时就有所动，如今又听别小七说什么“刚挣了大钱”，触动更深。这几人都是黑道出身，若说挣了大钱，那必然不会是什么正经来路。可北京城里最近发生的大案子，并没有听说哪一桩是涉及巨额财物的——不对！《平复帖》可不正是这样的案子！

他又想到小路子遇到那两人说出大河旅店之事，起初他疑惑不解，可现下一想，若这几人就是拿走《平复帖》的人，那也就说得通了。小癞子找到了王兴几个人的行踪，那王兴几个说不定也在关注着庞冬秀等人的行踪，那么故意将大河旅店的事情透露给自己，想要挑拨两方火并，也是很有可能的。

这些念头说起来虽然复杂，其实不过是一念之间，他既然有了这些推测，自然就要寻别小七问个究竟。别小七却根本不曾看他，只朝着庞冬秀惨然一笑，道：“杀人偿命，欠债还钱，当初既做掉大当家，我就该想到有这一天。”

庞冬秀把脚从他身上拿开，平淡道：“我倒也不稀罕那些三刀六洞的事。”

别小七心里明白，这是庞冬秀对他容情，方才的刀还在地上，他忽地拾起，往脖子上一抹，一股血直蹿到房梁上，人霎时没了气息。

别小七之死，庞冬秀心里是有数的，岳剑尘却是出乎意料，他叫起来：“这人怎么自杀了，我还有事问他！”

庞冬秀一怔：“你找他什么事？”

岳剑尘道：“我疑心恩师那案子是他做的！”忽地又跳起来：“后面还有一个！”

他想到的是海底眼，庞冬秀道：“莫急，老六守在后面，海底眼最是胆小，知道什么他会说的。”

岳剑尘点一点头，匆匆向房里跑去，谁想一进房中，杯盘狼藉如旧，海底眼却不见了踪影，原来这人心思既多，胆子又小，就连方才晕倒，都有几分做作。待到岳剑尘离开，他侧耳听了一会儿，不见有人回来，忙就逃了。岳剑尘心中焦急，一看后门大开，便直冲过去。

就在他冲出后门那时，黑暗夜空中一道闪电忽然划破长空，周遭被照得亮如白昼。那一瞬间，岳剑尘分明见到海底眼向外跑去，忙大声叫道：“老六，老六，快拦住他！”

老六在那里守了良久，一见海底眼逃来，忙上前截住，他本就生得胖大，黑夜中更显凶神恶煞，海底眼只吓得心神俱裂，偏在这时又见岳剑尘和庞冬秀自后面赶来，他大叫一声，倒地不起。

一阵雷声恰在此时轰隆隆响起，大雨倾盆而下。

老六伸手探探鼻息，不无遗憾地道：“这人胆子小，竟吓死了。”

“什么！”岳剑尘叫起来，气恼之极，这一下线索便全断了，他忽地想起刚才海底眼还喊了一声，因着雷声原因，自己又离得远，并未听清，便问老六：“刚才他喊的什么？”

老六寻思了一会儿：“他喊的是什么‘救命，走……’大抵是吓傻了。”

岳剑尘“唉”了一声。

此时大雨泼泼洒洒地下将起来，岳剑尘也不顾大雨，忙去那几个人身上搜索，然而一无所获。他又在屋中搜了一番，可别说《平复帖》，就连大笔的银钱也不得见。这一件事情，至此又变得扑朔迷离起来。

他盘膝坐在檐下，看那雨落不休。庞冬秀也坐在他身侧，过了一会儿，道：“今晚的事，多谢你了。”

岳剑尘方才从懊恼情绪中解脱出来，勉强一笑道：“秀姐，你和我客气什么。”

庞冬秀道：“按说，你这件事情我理应帮忙，但我刚犯了这样一个案子，最近两日不便现身，否则怕要牵连到你。”

岳剑尘道：“不碍事，我的事我自会处理。”

庞冬秀点了点头，她拆了些家具生起一堆火，两人坐在火边，一边烘着衣服一边静静听雨。此处原是荒郊野地，身畔又有三具尸体，然而岳剑尘却觉气氛十分静谧美好，不由想起一句诗“欲辨已忘言”，此情此景，斯人在畔，就说一句话，似乎也是多余。

老六看了一看，欲待上前烤火，可又觉得不很合适，就落后几步，找了几把椅子拼在一起，躺在上面打瞌睡。

不知不觉中，岳剑尘倒在火边，也睡熟了。

睡意正浓时，一只手却将他推醒。他迷地蒙睁开眼睛，外面的天光还未大亮，昏暗之中却不辨雨声，推醒他的人正是庞冬秀。她平淡道：“你该走了，趁现在回城正好。这儿的事情我来处理。”

岳剑尘还没十分清醒，怔怔道："秀姐……"

"你来这一趟，我十分承情，之后的事情，你不要再搅进去了。"

七

岳剑尘回到家中，换了衣服，随便弄了些东西吃，抬头却见小路子站在门口，一双眼睛闪闪烁烁，道："师父，你……你昨晚怎么没回来，没事吧？"

岳剑尘心下感动，觉得这个徒弟对自己实在关心，但昨晚之事却不可说，便笑道："昨晚下了雨，我在朋友家住了一晚。"又问："你吃早饭了吗？坐下来一起吃点儿。"

小路子犹犹豫豫坐了下来，岳剑尘随手拨了一把他的头发，想到自己这几天忙忙碌碌，也没顾得上他，便问他："小路子，你将来想做些什么？"

小路子一怔，摇头道："没有想过，能赚钱的勾当就行。"

岳剑尘失笑道："这算什么，坑蒙拐骗也能赚钱，你难不成去做那个？总要正大光明的事情才好。你是想学一门手艺，还是想去读书？若是担忧金钱上的问题，我来解决。"

小路子低了头咬烧饼，没有说话。岳剑尘心想：这是一辈子的大事，一时难有答案也是正常。便笑道："这也不急，你想好了，再告诉我。"

吃过早饭，小路子收拾了桌子。岳剑尘想着这几天的事，却越想越是混乱，忽然间他灵机一动，有了一个主意。

他寻出纸笔，将这几天发生的事情，从《平复帖》被偷开始，到昨晚自己归来，无论何事，巨细无遗都记了下来，随即他拿着这几张纸，从头思量，想着或许能推敲出一些东西。

正在这时，忽然有人叩门，来客是他的好友云海中，与他同在树人美术学院教书。岳剑尘一想，这纸上还有庞冬秀昨晚复仇之事，虽是好友，可也不能让云海中看到，忙把这沓纸推到另一堆字纸下面。

云海中这次前来并没有什么要紧事，他和岳剑尘关系要好，因此过来闲谈。两人从学校最近的一些改革，聊到西洋的新画法。岳剑尘忽然心念一动，笑道："老云，我听说你最擅长这种西洋画法，画出的人和拍出的照片一样，若是我说一个人的样貌，你画得出来吗？"

云海中年纪也轻，受不得激，笑道："这虽说难，但我自信也做得到。"

岳剑尘的原意，是打算画出王兴、别小七、海底眼三人的画像，找那小周先生问一问这几人和他雇的听差是否一样。但这三人面貌都很凶恶，贸然找云海中画来，只怕后者有所猜疑。他灵机一动，笑道："我有个朋友想画一张像，你且试试。"说罢，却是描述了一番小周先生的模样。

习惯使然，云海中一支铅笔是常带在身上的，他倒也厉害，寻了张纸，按照岳剑尘的说法，唰唰几笔便勾勒出一个轮廓，又增补细部，修改眉眼，不过片刻，一张人像竟已画出。

小路子恰在这时送茶过来，看到那张图不由惊呼一声："这不是……"

云海中很是得意，笑道："怎么样，与真人并无分别吧。"小路子一伸舌头，放下茶杯退了下去。云海中复又笑道："从前我读那些公案小说，总是不解，按旧时那些画像，如何能寻到犯人？你看我这张画像，若按它通缉，保证一抓一个准。"

岳剑尘笑道："得了，你未免拟于不伦，我好好一个朋友，怎么就被你比作犯人了，罚你再画几张。"

云海中也觉得自己说错了话，忙笑道：“是我错了，你还想画什么？”

花了一个时辰时间，云海中又画了三张画像，也就告辞而去。岳剑尘拿了这三张画像出门去找小周先生，又叫小路子欲待说一声自己出门的事儿，没想小路子却不在家，也不知溜到什么地方玩去了，他也不在意，便先走了。

他急匆匆来到了小周先生家，大门却紧锁着，岳剑尘敲一敲头，心道自己也是晕了，青天白日，这小周先生可未必在家。

他刚转过身，便看到了王子玄，他心念一动，暗想小周先生虽不在，王子玄住在这胡同里，多半也是见过这几个听差的，便上前询问。王子玄一看，指着外貌特征最为明显的海底眼道：“这人就是听差中的一个，另外两个有些面善，多半也是。”

岳剑尘谢过王子玄，转身走了几步，忽然“啊”的一声，站在当地动弹不得。

原来当日里小周先生与他说，他雇的那三个听差里，有一个下巴上有颗黑痣。自己去大河旅店找人时，也恰看到老七的下巴上有颗黑痣，又从丁字号房出来，所以自己才会上前动手。可是，经过王子玄的确认，海底眼等三人才是小周先生的听差，而这三人的脸上，并没有一个有黑痣！

小周先生骗了自己！可他骗自己是为了什么？他刚想到这里，忽见小路子气喘吁吁地跑了过来，看到了他，又半天说不出话。他忙道：“别急，这是怎么了？”

小路子张开了口，又合上，最终还是低下头道：“忠叔在那儿等你。”说着一指谢兰圃的家。

岳剑尘一惊，心头怦怦直跳，心道忠叔这时忽然赶来，多半是恩师那边出了状况，却不知是好转还是恶化？俗语说关心则乱，他也不顾小路子，匆匆就往谢家走。

忠叔并不在院中，也不在自己房里，岳剑尘心想这事怪了，忠叔是那等守规矩的老仆，断没有在主人房间见客的规矩。但此刻既找不到人，岳剑尘也只得来到书房里。

书房里较外面有些昏暗，这自是因为书籍不能暴晒的缘故，岳剑尘推门进来，想到恩师就是在这里遇袭，心中不由有些难过，他喊道："忠叔，忠叔，出什么事儿了？"

身后忽然传来细碎声响，一个逆光的人影出现在门前，他一怔，尚未转身，一声低微的枪声从身后传来，他只觉后背一凉，心里想着：这究竟发生了什么事情呢？

一颗子弹从他的后背穿入，从他的前胸穿出。岳剑尘还没有想清楚究竟发生了什么，已经倒在了地上，数日没有打扫的书房尘土四溅，门缝里漏出的阳光静静照在他的身上。

而这起扑朔迷离的案子，就此忽然画上了休止符。

在又一场雨下起来的时候，卢秋心从监狱里被放了出来。只他被放出的原因，并非因为《平复帖》被寻回，又或发现了他不曾作案的证据，而是因为一个人。

韩凤亭，自天津回来了。

他叔父的病情原来是虚惊一场，韩凤亭到天津后没几天也就痊愈，当韩凤亭回转北京的时候，便自陈燕客那里得知了卢秋心被捕的消息。

就算是韩凤亭，把卢秋心带出来也颇费了一番工夫。而当卢秋心出来之时，谢兰圃依旧没有醒来。

而岳剑尘在他被袭那一日傍晚，方被回来取换洗衣服的忠叔发现，那颗子弹并未击中他的要害，可是因为耽搁的时间太久，失血过多，至今一条命仍在生死之间徘徊。

卢秋心自从暂时恢复自由之后，便去了谢兰圃的家中，在书房里逗留了很久，又找到了忠叔，费了很大力气，终于与那固执的老人交谈了一次。

最后他又去了岳剑尘的家中，小路子并不在，在那里，他寻到了岳剑尘当初记录下来的前后经过，在一沓字纸下，他更看到了张云海中所画小周先生的画像。

他拿着那张画像，静静地站了好一会儿。

夜色深沉，卢秋心坐在窗下，岳剑尘写的那沓纸和小周先生的画像皆在手边。韩风亭、蝶影等人都远远在其他的房间里，并无一人过来打扰。

忽然之间，窗外一阵哗啦啦的声音，想是风吹树叶摇动，半开的窗子也被吹得来回打晃。卢秋心起身关窗，待到窗子关好之后，却并未即刻坐下，道："何方来客？有失远迎。"

在他身后，立着一个女子。她穿着一件朴素的蓝布褂子，双目明灿若星，面容之中又有些憔悴的意思。再看她虽是个旧式女子，却有一种落落大方的态度。卢秋心虽没有见过她，可不知怎的，他第一眼见了这女子便有一种似曾相识的感觉，脱口而出："可是庞姑娘？"

那女子正是庞冬秀，她也没有想到卢秋心竟能道出她的名字，起先准备了许多的言语，此刻一概都用不上。她仔仔细细地看了卢秋心一会儿，道："卢先生如何得知我名姓？"

卢秋心便递过岳剑尘先前写的那一沓纸，但递过去后，心中方觉不妥，原来，旧式女子有许多并不识字，若庞冬秀也是这般，自己的做法岂不让她难堪？但庞冬秀接过后阅读并无妨碍，他方才放下心来。

庞冬秀细细地看完了，在扫到其中某些文字时，眼神几度变化，可是她的面色，却还是很镇定的。她将那沓纸仔细地放在桌上，道："卢先生，我今天来找你，原就是为了岳剑尘的事情。既然你已得知前因后果，我也省了许多力气。先前我不便露面，但眼下岳剑尘既出了事，我却不能置身事外。一则，他前番冒险助我；二则，此事我原有嫌疑，他却肯信我。因此我必要为他查出凶手。”

卢秋心点了点头：“原来庞姑娘到这里来，也是为了查清此事。”

庞冬秀道：“正是，起初我也疑惑过，莫非这偷字之人真的是你？但看了两天，却觉你定无嫌疑。”她指一指外面道：“你与韩少督这般交好，从他手里弄钱岂不容易？何必费心去偷什么字？”

卢秋心不觉苦笑，倒不想自己被人看了两天却一无所知，自己自诩尚有几分本事，可毕竟是人外有人，天外有天。他诚恳道：“庞姑娘须知，我此刻与你的心情原是一般的。一则，因此事与我有关；二则，”他看向庞冬秀，目光炯炯，“岳兄他肯信我，只凭这份信任，我绝不能辜负了他。”

两人同时抬起眼睛，四道目光对视，虽是初次相逢，却皆产生了一种信任之感。而两个身份性情全然不同的人，亦在这时结下了一个同盟。

庞冬秀思量着道：“卢先生，你是读过书的人，对这件事有什么看法？”

卢秋心道：“不瞒庞姑娘，我在怀疑一个人。”

庞冬秀道：“巧得很，我也在怀疑一个人。”

卢秋心并不卖关子，道：“我怀疑的这个人，便是那位小周先生。”他也不等庞冬秀询问，续道：“原因有三：其一，在案发那一晚，岳兄发现隔壁有异样，那间房子是小周先生的住处，最有嫌疑的人理应是他。”他扳起一根手指：“其二，他故意谎报给岳兄消息，将庞姑娘手下人相貌特征说成是他的听差特征。”他扳起第二根手指：“其三便是，都说这位小周先生在海关做事，家境富裕，可我托人在海关仔细查过，根本就没有这样一个人！”

庞冬秀眼神微动：“我原说只海底眼那几个人，大字不识一个，如何做得了偷字的事，必定还有他人的干系。”

卢秋心拿出那张画像：“这一位，便是那小周先生。”

庞冬秀也是初次见得这等西洋画法，眉峰一挑道：“这画得真和真人无异。”她细细看了一番，又想了一遍，道：“按说道上这样有能耐的一个人，我多少总该有些熟悉，但这个人竟不识得。”

卢秋心淡淡道：“庞姑娘虽不熟悉，我却是清楚的。”

庞冬秀微微一怔：“卢先生知道？”

“是。”卢秋心道，“他姓周，名叫周幻。除却一身的功夫外，更晓得西洋的催眠术，是个极难缠的人物。”

他的心中，又转过了与周幻相识以来，发生的一幕幕事情。他声音略低，道：“其实岳兄探监时，我曾与他说，忠叔说有人寻我，诳我出去之事必有蹊跷。岳兄以为我是怀疑忠叔，其实不然，当时我想到在其中捣鬼的人……便是周幻。”

庞冬秀道：“可是因为卢先生说的那个什么催眠术？”她是旧式女子，自是从未听说这个崭新的名词，但反应如此敏捷，却令人刮目相看。

卢秋心道：“正是，此术若奏效，可令人按照自己要求说话行事，非比寻常。”

庞冬秀首次吃了一惊：“那若是多几个会用这催眠术的人，天下岂不是要大乱？”她从小练功，但按此说法，只要会用这催眠术，那功夫也好，火器也好，岂不都成了无用功？

卢秋心微微一笑道：“催眠术施用不易，譬如事先有了防备，又或意志坚定，就无法成功。但忠叔年纪大了，又从不晓得此事，中招却很有可能。当日里我对此事就有怀疑。后来我找到忠叔细加询问，果然他回忆当时情形，与中了催眠术的样子十分相似。想必是周幻对忠叔施术，令他向我传话，又使忠叔忘却自己样貌。”

庞冬秀点了点头，她看向卢秋心，若有所思：“卢先生，我看你对这个周幻，似是十分了解。”

卢秋心微微苦笑：“实不相瞒，我与他之间，实在是有着很深的过节。我想，周幻若想偷《平复帖》，机会还有很多，为何要选中我在之时？说不定便是一种报复的行为。”

庞冬秀道：“卢先生这样说，自然也有道理。不过在此之前，我倒是想过另外一种可能。”她一字字道：“周幻不惜在白日下手，为此先调走对他深有威胁的你，再用迷香迷倒其余人。说不定是因为——那买主要那张字要得很急，因此才会如此。”

卢秋心一惊，他起初只想到自己与周幻之间的关联，却忘了此事，须知周幻此人极会审时度势，是个务实的人，庞冬秀所说更有可能，而连带上自己，不过是捎带一脚罢了。可、可若真是如此，此时已过了多少日子，那《平复帖》说不定已被带走，如何还有找到的可能！

他想到此事，一时心头不由忧急，竟忘了询问庞冬秀所怀疑的究竟是何人。偏在这时，有人急匆匆地推门而入，一个女孩子娇嫩的声音道：“卢先生，卢先生，李副官传来信说，那位医院里的谢老先生已经醒了……呀！”她方才注意到房中有一个陌生的女客，这一下进也不是，退也不是，可又终忍不住，抬起一双黑白分明的大眼睛，看了庞冬秀一眼，又是一眼。

庞冬秀也看向这女孩子，只见她不过十几岁年纪，生得干净俏丽，只看那一双眼睛，便晓得这是一个聪明灵秀的女子，不由暗想：这位卢先生倒是好福气，身边有这样一个年少的红颜知己。

这女孩子自然就是蝶影，她晓得卢秋心十分关注谢兰圃的消息，一时着了急，未曾敲门便跑了进来，不想正与庞冬秀打了个照面。

八

虽得到了谢兰圃醒来的消息，但此刻时间毕竟太晚，一直到第二天，卢秋心才在医院里见到了谢兰圃。这位国学大家昏迷多日，身体虽然衰弱，神志却很清明。忠叔坐在他身边咕嘟着嘴，对卢秋心的到来并不满意，却又无法反驳。

待到卢秋心到来，也只刚刚落座，还未多问候一句谢兰圃的身体，那位老人便道："最近发生的事情，我都知道了。"

卢秋心便是一惊，最近发生的大事，莫过于《平复帖》被偷与岳剑尘重伤两件，谢兰圃说自己知道，知道的是哪一件？按说，他既然在家中被袭，那么对《平复帖》被偷一事，想必有所觉察。然而岳剑尘一事，他又是否知晓？

他心中转着念头，又想若贸然说出岳剑尘之事，只怕于谢兰圃身体大大不利，便模糊着道："这也是无可奈何的事，我想警察必有作为。"

谢兰圃叹息道："是我的错。"卢秋心听得他把责任又安到了自己身上，正要劝慰两句，又听谢兰圃叹道："更加对不起剑尘。"

卢秋心霎时脸色一变，一旁的老仆忠叔更是险些跳起来，谢兰圃见二人情形，长叹一声道："你们都想瞒住我，剑尘果然出事了。"

他不待卢秋心答话，又道："若是剑尘安好，此刻他不会不来。何况，《平复帖》既然被盗，依剑尘的性子，又怎么能忍得住不去查？他……他不是已经没了吧？"说到最后一句，老人的声音都颤抖起来。

卢秋心忙道："并非如此！他只是受了伤，尚不能起床……"其实岳剑尘何止如此，便是到现在，也不能说他能保性命无虞，只是当着老人，他无论如何也不能这般说。

谢兰圃深深长叹道："他若是能动，此刻爬也要爬来的。"他抬起头，看向卢秋心："剑尘身上，到底是发生了什么事？"

卢秋心看向老人睿智的双眼，情知此刻再无隐瞒可能，只得将前前后后发生事情，一五一十讲述了一遍。如岳剑尘助庞冬秀前去杀人之事他自然避而不谈，岳剑尘究竟伤势如何也被他回避过去，这亦是笔削春秋，应有之意。

谢兰圃静静听毕，并未如卢秋心所担忧的一般情绪失常，只道："多谢了。"

此刻虽不适宜，但仍有一事，卢秋心不得不问："谢老先生，您当日又是如何受伤的？"

谢兰圃却叹道："我亦不知。"

卢秋心一怔，原来，谢兰圃当日与忠叔相仿，也是忽然间便有了困意，他身体远不如忠叔，困意一来，当即便栽倒在地，头部撞到地上，所以昏迷多日，这也正是他全身并无伤痕，唯有头上一块青肿的缘故，从这情形判断，谢兰圃亦是中了迷香。可是这样一来，便又少了一个得到线索的机会。

卢秋心逗留时间并不很长，他告辞离去之时，见得谢兰圃清瘦的身影倚靠床头。日光映在他身上，愈加显得这老者面容憔悴，令人心悸。

此后数日，卢秋心都与庞冬秀一路调查此事，但周幻影踪不见，《平复帖》全无线索，连小路子也已消失。只怕真如庞冬秀所言，《平复帖》早早地便已被人带走，至于海底眼那些人，恐怕早被周幻抛弃，留下来做了个障眼法。庞冬秀更想到海底眼临死前那一声"救命，走……"说的只怕也是"周"而非"走"，却不想周幻早已不顾他们的死活。

时间耽搁得越久，卢秋心的心头越是沉重。其间他去探望过岳剑尘一次，后者的伤势尤其严重，清醒时少，昏睡时多，卢秋心在床边逗留了半个时辰，始终未见得他醒来。

卢秋心喟然长叹，又去探望谢兰圃，未想老人竟已出院。他心中担忧，不知老人是否痊愈，便去谢家看望，谁想一进书房却吃了一惊。先前这书房里图书字帖所在极多，现在却是四壁空空，什么都没有留下。

“这……”卢秋心一时竟说不出话来。

谢兰圃坐在一把圈椅上，平淡道：“有一个人，一直想买我这些东西，我便一总卖给了他，合计是一万二千元。”

这书房里的藏书和法帖，想必是谢兰圃多年搜集所得，竟被他一夕卖掉，卢秋心又是惋惜又是慨叹。与此同时，他心中亦想：谢兰圃为何要忽然卖掉自己的收藏？纵使他缺钱，那卖几件即可，为何要全部变卖？难道、难道是为了《平复帖》？因为《平复帖》是在自己手中丢失，所以谢兰圃才会想要弥补？

然而，这笔钱虽然为数不少，但仍旧不足以弥补《平复帖》所失之值。何况这样一件价值连城的宝物，其中的种种内涵，又怎能轻易地以金钱来衡量呢？

他张了张嘴，最终还是没有说出什么。谢兰圃的表情却很和蔼，他拍了拍卢秋心的肩，道：“来，和我到院子里走一走。”

他与卢秋心并算不得熟悉，这般亲切的态度，倒叫卢秋心受宠若惊。此时谢兰圃行走不易，他便扶了这国学大师，来到院中。

这院子里并没有什么特异的风景，但两棵绿树，一块蓝天，却也足以让人心神一畅，恰好在二人走到院子中间的时候，远方传来一阵鸽哨的声音，一群雪白的鸽子自碧蓝的天空掠过。谢兰圃出神地看着，直到所有的鸽子都消失在视野中，方道：“这可真美啊。”

他扶了卢秋心的手，慢慢道：“大清没的时候，我的心几乎也被剜下去了。现在想一想，我真是为了大清国如何如何吗，也未必然。我舍不得的，是这些东西的式微啊……”

那些文字、金石、碑帖、旧式的礼节，古老的建筑，甚至于方才天空中的鸽哨，琉璃厂的玉器，这一切的一切，必将慢慢地消逝，无可阻挡，无法阻挡。旧式的文化，终究将随风而逝，为那些崭新而有活力的，然而在老人看来却是陌生的东西所代替。

那一瞬间，卢秋心忽然明白了老人为什么要借《平复帖》，那或者只是一种缅怀，缅怀昔日的岁月。然而只为了这一份情绪，却造成今日这般的结果，连自己心爱的弟子亦是生死未知，老人虽不曾言，卢秋心又怎会看不出他心中的痛苦?

然而，谢兰圃的面上，却还是很镇定的。他对卢秋心道:“剑尘几次向我提到你，称赞你的文字，在眼下的年轻人里，你也算是难得。”

这一句称赞，令卢秋心更加不好意思，忙道“不敢”。这是实情，在谢兰圃面前，谁能说一个“敢”字?

谢兰圃笑着拍了拍他的手:“我已痴愚，你们，要好好的。”

有一片灰色的云自他们头顶上方飘过，飘过，又被风吹散。

那一天晚上，谢兰圃投缳自尽。他留下一张字条，告知忠叔自己死后，将自己所住房屋卖掉，除留予忠叔的部分生活费外，剩余银钱，连同先前那一万二千元，一并作为《平复帖》的赔偿。

另有一张字条留在空荡荡的书桌上，不知道是留给什么人的，或者也并不是留给某个特定的人，因那字条上的字被涂抹几遍，早就看不清晰，唯有四个字勉强可辨。

——“只余一死。”

同一天晚上，卢秋心收到了一封信，这封信的内容很简单，上面有一个时间，一个地点，一个名字，一个署名。

时间是第二天夜里某时，地点便在北京城里，名字则是日本的一个大商人，闻说他以收藏书画闻名，而那个署名，则是周幻。

卢秋心拿着这封信怔住了。上面没多说一个字，可是单看这信息，已令人浮想联翩。

莫非……这真的是与《平复帖》有关的消息？又或是周幻虚张声势？然而此时无论是警方还是自己，又或在外面不住寻找消息的庞冬秀，至今都没有拿到任何一样线索。周幻大可把此事一掩，就此过去，为何又要专程送这样一封信？

他握紧信封，无论如何，必须走上一次。

卢秋心与庞冬秀第二天夜里便赶了过去。未想来到所说地点之时，两人都吃了一惊。按说一个日本商人，就算住的地方好些，身边有两个保镖，也就罢了。没想这人的住处竟围了一队大兵，这些人的身上，都是背着枪的。

这不是如报纸上武侠小说所写那般，身有功夫，便可取人首级于千里之外。这样一群荷枪实弹的人守着，就是庞冬秀和卢秋心两人联手往里闯，也绝无可能。当年卢秋心的师父罗觉蟾会同另外一个高手去刺杀某高官，因是遭遇了洋枪队的埋伏，险些送命，若非罗觉蟾亦是一名神枪手，又有金针神医聂神通相助，两人就要一同死在那里。

如今的年头儿，就算武功再高，碰上了火器，那也是一般的束手无策。

庞冬秀虽然是个女子，但心气胆量却远超一般男子。她又审视了半晌，打算寻个缺口进去，被卢秋心一把拉住："庞姑娘，慎行。"他知道单这一句话未必阻得住庞冬秀，又道："如今《平复帖》是否在其中尚未得知，说不定周幻只是信口胡言，为此冒险，岂非不值？”

这句话就让人信服得多了。庞冬秀皱一皱眉，到底未曾轻动，正这时，有两个人谈论着一路往外走，一个道：“听说坂田先生明儿就走了？”另一个道：“可不是，东西也弄到了，病也好了，可不得走了……”

说了这两句，这两人已拐进了旁边一条胡同，庞冬秀眉毛一挑，悄悄地跟了过去。过了好一会儿又静静回来，道：“问了一遍，这两个都是坂田身边的帮闲，那个坂田最近确实弄到了一个什么了得的东西，原本要回日本，因害了一场病，所以拖到今天。这些兵是他央告什么何大帅借的。那两个人被我打晕藏起来了，一时半会儿不会生变。”

她说话做事都很干脆利落，与之联手很觉畅快。卢秋心听到何大帅这个名字，晓得这也是一个有势力的人物，虽不知他是受这个坂口的欺蒙，还是与之合作所以借兵，但这些大兵是摆在这里的。他略一思量，道：“庞姑娘，我去想法引开几个人，你借机进去。”

他说得轻松，这“引开几个人”可就不一定会遭遇怎样的结果了。庞冬秀扫他一眼，也不戳穿，只是道：“我进去事小，如何识得那张字？”

卢秋心一怔，这话说得一点不错。但以他为人，却无论如何做不出令一个女子冒险之事。他担心庞冬秀就此出手，情急之下一把搭住她肩头，道：“此事再议。”

庞冬秀看他一眼，卢秋心忽然省得自己这举动未免孟浪，脸一红连忙松手。就在这时，下面忽然传来一阵喧闹之声，又一队兵忽然冲了过来，与坂田手下的人不知怎的起了冲突。几十个大兵推推攘攘，越闹越乱，卢秋心一见机会大好，忙与庞冬秀两人一并寻隙进到院中。

这之后的一切，在卢秋心的回忆中，亦是只余轮廓。

究竟来说，他骨子里毕竟是个书生，虽然学过功夫，见过生死，但若说夤夜入户，做这样偷窃一般的行为——尽管乃是善举，却亦是第一次。他朦胧记得，自己与庞冬秀联袂而入，自己的手似乎还是稳的，用一根铁丝撬开了门，同时庞冬秀打晕了一个发现他们的家人，自己寻到了书房，庞冬秀率先进入，一眼就看出了房中的暗箱，两人联手撬开，里面，赫然就是他们寻了良久的《平复帖》。

这些事情，不知为何仿佛模糊的影子，在他记忆中一晃而过，可是有一件事情他的印象却极为深刻：在两人取得字帖，跳窗离去的时候，外面还是一片嘈杂，可在人群之中，他竟看到李副官的身影，而在李副官的身后，有一个打扮成普通士兵模样的人，诚然外表看不出端倪，可这人的身形卢秋心何等熟悉，一眼认出。

是韩凤亭。

他被捕的事，《平复帖》被偷的事，韩凤亭都知道一些，李副官还曾为他关注过谢兰圃的病情。但也仅此而已，在卢秋心，并不希望韩凤亭卷入这些江湖人的事情。

可不知在什么时候，他这个当初本是心不甘情不愿收下的学生，已经关注他如此，为他解围如此。

师者，传道授业解惑也。他确已逐渐对这个学生改观，也曾想把韩凤亭培养成一个晓得是非正义的人。可直到这一刻，他方才真正把韩凤亭看成了自己的亲传弟子。

两人带着《平复帖》匆匆离去。就在即将赶到韩家门前时，在一条狭窄的小胡同里，有人似笑非笑地伸出一只脚，拦住两人去路。

“别出手。”那人眯起眼睛笑。

这人面目俊秀，穿着时尚，虽然身形并不特别高大强壮，却可看出是个有本事的人。庞冬秀眸光一暗，暗自戒备，却听卢秋心道出“周幻”二字，她方知这个面含笑意的青年，竟然就是这一切背后的始作俑者！

周幻看出她面色的诧异，连忙摇手笑道："且等等，就凭我刚帮了你们这样大一个忙，你们也不该现下对付我。"

卢秋心沉声道："这一切事情都是因你而起的，害了多少人，居然还有胆这般说！"

周幻笑了："我做什么了？没错，我是拿了《平复帖》。要知道，坂田最初是找到了海底眼他们三个做这件事，因他们不识字，才又找到我领头。若是他们三个出手，谢兰圃和他那老仆早已没了命在，只有我，才会顾忌到他们性命，不过用了迷香而已。"他看卢秋心想要说话，伸出一根手指摇了摇："我知道卢先生你想说什么，谢兰圃住院，并不是我打了他，而是他倒下时自己撞到了头。之后他自杀，虽然有《平复帖》的契机在里面，可是以他的为人，早在大清亡国的时候恐怕就有了这个念头，总也不能说，都是我一人之过吧。"

他强词夺理，居然还振振有词，庞冬秀忽然冷笑了一声，说了三个字："岳剑尘。"

的确，就算周幻舌绽莲花，岳剑尘的伤势又从何而来？周幻的气势却并没有稍弱，他笑道："我难道是一开始便想伤他？他一开始找到我的住处，看到我和海底眼他们歃血为盟的东西，我还特意避开了他。"

庞冬秀冷冷道："原来那一晚剑尘看到的黑影是你。然而剑尘身上那一枪，你又有什么解释？"

周幻笑道："没错，那一枪是我开的。当时坂田尚未付钱给我，岳剑尘却偏偏通过画像查到了我身上，我当然要略加阻止。不过你们应该清楚得很，岳剑尘之所以现在还躺在床上，是为了什么！"

卢秋心、庞冬秀二人同时一顿，诚然，岳剑尘身上枪伤不轻，但并不足以致命，他之所以至今卧床未起，是因为失血过多，事实上，若不是那天忠叔忽然回来取东西，他就此丧命也不是没有可能。只听周幻微微冷笑："虽是我找人诳他过去，但我原没想杀他，还告诉那人事后找人来救，谁想那人胆子小得很，竟跑掉了。否则，岳剑尘怎会如此？"

这人端的好口才，按说始作俑者本是他，可被他这样一说，那诳岳剑尘之人反而显得更加可恶。卢秋心正要反驳，却见庞冬秀面色骤变，连牙齿都咬得咯吱作响。自他识得她以来，从不见这女子这般失态。他心中诧异，却听庞冬秀低声道："果然是他……"

"谁？"

"小路子。"

卢秋心不由"啊"了一声，当初他与庞冬秀各怀疑一人，他怀疑之人乃是周幻，而庞冬秀尚未说出她所怀疑之人，蝶影便走了进来，因此耽搁了话头。可庞冬秀怀疑的人若是小路子，那么一切都说得通了。为何小路子会说出大河旅店的名字；周幻又为何得知岳剑尘通过画像怀疑到他身上；那诓骗岳剑尘去谢家，导致他重伤不起的人，更不必多说。又听庞冬秀低声道："先前剑尘没和我说小路子在他身边，若说了，我早便提醒他，这个小子在山上时便连偷带骗，又胆小怕事，被我赶了出去。只有剑尘心软，还肯收留他，果然狗改不了吃屎，又和周幻混在了一起……"

周幻笑道："可不是我找他，他自己想捞钱，主动找到了我门上。庞姑娘，其实还有一事，你要感激我才对，你手下那个小癞子轻轻松松便找到了海底眼，你该不会以为，真是凭他的本事找到的吧？"

庞冬秀心思转得很快："是你透露的消息？"

周幻笑道："不错，听说庞姑娘是个恩怨分明的人，我帮你的大当家报了这个仇，你也总要谢我一次。"

卢秋心旁观者清，这不过是周幻为了灭口采用的借刀杀人之计，但庞冬秀终是抬起头道："你若交出小路子，便放你一次。"

周幻哈哈一笑："这有什么。"低声说了一个地方，"庞姑娘只管去找，他三天里总有一天会去一次。”

卢秋心自是不甘这般放过他，正要上前，周幻却向他笑道：“卢先生，你竟没有想过，我既偷了《平复帖》，为何又要写那张字条给你？”

卢秋心一怔，不由便停下了脚步，《平复帖》就在他身上。事实上，若无周幻那张字条，《平复帖》可能在明日便被带走，这件国宝再不现于中国。却听周幻微笑道：“好歹，我也是个中国人。”

这一句话如重锤一般，卢秋心骤然停下脚步，他没想到这样一个人，竟也能说出这样一句话，这是周幻心中的真实想法，还是他遁走的一种托词？可若是托词，他的做法又做何解？

就在他茫然之时，面前那神秘莫测的催眠师，已经消失在黑暗之中。

卢秋心忍不住摸了摸身上的《平复帖》，还在，并没有一同消失。

这国家级的宝物历尽坎坷，而它的最后一任主人，乃是民国四公子之一的张伯驹先生。1956年，张伯驹将《平复帖》捐献给国家。

一代名帖，终有所归。

自然，眼下的卢秋心与庞冬秀并不会得知这张名帖日后的归属，他两人尚有许多事情要做，《平复帖》需得归还，岳剑尘尚要照顾，小路子需得捉拿，忠叔要去抚慰……

逝者已矣，生者犹存。卢秋心并不信命，可是他有一种预感，他与那个周幻，定有重逢的机会。而另一种预感——不，说是预感或者并不确切，那更是一种决意。

为师当如谢兰圃，为师当如岳剑尘。

他会尽到一个老师的职责，把韩风亭培育成他所期待的那种人。

篇四
生死

一

时光如逝水，春日绵绵而去，夏日渐渐到来。

这一段时间里，韩凤亭只觉卢秋心对他严格了许多，他纨绔出身，哪里耐得，虽碍着对卢秋心的尊重，不曾直接出语反对，却也找了许多借口逃脱。眼下因天气酷热，他便向卢秋心道，不如去什刹海吃个冰碗。卢秋心虽然晓得他的心思，因想着一松一驰才是正道，也便答应下来。

北京城的夏天，这实在也是消暑的最妙办法。二人来到荷花市场时正是傍晚，夜风凉爽，面前的一湾子水亦令头脑舒缓，韩凤亭迫不及待地到茶棚坐下，要了两个冰碗。伙计片刻便送了上来，只见那白瓷碗里装了满满的新鲜藕片、刚剥出的莲子，又有菱角肉、鸡头米、核桃肉、杏仁，拌了蜂蜜糖水，上面又堆了冰块。真是不必吃，单单看上一眼，也觉得心头清凉。

韩凤亭很爱这一口，三下五除二便吃掉了一碗，还想再要，卢秋心却拦住他道："不可，冷食吃多了伤身。"

韩凤亭有些不乐意，但最终还是听了卢秋心的言语。

吃完了冰碗，韩凤亭想着还要找些什么消遣，磨磨蹭蹭地不愿走。卢秋心看在眼里，心中好笑，道："你今日还有五张大字没有写，便是晚些回去，功课也是一样要做的。"

韩凤亭叫起来："老师你对我要求这许多是做什么！就算我有天样高的学问，以我的出身，难道还用去考什么学校不成？"

卢秋心淡淡道："凭你，现在还考不上。"

韩凤亭被噎了一下，正想着找一句什么话反驳，忽见前面一片喧闹。韩少督是最喜欢热闹的一个人，忙道："这是什么事？我要去看看。"也不等卢秋心答话，便跑了过去。

卢秋心摇了摇头，也跟了上去。谁想这前方还真有一件稀罕事，一个二十岁左右，穿了一件旧蓝竹布长衫的女郎正在大街上跑得飞快，那鬓发已蓬乱了。她身后有两个大兵紧紧地追赶。那女郎却也聪明，专往人多的地方去。一路跑还一路喊着："光天化日，哪有抢大姑娘去当小老婆的！"

其实这时正是傍晚，似乎并不能称之为"光天化日"。但她这样一喊，自然就汇集了许多人的目光，虽也有人想要干涉，然而看到那两个大兵凶神恶煞的模样，不免又退缩回去。韩凤亭却是不在乎这个的，他一个箭步冲了上去，把那女郎往身后一扯，叫道："怎么回事？"

他是个年少富丽的人物，那女郎虽然穿着朴素，但蓬乱鬓发之下，却可见她一双眼睛黑白分明，生得十分秀媚。这么一来，仿若英雄救美一般，这围观的人，都对他二人寄予同情。

那女郎万没想到挺身而出的是这样一个美少年，一颗芳心也不免为之跳动。那两个大兵上前喝道："这是我们田团长的姨太太！"

韩凤亭自家便是少督军，哪会在乎这样两个大兵。他一撩衣襟，拿出他哥哥捎来的一把最新款的左轮手枪，道："我管你什么甜团长咸团长！你们知道我是什么人？再上来一步，我的枪可没长眼睛！"

这两个大兵对视一眼，还真不敢上前。何故？原来他们最近才进得京城，也曾听说这京里大人物最多，亦是担心冲撞了哪一个。这韩凤亭穿着富贵，手里的手枪更是十分精致，只怕是个惹不得的。何况看这韩凤亭的架势，是真敢开枪的，他二人虽然带了枪，多少有些顾忌，正思忖着，却见韩凤亭身后又拥上四五个护兵来，这一来二人更不能如何，只恫吓了几句，便离开了。

那女郎一双眼紧紧盯着韩凤亭，里面都要射出光来。韩凤亭回头看了她一眼，道："你跟我们走吧。"那女郎巴不得这一句，便随着韩凤亭等人一路回去了。

进门后，李副官前来迎接，见到那女郎倒怔了一下："这不是四喜吗？"那女郎脸一红，轻轻点了下头。韩凤亭便先让她下去，自己一面换衣服一面洗脸，又问李副官："怎么，你认识她？"

李副官笑道："可不？少督您知道我和老黄交好，他那个人最喜欢听大鼓书，我跟他也混过几场，因此便识得这姑娘。她姓齐，名字叫作齐四喜，算是这行当里的一个红人。"

原来是个大鼓娘，韩凤亭并不在意，把手巾往水盆里一摔，道："我看她脸子生得还漂亮，这名字可不漂亮。"

李副官笑道："少督真是和卢先生时间久了，学问也长了，都会赏鉴人的名字了。我若说了这姑娘名字的来历，少督更要好笑。"

韩凤亭果然好奇，问道："是怎么个来历？"

李副官笑道："听说，是她妈怀她的时候想吃四喜丸子，因此取了这样一个名字。"

韩凤亭不由哈哈笑起来，道："四喜丸子又是什么好东西了！"

李副官道："少督不知道，这在他们贫苦人家，就是一等一的吃食了。我听说这齐四喜父母都没了，依着一个舅舅过活。怎么今天倒和少督碰上了？”这才是他想问的一句话。

韩凤亭便把今晚的事情说了一遍，李副官思忖了一会儿道：“我听说这齐四喜虽然是个大鼓娘，心气却高得很，怕是不甘心给人做姨太太的。但她那舅舅却很不是个东西，难不成竟被她舅舅卖了？那田团长也不知是谁的手下。”

韩凤亭冷笑道：“凭他是谁，还敢在小爷面前要强不成？”

李副官笑道：“那是自然。”心里却下定主意要查查这田团长的身份，又把齐四喜叫来，问她缘由。齐四喜先前唱大鼓的时候是见过李副官的，也应酬过一两句，因此在他面前，齐四喜便又恢复了泼辣的样子，道：“我舅舅不是个人，贪图了田团长的好处，要把我卖给他当小老婆，我不肯，寻了个机会便跑了出来。”

这恰和李副官先前所想相符。他道：“你一个大姑娘，倒有本事从一个团长家里跑出来，真有你的。”又笑问道：“我虽不识得那田团长，但我想他既做到这个职位，想必也是有钱有势力的，你怎的不愿跟他？”

齐四喜撇嘴道：“那田团长四十多岁，生得黑粗，又一脸麻子，就我不在乎这个，谁不图个一夫一妻啊——对了，李大爷，先前救我那位年轻的小爷，是个什么身份？”

李副官笑道：“那位小爷你都不识？那是韩少督啊。”

齐四喜“啊”的一声，这北京城里的三教九流，自然都听说过韩少督的名声，忙道：“那韩少督打算怎样安置我？我娘老子都死了，要送我回去，我那舅舅非再卖我一次不可。”

李副官道：“怎样安置我可不知，待我去问问少督的意思。”他便去寻韩凤亭，把齐四喜的事情说了一遍，韩凤亭道：“那就留下她，什么大不了的事情。没事听听大鼓书，也是个乐子。”

李副官应了一声，心道自家这位少督真正想一出是一出，先前买了个蝶影回来，如今又是齐四喜——也罢，正好让蝶影去照顾她。

齐四喜在屋里惴惴不安地等着，过了好一会儿，才有个少年女子走出来，笑盈盈道：“齐家姐姐跟我来。”

她引着齐四喜到了旁边的一间屋子，道：“少督说，姐姐以后就住在这里。”

齐四喜这才放下心来，也有心思细细打量，先前在那田团长家，她已觉得很是富贵，没想到来了这里，竟有一多半东西是自己不认识的。但她却也知道脚下软绵绵的是地毯，头顶亮闪闪的是电灯，再往里面一看，不由心里哎呀一声：万不想我齐四喜也有睡铜床的一天！

然而，她心思又是深的，想到这韩少督虽留下我，却又打算把我安怎样一个身份呢？面前这女孩子比自己还小两岁，生得这般秀美，看她耳朵上还戴了珍珠坠子，想必也不是一个下人，不知又是那韩少督的什么人？想到这里，她便拉住蝶影的手，笑道：“小妹妹，多谢你了，不知该怎样称呼？想必你也是这里的主人吧？”

那少女笑道：“我怎样敢当呢，我叫蝶影，是……服侍这里卢先生的。”其实韩少督将她赎出来后，卢秋心原是将她当个女弟子看待。但蝶影总觉自己不配，因此才这般说。而卢秋心也曾起意让她入美术学院读书，因岳剑尘一事，又耽搁了下来。

齐四喜奇道：“卢先生又是什么人？”

蝶影道：“卢先生名讳叫作秋心，是韩少督的老师，少督对他很敬重的。我听说今晚他也和少督一路出去，姐姐没有看到他吗？”

齐四喜摇了摇头，蝶影奇怪：“卢先生既也在那里，姐姐怎能没看到他呢？”在她想来，如卢秋心这般的人物，自然是当第一个引人注意的。

然而，齐四喜心中却想：有韩少督在那里，谁还看得到旁的什么人呢？

另一边，韩凤亭得意扬扬找到了卢秋心，道："老师，我今天的作为不错吧？"

卢秋心知他是说齐四喜之事，道："见义勇为，自然很好。"

韩凤亭更加得意："我今天救下那个齐四喜，就想到老师一定会赞扬。"

卢秋心不免失笑："你救人难道是为我救的？去补上你的大字吧。"

韩凤亭原当自己做了这么一桩事，这写字之事也就免了，不由恼怒："我天天写这些字，有什么用！"又想到卢秋心除却要他读书写字，对练武一事也要求许多，却又不像从前一样教他擒拿手一类厉害的本事，而是要他扎马步，打根基，无趣之外，更是十分的辛苦，便道："还有那扎马步，我再也不想练它！"

卢秋心耐着性子道："你根基平常，就算是学了什么高深的功夫，遇到真正的高手，又有何用？"

韩凤亭很不服气，可上一次自己去找岳剑尘较量，反被人打了个落花流水，最后还是卢秋心为他解了围，自己就是想说什么硬气话也无从说起。他想了想又道："老师，我便是不懂，从前你对我都是很好，现在怎么就狠起来了？"

原来自己起先的敷衍，在韩凤亭看来居然是很好……卢秋心暗自苦笑，终是正了脸色道："我只希望你读书自强，虽不定要成就什么事业，至少也要做个自食其力的人。"

韩凤亭哈哈笑道："老师，你这话好笑，就我家现在这片基业，我再花个两三辈子都够了。"

卢秋心看着他的眼睛，那双黑白分明的，狂妄的少年的眼睛："是，以现在的情形，这话自然不假。可若有一天，韩凤亭不再是韩少督，又当如何？”

韩凤亭一怔，笑声慢慢地停歇。他本是个聪明少年，卢秋心这句话里面的意思，他并不是听不出来。忽然之间，一股他自己说不清道不明，甚至也不敢深想的怒火从心里慢慢升腾出来。他想说些什么，却不知从何说起；想对卢秋心发火，可那人却是他一向尊敬的老师。他竟不知该如何做，可那股怒火却难以熄灭。最终他把门一摔，大踏步走了。

在他身后，卢秋心长长叹了口气。

就在这时，李副官悄悄走了进来：“卢先生。”

这书房的门紧闭，李副官并没有听到里面的对话，然而看韩凤亭的模样，却知二人定是起了冲突。他道：“当初——原是我提议少督请卢先生来的，可我那时的意思，也不过是想请卢先生教少督识几个字，少督如今这样，已是大大超乎我的预料了。”

卢秋心整理着书桌上的几本书，并没有回答，李副官叹了口气：“其实我心里明白，卢先生起初那等教法，是不在意的；现在对少督这样要求，才是真正把他放在心上。只是以少督的身份，这也大可不必。”

卢秋心继续整理着桌上的书本，一句话也没有说。

李副官还想再说些什么，忽听到外面一阵喧闹，忙出去查看，却见一个满脸麻子的黑胖子领着七八个大兵，在外面大呼小叫：“是谁把齐四喜带走了？”李副官一听这话，心中有数，便走了出来，笑道：“这是田团长吧？”

这人果然便是那田团长，先前齐四喜被带走，那两个大兵虽不敢拦，却暗自跟着，记下了韩凤亭的大概住处，回去一说，田团长暴跳如雷，带了手下便杀了过来。

李副官见他点了头，又问：“不知老兄是哪一位的手下？”

田团长看面前这人，似乎也不是个寻常之辈，略一犹豫便说了出来。李副官哈哈大笑："这真是大水冲了龙王庙，这里面住的，可是韩少督啊。"

田团长不由一惊，原来他的上司虽不是韩督军的直属手下，此刻却正受着韩督军的辖制。他的公子，自己自然不能得罪，然而想到齐四喜那雪白的脸子，窈窕的身段，他却又狠不下心放弃，便道："原来是韩少督——可也没有个硬把我女人带走的道理！"

李副官笑道："这话怎么讲？"

田团长道："她舅舅已经把她许了给我，还怎么讲？"

李副官道："这话不能这么说，现在是文明的年头儿啦，大姑娘自己不乐意，别说舅舅，就娘老子说话也不算数。您说是不是这个理儿？要是田团长心里真的不服，咱们不妨到军事法庭上说道说道。"

这番话似软实硬，田团长不免踌躇起来，但说要就这么走了，当着自己一众手下，却又很失面子。他正想着几句漂亮话应对，就听一个年轻的声音道："跟他废什么话，给我打！"

二

韩凤亭很不高兴。

这其中，固然有着田团长胆大包天，居然敢到他门前要人的原因；但更多却是因他在卢秋心那里窝了火，又不曾发泄出来。他是个炮仗脾气，点了就要着，如今田团长撞上门来，正是绝好的一个沙袋。

他身后还跟了十几个如狼似虎的大兵，听得少督吩咐，自然一拥而上。田团长看得一愣一愣，心道刚才还说得好好的，现在怎么说动手就动手？但他毕竟也是军人出身，总不成站着挨打，便带着手下反击。可一来己方人手就少，二来他顾忌了韩凤亭的身份，很快便落了下风。

就在这时，田团长忽又觉一只手扣到了自己手腕上，他自觉也是会些拳脚的，这是什么人，悄无声息地就挨近了他？一抬头，却见韩少督挽了袖子，气势汹汹正站在他面前。原来韩凤亭嫌干看着不过瘾，索性自己也下了场。此刻他所用的，正是卢秋心教他的小擒拿手。

田团长挣了一挣，竟然没有挣出来，他万没想到这少督居然还有这等本事，随即便觉脚下被什么一绊，扑通一声便摔到了地上。

韩凤亭哈哈大笑，心想老师还说我没用，就这田团长也轻而易举被我打翻在地，何况别人？一时间只觉志满意得。

门口这一番喧闹，齐四喜并不知情，此刻她刚换上蝶影借她的衣服，那料子又软又滑，自己并看不出是什么名头，上面又用丝线绣了蝴蝶花草，十分娇艳又不显俗气。她一遍遍摸着那料子，心想住在这样的屋子里，穿这样的衣服，才不枉这一生。可要是和田团长那样的人住在这里，那这房子，这衣服才叫白可惜了……

她对着玻璃镜子左顾右盼，正想着这些事，忽然听到门外有两个听差闲话，一个说："怎么着，真找上门来了？"

另一个道："找上门又怎样？凭咱们少督，还怕了谁不成？"

齐四喜本来心里有事，一听，忙开门笑问道："两位大哥，外面出什么事了？"

她生得美，那两个听差也乐意和她说话，其中一个道："听说有个田团长来要人了。"齐四喜听了，心里就是一跳。另一个便笑道："你怕什么，放着咱们少督在这儿，还不打得他满地找牙？大姑娘，咱们少督对你，可是很够意思啊。听说大姑娘是唱大鼓书的，这可不就像是鼓儿词上的故事吗？你想怎么报答呢？"

这话说得可就很露骨了，齐四喜也不应答，只笑道："少督现下也在外面吗？我也想去看看，总没个少督为我出头，我却躲在后面的道理。"

这两个听差对视一眼，心道少督特别救这个女子回来，想必是对她看重的，自己倒不好违逆她的意思。一个就道："带你出去也成，你就悄悄地看。"

齐四喜连忙答应，就跟着两个听差出来，谁想将至门口的时候，又一个听差正走回来，看到几人忙道："你们敢情是要出去？别去了，卢先生出去了！"

那两个听差一听便道："既是卢先生出去了，咱们就先回去。"带着齐四喜就往回走，齐四喜心里纳闷：这个卢先生，难不成就是蝶影所说，少督的老师？真没想这位少督，倒是一个尊师重道的人。

卢秋心出来的时候，田团长的手下已被打得七零八散，田团长也被打翻在地，韩凤亭一只脚踏着他的头，意态很是张狂。卢秋心看了，眉头忍不住就皱了起来。

韩凤亭一抬眼，看到卢秋心过来，很得意地道："老师，你看怎么样？这个人可是我用小擒拿手打趴下的，并没有用别人帮忙！"

卢秋心眉头皱得紧紧的："你先把人放开。"

韩凤亭一听卢秋心对他功夫的事不但没夸，甚至没做理睬，心中先不乐意，哼了一声道："你知道这人是谁？"

卢秋心道："是田团长。"原来李副官一见韩凤亭出来，知道这事要闹大，真打个人也罢了，这田团长毕竟和韩督军有些瓜葛，也是一个得力的军人，真弄僵了，韩凤亭虽然不怕，毕竟有些不好。但他也知道这位小爷性子上来，天王老子能不能劝得虽不可知，自己是绝对劝不动的，因此才悄悄叫人请了卢秋心出来。

韩凤亭一听卢秋心知道，脸色更不好看："他当街抢人，也不算老师你当初说过的无辜之人，我怎么就打不得了？”

卢秋心看了那田团长一眼，此刻他仍然被韩凤亭踩在脚下，脸色惨白，汗水、血痕合着尘土从额头上直流下来。卢秋心不由叹了口气：“杀人不过头点地，你何必这样羞辱他？”

韩凤亭大声道：“我羞辱他？这老小子直打到我门前来，那是把我的脸放在地上踩！”

卢秋心道：“所以你对他动手？你是为了公义还是为了泄愤？”

这一句说中韩凤亭心事，他气急败坏，把脚一抬，田团长还没松上一口气，便觉那只脚挟带了风声，朝着自己便踢了过来！

韩凤亭穿的是一双马靴，这一脚又是气急之下踢出，全没有轻重缓急，要是被他踢到头上，可不是闹着玩的。卢秋心在一旁看得亲切，急忙地一格一挡，一脚轻轻踢出，挡住韩凤亭那一脚，手上又用力，阻住了韩凤亭后手。

韩凤亭一看卢秋心挡他，心中更怒，暗想怎么着，你还为了这混账对我出手？上去就是一招小擒拿手。其实卢秋心这一招只是阻挡，他不出手还好些，这一出手，脚下原本被卢秋心挡住，上面亦是重心不稳，只听砰的一声，堂堂一位少督就这般摔到了地上。再抬起头时，两道鼻血都流了出来。

韩凤亭只觉这辈子没吃过这么大亏，心中的羞愤一时难以言喻，只觉得在场的每一个人都在嘲笑他。他怒气冲冲地站起来，用袖子一抹脸，转身就往回走。一路上遇到的几个听差，都被他吓得远远避开。

带着一腔怒火，韩凤亭来到了空无一人的书房里，把门一摔，还没想好找个什么法子发泄，就听外面有人敲门，他噌地站起身，吼道：“滚！给老子滚得越远越好！”说着还不解气，顺手抄起书桌上一个不知什么东西，朝着门大力丢了过去。

一道墨痕随着他的动作逶迤在地上。原来是个砚台，掉到地上后又骨碌碌滚了两下，最后停在门口那人的脚下。

站在门外的却是卢秋心，他自然也看到了地上的砚台，叹了口气，什么也没说，轻轻关上门又出去了。

韩凤亭站在当地，呆若木鸡。

也不知过了多久，又有细微的脚步声传来，韩凤亭如梦初醒，扬声道："老师……"

进来的却是蝶影，她并不知先前发生的这些纠葛，不过是来整理一下书房，一进门却见卢秋心惯用的砚台落在地上，忙拾起来，道："哎呀，上面怎么摔了这样长的裂纹，卢先生可要难过了。"

韩凤亭呆呆地问："什么？"

蝶影这才注意到韩凤亭也在里面，忙笑道："少督，这是卢先生家传的一方砚台，卢先生常说，这砚台虽不值什么钱，却是传了好几代的，因此他十分珍惜。"

韩凤亭一句话也说不出来了。

韩凤亭既走了，田团长的事儿，自然有个万能的李副官在前面处理得当，可卢秋心这一走，却一夜都没回来。

他一夜没回来，还可说是出外散心。可到了第二天，依旧不见他人影，又到了第三天、第四天，还是没见人回来。韩凤亭急了，找人去卢秋心供职的报馆询问，却听说卢秋心这几天并没有来报馆，去了哪里，却不得而知。

韩凤亭嘴上都起了燎泡，李副官看他这样子，心里也急。他猜测卢秋心失踪的原因，大抵与田团长的事情有关。可卢秋心的脾气温和，并不是轻易会怪罪人的，怎能悄无声息地就走了？

他试探地问韩凤亭："少督，卢先生怎么就忽然走了？"

韩凤亭怒道："闭嘴！"李副官是韩督军的同乡，又是看着韩凤亭长大的，因此韩凤亭对他也少有这般态度。他吃了一惊，心道果然是出了大事，但少督既不肯说，自己也不敢再问，只道：“少督，咱们还继续找人吗？”

韩凤亭道：“当然找！再找不到人，去报馆登启事！问他的朋友、同乡……”说到这里，他忽然一顿，自己与卢秋心相识了这么久，虽然自诩对这位老师也算关注，可对卢秋心的身世却一无所知，别说年纪籍贯，就连卢秋心三字到底是不是这位老师的真名，自己都不能确定。想到这里，他忽然一阵阵的心灰意冷。

而卢秋心这一走，对其他人的影响亦是很深。齐四喜知道这几天韩少督脾气坏得很，也知道这事是从自己身上引出来的，便躲在屋里不出来，以免被韩凤亭迁怒，又暗自担心：万一韩少督因这事觉得我晦气，要把我赶出去可如何是好？就算他不赶我，日后见到我只怕也没个好脸，原本很好的一件事，现在可全砸锅了，我又该怎么办呢……

她不敢出门，无聊得很了，便寻蝶影来说话。两个女子在这几天里，倒是结下了一种临时的友谊。蝶影在卢秋心离开这几天里很是消极，尽管有齐四喜和她谈谈说说，也并不能扭转她的情绪。齐四喜笑道：“妹子，那姓卢的一走，你省了伺候人的差事，怎么比少督还要不欢喜？”

蝶影拧着手里的白绸手绢，也不说话。齐四喜又打趣道：“不知道的，还以为是你的相好走了呢。”她出身市井，说这些话原没有什么顾忌。蝶影的脸却涨得通红：“我怎么配！”

齐四喜原本是开个玩笑，看到蝶影这样子心里倒是一动：“怎么，你真是对那个姓卢的动了心思？我听这里的听差说，他可没什么钱啊。照我看，是他配不上你才是。”

蝶影脸更红了，拧着手里的白绸手绢，轻声却坚定地说了一个字：“不。”

李副官奉了韩凤亭的差遣，打算去报馆登一则寻人的启事。韩凤亭在家里转着圈儿。真恨不得李副官前脚登了启事，后脚就有人上门告知卢秋心的踪迹。结果不到两刻钟的时间，李副官就回来了，按这时间算，只怕还不及到报馆，韩凤亭忙站起来问："怎么，是碰到老师了？"

"没有。"李副官的额角都是冷汗，"少督，刚才我出门，听到一个消息……"他停顿一下，但到底还是说出了口："听说咱们家督军，大败了。"

三

在韩凤亭的心里，总以为父亲也好，兄长也好，都是不可战胜的。而自家这片基业，自然也会长长久久地继续下去。听李副官这般说，不由怒道："胡说八道！"

李副官抹着额角上的汗："少督，这不是开玩笑的事情。我刚才见到两个人，都这般说。待我再出去打听打听。"

韩凤亭犹自不信："那你就去，启事也别忘登了。"李副官答应着离开，后半句则只作不闻。

李副官这一去，直到晚上方才回来——可也不用他再打听什么消息，晚报上已经登载了这条新闻，道是韩督军大败，手下的力量都被打散，韩督军本人重伤，长子则失踪在战场上。

这之于韩凤亭，便好似一个晴天霹雳。他虽然被称作少督，其实全不懂军事，便是打算营救父亲兄长，也不知从何做起。然而父子天性，万般无奈之下，他只得前去一一拜会那些与父亲有旧，又或与自己有交情的人物，请求他们支援。然而这般奔走了一日一夜，所收获的，竟是一张张的冷脸。

韩凤亭从不知“碰壁”“冷遇”为何物。这一次，却是将前二十年的份儿，在这一日一夜里，尽数补足了。

他回到家中，又是伤心，又是愤怒，其中又夹杂着一种重重的无力感。家里的听差虽不敢在他面前如何，可私下里也是交头接耳，主人家的事情他们早已听闻，那这份差事，还有没有前途?

这些议论，连韩凤亭耳朵里都扫到了一两句。换成平时，他一早就发作起来，可如今他无论身心都已十分疲惫，一头栽倒在书房里的一架小行军床上。

淅淅沥沥的雨声不知何时于窗外响起，为这闷热的夜晚平添了几分清凉。韩凤亭在蒙眬中想到，也只数日前，自己还与卢秋心一路去什刹海吃冰碗，那时自己还是志满意得，自以为天下事没有什么做不到的，可是到今天，却成了两手空空……

他胡乱地想着，想抹一把脸，可却累得抬不起手来，终究还是沉沉地睡着了。

而这屋子里的人各怀心事，逐渐地，也都坠入了黑甜的梦乡。

有一道人影，借着这淋漓雨声的隐蔽，悄悄进入了这座府邸。他对这里面的地形竟似很熟悉，不多一会儿就绕到了书房的门前。这门原是虚掩的，他就手轻轻推开走了进去，一眼便看到了行军床上的人影，嘴角不由得带出个笑来，随即便从怀中掏出一把手枪。

然而，就在他掏枪的时候，床上的韩凤亭却忽然睁开了双眼，原来他到底睡得不实，早在那人推门进来的时候就已发觉。此刻他把身子一挺，可是还没等他动作，那人已经扣动了扳机。

眼看着韩凤亭就要中弹，在这千钧一发的当口儿，忽然有一枚石头子从窗外飞了进来，正打在拿枪那人的手腕上，那人“哎哟”一声，子弹便射偏了。又一个人从窗口跳进来，照着拿枪那人只一掌，那人又是“啊”的一声，手枪直掉到地上。

那人的手枪虽有消音的装置，但后来的动静不小，李副官因担心韩凤亭，就住在隔壁，这时也被惊动，大声喊道："少督，出什么事了？"那人一看不好，拾起地上的枪，匆匆便跑了出去。而从窗口跳进之人微微冷笑，并没有阻拦。

过多久，李副官披着衣服就走了进来，一开电灯，却见韩凤亭面色苍白地坐在床上，窗口附近却站了一个不到三十岁的女子，面带风霜，不掩娟秀。

李副官吃了一惊，这女子是怎样进来的，难不成要对少督不利？还没等他说话，韩凤亭已道："她……刚才有个人要向我开枪，她救了我。"

李副官又是一惊，继而后怕起来，这宅子里这许多人，怎么一个刺客进来了，就没一个人发现？这时他看那女子的目光就和先前不同，心道：难道她和卢先生一样，也是有功夫的？只是她为何又要来救少督呢？想到这里，他连忙朝那女子行礼，道："多谢您救了我家少督的性命，不知道您怎么称呼？"

那女子平静道："我叫庞冬秀。"

韩凤亭觉得这名字有些熟悉，随后便记起在之前《平复帖》一事中，这女子曾与卢秋心联手拿回了那名家法帖，听卢秋心道：庞冬秀的本领更在他之上，在江湖中颇有地位。韩凤亭原就崇拜那些有功夫的人，庞冬秀又救了他性命，不免对她更高看一眼，道："我知道你，你是庞二当家！"

庞冬秀的神情很是淡定，道："那都是旧日称呼，且不提它。先前因《平复帖》的事情，韩少督曾帮过忙，我今日便算报答过了。"说着转身欲走，李副官忙道："庞姑娘留步！先前来那刺客是什么人，庞姑娘又怎么知道今晚有人来刺杀少督？"

庞冬秀转过脸，神色很诧异："你们竟不知道？韩督军兵败重伤的消息一来，就有人出高价买韩少督的人头，道上愿接这笔买卖的人不少。今晚来那个人，拳脚功夫虽然平平，却有一手好枪法，旁人都叫他神枪手白横宇，是其中的翘楚。”

李副官只听得冷汗淋淋：“那……还有什么人？”

庞冬秀道：“小鱼小虾我不清楚，厉害的人物，除去这白横宇外，还有一个铁军，练的是铁砂掌的功夫，手底下很是来得；又一个叫作万人敌，手下徒子徒孙最多；再有，闻说有个西洋高手也接了这买卖，这人来路，我便不大清楚。”她嘴角带了丝若有似无的讥笑：“你们父子得罪的人，还真是不少。”

李副官不由叹了一口气，且不说韩督军在军事上的敌人，就韩凤亭在京城里这几年，骄奢肆意，那对头也不在少数。就前些时日，韩凤亭还和闫大帅的弟弟险些闹得不死不休。韩督军有权势时，旁人都惧怕他家；韩督军这一失了势，韩凤亭可不成了砧板上的鱼肉？

想到这里，他又长叹了一口气，寻思着应对之策，暗想：若卢先生还在这里该有多好。但这时想这个也没用，看庞冬秀的功夫也很高明，要是能把她留下做个帮手也好。想到这里，他向韩凤亭看去，谁想韩凤亭面上怔怔的，也不知也想着什么，只得开口道：“庞姑娘，多谢你告诉我们这些事情。你看，眼看着少督眼下有难，不知道庞姑娘愿不愿意留下来帮忙？金钱方面好说……”谁想庞冬秀听了他最后这句话，眉头却是一皱，一展身，便掠出了窗外。

李副官忙叫道：“庞姑娘，庞姑娘！”可庞冬秀去得很快，哪里还叫得住她！他唉声叹气，抓着头发，心道这件事该怎样办才好？

这时，却听韩凤亭在他身边叹了一口气：“唉，老师！”

这晚发生了这样一件大事，李副官几是一夜没睡，到天明时，终被他想出一个主意。他找到韩凤亭，道：“少督，眼下事态紧急。我看，少督不能在这里住下去了。”

韩凤亭这一晚睡得自然也不好，他抬起头，两个眼睛下面都是青黑一片：“怎么……”

李副官从来视韩凤亭为半个子侄，看他不复往日的张扬风采，实在很是心痛，但这时却顾不得这些：“少督，我有一个主意，我在乡下原有一个远亲，少督你今天便动身，到那里住上几天，待北京城里的风声平静了再回来。”

韩凤亭茫然道：“去乡下？”

李副官道：“是。”韩凤亭手下原有不少护兵，然而此时不同，一来与他为敌的人太多；二来韩督军失势，只怕有人已经起了异心，不然昨晚那白横宇是怎么进的书房？李副官仔细想过，此刻只有远远避开，方为上策。

韩凤亭这时也反应过来，怒道：“你是让我像缩头乌龟一样躲起来？”

李副官道：“不是这样说！少督，你仔细想想，督军现在受了重伤，大爷人又失踪了，那样大一个战场，未来如何谁能晓得？你若在这里白白送了命，韩家以后怎么办！少督！眼下不是闹意气的时候！”他少有这般激动，说到最后，眼泪几乎都滴落下来，又道：“就是卢先生在这里，我想他也一定同意这样办。”

在李副官说话的时候，韩凤亭咬着牙，神情几次改变，听到李副官说最后一句时，终于道：“好，我便去乡下。”又问：“你和我一路去？”

“不。”李副官摇了摇头，“我打算去山东，去探督军和大爷的消息，凭外面怎么说，总是我自己看到了，才肯甘心。”

这件事就这样定下，李副官那远亲住在京城郊外的大王庄，因这事要避着人，李副官只找了一个叫马成鞍的陪着。这人当年是和李副官一路随着韩督军从家乡出来的，虽然没上过战场，可跟着韩凤亭的年头仅次于李副官，除了李副官自己，没有比他更值得信任的了。

确定了陪同的人选，李副官又为韩凤亭打点行李，这次下乡避难，倒不必带许多现金在身上，那些华衣美服也不必带，李副官从听差那里要了几件旧衣交给韩凤亭。而韩凤亭自己则把那支左轮手枪悄悄别在了腰里。

宅子里的其他人都不知道韩凤亭准备离开的事儿，李副官倒是给每人都发了一小笔款子，想着若是有个什么万一，这笔钱也就当遣散费了。到蝶影这里，他怜惜这小姑娘，便说她若想离开，自己可以多给她一些钱。

蝶影却只是摇头："我在这里，等着卢先生回来。"她声音很轻，意态却很是坚决。李副官叹了口气，不再劝她。

这一切都料理妥当，李副官带着韩凤亭和马成鞍打算从后门悄悄地离开，谁承想刚到那里，却看见有个大姑娘站在当地，正是齐四喜。

李副官不由紧张起来："你……"

齐四喜的神态落落大方："李副官，我也知道韩家出事了。因此我想方设法打听到少督今天要走的消息。少督对我有大恩，我打算陪着他一路出去。"

李副官面露狐疑之色，这姑娘能探出韩少督的去向，也是个聪明的，但不知她是真心这样做，还是另有什么企图。

齐四喜却看出他心中所想，笑道："李副官就当我是那忘恩负义的不成？再说，我是乡下长大的，到了那里，我也帮得上忙。"

这句话对李副官倒有些触动，马成鞍已过惯了城里的生活，要他照顾少督只怕是不成的。而女子毕竟细心，有个知冷知热的在少督身边也好些。但他还是担心齐四喜是否可靠，正想着，韩凤亭已不耐烦地一挥手："要走就快走！"

韩凤亭既开了口，李副官也不再多说，齐四喜原已经收拾好了一个小包，便随着韩马二人一路从后门离开。为了隐蔽起见，他们并没有坐汽车，这样自然就慢了许多，接近天晚的时候，才到了大王庄。

此时暮色降临，远处的村庄被涂抹上了一层幽微的颜色，一缕缕炊烟从村庄中升腾而出，此情此景，倒很符合旧式审美的概念。可韩凤亭却无心欣赏，他换了一身短衣，深一脚浅一脚地走在乡间的草丛里。

从前他自然也来过京郊，但那时出行有汽车代步，所去的地方也无非是饭店别墅，和现在的情景可大不相同。别说是他，就连同行的马成鞍都大不习惯，这时又有一群乌鸦从他们头顶飞过，马成鞍往地上吐了口唾沫："呸，真他娘的不吉利。"

齐四喜掩着嘴笑起来："马大爷，乌鸦这个时候都是要回巢的，您今儿来今儿有，明儿来明儿也有，哪有什么不吉利的。"

这两人说话，韩凤亭却闷着头一直没有开口，过了好一会儿才向马成鞍道："到了李副官那亲戚家，拿二百块给他们。"

马成鞍心想真是不易，经过这一桩事，少督竟也晓得打点人了。因笑道："少督不知道，这乡下人，给他们太多钱反而是招祸，拿十块钱给他们也就够了，我已准备好了。"说着从口袋中掏出崭新的十元钞票来。齐四喜在一边看了，却笑道："马大爷，照我说你还是拿大洋钱，他们更中意那个呢。"当时乡人都以为洋钱才是真银子，因此一有大洋钱，比什么看得都重。

马成鞍一想果然如此，可又觉得自己在韩凤亭面前失了面子，很不乐意地把钱收了回去。

他们很顺利地找到了李副官所说的那个远亲，那一家收到李副官的信，又拿了那十块钱，十分欢喜地留了他们住下，又竭尽所能地招待。但这样乡下地方，无论如何也不能与城里相比。韩凤亭他们住的是土炕，主人家赶着把炕上的箱笼搬了下来，可是并没有因此而显得宽敞，反倒透出一股寒酸劲儿来。再看屋里虽也有几样家具，可上面的漆都成了鱼鳞斑。而这样的家庭，因着李副官有过照应，在乡里居然还算是富裕的。

马成鞍真是一万个住不惯，碍着李副官的面子，况这家人也已尽心，总不成和他们吵架，但仍是忍不住，找茬子和隔壁的一家对骂了几句，也算解一解心里的怨气。齐四喜倒很自在，还帮着这家人一起整治了晚饭。

而韩风亭，却一直沉默。

晚饭他吃得不多，吃过饭早早上炕睡觉，换成从前在城里，这时候正有许多乐子可以找，哪里会休息。他蜷缩在土炕的一角，睁着眼睛，想着这几天发生的事情。

简直恍若梦中。

一开始听到父兄落难的消息，他真当自己是在做梦，甚至在没人的地方用力掐了自己一把，那疼痛感可是真真切切的。后来他为父兄奔波，夜半遇刺，这些事情令他没有时间去想东想西。直到现在，他躺在这乡下人的土炕上，盖着辨不出颜色的被单子，才有心思回想自己从小到大这二十年都干了什么，想自己这些天到底遇到了什么，自己都做了些什么，还有最重要的是，将来，自己到底还能干些什么。

然后他赫然发现，自己真的是什么都做不了。他想了那么久，依然想不出自己能做些什么。

一片黑暗之中，前几天卢秋心和他说的那句话又清清楚楚地出现在他的脑子里，清楚得就好像卢秋心正在他耳边，又把这句话一字字地重复了一遍："若有一天，韩风亭不再是韩少督，又当如何？"

四

也不知过了多少时间，韩凤亭终于睡着了，他醒来的时候以为自己睡了很久，可是没有，外面的天不过是蒙蒙亮，屋里的人也都没醒。他昨晚是和衣睡的，这时就悄悄地起身，来到了外面。

这乡下的天气，似乎要比城里凉爽一些。韩凤亭焦躁的心情也因此有了一些缓解。他走了几步，但这院子里养了鸡鸭，气味并不好闻，可若让他回到那狭小的屋舍里，他也不愿，正踌躇的时候，忽然有一个冰凉的不知什么东西贴到他后颈上，他一抖，手立刻伸到腰间去找那把手枪。

然而还没碰到枪柄，就有一个活泼的女声传来："是我。"韩凤亭忙忙转身，原来是齐四喜，手里拿着两个紫黑的李子。又听她笑道："我想着摘两个新鲜的果子给您清清口，因此一大早就出去了。"

韩凤亭长吁了一口气，转身想往屋里走，齐四喜笑道："您是想出来散散心吧，前面有个树林子，您要不要去转转？"

韩凤亭心里其实不想进屋，齐四喜既这样说，也便跟着她一路去了。

这树林子可也不小，地上的草满是露水。齐四喜出神地盯着自己浸湿的脚尖，笑道："真没想到，我一个唱大鼓的，还有这样和少督单独在一块儿的时候呢！"

韩凤亭心不在焉地"哦"了一声。

齐四喜又说："少督知道为什么我和你们一起到乡下来吗？"

韩凤亭还想着那一天卢秋心最后那一句话，随口问了句"什么"，齐四喜就笑道："鼓儿词上常说那样的话，小姐相救后花园，落难公子中状元……嗐，我可也不是什么小姐，要按平时说，我一万个也配不上和少督在一块儿的。可少督落了难，我也乐意一直陪着少督。再说，就算老爷子遭了难，少督手里不是还有钱吗，这辈子总是不愁吃穿的，就将来过起日子，也不用犯愁……”

她说到这儿，韩凤亭忽然抬起头，没头没脑地问了句：“你到乡下来是避祸？”

齐四喜都呆了，心说我刚才好容易把心里的话都说出来，你还说我来乡下是避祸？这什么意思？她哪里知道韩凤亭心思并不在她的身上，并没有听清她说了什么，接着又听韩凤亭道：“我想你也是怕你舅舅和田团长捣乱，所以才到乡下来，你乐意自己走也成。”

齐四喜这才反应过来，合着自己刚才说了这些，这位小爷一个字都没听进去！不由又是好气又是好笑，但这时她心里已把韩凤亭看成了一个寄予终身的人，那是说什么也不能和他翻脸的，便笑道：“我怎么能一个人走呢，那不成了忘恩负义了？”

韩凤亭“唔”了一声，继续想着自己的心事。

两人这么走了一段，天也就亮了，齐四喜笑道：“咱们也回去吃饭吧。”这“咱们”的说法，可就很显亲昵了，韩凤亭也没留意，跟着她往回走。

天真的亮了，露水慢慢地干了，地上的草叶都透出一种清气来，有那起早的小蝴蝶、小蜜蜂儿围着地上的花草打转。不远处的村庄里鸡鸣狗叫，也显示出一股生气来。

两人还没到村口，先看到了马成鞍，他一头的汗，看到韩凤亭才松了一口气：“我的小爷，大清晨起来就不见你，可吓死我了！”他看到韩凤亭身后的齐四喜，不免瞥了她一眼，心说难怪少督不见，原来是和这丫头吊膀子去了。

齐四喜拿着手绢掩着嘴笑，和韩凤亭并肩走了。马成鞍呆了一呆，嘴里嘀咕了两句，也只得跟在后面。

等到了村口，齐四喜却忽然停下了脚步，疑惑道：“不对啊……”

马成鞍找了韩凤亭半晌，饭也没吃，这时早就腹如雷鸣，不耐烦道：“怎么不走？”

齐四喜指着村里：“马大爷，这不对啊，怎么我们住那家没有炊烟呢？”

马成鞍道：“什么炊烟？他们家还没生火做饭？”心里很是恼火，心说老子饿得半死，你们倒还没做饭？

齐四喜正了脸色道：“马大爷，这乡下人最是勤力，这个时候儿，他们早该起来了。再说他们碍着李副官的面子，怎么着也得早早起来给咱们准备吃的啊。”

马成鞍听她话里不对，犹豫道：“你是说……他们不打算让咱们住了？”

齐四喜道：“那还是小事，要是他们告诉旁的什么人呢？”

马成鞍便是一惊，齐四喜忽然把他一拉，三人齐退到一棵大柳树后面，只见两个年轻力壮的汉子脚步匆匆，都往他们住的那户人家方向走去。其中一个腰间还别了把短刀，道：“人就在徐家？”另一个道：“没错，快点儿赶过去！”

李副官那家远亲正是姓徐，马成鞍激灵灵打了个冷战，直等到那两个汉子走远了，才道：“快跑！”

该往哪里跑？大王庄三人都不熟，齐四喜想到刚才那个树林子，急急忙忙领着两人跑了过去。

村庄里一阵嘈杂，三人躲在树林里倒还平静，马成鞍骂道：“这怎么躲到乡下也有人找麻烦！”又担心道：“这会不会就是什么铁军白横宇牵的头？”自己先害怕起来，反倒是韩凤亭还镇定，但要是仔细看他，便看出与其说他镇定，倒不如说他神游天外，心思竟不在这上面。

又过一会儿，树林子外面也闹了起来，有人叫道："村子里没人，怕不是躲到林子里来了？"另一个人道："说不准，咱们好好搜搜。"

有脚步声从三人的身边经过，只差几步便可碰到他们，先前那人一路走一路说："这也真是巧，这韩凤亭住哪儿不好，偏住在陈师弟老丈人邻居的家里呢，要不是那姓马的昨晚和陈师弟吵了一架，陈师弟也留意不到他，这个就叫自作孽。"

马成鞍想到自己昨晚找碴儿骂了邻居，难道竟是从这上惹的祸？他头上不禁有冷汗冒下来，偷偷瞄了韩凤亭一眼，韩凤亭紧紧抿着唇，一句话也不说。

那搜寻的两人又走了两步，眼看就要到三人身边了，其中一人又道："这回要是抓住那姓韩的小子，陈师弟在师父面前可露了大脸了。我听说除了咱师父，还有好些个扎手的都想抓那小子呢。"

另一个人就笑道："谁能比得上咱师父，他老人家可是万人敌啊！"

万人敌！庞冬秀所说那几个高手中，徒子徒孙最多的万人敌！他们怎么就落到了这人的手里！马成鞍紧张万分，好在这两个人竟没有向前再走，转个身，又朝另一个方向去了。

等到这两个人身影消失，马成鞍忙向韩凤亭道："少督，咱们快走！"这时就算是回城里，也比待在这个地方安全。

他们三人匆忙忙出了树林子，谁想往外一看，那回城的道上竟也守了好几个人，韩凤亭把那把左轮手枪掏出来，就想冲过去，却被马成鞍拦住。他道："少督，他们人多，你手里只有这一把枪！"又道："就算我想保少督，我老马可也没开过枪啊！"

其实就是韩凤亭自己，也从来没学过打枪，这时的手枪看着虽然威风神气，其实真想瞄准伤人，那难度却是很大的。齐四喜也道："这里离大王庄太近，这头开了枪，那头人立刻就涌过来，咱们还是出不去。"

韩凤亭焦躁起来，马成鞍搓着手，可也想不出办法，齐四喜看看这个，又看看那个，忽然笑道：“我倒有一个主意。”马成鞍瞪她一眼：“有主意就快说！”

齐四喜笑道：“早晨起来，他们已经把村子里面搜过一次了，现下都在村子外面搜，不如咱们就躲回村里。等到晚上天黑了，找个空隙再出去。”

马成鞍还在犹豫，韩凤亭一想，这个主意，倒是应了卢秋心从前给他讲过的，兵法上什么什么的话。就道：“好！”

于是三人悄悄又回了大王庄，果然如齐四喜所料，这时村里的戒备就松懈很多了。他们来到昨晚投宿的李副官那远亲家，这家里只剩下一个老太太，避开她的耳目是十分容易的。齐四喜在昨天晚上就留意到这家有个小库房，装些不用的农具之类。三人往里一躲，把门一关，任谁也发现不了。齐四喜偏又鬼道，不知从哪里顺来了两张大饼，韩马二人从早晨起什么都没吃，这时才一解饥肠。

就这么着，他们在这小库房里又躲了大半天，将至傍晚的时候，齐四喜向二人道：“我出去探探。”

韩凤亭想也不想，拒绝道：“你就在这里待着，难不成还让女人去探路了？”

这句话听得齐四喜心里很舒服，仍是笑道：“不是我说，您二位哪里来过乡下，这里的事情我最熟，我去保准比你们都合适。”马成鞍也道：“少督，我看她说得对，就让她去。”

两个人都这般说，韩凤亭终究也就同意了。谁想齐四喜这一出去，过了好久也不曾回来。眼见天已擦黑。外面也传来人声，显是各家都回来吃饭了。马成鞍着急起来，道：“这小妮子去哪里了？真自己跑了倒罢了，总不会把咱们给卖了吧？少督，我也出去看看。”说着，他也悄悄地溜了出去。

这么一来，小库房里可就剩下了韩凤亭一个人，天渐渐黑透了，他百无聊赖地坐在地上，有几只蚂蚁爬到他的身上，取食那掉下来的饼屑，他也不理。

又有一只青蛙，不知怎么从外面跳了进来，正落在韩凤亭的膝上，瞪着一双大眼睛，忽然间“呱”了一声。借着外面那点微弱的光线，韩凤亭也看到了它，一人一蛙两相对视，他也“呱”了一声。呱完了，他又想，我在干吗呢？

外面的光线亮了起来，那一份平静中忽然添加了许多声音，青蛙呱呱叫了两声，就从他身上跳走了，韩凤亭怔了一下，抬起头。

那些声音越发明显了，有脚步声、喧闹声，甚至可以听清有人在喊：“姓韩的小子就在这里！”韩凤亭晃了一下头，才反应过来，那些声音，那些火光，全部是冲着他来的。

他已经在这里躲了大半天，并没人发现。何况就算是他被这些人找到，也没有一搜就直接搜到这库房的道理。韩凤亭……这是被人给卖了啊！

可是到了这个时候，韩凤亭已经不想思考究竟是谁卖了他。这几天里，他一直浑浑噩噩的，情绪也十分消极，看着外面围上来那越来越多的人，他索性把门一推，大踏步走了出来。

“我在这里，你们谁先过来？”他拍着自己的胸脯，大声地说。

门外的人被他的这一举动弄得一惊，一时间反而没有人行动，可这也不过是暂时的情况，很快这些人都反应过来，举着手里的家伙，纷纷冲了过来。

韩凤亭的身价，已经抬到五万大洋了。

韩凤亭身上还有一把左轮手枪，可是这个时候他也不想拿枪，摆了一个架势，正是卢秋心教过他的小擒拿手，第一个人冲上来的时候，被他扭住手臂，向后一扳，那人并没有想到他还有这样的本事，便着了道，捂着胳膊啊啊叫着后退了两步。可第二个人就已经有了防备，伸腿向下一扫，韩凤亭往后一跳，却不曾留神第三个人的一脚，被踹得跌到了地上，随即，雨点般的拳头脚尖便一并落了下来。

这时韩凤亭已经没有办法躲避，他把牙一咬，闭着眼睛胡乱地向外打出一拳。可是这一拳并没有打到什么人，一只修长有力的手抓住了他的拳头，而预料中的拳脚，竟没有一下挨到他的身上。

韩凤亭诧异地睁开眼，却见在一众火把的掩映下，有一个人穿着白秋罗的长衫站在自己面前，那人一只手包住了他的拳头，左腿飞速一扫，力道强劲，周遭的人都被他逼得后退了几步。韩凤亭只觉一颗心怦怦乱跳，直想再掐自己一把看看是不是在做梦。

他终究叫起来："老师！"

那人看着他，安抚地笑了一下："凤亭，不要怕。"

在韩凤亭的记忆中，这是卢秋心第一次叫他的名字。

他只觉得眼前一片模糊，可一直混沌的头脑却前所未有地清明起来。他用另一只手抹一把眼睛，重新叫了一声："老师。"他想问卢秋心怎么忽然出现在这里，可说出来的却是："你回来了？"

卢秋心诧异地看了他一眼，放开手，道："跟在我身后。"

韩凤亭连忙点头，卢秋心忽然一展手，向离他最近的一个人一掌打过去，那人急忙向后躲避，谁想卢秋心这一招却是虚招，他右手一伸，抢过了那人手中的火把。这火把是用毛竹扎成，又粗又长，卢秋心双手握住火把末端，一伸一缩，那火把在他手中灵活有如活物。他吁一口气，向前一探，竟是以火把为长枪，向前方猛地扎了过去。

虽他手中只是一根普通的长毛竹，这一扎也是力沉势猛，令人难以忽视，何况那毛竹前端还是烈火熊熊！围攻的这些人虽然想着韩凤亭的身价，可命总是要的，这一火把刺来，包围圈中霎时出现了一个缺口。卢秋心领着韩凤亭向缺口便走，围攻之人一看不好，正要再度围上，卢秋心把火把一展，团团一扫，火势挟着风声成一个圆圈，向众人脚下攻去，这些人纷纷乱跳，包围圈再度散了。

卢秋心不由分说，前后左右接连又是四枪，这四枪速度奇快，已被打散的包围圈再度纷乱。他将火把交至左手，右手一拉韩凤亭："快走！"

他脚程本快，虽然带了一个人，也不曾因此而减慢。一出包围，韩凤亭只觉脚底生风，没多久就望见了村口，卢秋心松了口气，道："出了村，咱们……"话音未落，脸色忽然一沉。韩凤亭不解其意，顺着他的目光向前望去，却见村口处站了黑黝黝好一条铁塔似的大汉，虽是赤手空拳，望之却令人生畏。

韩凤亭不知道，这人正是庞冬秀所说，追杀他的一众高手之一，以铁砂掌闻名的铁英。

五

韩凤亭虽然不知道铁英的身份地位，可是看到卢秋心神情凝重，也晓得这是一个不好对付的人。却见卢秋心把火把插到地上，整一整衣衫，大踏步走了上去，自己也连忙跟上。

卢秋心走到那人近前，抱拳行了一个旧式的礼节，随后问道："这位可是铁英铁老师？"

那人很是倨傲地点了点头，昂着头道："你是韩凤亭的保镖？身手倒还过得去。"

卢秋心摇了摇头："不，我是他的老师。"

韩凤亭原在他身后，听得一清二楚，尽管此刻他的处境可说是大大的不妙，可是听到卢秋心这句话，心里却一下子敞亮起来。

铁英冷笑了一声，对卢秋心这句话很不以为然。然而这也不是打嘴仗的时候，他上前一步，双掌击出，火光映衬之下，可以看到他一双手十分厚大，上面遍布老茧，这双掌打出，真有开山裂石一般的气魄。卢秋心也上前一步，同样以双掌相对，四只手一碰，两人的身体都摇晃了一下。

韩凤亭在一边诧异，他多次见卢秋心出手，不管是小擒拿手也好，腿法也好，兵刃也好，无不是动作利落，招式漂亮。可这一次倒奇怪，两人都是这么笨笨地两掌打过去，他心想：老师怎么不像平时那般出手？这里面还有什么门道不成？

再说这第一掌打过，铁英打量了卢秋心一眼，看他的眼神就和之前不同，点点头道："现下的年轻人，倒有肯这般下苦功的！"说罢，又是一掌击出。

这次虽是单掌击出，可是力道却似乎较上次的双掌力道更强，真个是气贯掌心，劲达四梢。卢秋心微拧了眉，脚步一沉，也是一掌还了回去。

这第二次双掌相碰，铁英身体仍是略微一晃，立于原地；卢秋心也站在原地不曾动弹，可是他的身体摇晃了几下，忽然从口中涌出血来。铁英道："年轻人，你的内力也算不错，可你才练了几年？看在你能和我对两掌的分儿上，我任你离开就是！"

卢秋心却在他说这话时站直了身体，平淡道："也不尽然。"说罢，右腿微屈，左腿向前，口中缓缓地吐出一口气来，竟是率先出手，一掌向铁英的前胸击去。

他这次出手，和铁英那力大势沉的掌法不同，非但外表一无风声，就连速度也十分缓慢，看着并不似有什么威力的样子。铁英见他前番吐了血，也就不在意，同样以一掌还击。谁想这次双掌相碰，铁英只觉一股排山倒海般的劲力从那书生模样的青年掌心传来，他因不曾留意，竟吃了个暗亏，接连退了几步，仍是没有控制住那股劲道，"哎"了一声，一屁股坐到了地上。

韩凤亭在一旁看到呆住，心想这是怎样一回事？卢秋心却在这时用力一拉他："快走！"他这才反应过来，忙跟着卢秋心向前跑。谁想刚迈了一步，卢秋心忽然"啊"的一声，一手捂住了左肩。

韩凤亭吃了一惊，忙问："老师，你怎么了？"却见卢秋心手指缝里都流出黑血来，他吓了一跳："老师，老师！"卢秋心缓缓移开手，在他的左肩上，赫然插了一支飞镖。

在卢韩二人的身后，不知何时竟多了三个人，打头的一个身高体阔，一张红脸，身上挎着一个镖囊，方才的那只毒镖想必正是他打出来的。这人身后的两个人，也都是满脸横肉的彪形大汉。

铁英虽在方才吃了卢秋心一个暗亏，但他的内力很是强盛，这时已经站了起来，看到那红脸汉子，不由冷哼了一声："万人敌，你忒不长进，我在这里和人动手，你倒拿飞镖偷袭，占的好便宜！"

万人敌也哼了一声："铁老英！大王庄明明是我的地盘，你听到风声来这里横插一杠子，又是怎么回事？"

铁英不擅长口舌之争，被万人敌这么一顶，一时也想不到什么话回答，心里却琢磨，这万人敌手下人最多，先前自己逮了个空子来村口处抓人，可是现下却被万人敌发现了，自己可要怎么在他眼皮底下把人带走？

他这边思量，万人敌却也在寻思：韩凤亭身边那个保镖看样子是没什么反击的力量了，可是这铁英却很是扎手，虽然自己这面人多，可是他若硬拼，却也难办，怎么想个主意，令他知难而退呢？

这两方都在思量怎么让对方退却，没想就在这个时候，卢秋心却忽然动了。

他先前和铁英动手的时候吐了血，后来又中了万人敌的毒镖，任谁都以为他这时没了还击的能力。谁想他竟能在这时出手！他虽只有一只手能动，但动作奇快，变招奇诡，所使的招式正是他教授过韩凤亭的小擒拿手，明晃晃指向的便是万人敌身后那两个弟子。韩凤亭在他身后直看得目瞪口呆，卢秋心的这一招，他也学过，也会使，可真没想到由卢秋心使出，竟有这样的威力！

那两个弟子的本事，原就逊于万人敌与铁英，况且又没有丝毫的防备，先后被卢秋心抓住手臂，卢秋心手腕一伸一缩，那两人便捂着胳膊双双惨叫起来，原来是被卢秋心一招卸脱了关节。

卢秋心一招得手，向后便撤，万人敌虽就在他弟子身边，但因为卢秋心的动作太快，不及救助。他不由大怒，向前两步，双拳带风，一个双风贯耳朝着卢秋心打了过去，卢秋心身子向下一滑，躲过这两拳。万人敌更加地恼怒，飞脚又踢，却觉身后一阵炽热，原来卢秋心借着下滑之机，单手拔起了方才被他插在地上的火把，朝着万人敌就刺了过来。万人敌不敢轻忽，只得向一旁躲避。

月色之下，卢秋心手持火把，与万人敌战成一团。

韩凤亭在一旁看得十分紧张，但二人打得激烈，并没有他插手的余地；铁英有心见二人两败俱伤，因此并不曾出手；而万人敌的两个弟子关节双双被卸，想要安上却也不是件易事。然则这些人虽都没有出手，一双双眼睛却都紧紧盯着打斗中的两人。不多一会儿，韩凤亭忽觉面上冰凉，心道难不成是下雨了？用手一抹，却是有鲜血溅到了他的脸上。

“老师！”他惊呼出口，但只在下一刻，打斗中的二人便各自后跃，卢秋心的身上多了两三道伤口，鲜血渗透了衣衫，原来那万人敌的手上带了钢指套。韩凤亭大是愤怒，一时也忘了自己与万人敌的功夫相差甚远，奔着他就要冲过去，谁想万人敌庞大的身体摇晃一下，竟然栽倒在地。

方才打斗之中，他被卢秋心手中的火把戳中胸口，闭过气去。

铁英万没想到被打败的人竟是万人敌，暗自懊悔为何不在方才和万人敌同时出手，便连忙抢步上前，来到卢秋心身后，谁想还没出手，卢秋心便似背后长了眼睛，一指向后戳去，铁英只觉胸口一麻，当即动弹不得。

铁英在心头大叫，这青年到底是什么来头？

韩凤亭见得老师如此了得，连败四人，只觉目眩神移，一时都忘了要走。可眼下的情形并不安全，万人敌不过是一时闭气，很快便可缓解；他的两个弟子关节安上后便能恢复战力；就连铁英虽然被点了穴，可过一段时间，那穴道也是可以自行解开的。更重要的是，就算不考虑眼前的这四个人，万人敌的那一群子弟也还在后面，随时可能追来！

韩凤亭想不到这些，卢秋心心中却是有数的，他明白眼下是难得的时机，带着韩凤亭刚走了几步，忽然有一条人影斜刺里出现，喝道："都别动！"

他单说这一句话，或许不会有人听从，可是他说完这一句话后，就从身上掏出了一把手枪。万人敌恰在这时醒来，一看这个人，不由叫道："是你！"

与此同时，韩凤亭也叫道："是你！"

这个人，赫然便是那一夜前来行刺，后来又被庞冬秀逐走的神枪手白横宇。万人敌晓得此人枪法如神，他有枪在手，己方人又少，还当真不敢动弹。韩凤亭却不然，他虽见过白横宇，可没有听过他的名声，又兼见他轻易被庞冬秀逐走，因此对此人并没有多少惧怕之感。一怒之下，也抽出了手枪，喝道："你给我让开！"

白横宇见他掏出了枪，哈哈大笑："韩少督，你想和我比枪法？"言语里全是嘲弄。话刚说到这儿，他也不回头，忽然抖手就是一枪，众人只见火星子乱蹦，当啷啷一声响之后，一枚飞镖直落到了地上。

原来万人敌乘白横宇说话的时候想要偷袭，但白横宇也是道上行走的人物，先前虽曾被庞冬秀打落过手枪，那是因为庞冬秀人在暗处，他不知情。如今与万人敌正面相对，他自然做了防备，一枪便打落了对方偷袭的飞镖。

这份枪法实是惊世骇俗，在场之人无不震惊。白横宇更是得意，他看着韩凤亭哈哈一笑："那天晚上我没机会开枪，不然你还能好好站在这里？”他今日赶到大王庄，固然是为了那份花红，可也有一个很重要的原因，乃是上次他在韩家一枪未发就被赶了出去，竟没有施展本领的机会。这在白横宇，实在是丢脸之极的一件事情。就为了这份面子，他也要四处打听韩凤亭的消息，一听说他在大王庄，便匆匆赶了过来。

万人敌后退一步，不敢再出手，心里却抱怨自己那些弟子怎的还不过来？白横宇枪法再厉害又如何，他枪里能有几颗子弹？自己这些人一同拥上，耗也耗死他了！

他正想着用什么办法拖住白横宇，可白横宇也想到了这一点，他一转枪口就对准了韩凤亭，可是在这时，卢秋心忽然一把抢过了韩凤亭手里的左轮手枪，众人只听枪声一响，白横宇头上一凉，帽子竟已被打飞出去。

“你敢不敢和我比枪法？”卢秋心沉着脸道。

白横宇一呆，他出道这些时候，还真没人敢和他说这么句话。但方才卢秋心这一枪，已展示出这也是个枪法出众的人。他心里暗想：若在这里与这人对射，倒是让万人敌他们渔翁得利。何况他在枪法上没有遇到过对手，内心深处，实在也很想要一个相当的人较量一番。想到这里，他就道：“有什么不敢，跟我过来！”

他对这附近的地形十分熟悉，左绕右绕，专挑那隐蔽的地方前进，渐渐地竟来到了山里。一开始的时候，卢秋心还能带着韩凤亭前行，可是越到后来，韩凤亭觉得卢秋心加诸在他身上的力道越沉重，掌心也是又湿又凉。他心里诧异，抬头一看，却见卢秋心一张脸白得和纸一样，冷汗滴滴答答从他头上直落下来。

“老师！”

卢秋心温和地笑了一下：“我没事。”

终于，在山里的一块空地上，三人停了下来。白横宇掂着手里的枪，看着卢秋心笑道：“怎么个比法，你划下道来吧。”他素以自己枪法为傲，心道无论对方出什么主意，自己都有必胜的把握。

卢秋心却道："比试不难，可有什么彩头？"

白横宇哎哟一声："看你像个教书匠，倒还懂得彩头，你倒说说，赌什么彩头？"口气中十分不屑。

卢秋心看着他，平淡道："赌命。"

这两个字声音也不算很大，可是其中自有一种斩钉截铁的意思，恰在这时一阵夜风吹过，头顶一只猫头鹰嘎嘎叫着飞了过去，叫人心头一凛。白横宇也被他的语气震慑，心道这个书生竟有这般胆气！但自己是无论如何不能在他面前丢份儿的，便道："赌就赌！你倒说，比什么？"

卢秋心并不回答，只是道："若干年前，有位名讳叫作罗觉蟾的前辈，曾在北京城与人比过枪法。"

白横宇哈了一声："道上用枪的人，谁没听说过这件事？和他比枪的是曾九，据说他们两个是同门师兄弟，都是一等一的用枪高手。"

卢秋心道："正是。他二人第一场比试，打的是静夜里的香火；第二场比试，打的是天上的飞鸟。一静一动，二人平分秋色。而我，"他平静道，"就是罗前辈的弟子。"

白横宇一听大喜："怎么，你是罗觉蟾的徒弟？"原来他对这一次比试中的两个人向往已久，一直想着和他们分个高下。可曾九早死了，罗觉蟾也多年没有音信，这设想自然成了虚妄。如今见到了罗觉蟾的徒弟，可不是大好的一个机会！却听卢秋心又道："可是恩师的枪法，我是万万不及的。"

白横宇一怔，还没等他说话，就听卢秋心续道："所以，比枪的办法，就与老师当年和曾九的第三场比试一样。"他单手持枪，三两下卸掉里面所有子弹，指头一推，又把其中一枚子弹安了回去，随后拇指啪地一转转轮，缓缓将枪对准了自己的太阳穴："每人对着自己开一枪，一直到那枚子弹打出来为止。"

六

卢秋心的师父，当年的神枪手罗觉蟾曾说卢秋心性情沉稳，不似自己。可他也说过另外一段意思截然不同的话："这小子骨子里有种和我一般无二的狠劲儿，平时看不出来，事到临头，他比谁都下得了手。"

稳是卢秋心，狠也是卢秋心。

韩凤亭自然不知道罗觉蟾曾经说过这样一番话，然而此刻他的心思却与罗觉蟾一般无二，老师他、他怎么可以这么狠！

他瞪着卢秋心，这一晚的月亮很亮，他可以清楚地看到卢秋心惨白的脸色，嘴角未干的血痕，还有身上一道道的伤口。他忽然醒悟到，过去在他心里一直堪比武侠小说中那些大英雄的老师，其实只是一个普通人，比他大了不到十岁的普通人，也会受伤，会流血，甚至……有可能会死。

他的心里涌起一股冲动，冲上前去抢卢秋心手中的枪，口中叫道："赌什么，老子陪你姓白的赌！"可他喊得虽凶，那枪抢了两下却没能抢到手里。卢秋心虽然受伤，手却依然坚定，身子依然站得稳，把他向后一推："到后边去。"

两人在这边说话不提，另一边的白横宇，一张脸却变得比卢秋心还白。

白横宇与当年的曾九又不同，曾九在道上混，心狠手黑最要面子；白横宇说到底是个拿钱开枪的杀手，虽然对那些神枪手也有个一较高下的念头，可从根本来说，这是个惜命的主儿。眼看着卢秋心拿枪对着自己的太阳穴，他真就说不出你开一枪我再开一枪这样的话来！

他说不出是他说不出，可另一边卢秋心推开韩凤亭，一扣扳机，对着自己竟已经开了一枪！韩凤亭只觉自己呼吸也跟着一滞，差一点就喘不过气来。幸而那一枪之后，卢秋心安然无恙。他把枪向白横宇一递："该你了。"

白横宇一张白透了的脸又红了起来，他瞪着那柄枪，就仿佛那不是枪而是一块火炭，那一瞬间他脑子里转过了许多念头，他想到了自己在北京城里新买的宅子，银行里的存款，胡同里相好的姑娘，这些东西都是自己好不容易才弄到手的，要是自己不明不白地死在这里，那可什么都白费了。

可是卢秋心已经开了一枪！自己要是不接，那可就是认输了！难不成真把这条命给他？不成，说什么也不成！他的脸白了又红，红了又白，忽然间把手一缩，叫道："老子不比了。"说完转身就跑，那身影活像一只被惊吓到的兔子，不一会儿便消失在月色之下。

卢秋心松了一口气，把枪还给韩凤亭，交代道："我的枪法确不如他，走了也好。你把枪收好……"刚说到这里，他身子忽然摇晃两下，眼见着就要摔倒。韩凤亭大惊失色，他立即想到了万人敌偷袭卢秋心的那只毒镖，心说莫不是上面的毒药发作了？这可如何是好？

倘若这事发生在韩少督平日所看的武侠小说里，此刻要么有神医前来搭救，要么有红颜知己送药上门。可惜小说与实际并不相干，眼下卢秋心身边只有一个韩凤亭，一不会裹伤，二不曾带药，他扶着卢秋心坐到地上之后，挓挲着两只手，全不知自己能做些什么。

可是卢秋心的情形眼看着危急，韩凤亭灵机一动，想到了武侠小说中那些人中毒之后，都有吸毒的说法，便赶快依法炮制，连吸了七八口，觉得自己口中发麻，脑子发晕，心说按小说里所写，那些吸毒的人也会中毒，自己多半没救了，就道："老师，等我死了，你去问李副官找到我爹和大哥没有，在我坟前告诉我一声……”

“你坟前？”卢秋心的声音诧异中带着好笑，“怎么就说到你坟前了？”

韩凤亭见卢秋心醒了，越发相信这吸毒的法子果然有效：“我刚才吸了毒，老师你能醒好极了，我知道我要死了……”

卢秋心沉默了一会儿，最终他开口道：“那支镖虽然有毒，并不剧烈，初时那些毒血已经流尽了。”

“啊？”韩凤亭呆掉，“那我嘴里发麻……”

“大抵是你方才用力太大。”

“我脑子发晕……”

“刚才跑了那么久，现下停下来，有些晕也是正常。”

“可老师你醒了……”

这次卢秋心没说话，被韩凤亭刚才那么一折腾，不醒才怪。他坐直身体，先问韩凤亭有无受伤，随后才一一检查自己身上的伤口。

其实，卢秋心身上最重的伤是先前与铁英对掌时受的内伤，他的内力原本不及铁英，吐血之后又强行汇集全力出手，经脉伤损十分严重；而左肩中了万人敌一镖后又打斗半晌，损伤也是不轻。比较之下，后来那几处伤口虽然看着狰狞，其实倒要轻微得多。

他休息了一会儿，又撕下衣襟自行包扎。韩凤亭就在一边看着他，直等卢秋心一切完毕，才小心翼翼地问道：“老师，我有一句话想问你。”

“说吧。”

“你……为什么救我？”

“你叫我什么？”卢秋心反问道。

韩凤亭心说老师这句话真是奇哉怪也，便道：“我叫你老师啊。”

“对了。”卢秋心道，“你叫我一声老师，我便不能看着我的学生死在我面前。”

韩凤亭跌坐在地，心头巨震。

在一片纷繁复杂的情绪之后，闪过他脑子的，却是数月前闲聊时，卢秋心给他讲过的一个故事。一个有名的什么什么人，肚子很大，这人就问别人，我这肚子里是什么啊。有人说是一肚子文章，也有人说是一肚子本事，可他最宠爱的一个女人却说，您哪，这肚子里是一肚子的不合时宜。

不合时宜，对了，就是这个词。

韩凤亭一直佩服自己这个老师，这不光是因为卢秋心有本事，有学问，他总觉得自己这位老师身上有点不同寻常的东西，是他老师和别人不一样的，但他却说不出来是什么的。

可是现在他想出来了，就是这个，不合时宜。

要不是卢秋心身上这一点不合时宜，他韩凤亭现下根本不能好端端坐在这里。

有师如此，然而反观自己呢？白横宇来行刺时是庞冬秀救了他；来大王庄避难是李副官出的主意；到这里之后是齐四喜一个女子四下里张罗；而在遇到敌人的时候，他全然束手无策，要是没有卢秋心，他怕不是已经死了一百回！当日里，卢秋心与他争执，曾问过他一句：“若有一天，韩凤亭不再是韩少督，又当如何？”在他初次被行刺那晚，脑子里也转过这句话。可直到此时此地，他方才清楚明了地晓得了这问题的答案。

韩凤亭若不是韩少督，那他便什么都不是。

——什么都不是！

他的胸口剧烈起伏着，呼吸也急促起来，在这后有追兵，前方亦不知生路何处的生死关头，他终于看明白了自己。

就在他思绪起伏的时候，卢秋心忽然一拉他：“过来。”

“什么？”韩凤亭还没有反应过来，卢秋心道：“有人来了。”

他虽受了伤，动作却要比韩凤亭迅速得多，两人向前走了一段，可巧前方有个小小的山洞，虽然不大，可洞口恰有树枝掩映，从外面便不易看出来。

两人躲进这山洞未过多久，就听到外面有轻巧的脚步声音走近。韩凤亭想着："老师真是厉害，这般轻的脚步也能听到。"又觉那脚步声在附近绕了一圈，似乎并未发现这里的山洞，又远去了。

听他声音不见了，韩凤亭便问道："这又是谁？"

卢秋心面色一变："别开口！"

韩凤亭还不明所以，一个声音就在山洞外响起，距离之近仿佛就在头顶一样，那声音里似乎还带了点笑意。原来那人只是佯装离开，韩凤亭一出声，自然被他判断出了方位。

"韩少督，卢先生？"说着，那人轻轻跺了下脚，听那声音他穿的似乎还是双皮鞋，韩凤亭正想着这声音有点耳熟，卢秋心却叹了口气："周幻。"

那人便笑了："我和卢先生之间，还真有缘分。"

这时韩凤亭也想起来了，他心说那时庞冬秀提过找自己麻烦的人里面还有个什么西洋高手，该不会就是这家伙吧。

卢秋心情知此人极重金钱，心黑手狠，又饶富心计，实在不想在眼下这个状况下与他对上。然而不想归不想，周幻此时也已经追来了。卢秋心凝神想着对策，忽然闻到一阵烟草的香气，他抬头一看，山洞的缝隙里蹿进一缕细细的烟雾，原来周幻竟然在外面抽起了香烟。

卢秋心心念一动，他慢慢开口："周幻，你的出身，应该不错吧。"

周幻此番来到这里，自然是为了韩凤亭那赏格来的。卢秋心若说些什么与韩少督相关的话，他都不意外，可万没想到卢秋心竟然问了这么一句。他手一抖，一截烟灰就掉了下来，道："为何这般说？"

卢秋心平静地道："我看你的举止言谈，是受过相当教育的人。甚至，你还留过学。这在一般的家庭，是绝做不到的。”

周幻忽然沉默了下来，他外表玩世不恭，又素来不动声色，可是这一刻他眼中的神色变幻，半晌才回答了卢秋心的问题：“是啊，你倒没说错，过去在法兰西住过一年多的时间，现在——”他狠狠抽了一口烟：“我都记不得法兰西是什么样子了。”

卢秋心叹了一口气，周幻的手指上有薄茧，要不是从小握笔，留不下这样的印记。他的武功灵活多变，可是内功并不扎实，较之卢秋心也略逊一筹，这说明他多半是成年之后才学的功夫。而那催眠的本领若非在国外，只怕也难学得。因此卢秋心这样一说，竟然样样猜中。

卢秋心道：“你既有这样的出身，又何必这般在乎钱财？”

周幻呵呵地笑了起来，他手指着山洞里面：“这样的出身？出身又能如何？韩少督可不就是个最好的例子。往昔威风，如今却比丧家犬还要不如！”

要是平日里的韩凤亭听到这话，必然要大大批驳一番，可是现在他竟觉周幻说得很对，只默默咬紧了牙关。周幻把手中的烟蒂一甩，道：“一遭落魄，便是万劫不复。”他笑了一笑：“卢先生，这种滋味，只怕你是不懂的。”

卢秋心平静道：“也不见得。”

这句话听得韩凤亭一怔，他对卢秋心的家世并不了解，如今一看，似乎卢秋心少时也曾有过什么经历。欲待细问，又不是时机。周幻却哈哈笑起来：“卢先生，险些被你骗了！你不是这样喜欢闲谈的人，如今和我说这说那，难道是为了拖延时间？”

韩凤亭心里咯噔一下，卢秋心并不好诈术，如今竟要拖延时间，可见他的状况实在是很不好了。刚想到这里，忽然卢秋心身子一沉，整个人都倒到了他身上，他大惊，这山洞里黑漆漆的，也看不清个究竟，忙叫道：“老师，老师！”连叫了两声都没有反应，他想到之前卢秋心惨白的脸色，害怕起来："老师，你可别死！"声音里都带了哭音。

周幻在外面听得真切，韩风亭声音里的惊惶恐惧做不了假，而卢秋心一倒，剩下一个韩风亭可说是不足为患。他伸手拨开洞口处的树枝，大踏步走了进来。

然而就在他走进山洞的一刹那，一只冰冷的手忽然闪电一样探出来，一把擒住了他的咽喉，他全无防备，直到要害被制，才反应过来："上当了！"

他前番在山洞前踟蹰不进，就是因为卢秋心的真实功夫原在他之上，手中又有枪，即便受了伤也不能小觑。没想到，到底还是让人摆了一道。

咽喉上的力道越来越重，周幻只觉眼前金星乱冒，胸口处仿佛压了一块巨石，他觉得自己已经无法呼吸，昏沉沉的脑子里闪现出一个念头，莫非今天我竟要死在这里？

就在这时，咽喉上的重压一瞬间忽然消失，卢秋心的声音在一片黑暗中传来："周幻，我不想杀人，你走吧。"

他跌跌撞撞地从地上爬起来就往外跑，咽喉上指痕宛然，他明白，自己刚才真是逃了一条命出来。

然而，周幻并不知道，就在他的身影消失在黑暗中之后，卢秋心几乎在同时也倒在了山洞中，这次并非取诈，而是不折不扣的晕倒。

七

卢秋心再次醒来的时候，只觉光线刺眼。他撑着地坐起来，原来天已经亮了。韩风亭坐在他身边，看他醒了险些蹦起来："老师你醒了？”

卢秋心苦笑着点点头，半晕半睡了一晚，他的伤势虽不能因此改善，多少也添了些气力。而韩凤亭一双眼却熬得通红，仿佛一夜都没睡的样子。卢秋心叹了口气：“他们悬赏的是你，你怎么没走？”

韩凤亭怒道：“我要是走了，还算个人吗？”

卢秋心笑了笑，扶着洞壁站了起来：“现在可不好走了。”他拨开洞口的树枝走了出来，韩凤亭没明白他的意思，也向外张望。

他看到外面有很多很多的人，从远方逐渐走近。

打头的一个是万人敌，身后跟着关节已被接上的两个徒弟，他的那群徒子徒孙紧跟在后面；东边是铁英，虽然孤身一个，气势却不在那一群人之下；神枪手白横宇远远地从西边缀了过来，他手里有枪，离得远一点倒没关系。

对了，还有一个神出鬼没的周幻，虽然他昨夜走了，但这个人是不会放着这样大一块肉从嘴边溜走的。

事到临头，韩凤亭反而冷静下来，而在他身边，他的老师也一样地冷静。

卢秋心挺直了身体，长长吸了一口气：“若有机会，你就走吧。”他说：“这一次，我未必护得住你了。”

他上前了一步，也只一步，脑后忽然一阵钝痛，就这么晕了过去。

在他身后，韩凤亭拿着那柄左轮手枪，方才他就是用这把枪的枪柄对准卢秋心来了一下子。换在平常，就算十个韩凤亭也未必能打中他。但眼下卢秋心身负重伤，对他的弟子也全无提防，竟然当真着了道。

在最前面的万人敌看到了这一幕，他心里纳闷这是怎么回事儿，内讧了？正想着，就看见韩凤亭调转枪身，枪口对准了自己的脑袋。

“你们不就是想要这个吗？”他大声喊道，“成！一人做事一人当，这条命，今天我就撂这儿了！”

那把左轮手枪里，还有昨晚卢秋心留下的一颗子弹，他是没有专门练过射击，可对着自己脑袋开一枪，再怎么样，也不会脱靶的。

他的手指碰到了扳机，那一瞬间他想到了很多人，受了伤的父亲，没消息的大哥，去山东找他们的李副官，跟在自己身边的那些护兵，甚至还有在家里等着卢秋心的蝶影，那天自己一时心血来潮救下的齐四喜……

当然，还有卢秋心。

凭什么要老师为我拼命？了不起今天我把这条命拼掉！

然而，若能有一次再来的机会，我不会如今日一样，除了韩少督之外，什么都不是……

就在他手指扣动扳机的那一刻，忽然有一块飞石自天外飞来，正砸中他的手腕。韩凤亭手一抖，这一枪就不曾射出来，随即有一个不知什么物什被丢到他与万人敌等人之间，一阵阵烟雾散发出来，遮蔽住了众人的视线。紧接着，有两道人影一跃而入，乘着众人慌乱的时候，一个带着韩凤亭，一个背起了卢秋心，离开了包围圈。

卢秋心醒来的时候，发觉自己躺在乡间的大炕上，周遭布置得却十分清洁。面前又是一阵阳光刺眼，他也不晓得现在究竟是什么时候，想伸手遮一遮眼睛，没想到身上全无力气，手抬到一半又落了下去。但这么一动，倒是惊动了炕边的另一个人，正是韩凤亭：“老师，你醒了？”

这句话也和韩凤亭先前说的话一般无二，可不同的是，他说完这一句话，忽然就放声大哭起来。

卢秋心素来好洁，韩凤亭这一哭，眼泪鼻涕都擦到他衣袖上，他皱了皱眉：“发生了什么事情？”心里忽然想道，难不成是自己这个弟子得到了他父兄的噩耗？

就在这时，有一个青年走了进来：“放心，没什么大事，只是你一天多没有醒来，韩少督以为他那一枪柄砸死了你，因此担心到现在。”说着笑了起来，声音爽朗，却是岳剑尘。

卢秋心又惊又喜，原来岳剑尘重伤以后，终有好转，卢秋心再去探望时，却听说他去了外地养伤，已然良久未见。没想到今天竟然在此再度相逢。他忙问道：“岳兄，你怎么在这里？”

岳剑尘笑道：“我前些时不是受了伤吗？后来秀姐知道，就带我来乡下休养，一直住在现在。昨天早晨，也是秀姐用家传的迷烟救了你们，我不过是在一边协助。”

卢秋心道：“是庞姑娘？”他想到那个朴素丰秀，曾于清凉夜色下与自己畅谈的女子，心头深深一动，然而在岳剑尘的面前，他很快收敛了这种情绪，道：“这如何敢当，也要多谢岳兄。”

岳剑尘笑道：“卢兄你就不必和我客气了，我们是什么交情？秀姐那里，她说是欠你的人情，要单那位韩少督一个，她可就不救了。”他见韩风亭的脸色有些尴尬，就笑着拍拍后者的肩：“我原是开玩笑的，你不要介意，韩少督你为了救卢兄宁可自杀，我是很佩服的。”

卢秋心并不知道韩风亭后来所做之事，听到这里把脸一板：“自杀？这是怎么回事？”

韩风亭忙溜了出去。

他们现在所住的地方，是大王庄附近的另外一个村庄。韩风亭先前担心自己害了卢秋心，一直都守在屋内，并不曾留意外面的人事，如今出来一看，天高云淡，风清日朗，原来这乡间的景致也自有一番惬意之处。

他正想得出神，忽然有一个清脆的声音从他身后传来：“韩少督！”

韩风亭吓了一跳，回头一看，一个秀媚的女郎正站在他身后，手里拿着一个草编的蚂蚱，却是齐四喜。他因后来遇到卢秋心，又遇到许多性命攸关的事情，几乎都忘了这女子和马成鞍。他奇道："你怎么也在这里？"

齐四喜听了这话，大为不满，把手里的蚂蚱一扔，指着自己的鼻尖说："要不是我啊，你韩少督的命可就没了！"

"什么？"

"我那晚跑出来，后来撞上冬秀姐，她才能来救你们的。哦，你还想问那个马成鞍是不是？"她一撇嘴，"别提了，就是他出卖的你。我清清楚楚地看到他刚从库房里出来，就被万人敌的手下抓到，人家还没怎么着他呢，他自己一五一十全招了；我一看不好，只好找个地方先藏起来，第二天逃到邻庄的时候就遇到了冬秀姐，我虽没见过她，却听李副官说过她很有本事，还救过你，好容易才说动她出手的。"

"哦……"

说不吃惊也不尽然。然而经历了这些事情之后，马成鞍的背叛却已变得没那么重要了。而齐四喜的话后面有些不尽属实，譬如庞冬秀出手不是被她说动，而是为了救卢秋心。但这话，他也不想辩驳了。

韩凤亭没说什么，齐四喜却很不满意："怎的，我帮了你这样大一个忙，连个谢字都没有？"经过了这一件事情，她对韩凤亭的态度似乎也随便了很多。

韩凤亭一想：自己确实应该道个谢，要是没她遇到庞冬秀，自己那一枪早就开下去了，便道："谢谢你了。"

韩少督这样同人道谢大抵也是有生以来头一遭，齐四喜却不满意，她咬了一会儿嘴唇，终于下定决心道："韩少督，我跟你交一句实话，我不在乎你现在被人追杀，咱们两个，现在也算共患难过了。我愿意把自己托付给你，你怎么看？"

韩凤亭惊讶地张大嘴。他先前对齐四喜并没有什么特别的感触，但这一路至今，对她自然也是有感激的。可是说到更深一层的关系，他却没有想过。他摇了摇头，道：“我没想过这个。”见齐四喜还要说话，他便道：“我想好了，等老师的伤稳定下来，我打算去山东找我爹和大哥。”

齐四喜惊叫起来：“山东正打着仗，可乱得很！”真要去了那边，可不见得比留在北京城里被人追杀安全。韩凤亭却道：“这事不能让李副官一个人扛着。”他的声音不大，却十分坚定，显是已经下定了决心。又道：“要是我能回来，我就打算去找老师，跟他好好学一学做人。”

“做人？”齐四喜越听越是纳闷，“做人还用学？”

“对。”韩凤亭点了点头。

我得学学，怎么做韩凤亭。

这想法好则好矣，然而韩凤亭细一寻思，忽又发现有不妥的地方。诚然卢秋心这次前来救他，但那毕竟是生死关头，与旁时不同。之前自己大大惹恼了卢秋心，那卢秋心到底还愿不愿意日后继续教他？

患得患失之下，他也忘了之前卢秋心在众人面前说自己是他老师了，过了一晚，等到卢秋心的情形稳定下来，便过去问这件事。

他进屋的时候，庞冬秀恰也在里面，坐在一边正和卢秋心说着什么。韩凤亭站在门口看了一会儿，心想照这样看，倒看不出庞冬秀是有这样大本事的一个女子，转念又一想，单看表面，也看不出老师是有功夫的，二人倒是很般配。

正胡思乱想着，庞冬秀已看到了他，起身道：“你们师徒说一会儿话。”便出去了。

韩凤亭便走进来，琢磨着这话该怎么说，卢秋心却先开口问他：“你之后打算怎么办？”

被卢秋心这样一问，韩凤亭索性也就直说：“我想先去山东，回来之后，要是老师你还认我这个学生，我就和你好好学。”

卢秋心点了点头：“那毕竟是你的血缘亲人，去也是正理。我怎么会因为这个而不认你？”

韩凤亭道：“我不是说这个……”他的头低了下来：“那砚台我日后赔老师一个……”再一想不对，蝶影曾说那砚台是卢家家传的东西，就再买一个一模一样的，似乎也不能弥补。却听卢秋心道：“砚台不过是死物，你能从头学起，我很是欣慰。”

韩凤亭诧异地抬起头：“你不在乎那个？不在乎的话你怎么就走了？”

卢秋心奇道：“我去哪里？”

韩凤亭声音提高：“你不是一气就走了？连个消息都没留下，我只当你不认我这个学生了！”

卢秋心更加奇怪：“什么一气就走了，我有同乡重病，他在北京城里只有我一个熟识的人，因此我去帮忙，后来他不幸过世，我又帮他料理后事，等等。”他忽然醒悟过来什么：“我拜托陈燕客打电话给你，他竟没和你说？”

“没人和我说啊！”韩凤亭叫了起来。闹了半天，这不过是一场误会，卢秋心不过是有事才离开，那自己自怨自艾了这些天，到底所为何来？心里不免埋怨起来。他却不知，那几日陈燕客偏也生了一场病，人不在报馆，也忘记了打这个电话，因此才造成这一番误会。

然而，得知卢秋心并未打算离开，他心头总是欣慰的，又问：“老师，那晚你怎么赶到的？”

卢秋心苦笑：“我那位同乡便葬在京郊，我安置好他的后事，在乡间闲走时听万人敌的徒弟提到你的名字，这才知道京中发生了这样的大事，一路赶来，幸而未晚。”

原来如此，原来如此。

庞冬秀和岳剑尘也都知道了韩凤亭准备去山东的事情，庞冬秀没说什么，岳剑尘倒笑着说要为他践行，还在晚上特别买了肉回来。韩凤亭心中有些感动，这在平时，别说一块肉，就是满汉全席摆在他面前，吃不吃也得看韩少督心情。可现在他明白了，什么叫作锦上添花易，雪中送炭难。

岳剑尘把肉从包着的报纸里拿出来，笑道："这我可不会料理了，还得去麻烦秀姐。"说着拎着肉往外面走，半躺着的卢秋心却忽然坐起来，叫过一旁的韩凤亭："你毕竟也和我学了一段时间，这一段新闻，你能读下来吗？"

韩凤亭便拿着那张满是油花的报纸，一看日期，是昨天的，大抵是那卖肉的乡下人不知从哪里得来的，也就随便拿来包肉，他辨认了一下标题，忽然怔住了。

他还不能把每一个字都认得一清二楚，却也读懂了大概的意思。

"韩督军先前诈败……父子合谋……大胜……"

字他认识，可一瞬间他忽然不能理解其中的意思。

他茫茫然抬起头，卢秋心半躺半坐看着他，一双眼睛很是柔和；岳剑尘在厨房里和庞冬秀讨论着晚上要做些什么为他送行；齐四喜在院子里，和这家的住户说着话，眉飞色舞的样子。

一切似乎很熟悉，一切似乎又很陌生；一切似乎都没有变，一切似乎都已经改变。

翻云覆雨手，生死一念间。

篇五
舞阳

一

晚风微扬，残夏将尽。

韩凤亭与卢秋心经历了之前那一番生死搏杀，戏剧般因为韩督军的战胜得以扭转乾坤。韩凤亭、卢秋心以及齐四喜一同回京，关键时刻帮了他们一把的庞冬秀与岳剑尘依然留在乡间。而背叛了韩凤亭的马成鞍则逃得无影无踪，韩凤亭挂念着卢秋心的伤势，并未大肆追捕。

历经了这一遭风波，韩凤亭颇受感动，下定决心不再做个纨绔子弟，又想卢秋心为自己这个学生不顾性命，自己却对这位师长并无多少了解，便在一日午后问道："老师，我倒没问过你，你家乡在哪里？卢秋心是你的本名吗？"

卢秋心道："我家乡在苏州，我的原名，本是一个'酬'字，秋心二字是我取谐音拆字而成，是我的一个笔名。"说着手指蘸了茶水，在桌上分别写了这几个字。

韩凤亭这些时日在卢秋心的指导下，已经颇识了些字，点点头道："原来是这样几个字。"又看向卢秋心，满眼热切："老师，那天你和白横宇比枪法时说，教你枪法的师父……是罗觉蟾啊？"

卢秋心笑了一笑，道："当年在香港，我有幸与老师结识，同他学习了几年。"

韩凤亭瞪大双眼："你真和他学过？快讲讲，罗觉蟾真人是怎么一个样子？是和那说书里的一般吗？老师你是怎么认识他的？哎哟！我有这样一个太师父，可真是太威风了！"

卢秋心听他问话，也不由勾起回忆，笑道："老师教导我许多，但其实老师他自己，功夫很是平常。"

韩凤亭吃惊道："什么！他功夫既然平常，你为啥又认他当老师？"

卢秋心缓缓道："我与老师相识，也算是一桩机缘，这其中，又牵涉另一个重要的人。说起来，这也是多年前的事了——"

民国初年，香港，维多利亚港。

一个十五六岁的少年立于岸边。他穿一身白色长衫，脚边放了一只藤箱，正聚精会神看着面前的港口。

是时，维多利亚港乃是香港甚至世界极著名的港口之一，此处水域广阔，水底并无淤泥，又兼四面环山，正是一个天然的优良港口。此时少年眼前的水面上停靠着许多大大小小的船只。更远一些的地方，有一艘白色的庞然大物傲然独立于众船之外，船身超于其他船只数倍，乃是英国海军的添马舰。这少年来自内地，虽然家乡也是水乡，却从未见过这般巨物，良久方才收回目光，随后不由惊叫一声："我的箱子！"

不知何时，放在他脚边的那只藤箱已经无影无踪。少年大惊，那藤箱中除却银钱衣物外，更有一样重要物什，是他这次来港的一个关键，若是丢失，如何得了？他连忙四处探看，却不见踪影，少年此时也知是遇了贼，忙问身边一个闲汉："劳驾，你可看到刚才是什么人拿走了我的藤箱？"那闲汉把他的手一摔："你做咩呀？"说罢便甩着手走了。

少年愕然，他虽未听懂那闲汉的意思，可也大体晓得是对方不愿多管。他又问了数个人，均不得要领，问到最后一个老人时，那老人说了长长的一串话，态度虽然还算和蔼，少年却不解其意，就在这时，一只手从后面拍了一下他的肩头："你找你的箱子？我知道！"

这声音又尖又厉，虽然也带些当地口音，却是少年可以听得懂的，他忙转过身："你知道？是在哪里？"

说话那人赫然也是个少年，比他小了一两岁，生得又黑又瘦，一双眼睛奇大无比，又向外鼓出，倒很像青蛙的样子。他笑道："我姓田，他们都叫我作田鸡，你是外地来的吧？我刚才看到一个小偷拎了你的藤箱，好像就是朝那个方向去了。"说着一指。

少年一听，提脚就追。谁想追了一段路，前方却出现了岔路口，他正茫然处，那田鸡赶了上来，指着自己的鼻子道："这一段的路，没有比我更熟的，我要是帮你指路，一定能追上那个人。"

少年便道："那便烦请你指路。"

田鸡只笑嘻嘻地不动，少年又催了一遍，他伸手圈了个洋钱的样子，少年又是好气又是好笑，道："我的钱都在那藤箱里，找到了便给你。"田鸡皱了眉头，方道："好吧，就这样说定。"说着健步如飞地向前奔去，少年倒要小跑着才能跟上。

这般又跑了一段，田鸡一指前面："就在这里！"

那是一所十分破旧的房子，看上去似乎并无人居住，少年心下存疑："这里？"

田鸡忙道："就系呢度啦！"他一急，也忘了那少年能不能听懂，喘了口气又道：“我认识那小偷，他没有钱的，就是住在这里！”说着拽着那少年就往里走。

那房子里面又黑又破，窗户都用木条横七竖八地挡着，少年睁大眼睛，正要分辨其中情形，忽觉一把沙子竟从里面扬了出来！

黑暗之中，只听“哎哟”一声，房中原先埋伏的两个人冲出，朝着那发出声音的人便是几拳，又道：“把你衣服脱下来，钱拿出来，我们就不打你！”

“我没钱！”被打之人大怒。埋伏的一个人也怒道：“看你穿的那样好衣衫，还说没钱！”说着上手就去扒衣服，扒了两下却觉触手很是粗糙，并不似先前自窗口看到那等丝绸的样子，另一个埋伏的人早已发现不对：“是田鸡！”

三人忙忙地都冲出来，那被打的人赫然正是田鸡，此时他脸上青肿了两块，好不狼狈。他大怒道：“阿虎、良子，你们都瞎了眼啦！”

埋伏两人一个又高又壮，正是那阿虎，他抱怨道：“谁晓得打的是你？你带来那人呢？”

比田鸡还要瘦小的良子眼尖：“他在那儿！”他声音尖细，两人顺着他的目光看过去，却见那少年正站在门外。原来他起先见田鸡强拉他进房时便有怀疑，那一把沙子扬过来的时候，他往后一躲，反把田鸡向前推去。阿虎与良子不知根底，便把田鸡揍了一顿。

田鸡气得一蹦三尺高：“你够胆！暗算我！”

那少年皱了皱眉：“明明是你欺瞒在先，我问你，我那只藤箱是不是你们拿走的？”

田鸡哪里理他，一挥手道：“阿虎、良子，上！”

这三个少年一并冲了过去，那阿虎力气极大，一拳打过，虎虎生风；田鸡敏捷灵活，出手更快；良子虽然最是瘦小，但间或使个暗算，也令人难以防备。若换了旁人在此，也就遭了他们的道儿。幸而这少年幼时曾学过一套形意拳，身手较之一般少年矫健许多，他把袖子一挽，手臂一屈一伸，肘与膝合，一击而出。阿虎力气虽大，却有些笨拙，当先被他击中，哎哟一声，少年随即便出一脚，虎子不及躲闪，恰被他踢中膝弯，摔了个结结实实。少年脚下一个迂回，一手护于心前，另一拳向田鸡击去，田鸡忙向旁闪，谁想那少年这一式乃是虚招，他护在心前那只手一握为拳，迅速击出，田鸡被他打得一歪，摔倒在地。

此时便只剩下一个良子，他原本力小，又不及田鸡灵敏，那少年一拳击来，他竟忘了躲避，少年拳风已至他面前，良子额发被吹得散开，少年却忽然停下，看着他的喉间道："原来你是女孩子，我不打你。"便收回拳头。

良子脸涨得通红，一时说不出话来。阿虎歪歪斜斜地从地上爬起来，大声说："田鸡，这个咱们打不过啊！"

田鸡直咬牙，可是经过方才的交手，他也知道凭自己这几个人，是拿不下那少年的，便指着少年道："我们还有个兄弟，今儿是他没在这里，要在，准打得你满地找牙！"

这不过是圆面子的说法，阿虎挠一挠头："你是说小云南？他打架虽狠，可我也不晓得他是不是这小子的对手啊！"

这话良子听了都叹，田鸡更是怒道："有你这么给兄弟拆台的吗？"

那少年到底还年少，听了这话，扑哧一声也笑了出来，随即问："我那只藤箱，是不是你们拿走的？"

田鸡叫道："谁拿你那只破箱子，快滚，别等我兄弟过来！"

少年看他们的模样，心道那只藤箱大抵真不是他们拿走的，正想着该去哪里寻觅。忽然有一个人匆匆跑过来，一眼看到良子，一把抓住她道："你怎么还在外面，你妈拉肚子，快要死了！"

良子大吃一惊，也不顾那少年，忙和阿虎、田鸡一起奔了出去。

她家便住在附近，那住处之破，比起方才那间无人居住的破屋，倒也不遑多让。只是毕竟是两个女子住的地方，窗前还摆了一盆不知从哪里捡来的石榴树，此时那树上结了拳头大的石榴，红艳似火，却越发显得这屋中破旧得凄凉。

良子的母亲便躺在屋中的一张木床上，一张脸青白得吓人，约是泻得太多，屋中的气味格外难闻。田鸡几人也不嫌弃，都凑了上去，一看都是害怕。田鸡忙掏口袋，却只有几个铜子，阿虎也是如此。这点钱别说看病，就是鸡蛋仔也买不了几只。良子眼泪便掉下来："早晨起来还好好的，这是得罪了哪一路的神仙？"

床边还守着一个人，也是十四五岁的年纪，一头黑发，一张白脸，一双眼像两把刀子，偏又透出一股俊秀。他见三人身上都没有钱，咬牙道："我原当你们总能做成笔生意，罢了！"说着向外就走。

田鸡一把拉住他："小云南，你去哪儿？"

小云南道："你别管。"

田鸡却不放手，看着他道："你是不是要去蒋老邦那里借？他家的钱，好借不好还的！"

小云南道："了不起我将来剁只手还给他，总不成看玖姨死在这里。"刚说到这里，床上的玖姨一声呻吟，挣扎着又要起身，只是泻得久了，哪里还挣得动。良子忙去扶她，低声道："娘，我扶你去。"

小云南看到玖姨如此，甩开田鸡的手就往外走，田鸡拦不住，高声叫道："阿虎，你是呆子？快拉住他！"

阿虎的反应最为迟钝，先前还挓挲着两手不知该做些什么，听到田鸡这样说，忙拦住小云南。小云南眼神一拧，从口袋里掏出一把刀子，朝着阿虎便剁。阿虎吃了一惊，忙向旁闪，谁想他躲得慢了，那刀子极利，已刮到他皮肤，鲜红的血哗啦啦流下来，阿虎吓得哇哇大叫。

就在这一团混乱之时，外面传来一个声音："你们不要慌，我有办法。”

田鸡正没好气，怒道：“是哪个鬼头鬼脑地在外面？”

“卢酬。”那人居然报了名字，随即负手走了进来，只见他一身白色长衫，年纪比屋里这些人也大不得多少，正是方才那少年。

二

这屋中几人因都关注玖姨，竟无人留意卢酬一路跟了过来，良子一抹眼泪道：“我们没拿你的箱子，求求你，走行不行？”

小云南压着嗓子道：“良子，你不该说这个求字！”

卢酬却好似没有看到他们的争端一般，把背在身后的手向外一伸，掌心中现出两个鲜红的石榴。良子诧异道：“你这人，摘我家的石榴做什么？”

卢酬却正色道：“我从前读过医书，石榴皮煲水，可以止泻，你们不妨一试。”

田鸡一双大眼骨碌碌乱转：“谁晓得你说的是不是真的。”良子却有决断，把石榴一接：“我去料理。”留下几个男孩面面相觑。

过不多时，玖姨已服下这份“药”，谁想却有奇效，她腹中骨碌碌一阵乱响，竟未再泻。但人毕竟是虚弱极了，只仰躺在床上，出气多，进气少。卢酬看了便向良子道：“我看令堂的模样，只怕还有其他症候，需得去医院检查。”

良子道：“话是这样说，哪里有钱呢？”

卢酬手一翻，掌心中现出一块大洋来，其时香港男子做一日苦工也不过几角钱，这一块钱确是不少的数目了。他道：“可惜我大部分银钱都在那只藤箱里，只余这一块钱，你们便拿去吧。”又道：“我坐船来时，听说这里有一家中华慈善医院，遇到贫苦人可以减免费用的，你们也可打听一二。”

这时既已解了燃眉之急，几人也就有心思细想，田鸡皱着眉头道：“这样说来，我仿佛也听说过，那时我只不信，哪有这等好事……”话没说完，小云南、阿虎、良子三人同时一推他，异口同声道：“知道你不早说！”

田鸡大叫起来：“我这不是说了吗？”

小云南又给了他一肘子：“说得太晚！”

卢酬忍着笑：“既然知道，咱们就快走吧。”

既有了钱，几人便雇了车，把玖姨送到那家慈善医院，医院的人见他们家境如此，认为很可怜悯，便免除了医药费用。只是玖姨已有了痢疾的症状，却是非得住院不可了。

良子留在医院里陪护，其他的几个人不好都留在里面，也便走了出来。小云南皱了眉头，问田鸡：“那个姓卢的，是什么来头？”

田鸡咳嗽起来，他却不好意思说自己暗算人家不成，反被打趴下的事情，小云南瞥了他一眼：“阿虎，你说。”

阿虎的个性较为憨厚，可没有田鸡那么多弯弯绕，便把之前的事情说了一遍，小云南沉吟道：“这么说来，那个卢酬倒是一个难得的好人了。”

田鸡一撇嘴：“谁晓得他身上还有多少钱？”

小云南道：“你说这个话，若良子在就要骂你。先不说他出主意救了玖姨，他和你们又不认识，能拿这一块钱，就不容易。”

其实田鸡心里也是佩服卢酬的，只因为在他手里栽过一次，嘴里便不肯承认，道：“他若能把自己身上钱都拿出来，我就认他当个大哥。这一块钱，可不算什么事。”

小云南嘲笑道：“你是香港总督？认你当兄弟好威风吗？”

两人正在拌嘴，卢酬神不知鬼不觉又出现在他们面前，手里拿着一小沓钱，道：“那位玖姨身体太虚弱，虽然医院免了药钱，总还要补一补身体，这些钱你们拿去吧。”

小云南其实也在琢磨这个事，卢酬这一出手，又解了他们一个大大的难题，心中实是感谢至极，一抬眼却见卢酬身上穿的不是先前那件白色的丝绸长衫，而是一件布衣，心里一个激灵：“你把衣服当了？”

卢酬笑而不答。

田鸡在旁边看了，心中触动不已，他们几个今天去打劫卢酬，主要就是为了他身上那件看上去很值钱的长衫，没想到卢酬竟然主动奉上。正想着，却见小云南也不客气，把那沓钱抓在手里：“你够意思，我不和你假客气，你这个兄弟，我交下了！”说着不客气地一踹田鸡的膝盖：“你刚才说什么来着？”

田鸡哎哟一声，就坡下驴，向地上一跪：“大哥。”

卢酬忙去扶他：“可不敢当。”

卢酬身上无钱也无行李，自不能去住旅馆，小云南索性把他带到自己几个人住的地方。原来他与田鸡、阿虎三个就住在良子家的旁边，那房子也是旁人丢弃不要的，破烂得可以。卢酬也不介意，自寻了把瘸了腿的椅子坐下。

小云南向卢酬介绍道：“田鸡是当地人，他父亲原来是个泥瓦匠，现下父母都没了；阿虎原是佛山的，家里种地，后来遭了火，家人没了，他流落到了这里。”最后指指自己，“我是被师父从云南带过来的。师父，”他顿了一顿，“师父也没了。”

卢酬一听，就明白了，原来这三个都是孤儿，聚在一起也不过是讨生活的意思。小云南又说：“这房子原本没人住，我们搬到这里，恰好和良子家做了邻居，玖姨那人很好，常常照顾我们。”田鸡却在一边挤眉弄眼道：“良子可了不起，她爹是住在半山区的呢。”

卢酬吃了一惊：“什么？”原来半山区住的大都是欧洲人，再不便是极富裕的华人，良子的父亲若有能力在半山区买宅子，良子和她母亲怎么又会住在这里？

田鸡大咧咧地道："你不知道，玖姨是良子她爹的小老婆，良子她爹生病死了，她们俩就被大老婆赶出来了……"话没说完，小云南一拳打到他头上："你说什么呢！"

田鸡捂着头："我也是怕他不知道，万一问到良子她爹……"小云南又是一拳："闭嘴！"

田鸡捂着嘴不敢说话了，小云南便问卢酬："我听说你丢了一只箱子，那里面可是有很重要的东西？"

卢酬见他问得诚恳，便道："实不相瞒，那只藤箱里除却银钱、衣物之外，还有一封信。"

"信？"

"对。"卢酬叹了口气，"我家原在苏州，因父亲去世，家道中落，虽有上进之心，却无求学之门。后来家父生前一位友人告诉我说他有一位朋友，家资豪富，又喜资助求学少年，便为我写了一封推荐信，要我去香港投奔于他。"

小云南皱了眉头问道："那人叫什么名字，住在什么地方？你还记不记得？"

卢酬道："家父那位友人并未将名字告知于我，只说按照那地址前去，把信交给主人即可。地址我记下了，是九龙湾十三号别墅。只是素昧平生，若没有这封信，贸然上前只怕他也不肯信我。"

小云南皱了眉："那里可都是有钱人住的地方。"又道："找到箱子之前，你先住在这里吧。"

卢酬笑道："那就多谢了。"

到了晚上，小云南带着几个人去街边吃面，清汤里下了幼面，又加了鱼蛋、牛丸、猪皮和萝卜，四个少年吃得热火朝天。吃完了，小云南又要了一份打包带走，加的却是牛腩汤，道：“这个送去给良子吃。”

阿虎问：“那玖姨呢？”

小云南说：“玖姨只怕吃不来这个，我去买个滑蛋粥给她。你们两个和我送饭去，卢酬，你今天刚来香港，先回去休息吧。”

田鸡和阿虎随着小云南朝医院的方向走，阿虎没想那么多，田鸡心思却细，道：“去送个饭，也不必咱们三个都去吧？”

小云南沉着脸：“待会儿咱们去把卢酬的那只箱子弄回来。”

田鸡吃了一惊：“这……”

小云南看他一眼：“你心里明白，在维多利亚港那里拎包的，不是阿四便是阿武。”

田鸡急道：“我不是说这个，阿四和阿武都是蒋老邦的手下人，咱们去惹他？”

小云南还没说话，阿虎却先声气地开口：“我觉得咱们应该去。”看田鸡瞪他，阿虎又道：“欠了那样一个大人情，我心里也不乐意。”

田鸡怒道：“只有你们是英雄好汉？小云南，蒋老邦本就想找你麻烦，你还主动去惹他！”

小云南也不理他，径直往前走：“先去医院，然后咱们分头去找阿四阿武。”

田鸡跺脚，还想着说些什么打消小云南的念头，忽然间小云南停下脚步：“那是不是阿武？”

几个少年顺着他说的方向一看，见到个三十多岁的瘦小男子，一双手笼在袖子里，正是维多利亚港的惯偷阿武无疑。

田鸡低声说：“看他走那个地方有点熟啊……啊！我知道了，他是要去赌！”

阿武闷头向前走的地方，正是一家地下赌坊，小云南向田鸡阿虎使了个眼色："跟上他！"

阿武并未发现身后已跟上了三条尾巴，他好容易有了两个钱，便又去自己熟悉的消遣之地，谁想今天的手气大大不妙，不过三五把，那点钱已经输得一干二净。他骂了几声，嘟嘟囔囔地走了。

此时天色已有些黑了，到一个僻静无人角落时，阿武忽觉脚下一绊，扑通一声便摔了下去，他还没骂出声，忽然一把沙子扬了过来，紧跟着一个沉重物体就坐到了他的身上。他大怒，谁想这时太阳穴上一冷，一把小刀子已抵了上去。一个低哑声音道："你动一动，立刻就扎进去！"

阿武不过是个小偷，并不是那种打打杀杀的人，小刀子一抵，当即便怕了："不动，我不动……咦，你是小云南？"

都是在这里混的人，谁又不认识谁啊。绊人和扬沙子的是田鸡，坐在他身上的是阿虎，掏刀子的自然就是小云南。阿武怒道："你们想干什么？"

小云南声音冷冷："不干什么，今天在维多利亚港，你有没有拎走一只藤箱？"

阿武刚说一句"关你什么事"，小云南手里的刀子一动，阿武头上立刻就见了血，长长一道血痕直滑到他眼睛里，阿武立即便怂了："是，是我！"

小云南几个听了很高兴，没想到一抓便抓到了正主，小云南就道："那箱子是我一个兄弟的，你拿回来，我不收拾你！"

阿武苦着脸："那箱子不在我这里。"

小云南一怔："什么？"

阿武道："你们也知道谁是我老大，蒋老邦的规矩，我们拎来的东西，统一都交给他，他每天发我们几块钱，那箱子，我打都没打开过呢。"

这下却有些难办，蒋老邦是这里十分有势力的一个人，难道要去他家抢东西不成？小云南转着念头，手下的小刀子却没有放松：“你一定有办法，要是没有办法，我就一刀子扎进去！”

这委实有些胡搅蛮缠，只是小云南刀子一动，阿武却也当真害怕，他也听说过这个小子年纪虽小，可是天不怕地不怕，什么狠手都敢下。这样一想，便大声道：“我有办法！”

“什么办法？”小云南刀子还是没有松。阿武忙道：“我们拿来的这些东西，也不是直接都送到蒋老邦家的。不大值钱的，都先堆到这边的一座房子里，那地址是……”就低声说了出来。

小云南点了点头：“好。”向田鸡使了个眼色，田鸡会意，伸手拽下阿武的裤腰带，把人结结实实地捆了起来，小云南割下一块衣襟把他的嘴堵住：“咱们走。”这里白天都少有人来，也不用担心阿武会被人放走。

田鸡叹口气：“走吧走吧。”他虽然一开始还想着打消小云南的念头，可也知道自己这个兄弟认准了一件事，九头牛也拉不回来，那也只好跟着一起了。谁想小云南却道：“走什么，还没给玖姨送饭呢。”

几人到了医院时，玖姨已经睡着了，良子轻声道：“这医院的人好得很，晚上还给了我们饭食吃。”小云南便把那份牛腩面和滑蛋粥都塞到她手里：“留着当夜宵。”又拿了几块钱给她：“他们虽是做慈善的，也不能总指着他们给。这些钱你留着用。”

良子吃了一惊：“哪里来的钱？”

小云南就把卢酬当衣服的事情告诉给她，又道：“他丢的那只箱子里有重要的东西，我打算帮他弄回来。”

良子问：“你怎么弄回来？”田鸡在一边想插嘴，被小云南一个眼色拦回去：“没事，你不用管。”

三人又在医院逗留了一会儿，也就离开了。他们按照阿武所说的地址，来到一所民居前面，这里外表看着也没什么特别，只门口坐着两个汉子，身材都很魁梧。田鸡低声道：“这可怎么办？先不说打过打不过的事情，咱们在这儿一打，一定招来人。”

小云南也不说话，绕着墙走了一圈，看到一个狗洞，他们虽是少年，却也钻不过去。他皱一皱眉：“帮我看着点。”说着活动一下身体，身上的骨骼嘎巴作响，不消片刻，竟然缩成小小一团，轻而易举便钻了进去。

这十四五岁的少年，竟然会这等传说中缩骨的本事！

小云南进到院子里。这里面并没有人，一间屋子用铁锁锁上，窗上也安了铁栏。小云南向里面看去，只见衣衫什物堆了满地。忽然他眼前一亮，那窗下可不正是一只藤箱！

这铁栏之间的缝隙委实很窄，用缩骨功也不易进去的。小云南看到院子角落里竖着几根甘蔗，心念一动，拿了一根出来，从怀里掏了个铁钩安在甘蔗头上，把甘蔗伸进去一钩两钓，不一会儿便钩住那只藤箱，他手腕一用劲儿，没费什么事就把箱子顺着窗户弄了出来。小云南把铁钩一收，甘蔗一丢，抱着藤箱就往外走。

到了墙角处，田鸡早已凑在狗洞那里，隔着墙问：“到手没有？”

小云南低声道：“弄到了！”

田鸡十分欢喜：“还是你这个功夫灵！”

小云南却不乐意：“我就不爱用这个，除了当小偷有什么用？”

田鸡知道他脾气特异，忙道：“得了得了，快过来！”

没想这狗洞很窄，小云南能过来，那藤箱却过不来。耳听着周遭似乎有声音传来。田鸡也忘了可以先把藤箱里的东西拿出来，忙道：“快扔过来！”

那墙很高，小云南忙退两步，一个助跑把箱子用力一抛，田鸡和阿虎两人都仰着头接。谁想两人都要接，反而撞到一起。那藤箱则摔到地上，发出好大声响。

这样一来，自然惊动了门前那两个汉子，二人对视一眼，都朝这边走过来。小云南施展缩骨功已然不及，便道："你们拿了箱子快走！"

田鸡和阿虎两个异口同声地道："不成！"

小云南道："你们两个，怎么打得了他们两个！"阿虎虽然高壮，毕竟只是个少年，田鸡更不必提。就在这时，外面忽然传来个熟悉带笑的声音："不是两个，是三个。"

"卢酬？"小云南怔住了。

三

小云南实在没明白卢酬怎么会在这个时候赶过来，耳听得一墙之隔，对面打得噼里啪啦，心下着急。他忽然一拍头，暗道自己傻了，进来时钻洞为着怕惊动人，如今都打起来了，走门不就成了！

想到这里，他忙跑到门外，见五个人正打成一团。其中卢酬独对一人，田鸡和阿虎则和另一个人打在一起。卢酬一套形意拳一板一眼，面对一个成年人，竟占了上风。阿虎和田鸡这一伙却要差些，不过是仗着阿虎身体壮些，才勉强维持个不败而已。

小云南看罢，往前一冲，一拳冲着卢酬对手那汉子打去。

这是他心里有计较，卢酬虽然占了上风，毕竟是个少年，真要把对方打败，可也不是一时半会儿的事情。阿虎和田鸡那一伙也是如此，虽然胜不了，可一个生得壮，一个又灵活，对方想把他们两个一起打倒却也不易。既如此，倒不如自己先帮卢酬打倒一个，腾出人手来四个打一个，不怕打不跑他。

这样想着，他握起拳头，一拳就朝卢酬对面那人咽喉打去。

他虽还是个少年，这一拳打得却很毒辣。那人不得不向旁一闪，心道谁家小子这般刁钻？一见是小云南，不由道：“衰仔，果然是你！”小云南不理他的话，又是一拳照样奔着他的咽喉过去。

卢酬这一路形意拳，乃是十分正统的内家拳法，直行直进，身正步稳，所谓“迈步如行犁，落脚如生根”。据说形意拳乃是南宋时岳飞岳元帅所创，就可见这套拳法的大气沉着。卢酬幼年体弱，学这套拳法乃是为了强身健体，所请的师父功夫虽然不高，却也是一个正统传人。可小云南这么一出手，真好像草鱼群里裹了条黑鱼进来，那人只觉头疼之极，又打了两个回合，被小云南一脚踹中脚踝，扑通一声摔倒在地。他心知在这两个少年面前讨不了好处，丢了两句狠话，拔腿便跑。

和阿虎田鸡对打那人一看自己的同伴先跑了，很是恼怒。他却是很有些气性的，自觉若是被几个少年围攻落荒而逃，颇没面子，怎样也要先打倒一个。因此双拳如暴风骤雨一般打了下来，阿虎不防，已挨了两拳，哎哟叫出声来。

田鸡见势不好，欲待上前，可也知道自己人小力微，于事无补。眼睛一转瞄到了方才小云南丢出的那只藤箱，抄起来劈头盖脸照着那人就砸了下去。

“去死吧！”

只听扑通一声，那人被藤箱砸得摔倒在地，可田鸡用力太大，藤箱被他一摔，箱盖竟被砸开，里面的衣衫什物落了一地，更有一封信随着衣物一并落了下来。说来也巧，偏有一阵风过，书信轻飘，被风一吹，悠悠地飞了起来。

“信！”正赶过来的卢酬失声叫道。

他这么一喊，田鸡等人都反应过来，一时间也不打了，追着那封信就跑了过去，偏巧那阵风极大，信被吹得极高。小云南跑得最快，用尽全身之力向上一蹿，只觉手指已触到了一个纸边，心中一喜，忙向下够，口中叫道："拿到了！"

几人大喜，都凑过来，卢酬忙接过信："多谢，多谢！多……"

他忽然觉得这信好像有点不对。再一看，封口开了。

原来香港的天气十分潮湿，封口不知何时已开，小云南那一抓，抓住的是信封，信纸却从里面飞了出去。几人发现时已晚，那信纸早不知被风卷到哪里去了。

小云南一怔，一下子眼睛都红了："我……"他说不出话来，自觉十分对不起卢酬，转身就走，卢酬一把拉住他："你去哪儿？"

小云南道："我对不住你！我……"他竟想不出一个补偿的办法。卢酬却道："哪里对不住？你甘冒危险帮我找回藤箱，这已是义气的作为。信纸被吹走乃是天意，哪是人力所能影响的？"田鸡忙也上来道："都是我砸那一箱子惹的事，你看卢大哥都没说我什么，你也别气啦！"几人打了这一场架，他对卢酬好感倍增，这一声"卢大哥"叫得十分顺口。

阿虎不会说话，学着田鸡也向小云南道："你别气啦。"

卢酬笑道："就是，来，帮我把箱子里的东西收拾一下。"

他是有意这般说，果然小云南听到有事需他们帮忙，也就回来把箱子里的东西一一都找了回来。剩下的那个汉子被田鸡一箱子砸晕在地，他们也不管了。

小云南这才有时间问道："你怎么来的？"

卢酬笑道："我在晚上放心不下，又去看了看玖姨。"

小云南疑惑道："那也不对，我没告诉良子他们……田鸡！"他忽然暴叫起来，田鸡吓一跳，随即嬉皮笑脸地往卢酬身后躲，小云南一把揪他出来："我们在医院的时候，你和良子嘀咕了一会儿，是不是你告诉良子这事的！"

田鸡被他一揪，哇哇大叫起来："良子是自己人，她问我，我就说了，有什么了不得的！”

小云南怒道：“你还有理了！”又要动手，卢酬忙拦住，笑道，“是我执意问良子知不知道你们去哪里的，不干别人的事。”

小云南把手一松，悻悻地道：“多嘴！”又问卢酬，“你打算怎么办？”

卢酬道：“不管怎么样，我既然来了香港，总不能试也不试就回苏州，明天我打算去一次九龙湾。”又道：“我虽然找回了箱子，可天晚了，还是得麻烦你们收留我。”

小云南舒展了眉头：“这算什么，小事一桩，走吧。”

小小窄窄的一条街上，四个少年肩并着肩，一起向前走去，街边偶尔还能看到挑着食担的小贩，担上红红的一团火，带着点跳跃的希望。

又转了一个弯，卢酬和小云南走在前面，阿虎和田鸡落后了一点，田鸡忽然想到了什么，神神秘秘地凑到阿虎耳边说：“你说，卢大哥做什么晚上又去医院，会不会是他对良子……有点什么意思？”

阿虎不明白：“什么意思？”

田鸡一拍腿：“什么意思你还不知道，就是……那个意思呗！当然，卢大哥人是挺好，可那么一来，小云南怎么办啊？”

阿虎奇怪道：“我怎么听不懂你说的是什么？良子不是咱们兄弟吗？”

田鸡气道：“和你说不明白！”恰在这时，小云南转过身来：“说什么呢？这么慢？”

田鸡吓一跳，不敢多说，赶快连跑带颠地跟了上去。

一夜过后，第二天一早，卢酬从藤箱里找出一套齐整的衣衫换上，准备去九龙湾。小云南道：“你对这里不熟，我带你去吧。”又对田鸡和阿虎道：“白天记得再去看看玖姨。”

田鸡答应一声："好咧！"

两人一起向九龙湾的方向走去，一路上，卢酬便问小云南："我听他们都叫你小云南，倒不知你本名叫什么？"

小云南道："我姓凌。"神情有些不自然："当初师父给我起了个大名，叫凌舞阳，我听着文绉绉的，不是我们这样人叫的。"

卢酬听了一怔，须知当年燕国有个秦舞阳，十二岁杀人，后来跟着荆轲一同去行刺秦王嬴政，是一位大有名气的刺客。小云南的师父拿"舞阳"两字给他取名，是有什么用意吗？他忍不住就问："那你的师父，又是怎样一个人？"

小云南道："我也不瞒你，我的师父，原是一个刀客。"

"刀客？"

小云南便解释给卢酬，原来云南地处边远，便有一等人以刀为生，为人卖命的有，取人性命的也有。只是近代火器盛行，刀客这碗饭吃得也就越发不易。小云南的师父正是最后一代刀客，为了讨生活流落到了香港。

小云南拔出身上那把小刀子："我师父在我十岁上就死了，只留下这把刀给我。"卢酬见那把刀外表十分粗陋，可刀身却十分锋利，日光下一泓清水一般，不由赞了句："好刀！"

卢酬又想到之前见到小云南动手，较之阿虎田鸡等人更有一份狠毒的意思，想必是幼时耳濡目染之故，只这话却不好说。他又问："那你们几个，平时就以……这个为生？"这里他说得含糊，其实当日他被阿虎几个打劫，就想到这几人走的必不是正路。

小云南却很敏感："你嫌弃我们干这些不入流的事儿？"

卢酬忙道："并不是嫌弃，只是我觉得这不是长久之路。"

小云南冷笑道："不然有什么办法——阿虎和我今年十五，田鸡良子十四，出去做工都没有人要。玖姨三天两头生病，没钱，怎么办？"

卢酬斟酌着道："我不懂这些，可是总可以做些小买卖什么的吧，本钱……"

在他提到小买卖的时候，小云南的眼神亮了一下，但随即便嘲笑道："你难道刚拿到了箱子，又想做好人？你这钱我可不拿，你自己落脚的地方还没敲定，先管自己吧！"

卢酬已看出他的个性是很坚决的，这时就不再多说。走一段，两人已经到了九龙湾，小云南便向卢酬指点道："这里，这里一段，都是填海做成的。"卢酬看了地面上的铁路、油库等，不觉惊叹："古人都说沧海桑田，可如今沧海桑田之间的转换，竟是如此容易，真是叹为观止。"

两人走走说说，不时便到了那信封上所说的地址。此处乃是一个别墅区，通常只有富裕华商才住在这里。面前一座别墅灰瓦白墙，建造清雅，依稀有江南水乡的品格，门前一棵高高大大的影树，火红花朵开了一天一地，轰轰烈烈，又迥非江南所有，自有一番独特的韵味。

到这里时，小云南便退到一旁，任卢酬怎样说也不肯上前。卢酬整理一下长衫，清一清嗓子，这才上前叩门，过不多会儿，有个仆人开门出来，卢酬脸先是一红，随即道："我是贺有道先生推荐来的，想拜见这里的主人。"

他心中其实担忧，譬如那仆人问他要推荐信件之类，自己又当如何答复。谁知那仆人并未与他核实，只道："我家主人重病，现在是不见客的。"说罢"砰"的一声，便把门关上。

卢酬"啊"了一声，可那仆人手脚很快，他竟不及拦阻，他又觉得主人家病重，自己实不该上前打扰的，也就默默退了回去。

小云南原本站在一旁，见他退回奇道："这样快就说定了？"

卢酬道："不是，主人家病重。"

小云南一听，二话不说，拉着卢酬便走，却不是离开这里，他绕着那别墅转来转去，打量围墙的眼神很是不对，卢酬奇道："你做什么？"

小云南："找个地方，要么翻墙，要么钻洞，咱们进去。"

卢酬吃了一惊："这不好吧！"

小云南道："你知道那个人是真病假病？再说，就算他病得很重了，说几句话的力气总有吧！万一他病上个一年半载，你有那个钱等他出来？"他见卢酬还在犹豫，又冷笑道："再说，说不定是那些用人胡说八道。我跟你讲，往往那些大人物态度还好，这些小人仗着手里那一点点的权力，偏要难为人，这情形也是有的！阎王好见，小鬼难缠！你懂不懂！"一边说，一边拉着卢酬就走。

两人走了两圈，小云南就盯上了一个地方，这里墙外也有一棵影树，和墙头相隔不远，小云南挽一挽袖子，三两下就爬了上去。他又招呼卢酬："你愣着干什么，快上来！"

卢酬无奈，也只好爬了上来。两人从树枝蹿上了墙头，又从墙头上蹦了下来，卢酬对此道不熟，落地声音不小，好在似乎并没有人听到。

两人东张西望一番，卢酬毕竟是旧家子弟出身，打量了一会儿："我觉得……那边该是主人住的地方？"

"那就去。"小云南带头就向前走。

这里很是安静，房门虚掩着，露出一道缝隙，卢酬悄悄上前，隐约见到里面酸枝木榻的一角，他正想细看，忽听里面有个懒洋洋的声音传来："别看啦，进来吧！"

四

卢酬的脸瞬间臊了个通红。他从小到大，还没干过这样的事情。这个时候小云南反倒比他大方，拉着卢酬推门便走了进去。

这间屋子很是宽敞，里面布置得大方雅致，两侧都开了窗，凉风习习，透着外面的绿荫，自然就有一种心旷神怡的感觉。卢酬打眼一看，不由惊讶，原来四周多宝格上的陈设不凡，一件件皆是有来历有说法的。单看这一屋子摆设，便可见主人的身家不菲。

而窗下的酸枝木榻上，斜倚着一个人。

这人三十多岁年纪，眉眼细致，一脸的病容，连嘴唇都透着苍白，他手里拿着个珍珠底套绿料的鼻烟壶把玩，那份病容也没遮住眼角挑出的风流浪荡。小云南看了不免心生怀疑，卢酬说此人“家资豪富，又喜资助求学少年”。这人的模样，前半句是套上了，后半句可委实不像。

卢酬却未多想，他上前诚诚恳恳地行了个礼：“这位先生，我们翻墙来访，实在对不住。小子卢酬，苏州人氏，原是一位贺有道先生……”说到这里，他又说不下去，毕竟自己的目的，是要人家拿钱出来，资助他读书的，若有信在，还算好办，可如今自己怎么好当面说出让人家拿钱的事情呢？

小云南在一旁看不下去，道：“他是读书的人，这些话说不出口，我替他说了吧。我这兄弟家里穷了，他老子有个叫贺有道的朋友认识你，请你帮他在香港读书，原有一封推荐信，被我弄丢了。可我兄弟人很好，绝不会骗人，我可以担保这件事是真的。这翻墙进来也是我的主意，他哪懂这个呢。”

卢酬忙道：“不是这样，原是我的主意，丢失信件也是我的疏忽。我这位兄弟不过是来帮忙的。”

那人便笑了，看着小云南道：“你可以担保？你叫什么名字？”

小云南道：“我叫凌舞阳，他们都叫我小云南，你去外面问一问，我不是那信口开河的人。”

那人上下打量了他们俩几眼：“虽然翻墙进来，也算是我的客人。”便扯了旁边一根铃绳——这却又是西洋人的习惯了，吩咐道：“拿点心和汤水来。”

不一会儿用人端上点心，卢酬一看，却觉熟悉，原来这点心乃是苏州的酥糖细点。苏州点心天下闻名，他拈一块酥糖在口，一时竟有思乡之感，再看随着点心送上来的并非茶水，而是一碗汤，不免诧异。小云南低声道：“他们这里就讲究煲些汤水，你喝，没事的。”

那人笑道：“这是我最近喝的汤水，你们两个也喝一碗。”看卢酬端起了碗，又带些诡异地一笑：“这个，是蝎子汤。”

小云南自然是不在乎这个的，他流浪期间什么没吃过。卢酬心中却踌躇，只是他想到长者赐不可辞的道理，也就端肃着面孔喝了下去，谁想入口鲜甜，竟是难得的美味。

那人喝着汤水，咬着酥糖，和两人谈谈说说。他极擅言辞，不一会儿，别说卢酬的事情被他问了个底儿掉，就小云南的身世经历也被他探了七七八八。然后他把嘴一抹，笑着看卢、凌二人：“你们知道我是谁吗？”

卢酬脸又是一红：“贺家叔父未曾言，因此不知。”

那人便笑道：“我叫罗觉蟾。”

卢酬便行礼道：“罗先生。”

罗觉蟾优哉游哉地丢了一块酥糖在口中，慢慢吃了，卢酬小云南两人都等着他说话，却见他又拈了块松子糖，“嘎嘣”嚼了。小云南直看得头上青筋乱蹦。

好容易这松子糖也吃完，他悠悠地道：“卢家贤侄——”卢酬心一紧，只等他说话，这罗觉蟾偏又先咳嗽，方才道，“卢家贤侄啊。”

卢酬恭恭敬敬道：“罗先生请讲。”

罗觉蟾道：“我不认识贺有道。”

卢酬道：“是……什么！”

你压根儿就不认识贺有道你在这里说什么？小云南已叫起来：“你耍人呢！”卢酬没小云南那样冲动，可也呆在当场，一时不知作何反应。

罗觉蟾一拉铃绳，唤来用人：“送客。”偏在二人离开的时候又补了一句：“过三天，你们再来一次。”

两人就这么给送了出来，小云南余怒未歇：“这什么人啊！”又向卢酬道：“三天后你还来？我看这人全不正经。”

卢酬这时已从错愕中醒来，想了一想道：“我看他住处布置，并不是没有见识的人，何必专程寻我开心？我想他这样说，一定还是有用意的。”

小云南摆摆手：“随你。要是有需要我的地方，你再来找我。”

卢酬笑道：“这是什么意思，莫非我便不能继续住下了？”

小云南惊讶：“你手里已有钱了，还愿意住我们那样的破地方？”

卢酬笑道：“在罗先生面前，你还叫我一声兄弟，可是不愿意收留我？”他年纪虽轻，却很是稳重，骤然开了个玩笑，小云南倒怔了一怔，他低头想了一会儿：“你非留到我那儿——你是担心昨晚的事，蒋老邦会来找我麻烦？”

没想到小云南思路这般敏捷，他一口道破，卢酬也顿了一下，方才道：“是。”

小云南闷头走了一会儿：“不关你的事，我应付得来。”

卢酬诚恳道：“多一个人多一分力量。”

小云南抬头看他，终于慢慢笑道：“好。”

自卢酬识得小云南以来，从未见他笑过，直至此时一笑，他眼中那种刀锋般的锐利才缓和下来，有了几分少年人的稚气。

时已近午，两人买了些鱼蛋、鸡蛋仔之类的小吃边走边吃，这在卢酬之前的教育，是绝不可能的，可如今这般做来，倒也很觉畅快。

他便问小云南：“你们说的那个蒋老邦，到底是怎样一个人？”

小云南道：“他在这里很有些势力，手下也有百十号人，我听说他在许多地方都有大买卖，和官面上的人也都认识。”

卢酬点点头，又问小云南：“我听田鸡说，他原就想找你麻烦？”

小云南道：“不是。”他犹豫一下：“他一个手下人曾经找过我，说，蒋老邦想找我给他做事。”

卢酬吃了一惊：“你答应了吗？”

小云南摇头说：“没有。田鸡便是怕我拒绝了蒋老邦，他会找我麻烦。”

卢酬松了一口气：“还好没有。我虽不认识他，可他手下既然有小偷，又收揽赃物，想必不是一个正派人。”

小云南“嗯”了一声，随后自言自语道：“不过，他那里倒是来钱快的。”

卢酬坚持道：“那也不好。我想，你总要找一条出路才是。”

这是他第二次提出日后出路的事情，纯白的阳光从水洗般的天空中直射下来，卢酬的额头上沁出一颗颗晶莹的汗珠，映得这少年的面庞温和而真挚。小云南的目光盯在他面上一瞬，把眼神转过去，道：“其实，我倒是想开个小店。”

没等到卢酬回答，他就紧接着道：“你觉得我挺没大志向的是不是？”他说这话时，面上是一派若无其事的态度，可是目光却很急切，显出他心底是很害怕卢酬答出一个“是”字的。

卢酬奇道：“怎么会？我觉得你这想法很好，什么事，总要脚踏实地从头做起，你愿意踏踏实实凭自己的力气赚一碗饭吃，我高兴还来不及呢！”

小云南听他口气真挚，乃是发自内心，便也高兴起来：“当年我和师父一路漂泊的时候，看到路边常有一种杂货店，人在里面卖货，不惧风吹日晒，心里就十分羡慕。我想，我若能有这样一家店，田鸡可以招揽客人，阿虎力气大，就帮忙送货；良子学过算数，替我们管账就很好。”

卢酬笑道：“那我呢？”

小云南看他一眼：“你是念书的，哪会做事啊。到时那店的招牌，我也就勉为其难请你写一写吧。”

卢酬哈哈笑起来：“那就这样说定了。”

两人一路说说笑笑，回到家中的时候，阿虎和田鸡并没有回来，他们是常在外面混的，小云南并没有在意，可直到晚饭时间都过了，这两人还没有回来。卢酬有些担心：“难不成是医院那里有什么事情耽搁了？”

小云南道：“真有事，田鸡总该叫阿虎回来说一声。”心里却也有些嘀咕。

又等了好一会儿，还是不见两人的人影，这次小云南也有些焦急，对卢酬道：“我出去转转。”

他还没动作，门忽然被推开，杂乱的脚步声从外面传过来，还夹杂着田鸡口齿不清的道谢：“多谢你啦，真是够意思！”

小云南皱了眉头，只见阿虎和田鸡两人脸色通红地走了进来，显是吃过酒的，后面还跟着个中年男子，干瘦干瘦的，一脸的精明相，手里摇着把白纸扇。这人可不寻常，他是蒋老邦手下最得力的一个人，虽不能打，却是蒋老邦的军师，据说是从北京城过来的，名叫南相与。

南相与一进来，就朝着小云南拱了拱手，笑道：“凌老弟！”

他年纪比小云南大了一倍多，说的又是一口柔和的北京话，听上去便十分地客气尊重。田鸡笑道：“小云南，晚上这位南大哥请我们吃的酒，好阔气！”

小云南一见南相与，第一反应就是蒋老邦就箱子的事情要找自己麻烦。可听田鸡这么一说，又觉得不对。他眉头皱得更深，又想莫非蒋老邦是为了招揽自己？可先前来说话的也不过是个寻常的手下人，这次却是他的军师亲自前来，又请阿虎田鸡吃饭，这是有什么特别的用意不成？却听南相与半句不提昨晚之事，只笑道："凌老弟，我有一件好事，想请你来。"

"好事？"

"是好事。"南相与笑容可掬，"蒋大哥有意在九龙寨城里开一个拳市，这第一次嘛，先开他三晚，第一晚计有十六个拳手上场，比八场，胜的八个人有一百块拿；剩下的八个拳手第二晚比试，胜的四个人，就有二百块拿；第三晚时，可就是最后这四个人之间较高低啦，能拿第一的，拿的就是五百块！"

几人听了都瞪大眼睛，田鸡阿虎虽和南相与吃了一顿酒，却没听他说起这些事情，田鸡忍不住道："真有这些钱拿？"

南相与笑道："这个自然，蒋大哥早就听说过凌老弟的名字，如今有这拳市，自然要派我来告诉凌老弟一声，可不是个赚钱的好机会？"

卢酬忽然插口问道："你们这拳市，难道官方可以准许吗？"

南相与大笑："先不说蒋大哥人头广，没人敢管他，就九龙寨城，那也是个三不管的地方，谁敢来找麻烦？"

卢酬道："那也不对，你们这拳市，难道都是少年人参加吗？"

南相与笑道："自然不是。"

卢酬脸上变色："那不行！"阿虎和田鸡也都怔了，他们先前听到有钱拿，皆是开心，可这时一想，小云南要是真去拳市，那他的对手不但是成年人，多半还是些赫赫有名的打手，岂非十分危险？

南相与摇一摇扇子："常言道富贵险中求，不这样，怎样有大银钱赚？这可是千载难逢的好机会，错过了以后哪那么容易找钱？"

卢酬却不松口："要是好事，你为何先请阿虎田鸡他们吃饭，做这些拉拢的事情？是了，平常的打斗不算什么，舞阳这样年纪小偏和成年人打的，才能吸引人吧，你们这是拿他的命做赌！”

南相与没想到这个少年想得这般深，原来小云南一伙人昨晚的事情报到蒋老邦那里，蒋老邦原是大怒，偏巧这时那十六个拳手中有一个得了痢疾，无法上场。南相与灵机一动，向蒋老邦提出让小云南上台的建议。一来补上缺口；二来，试想一个少年与一个成人台上相斗，甚或侥幸赢了，那是何等的噱头？蒋老邦一听有理，索性派他前来，为的就是一定要把小云南弄进拳市。

他正想着应对的话儿，小云南却开口问道：“这台上许用兵器吗？”

南相与一听有门，忙笑道：“当然不许，况且一方要是认输，也不许再打的，怎能真就拿命开玩笑呢。”

小云南道：“那好，我便去。什么时候开始？”

南相与很是高兴：“明天晚上，到时我派人来接凌老弟。”又问：“明儿上台要用一个威风些的名字，凌老弟，‘小云南’这称呼可不够气派，你再想一个。”

小云南并不犹豫：“刀子。”

南相与一怔，心说这也不算十分威风，然而月色之下，他忽见小云南一双眸子锐若刀锋，忽然竟有些怯意，笑道：“也好，也好。”

南相与离开之后，阿虎田鸡都围拢过来，他们这时酒也醒了，想着南相与说的话，虽然觉得钱财动人心，可又觉得这钱实在不是好拿的，都担心起来。小云南倒不在乎，挥一挥手：“围着我干吗？睡觉睡觉。”

卢酬却上前道：“你真的要去打那个拳市？”

小云南道：“去又怎样？”

卢酬道：“你是拿你的命去赌！为了那些钱，值得吗？”

小云南也不抬眼：“我觉得值得。”

卢酬毕竟年少，尚有意气，此时恨不得用力摇晃他两下，他怒道：“命只有一条！”

小云南的声音却比他还大：“能挣这些钱的路我也只看到这一条！”他看到卢酬想说话，便道：“别提什么你又要拿钱给我的话，我已经拿过了你的钱，不能一辈子都拿兄弟的钱！”

卢酬气得很了，可他毕竟是束发读诗书的人，这时说不出什么难听话来，只指着小云南道：“你明天上台，日后不要后悔！”

小云南冷笑道：“我明天不上台，才要一辈子后悔！”

二人就这么针尖对麦芒地吵了起来，说到后来，也不知哪一个先控制不住，竟然便动了手。这屋子里的东西本就破烂不堪，不过十几招，一张桌子被卢酬一脚踢得稀烂。田鸡乘机扑上，一把抱住卢酬的腿：“卢大哥，别打，别打了！再打下去，咱们都没得住了！”

卢酬愕然，这才反应过来自己方才都做了些什么，他素来稳重，此时很有些悔意。小云南也住了手，一摔门径直走了。阿虎担心他，也跟了出去。

卢酬颓然坐到地上：“我……真是抱歉。”

田鸡也在他身边坐下：“没事，明天再捡一张桌子回来就是。只是卢大哥啊，小云南愿意去打拳，我开始也担心。可后来一想，就是我没他打架厉害，不然，我也去了。”

卢酬一怔：“你……”

“你和我们不一样。你看，你就是落魄了，还能穿这样好的衣衫，又能来香港是不是？我们不成的，没能投个好胎，这辈子就是在泥里打滚，像这样，就是上等的发达机会了。”

他深吸一口气，抱着头躺到地上：“我也悔呀，怎么没能投个好人家呢？”

卢酬半晌说不出话来，过了一会儿方道：“我教你认字。”

他这句话来得忽然，可田鸡居然就明白了他的意思：“没用的，卢大哥，我谢谢你，我听说香港大学的学生，读完书一个月有几十块好拿，也是好出路。可像我这样的，”他指指自己鼻子：“不是这个命。”说罢，他起身出门，也去寻小云南了。

十六岁的卢酬孤身一人坐在泥地上，凄清的月光洒了他一身一地，他第一次出门，第一次人在异乡。

也是第一次，他觉得自己这般无能为力。

的确，卢酬不能决定任何事。在第二天晚上，蒋老邦果然派人前来，只是这次便不是南相与，而是一个普通的手下，要带小云南去九龙寨城。

阿虎和田鸡也想跟着进场。按说，小云南既上场打拳，带一两个人进去也属正常，只是小云南一口拒绝，向那个手下道：“不用带他们进去。”

田鸡气急：“你这个时候还傲气什么啊，就是打输了我们看见又怎样，你一个人进去，要吃亏的！”

卢酬一语不发，拨开两人来自那手下面前：“花多少钱能买票进去？”

他身上是有钱的，田鸡忙道：“卢大哥你功夫比我们都好，进去帮我们看着点！”

小云南抿着嘴不说话，终于向那手下道：“带他进去。”

五

九龙寨城是怎样一个地方？原本这里是清政府管辖下的，里面有炮台，有官署，还有火药库。后来英国人赶走了清朝的官兵，从这之后，虽也有些游客来观赏游览，可渐渐无人管辖，城墙残破，也无人修缮，反倒被蒋老邦这样的人物利用起来。

他们从寨城的南门进去，这时天还没全黑，城墙上挂了一块竖着的牌匾，“九龙”两个字还能见到，可下面的“寨城”却被墙上长出的一棵树挡住。卢酬见了，不免暗自叹息。

他们进了寨城，又走了一段，经过官衙，便看到前方有一个院子，院门口有两名大汉，也有人向里面走，经过时那大汉递给他一张花花绿绿的纸头，卢酬看了，猜想应是门票一类。到他们时，那两名大汉见到带他们进来的手下，也就未曾阻拦，倒是都盯了小云南几眼。小云南全不在意，昂着头走了进去。

院子里很是空旷，正面一间大屋却是极大，里面喧闹之声潮水一样一波一波地涌出来。那手下引着小云南向旁边一间厢房走去，且向卢酬指着那正屋道：“你现在进去看也可以，只是没座位，寻个地方站着吧。”

卢酬便知那大屋是打拳的地方，可他想自己是来帮小云南的，怎能先去看热闹？便问：“我可以先和他一起吗？”

那手下道：“也是可以。”便引着他们进那厢房。

这厢房外表看着不大，里面却还分隔成若干小间，那手下带着小云南、卢酬两人进了其中一间，道：“你们在这里等着，待到上场时，自有人来叫你。”

卢酬忙问：“不晓得前面还有几个人？”

那手下道：“三四个吧，谁知道他们能打多久呢。”说罢便走了。

这小间里放了两把椅子，一旁的架子上挂了一条毛巾，小云南自找一把椅子坐下，卢酬只觉手心潮湿，拽下毛巾擦了一把，谁想冷汗又涌了出来。小云南扫了他一眼：“你紧张什么？”

卢酬强辩：“我并未紧张。”谁知这个时候，外面响起一阵吵闹，他们这小间门户本是半开半合，卢酬向外一看，只见几个人抬着一个满身是血的汉子走了过去，隐约听得一个人道：“都说闯破天能打，还不是叫人打得半死丢下来！”

卢酬脸色当即变了。他原本就不同意小云南来，此时更是愤懑，只是还没等他开口劝阻，就有一个人推门走了进来，正是南相与。他朝着小云南拱一拱手：“凌老弟来了？”

小云南冷冷淡淡地点了个头，南相与也不在意，笑道：“凌老弟大概还不知道今晚的对手是谁吧？那人绰号叫作‘大黑雕’，力气是很大的，不过呢，想必凌老弟也知道，力气大的人，往往就不那么灵活，还有，他的左手，从前是受过伤的。”说罢，他就背着手走了出去。

小云南和卢酬面面相觑，看样子，这南相与竟是来帮他们忙来了，只是不知他为何如此好心。

二人毕竟还是年少，并不知这地下拳市内还有赌局。小云南年少，赌他胜的人必然极少，因此南相与出言相助，不过是为了令自己一方多赚银子。

随后的一段时间，小云南和卢酬都不曾讲话。前面的喧闹之声一阵又一阵地传来，那时间或许过了很久，又或许不过很短，便有一个人来到他们所处这小间里。原来是轮到小云南上场了。

小云南挺直了身子往前面走，卢酬忙跟在后面。

一进正面那大屋，两人都觉面前一阵光辉耀眼，原来这里面竟然安了电灯，恍如白昼。再看大屋中间有一个台子，周边则安排了许多座位，上面坐满了人。只最前面一排除了座位外，又有一张桌子，上面放了茶水点心，中间众星捧月似的坐着一个人。卢酬只见那人一个硕大的鹰钩鼻子高高竖起，仿佛他脸上只长了这一个鼻子一般，又见南相与毕恭毕敬地坐在他身边，心中暗想：这大概便是那蒋老邦了。

先前卢酬虽大力阻止小云南上台，但到这时，他心知已无力改变，索性一拍小云南的肩，道：“你去，必胜得了他！”

小云南道：“这是自然！”

有人大声宣布：“第四场，大黑雕对刀子！”一阵喧闹声后，两名拳手一起上了台，台下众人一看，都哈哈笑了起来。原来这大黑雕是个魁梧笨重、一脸黝黑的壮汉；而小云南纵使在同龄人中，也算不得高大，又生得白净俊秀，这两个人站在一处，真是不必比，就已分出了高下。

大黑雕显是没想到自己遇见这样一个对手，不屑道：“小子，你断奶了吗？回家找妈去吧！”台上人听了，便是一阵阵哄笑。

小云南也不说话，眼神锐利如刀子一般，向台下扫了一圈。他虽然年少，可众人被他这眼神看了，竟觉得有些扎人，大黑雕也不免收敛了几分轻视，心道，这小子敢和我斗，怕是有些门道的。

他不愿先行动手，堕了自己气概，便道：“你先出手吧！”

小云南也不答话，一拳就朝大黑雕小腹打去。大黑雕哼了一声，反手去抓他拳头，小云南收回拳头，身子一闪，飞起一腿，踢向他的喉间。

大黑雕没想到这小子这等灵活，咽喉乃是人身要害，就算小云南力小，踢中一下也不是玩的，忙闪身躲避，只是他身躯笨重，这一闪并没有完全闪开，正被小云南扫中手臂。台下一阵喧哗，都没想到竟是小云南先打中了人。

其实这一脚不过是扫上而已，并不如何严重。以大黑雕的块头，就算小云南用尽全力踢上数脚，也未必能拿他如何，只是大黑雕听了台下喧闹，便以为是在嘲笑他。心头大怒，连环数拳，暴风骤雨一般向小云南打了过来。

这几拳虎虎生风，小云南左躲右闪，勉强躲过。大黑雕不依不饶，上前又是七八拳，其中一拳被他打到地上，尘土四溅，台下不由一阵叫好。小云南却在这时停下了脚步，眼神一冷，一个飞旋起身，一脚向大黑雕的左手踢去！

这一脚速度奇快，又兼他是腾身而起，加了体重的力量在里面，大黑雕“啊”的一声，捂着左手，全身都抖起来。小云南瞄准这个时机，落地之时往大黑雕身后一靠，左肘用力一击，大黑雕霎时缩成一团，动也不能动了。

一时之间，台下掌声宛若雷鸣。小云南胜得这般利落漂亮，实在是出乎所有人的意料。

拿了一百块钱，就连起先一直反对的卢酬也欢喜起来，小云南抿着嘴，虽然没笑，可也看得出他实在是十分得意的。回家路上，卢酬问道：“那最后一击，大黑雕怎么就被你打倒了？”

小云南道：“我撞到了他的‘大椎穴’。”

卢酬不解：“大椎穴？”

小云南一伸手，按到他脊柱上一处凹陷，稍一用力，卢酬便觉又疼又麻。小云南道：“我师父曾经教过我一点穴道的知识，他说现在点穴的本事是没什么人会啦。可他自己也总结出了一些东西，虽不如点穴，打起架来可也了得。刚才在台上时，我乘大黑雕左手疼得厉害，顾不到背后的时候，一肘子撞上去，他不躺下才怪呢！”

卢酬这才明白，小云南却叹了口气：“可惜，我从师父那儿学到的也不多。”

两人一路聊着武学回了家。一进门，却见地上铺了一块布，上面横七竖八摆了许多吃食，竟还有一小坛黄酒。小云南一怔：“这是怎样？”

田鸡笑了起来：“这还用问，给你庆功呗！”

小云南嘴角挑了挑：“你怎知就是我胜了？”

田鸡笑道：“那自然，我兄弟出马，一个顶俩，必然是要胜的！”阿虎却在一旁插嘴道：“田鸡说，就是你没胜，吃喝一通，心里也舒服些。”田鸡气得一脚踢过去：“要你多嘴！”

卢酬在一旁也笑起来：“嗯，是他胜了。”

小云南抿着嘴席地而坐，拿起酒坛像模像样地喝了口：“味道不错，从哪儿弄的？”

田鸡转了转眼睛，顾左右而言他。这次又是阿虎先开口：“田鸡把家里东西都当了……”

小云南左右一看，难怪吃食要摆到地上，原来屋里的几件破烂家具都不见了踪影。他笑起来，掏出那一百块钱往地上一丢：“当就当了，当什么紧，明天买好的去！”

田鸡欢呼一声：“发达了！”从地上直蹦起来，阿虎一看，也大叫出声。

这一百块虽说不是一个太小的数目，可之于从前的卢酬，也真不当一回事，然而这三个少年却为了这点钱雀跃不已。卢酬在一边看了，便有些心酸，可转念一想，自己如今家道中落，就是这一百元，自己又怎能挣来呢？他们，实在是不容易的。

他拿起小云南放下的酒坛，也喝了一口酒，换到从前，卢家若是喝酒，自然要加上青梅姜丝，细细温来才是。可卢酬如今喝这一口酒，却也觉得滋味很好。

这一晚，四个少年喝光了一小坛黄酒，喝酒时颇有派头的小云南酒量其实不怎么样，阿虎和田鸡也不比他强到哪里去。卢酬喝得最少，反倒没什么事，他找来些破烂衣裳，把醉倒在地的三个少年一个个盖好，心里可又担忧起了明天的比试。

再如何担忧，比试也是要如期进行的。到了第二天的晚上，小云南依旧上场，卢酬依旧随从。这一次，与小云南对手的是个瘦小灵活的中年汉子，绰号小遮挡。事先南相与也曾讲过，此人的弱点乃是力道不大。然而，小云南本身也是力道不大却身体灵活的类型，这中年汉子的打斗经验又必然比他丰富，因此比较下来，小云南实是劣势一方。

昨天的观众已看过小云南的第一场比试，自然不想再看到同样类型的打斗，因此看到这样两人对敌，均是纷纷叫好。南相与手摇白纸扇，深觉自己安排得当，十分得意。

这一场比试，并没有人看好小云南，就连南相与自己，私下也押了五十块钱在小遮挡身上，谁想小云南虽然接二连三地受伤，却在台上挺了半个时辰。到后来那小遮挡也是直喘粗气，怒道："你这臭小子还要打？"

小云南只冷冷盯着小遮挡，一语不发，他也累了，大滴大滴的汗珠直滴到台上，可是他一双眼睛依旧亮得惊人，就是头顶白刺刺的电灯光也盖不住中间那两点火。小遮挡看了，心头发怵，心说哪个山坳子里放出这么头狼崽子来！

两人又僵持了一会儿，到最后，到底还是小遮挡挺不下去，一个疏忽被小云南踢下了台。台下叫好不绝，南相与手里的白纸扇都掉到了地上，心道这小子，真看不出！

小云南还站在台上，也不动，也不说话，这时台下一个少年匆匆忙忙拨开人群。"让一让，让一让！"这少年正是卢酬，旁人都觉小云南打下了小遮挡很是威风了得，只有他，饶是站在人群之后也看出小云南在台上实是摇摇欲坠，这时只是强撑，只怕连下台的力气也没有了。

小云南看到卢酬上来，勉强咧了咧嘴角。卢酬奔上台，一把扶住他，只觉小云南像是从水里捞出来的一样。卢酬咬一咬牙："我们拿了钱，这就回去。"

小云南声音虚弱："好。"

回去之后，卢酬给小云南解开衣裳才发现他一身的青肿，肋下有一块更是伤得厉害，左手的小手指也被掰断了。卢酬看着拿回来的二百块钱，心都在打战，暗道：这可真是实实在在的卖命钱！

他去请了附近一个治跌打损伤的郎中给小云南看了伤，待到郎中走后，他对小云南道："你已经有了这些钱在手，做本钱已经够了。明天，就不要去了。"

小云南目光闪烁，似要开口，卢酬怒道："你不准说话！看看你现在的样子，明天如何还能上台？就勉强上了，难道还能赢不成？这时间一个不慎，就搭进自己一条命！我来香港一遭，认识你这一个朋友，不是为了看你去送死的！"

小云南目光又是一闪，垂下眼睛，不说话了。卢酬也不再开口，一时间房中一片静谧，过了良久，小云南似乎是禁不住这份安静，终于道："也好……"

话音未落，田鸡和阿虎急匆匆地从外面跑进来，田鸡脚步还没停下就道："出大事了！"

小云南和卢酬一起抬头："什么事？"

田鸡喘着气，因为跑得太急，那一句话说完就喘了起来。阿虎跟着后面："玖、玖姨出事了……"话没说完就被田鸡拦住："你不成，还是我说！今天我和阿虎去医院，那里的人说，检查出玖姨的肚子里长出了一种瘤子，他们的医院治不了，需得转到外国人的医院里，把肚子切开，可这样一来，就要花上许多手术费——"

卢酬和小云南的面色同时变了，小云南的面上换成了一种坚持，而卢酬也知道，他没有理由再阻止小云南为之做些什么了。

六

他们两人，一同去了第三晚的拳市。

到了这一晚，就只剩下四个人。除去小云南之外，还余下一个人叫作大天王，又有两个人是一对兄弟，分别是金敢当与银敢当。这一晚共要赛上三场，前两场分别为大天王与金敢当打，小云南与银敢当打，而第三场，则是这两场中胜了的人彼此较量，决出第一。与先前两天的规矩不同，这一天里前两场比试中胜了的人，是没有钱拿的。只有最后一场中的第一名，方有五百元的奖金。

到这时，南相与并不像之前一样到来，告知小云南对手的弱点。两人枯坐在小间中等候，前面喧闹声起，显然是大天王与金敢当的比试开始了。卢酬却忽然觉得下腹不适，原来他有些紧张，多喝了几杯茶水，这时非去方便一下不可了。

他和小云南打了个招呼，急匆匆地跑去方便。因深恐耽搁了小云南上场，他一路小跑着往回赶，谁想进来却觉得装饰有些不对。细看之下才醒悟过来，原来比试那大屋附近有两座厢房，自己急切之下未曾看清，竟跑到另外一间去了。

一想清楚，他转身就要往回走，谁想这时隔壁传来一个声音："小云南那小子，倒没想到他能走到今天。"这声音低沉嘶哑，卢酬并未听过，然而既然提到了小云南的名字，他便不由停下了脚步。

随后听到南相与的声音笑道："可不是，我们倒多赚了小几千。都是老大英明。"

"老大？"卢酬心中一动，能被南相与称作老大，难道这人是蒋老邦？恰好那板壁上有一道缝隙，他凑过去细看，见到一个硕大的鹰钩鼻子上下耸动。不必问，定是蒋老邦无疑。

只听蒋老邦又道："先不提那小子，刚才有个大人物，要派给我们一笔生意做，他指明要大天王去，愿付三万元的报酬。"

南相与一惊道："要大天王做什么事？这笔钱可不少！"

蒋老邦道："要他明晚去九龙湾的十三号别墅，杀一个叫黎威士的人。"

卢酬听到这里，便是一怔，这九龙湾的十三号别墅，可不是罗觉蟾住的那个地方？可怎么又出来一个黎威士？未及多想，却听南相与思索道：“这名字好似有些耳熟。”

蒋老邦道：“无非是他们那些搞政治的人，以大天王的身手，去杀个人绰绰有余，这件事我已经应下了。我只是担心，万一今晚大天王输给了谁，被那位大人物知道，觉得他身手不够便不愿雇他，倒是麻烦。”

南相与笑道：“这个不用担心，金敢当和银敢当本就是咱们的人，他们也知道这次拳市主要是捧大天王的，我已和他们打过招呼，他们是不敢赢的。”

蒋老邦喜道：“果然是你想得周到。”又道：“可还有个小云南。”

南相与笑道：“他一个毛还没长齐的小子，老大还担心他赢过大天王不成？我看，他就连银敢当那关也过不了。”

蒋老邦道：“不怕一万，只怕万一。他一个小毛孩子，就算不赢，在台上打到了大天王几拳，也是不好看。”

南相与笑道：“这也好办，我有个主意……”

他说到这里，卢酬自然要仔细倾听，谁想一个不留神，脚下碰到一个铜盆，“砰”的一声，隔壁两个人同时道：“谁？”

卢酬暗叫不好，转身要走，却有五六个大汉一同拥了进来。他出手反抗，可双拳难敌四手，纵使他会一套形意拳，却也抵不过这许多好手，身上挨了无数拳以后，便被人按到了地上。

南相与踱过来奇道：“这不是小云南身边那小子吗？”便问，“你刚才听到了多少？”

卢酬紧紧抿着嘴，一句话也不说，南相与此时尚有许多事要做，也不耐烦和他多做纠缠，便道：“把这小子捆上，先扔在这里，一会儿我再来收拾他。”

那几个大汉应了一声，寻出一条麻绳来，把卢酬一捆丢在地上，再把门一锁，独关了他一个在里面。

此时卢酬心急如焚，无奈这绳子捆得很紧，一时半会儿也挣扎不开。他此刻不免后悔起来，幼时只觉读书才是正事，又觉习武强身健体便好，可这时才发现，纵是鸡鸣狗盗的小伎俩，只要能挣脱开这条绳子，便是好的。

他深吸了几口气，命令自己冷静下来，随后向四周张望，这个小间与他先前和小云南休息之处不同，布置得要舒适一些，除了桌椅，桌上还放了茶水，

对了，茶水！卢酬眼睛一亮，心道若是打碎茶杯，自己便可割破绳子。然而，此时外面出出进进的人很多，他生怕自己打破杯子的声音惊动他们，便耐心等待。直过了好长一段时间，进出的声音不但没有小，反而更大了起来，有人大声道："真是邪门，那个刀子竟是赢了银敢当！"

另一个人的声音道："什么刀子，起先也是在街面上混的，我听得都叫他小云南。"

先前一人道："嗐，管他什么名字呢。最后居然是这个小子和大天王争第一，一想就邪乎。"

第三个人的声音就嘲笑道："你说这话，是根本就没看怎样打的吧。小云南再厉害，那么点年纪，哪就真赢得过银敢当了？都是银敢当自己怕事，明明直接打就能赢，他偏在手指里夹了刀片，谁想小云南身上也带了刀子，银敢当哪知道他身上也有刀呢。一个不留神，反叫小云南把他手筋挑折了！"

短短一番话，只听得屋里的卢酬惊心动魄，忍不住便想到那日去九龙湾的路上，小云南给他看的那把刀客留下的刀子。可想而知，刚才台上是怎样的惊险。然而，他随即又想到南相与曾说，若小云南真赢了，必有对付他的法子，冷汗又冒了出来。这时门外

的三个人已走远了，他不再顾忌，站起身撞倒了杯子，茶杯落到地上，摔成许多碎片。他蹲下身子，背着手勉强抓起一块最大的瓷片，用力去割绳子。

只是这个活计，并不像他想象得那般容易，那麻绳本来就粗，捆着的双手又不好用力，割了好几下，手是割破了，绳子却没多少损坏，正焦急时，外面又一阵喧哗，夹杂着小云南的声音："放开我！"随即就听隔壁门响，似乎是有人把小云南硬推了进去。

卢酬心中大急。绳子一时磨不断，他忙拿着那块瓷片，来到板壁上那道缝隙处，一边用力割，一边向对面看，只见小云南被两个大汉紧紧压住双臂，身上横一道竖一道都是血痕，脸上也有数块青肿。不问可知，多是方才与银敢当比试时留下的伤痕。

只见南相与踱到了他对面："小云南，你这可不对了啊，先前咱们说好，不能带刀子上台，你怎么反倒用刀了呢？这样吧，下一场和大天王的比试，你主动弃权，我们也就不追究你这件事。"

小云南眼里仿佛烧了一团火，半晌才从牙缝里迸出几个字："是银敢当先出刀的。"

南相与眉头一皱："说这话可就没意思了，我只问你，下一场你还上不上场吧？若同意弃权，就点个头。"

他紧紧盯着小云南，然而小云南的目光里，却没有一点退缩的意思。南相与眉头一皱，向身边另一个大汉使了个眼色。那大汉会意，狠狠一拳向小云南的腹部打去！

卢酬大惊！他忙用力咬住下唇，方才抑制住了脱口而出的一声惊呼。那大汉又是一拳，向小云南的胸腹处打去，小云南被两个大汉紧紧挟住，动弹不得，到第四五拳时，一口血便吐了出来。

打人那大汉犹豫了一下："这……"

南相与道："打啊，继续打！"

那大汉便继续动手，打了十几拳，南相与还嫌他不肯用力，又点名了另外一个汉子："你来，继续打！"

这第二个人就没有丝毫怜悯的意思。打到后来，小云南已是全然动弹不得，吐出的鲜血在地上积成了水洼，南相与方道："行了。"两个大汉便把小云南往地上一丢，南相与踹了他一脚，冷笑道："有本事，你倒是继续上台啊！"

隔壁的卢酬闭上双眼，在小云南吐出第一口血的时候，一口血，也顺着他的嘴角流了出来。

无能为力。

小云南上台打拳前一晚的那种无力感，再次浓重地涌上他的心头。他眼睁睁地看着自己的朋友、兄弟被一拳拳地殴打，如同砧板上的鱼肉一样任人宰割，而他就在隔壁，却什么也做不了，什么也改变不了。他觉得自己渺小如大千尘世中的一颗尘埃，能做的，只有一下又一下，继续用力地割着身后那段绳子。

也不知过了多久，绳子终于被割断，然而门却依然是锁着的，卢酬只得打上了窗户的主意。外面人来人往，他等了良久，才寻到一个没人的时候从窗子里跳出来。然而，此时那大屋里已是人去楼空，桌椅凌乱了一地。

这时卢酬也顾不上什么，随意抓了一个人就问："小云南，不，刀子呢？"

那人一怔："什么刀子？"

卢酬急道："最后一场和大天王比试那个！"

那人这才恍然："哦，那个小子啊，谁晓得他闹什么鬼，一身的血还要上台，我看他站都站不住了，被大天王连踢了四五脚踹了下去，不知道踢死了没有。"

卢酬倒退一步，可他什么都没说，继续去找人。

他在九龙寨城里找了整整一晚上，最后才在他们的住处找到了小云南。原来濒死的小云南没人肯管，最后不知是谁告诉了田鸡和阿虎，是这两个人把小云南带了回去，又把先前那个郎中找了来，这时的小云南身子软绵绵的，一动也不能动，五官都渗出血来。郎中一来便摇头：“这人，救不了了。”

田鸡的声音里已经带了哭腔：“这可怎么办？”阿虎在一边搓着手，看那样子，也几乎要哭出来。

卢酬脸色煞白，却道：“不能就这样，送他去医院。就去玖姨那个慈善医院，那里是中医，应该更能治这样的外伤。田鸡，你去外面找一辆车，阿虎，我们把门板拆下来，这个时候不能再动他了。”

田鸡和阿虎本已彷徨无计，被卢酬这样冷静吩咐下去，都觉得有了主心骨，忙各去办事。然而，就是到了医院，那医生也是不住叹气：“小小年纪，怎么给打成这样？”

卢酬咬着牙：“您尽力就好。”

他们在医院里一直守到天明，又从天明守到天黑，看着外面的黑一点点消散又一点点浓重，小云南的呼吸却越来越微弱，到后来，几不可觉。

良子也赶来了，几个人守在小云南的床前，想哭又不敢哭出声音。田鸡颤着手，去探小云南的鼻息，忽然大叫起来：“没，没气了！”

良子第一个按捺不住，哭了出来，田鸡阿虎两个也忍不住，大颗的眼泪直往下掉。只有卢酬没有哭，他怔怔地坐在那里，嘴里吐出的，却是毫不相关的一句话：“你……我还没给你写招牌呢……”

田鸡惊诧着看着他：“卢大哥，你，你别说胡话吓我！”

卢酬摇摇头，他只觉得头脑一片昏沉，再说不出第二句话来，只茫然地想：小云南这样聪明，这样俊秀，哪怕只是生在一个普通的家庭，也必然会有不同的结局。

而挣扎在泥塘中的，不幸而早夭的，究竟还有多少个小云南！

也不知这样坐了多少时间，外面的黑愈发浓重，卢酬忽然从地上一跃而起，田鸡以为他是要去找蒋老邦算账，忙在后面喊："站住，你不要去送死！"

卢酬没有停："我不是去送死。"

我只是，忽然想到了另外一件重要的事情。

七

卢酬一路飞奔，他所去之地，乃是九龙湾十三号，也就是蒋老邦所说，大天王今晚要来这里杀人的地方。

这个十三号别墅真正奇怪，卢父的友人贺有道写的推荐信，是要卢酬送到这里；那个不认识贺有道，奇奇怪怪的罗觉蟾也是住在这里；可大天王要来刺杀的黎威士，据说也住在这里。可不管这里住的到底是什么人，卢酬总不希望在大天王的手下，再多一条亡魂。

幸好他记忆力不错，虽然只来过一次，却记住了路径。眼见大门紧闭，他也不知大天王到底来了没有，索性又顺着那棵影树爬上了墙头，一路只闻四下寂静，唯有罗觉蟾的房间里还现出一点灯光，他一路小跑过去，口中喊着："罗先生，有位黎威士先生在不在？"

一边喊，他手已经触到了红木的房门。然而，就在他手刚刚放上去的一瞬间，忽觉一阵大力直传过来，他一个站立不稳，跌跌撞撞地向后便倒，"砰"的一声摔到了地上。

这真是令人诧异，卢酬也是自幼习过武的人，就算那套形意拳不过是为了强身健体，可也总没有一个照面没打就被人摔出去的道理。他手撑着地，勉强爬起来时却听得门里一个声音："老聂，别动手，这孩子我认识！"

这正是罗觉蟾的声音，卢酬忙掸了掸衣衫，上前叩门道："罗先生？"

罗觉蟾的声音从门里传来："别叫啦，进来吧！"

卢酬又一整衣衫，这才走了进来。

屋里的装饰，与那天来时并无什么区别，罗觉蟾依旧倚在那窗下的酸枝木榻上，身上搭着一条白绸被单，看他脸上的病容并无什么改善，倒还是一副懒洋洋的神气，在他身侧站了一个人，是个面貌庄重的士绅模样。另有一个人站在门边，穿一件黑华丝葛长衫，一双眼历历如醉，卢酬只看了他一眼，心中竟有些许悚然之感。

罗觉蟾笑道："原说了让你过三天来，怎么到了第四天才来，哎哟哟！又翻墙，小卢你是翻上瘾了不成？"

他这般说话，那士绅模样的人倒是很注意地看了卢酬一眼，随即向罗觉蟾笑道："这些天我看你一直没精打采，有气无力，倒是和这孩子讲话，很有些精神。"

罗觉蟾笑道："那是，我就看这孩子顺眼。你有什么想法？"

那士绅模样的人笑道："顺眼就好。"便不再多说。

卢酬这才想到当日离开时，罗觉蟾原说要他三日后再来。然而后来发生了小云南拳市一事，自己竟把这件事忘了个干干净净，不免歉然道："对不住，罗先生，我实在是忘记了。可眼下我另有一件事想要问您，您这里可有一位黎威士黎先生？"

罗觉蟾笑道："怎么，我还没说话，你倒先发现了？没错，你父亲那位叫贺有道的朋友，与你推荐的其实是黎威士，喏，这个人就是。"他朝那士绅模样的人指了指，又道，"实话讲，这房子原也是他的，不过是借给我养病……"黎威士便笑道："送你养病了，也不差这一栋。"

罗觉蟾"哦"了一声："那也成，便送给我养病了。"卢酬在一旁倒听得咋舌，暗道这两人必是过命的交情。

罗觉蟾又道："因你找我那天，他恰好去接我一个朋友来给我看病。"说着朝门边那人努了努嘴："喏，聂隽然聂大神医。刚才摔你一下的是他，不过能被金针神医聂神通摔一下，也算是你的福气。"

这金针神医的大名，卢酬却也是听过的。当年在上海滩上，此人以医术高超、武学高绝闻名，心道自己被他摔了一跤，那确是不枉了。

罗觉蟾续道："所以当时我要你三天后再来，现在你可明白了？"这时黎威士也笑道："罗觉蟾已和我说过了这件事，有道先前也与我提过你，你若愿求学，我是很愿支持的。"

这一番话说完之后，罗黎两人都以为卢酬必会欢喜致谢，谁想卢酬却道："这是小事，黎先生，有人要来刺杀你！"

这一句话说出，屋中的三人都吃了一惊。罗觉蟾忙问道："这是怎么回事？"

卢酬定一定神，便把这几天发生的事情一五一十地向三人讲述了一遍。这时便能看出他的好处，虽是这样紧急的情形下，又是这样一件复杂的事情，他却能说得言简意赅，条理分明。待说到小云南之死时，不免泪盈于睫。

几人都很注意地听着，并没有多做议论，在听到小云南会认"大椎穴"时，聂神通面上的神色变化了一下；而听到小云南之死时，几人也不由同是叹息。

罗觉蟾皱眉道："蒋老邦手下的大天王，听说功夫还过得去，不过老聂在这儿，再来十个也没事。只是这事儿是谁主使的？你的政敌？"

黎威士叹口气："是。"

罗觉蟾道："今晚的事情好办，倒是背后的人，你既心里有数，可要处理明白了。"

黎威士便笑道："你不用担心，这件事我已有分寸，必会处理妥当。”又向卢酬道谢，“这一番事，要多谢你特地前来告知，只是小朋友你也不必担心，今晚的刺客有聂大夫应对，背后的人，我也会处理妥当。”

他说这话时，自有一种从容不迫的神气，卢酬这才想到难怪他的名字耳熟。这黎威士，当年乃是一位颇有名气的革命党人，如今亦有势力，便也定下心来，重新向几人一一见过了礼。

黎威士见他礼数妥帖，行事稳妥，心中对他很是喜爱，又见罗觉蟾对卢酬态度与平日不同，忽地生起一个念头来，他笑对罗觉蟾道：“我看小卢很好，你近日来也闲，不如收一个弟子？”

这句话来得突然，卢酬不由一怔，他听过黎威士的名字，也晓得金针神医的名气，唯有对这位罗觉蟾一无所知，可不知为何，他反是对这位只见过两次之人，有一种奇妙的亲近之感。又见罗觉蟾一脸的病容，心道，我若是犹豫拒绝，他岂不是疑惑我瞧他不起，万一加重病情可是不好，便恭恭敬敬地行下礼去：“只怕我不肖，还望老师莫要嫌弃。”

罗觉蟾哈哈地笑起来：“你还真认了？也罢，我收你当个弟子又何妨，只是我一不会武学二不懂当官，你可不要嫌弃。”

卢酬道：“我并不想做官，做人便好。”

罗觉蟾一怔，随即又笑了，言若有憾地道：“这话说得好，唉，我这学生真是不错，除了不像我，样样都好。”

一直未曾开口的聂神通冷冷道：“亏得不像你。”

罗觉蟾摸一摸鼻子，从榻上起身，向卢酬招招手：“来，小卢，咱们爷俩走先。”

卢酬一怔：“去哪里？”

罗觉蟾笑道：“这里这么多人，那个大天王又不是傻子，怎么会来？”

黎威士便道：“说的也是，你毕竟没有病愈，万一有什么伤损，倒是不好。”聂神通则道：“别在这里碍手碍脚是真的。”

两人的言语不同，其实都是关心的意思。卢酬便扶着罗觉蟾，慢慢地出门而去。

这一扶方才发现罗觉蟾果然病得不轻，触手都是骨头。他脚下发飘，若不是卢酬相扶，走路也是困难。卢酬心里想：“这位罗先生到底是怎样一个人，为何病得这样严重？”

正想着，这位罗先生便开口了，而他一开口，就让卢酬料想不到。他道：“我这个师父可不怎么着，你不用勉强认我当老师的。”

卢酬一怔，心道方才刚认了师徒，他怎又这般说。却听罗觉蟾又道：“我最近生了一场病，这个，你也看出来了。老聂那个人呢，最近研究中医有些走火入魔，说我是缺了什么生机，所以黎威士才提出那么个要求，无非是想给我找点事。”他看着卢酬道：“刚才当着人怕你不好说，小卢，你不必碍于面子答应，不乐意认我当老师也没什么关系，我这个人呢，确是个不学无术的。”说罢笑了一笑。

月色凄清，他这一笑有种说不出的风流落拓，卢酬并不知罗觉蟾前半生有过怎样的经历，然而就在那一刻，他忽然发现虽然气质截然不同，然而自己这位新认下的老师亦是与金针神医、黎威士相比全不逊色的人物。

他便认认真真地再行一礼，道：“老师。”

罗觉蟾怔了怔，终是拍了拍卢酬的肩，再度笑了。

这一番对谈，二人之间亲近了许多。罗觉蟾扶着卢酬的肩，一路走，一路道：“你那个兄弟的事情，确是很可悯的，只是我方才忽然想到一件事情，他确是死了吗？”

卢酬一怔，心道这是什么意思，再回忆当时情形，不免犹疑道：“这个……当时田鸡探了他鼻息……”他忽然想到，自己那时太过难过，竟没有仔细查看，也没有叫医生来，所以小云南到底死了还是没死？只是他那样重伤……对了，刚才房中有一位金针神医！

他面上神色几度变幻，罗觉蟾一看，就晓得他心中的意思，笑道："老聂当年在上海滩，有称号是'一针活死人，三针肉白骨'。你那位小兄弟只要没死透，在他手下，多半还有一线生机。"

卢酬的心霎时突突地跳起来，翻身便跪倒在地："老师！我也不知道他现在究竟怎样，但万一……求老师帮我！"

罗觉蟾笑着扶他起来："就算我是你老师，也不用说跪就跪，这事儿也要紧，我去和老聂说一声……"刚说到这里，他面色忽然一变，把卢酬猛地向旁边一掀。

他虽然有病在身，这一掀竟是力道不小，卢酬一个趔趄，正惊讶处，却见一个拳头猛击过来。罗觉蟾因推开了自己，躲闪不及，那一拳正击在他右手上，空中传来骨骼破裂声音，他一只右手腕骨竟被生生打折。

卢酬猛一抬头，却见面前站着一个人，极高的个子，紫棠色的一张脸，生得十分凶恶，他虽然从未见过这个人，一个名字却窜入他的脑海——大天王！

大天王为何不奔屋里的黎威士却冲着他们来，卢酬已经不想知道。他这时满脑袋想的都是，昨天晚上此人把本已重伤的小云南活活踢下台去，杀死小云南的凶手，他也是其中之一，而这个人，刚刚又重伤了自己的老师！

一时间，怒火充塞了他的脑海，他直奔过去，也不顾自己并不是大天王的对手，上去就是一拳。大天王没想到这个少年倒还有点本事，一手把卢酬的拳头格开，飞起一脚，正中卢酬胸口。

这人的功夫果然十分高明，这一脚踢中，卢酬当即便呕了血。

大天王没把他放在心中，举拳又奔向罗觉蟾，没想到卢酬不依不饶，此时拦阻不及，他一个纵身，一把抱住了大天王，反手又勒住了大天王的脖子。

大天王不由大怒，先不管罗觉蟾，挥拳便向卢酬身上打去。卢酬也不顾这些，只死死勒住大天王脖子不放，没过三五拳，卢酬又一口血吐出来，他反而下了狠心，手臂勒得更狠，心道：就算我被活活打死，今天也要先勒死你！

好歹……也算为小云南报了仇……

又是数拳下去，卢酬眼前一片模糊，口中咸腥不止，就在他即将失去意识之时，一声枪声忽然响起，大天王挥舞的拳头缓缓落下，身子也随之软倒在地。

卢酬慢慢松开手，揉一揉模糊的双眼，看到罗觉蟾站在稍远的凉亭处，左手拿了一柄手枪。他右手被打到骨折，然而左手开枪，面对的又是紧紧纠缠在一起的两人，仍是一枪命中。

“小卢，你没事吧？”他慢慢走过来，“还好我在这里藏了把枪。”又对听到枪声急匆匆赶来的聂神通道：“老聂，你来晚啦。”

见到他伤势，聂神通的脸变得雪白，口中却道：“都是你穿的这般招摇，那大天王多半是把你当成了主人。”

罗觉蟾笑道：“这话说得不对，这别墅不是给我了嘛，我本来就是主人。”

聂神通怒道：“骨头都断了，还要废话！”又看向地上的卢酬：“小卢伤得也不轻。”然后他看着地面，慢慢地问出一句话：“那个蒋老邦，住在什么地方？”

没等罗觉蟾说话，他又道：“不要和我说不知道，你罗觉蟾，无论到什么地方必定混得人头熟，这般有势力又作恶的一个人物，你不可能不知道。”这几句话，他几乎是一个字一个字迸出来的。

罗觉蟾慢慢地垂下眼，脸上露出个似笑非笑的表情：“是啊，我知道。”

卢酬没明白二人这番对话是什么意思，他已经晕过去了。

他再次醒来的时候，外面已经是大亮了。模模糊糊中，他听到身边有人提到他，似乎是聂神通的声音："小卢温厚，倒不像你。"

随后是罗觉蟾带点得意的声音："哪里，这孩子像我得很啊！"

聂神通本想听他进一步解释，却发觉床上的动静，便走过来探看："你醒了？放心，一切都解决了。"

卢酬觉得有一只微凉的手搭在他的脉搏上，而那位从来倨傲的金针神医看他的眼，却是温和而欣慰的。

小云南的刀，聂神通的眼，罗觉蟾的笑，一转眼，已经过去了这许多年。

韩凤亭端着茶杯，杯里的茶水已变得冰冰凉，他全不在意，只兴奋道："原来罗觉蟾不怎么会功夫，可他的枪法真是神啊！所以老师你的功夫又是谁教的？那小云南呢，他到底死了没有？后来太师父和聂神通说那一番话又是什么意思？蒋老邦最后怎样了？"

他乱七八糟问了这一堆，卢秋心便先回答他最后一个问题："那天天明，聂大夫回来的时候，蒋老邦与南相与便已死了。"

韩凤亭并不是那样愚笨的，细一想也就明白，不由大叫道："是金针神医！"一拍桌子又道："这真是温酒斩华雄的本事！"

要是李副官在这里，定会大为感动，吾家少督竟然连典故也会用了。卢秋心也笑道："聂大夫后来在香港为老师治病，便随意教了我一些功夫。我随着老师在香港学习三年，后来家母病重，我回了苏州，再后来，又到了京城。"

韩凤亭点头道："原来如此。"随即满眼艳羡："随意教些功夫就这么厉害，要是谁学成了金针神医的功夫，可不是要天下第一了！"

卢秋心不由笑道："是不是天下第一我不知道，不过继承聂大夫武学本领的那人，我却也认识。"

"是谁？"

卢秋心没有急着回答，而是道："聂大夫言道，这人原本的师父自创的一些穴道本领很有些意思，便带这人回了南洋。田鸡几个人都在黎先生的店铺里做事。后来我还听说，聂大夫一身本领，他的义子学了医术，这人则继承了他的武学。前两年时，我还接到过他的信。"

"信？"

卢秋心笑着拉开书桌的抽屉，一沓信件里，最上面的一封信封上字迹刚锐俊秀，上写着"卢兄敬启"几个大字，落款处字则要小些，只有三个字。

——"弟，舞阳。"

篇六
驾龙

一

得知了卢秋心的师承故事，韩凤亭颇为心满意足，眼下只有一件事他还挂念着，便是李副官。原来李副官自从去山东找他父兄，现下还没回来，论说，他父兄大胜，原本不需挂心。可是李副官久久没有音信，却仍是让人担忧的。

这一日，他和卢秋心在书房对坐，忽有一个听差从外面跑进来，叫道："少督，闫东起死啦！"

这闫东起，便是那闫将军的名字。韩凤亭一听，忙从沙发上跳起来，问道："这是怎么一回事？"

那听差忙上前道："少督，外面都传说那闫东起和他弟弟离家，也不知怎的，在道上遭了匪，便都送了命。"

韩凤亭一听，大笑道："死得好！"这闫东起原不是个好人，仗着他哥哥的势力，糟蹋妇女，轻贱人命的事情也不知做了多少，又曾想置韩凤亭于死地。这一声好，韩凤亭叫得真心诚意。卢秋心却叹道："他家人又是何辜。"又微一皱眉："这件事，可透着不对。"

韩凤亭本是个聪明少年，卢秋心一说，他也醒悟过来："可不是！闫东起那家伙最是惜命，这个年头时局不稳，他出门岂有不带上护兵的？怎的能被人杀，哪里的匪这样厉害？"

卢秋心道："何况纵是有山匪，不过是为了求财。哪有这样连家人都杀的事情？"

韩凤亭点一点头："可不是这样。"他见卢秋心神色有些郁郁，便笑道："他家哪有好人了，闫东起也就不提，他弟弟更是又蠢又坏，上面两个兄长到底一个做了大帅，一个做了将军，他却天天弄些神怪的事情，见天说他哥是什么真龙天子，这都什么年头了。"

是时清帝退位已久，袁世凯称帝的事情也被视作笑谈，这般作为确是可笑。卢秋心听了，不由莞尔。

正在这时，有叫卖声音从外面传来，那是敲冰盏卖冰的小贩吆喝的声音。是时北京城里叫卖的小贩，那吆喝声自成一套，又爽又脆，好似剥了皮的水萝卜，隔了几重院子也听得分明："冰激凌，真叫凉，鸡蛋牛奶加白糖，叫好您就尝一尝……"庚子年后，许多西洋玩意儿传入北京，这冰激凌也是其中之一。除了那些餐厅茶室，街头的小贩也常有贩卖。

那听差还留在房中，见韩凤亭侧耳细听，他要上前讨好，便笑道："少督，您要欢喜，我便去买上几份。"

韩凤亭原要答应，想一想又道："不必了，前些时候不是还买了冰激凌桶？拿来我自己做。"

那听差听了心想，少督最近做事真是透着新鲜，无论想吃个什么，吩咐一声不就是了，倒要自己动手。但他自不肯多说，答应着下去了，不多一会儿，便捧了冰激凌桶，并鸡蛋、香料、白糖、牛奶等物一起端上来。

这时的冰激凌桶，外表是个木桶的模样，里面装了冰和盐，中间又放一只铁桶，下面连着齿轮，做冰激凌时，需得用手摇外面的手柄，这原理韩凤亭都是知道的。他摇动手柄大约两刻钟的时间，便做出了冰激凌，先盛了一杯给卢秋心，道："老师请用。"

卢秋心端起那杯冰激凌，心中感慨。他与韩凤亭相遇是去年的事情，当时的韩凤亭不过是个纨绔少年，而今却能如此，实是不易。他拿起银勺子尝了一口，这般摇出来的冰激凌并无冰碴，入口香甜滑腻，正适合这秋日将近的时光。

他这杯冰激凌刚吃了一半，方才那个听差又匆匆跑了进来："少督，少督！"

韩凤亭有些不耐烦："又怎么了？"

听差喘着气，还没有回答，一个人已经走了进来，看着韩凤亭眼眶含泪："少督！"

一见此人，韩凤亭先前那些不乐的心理都收拾干净，当即便站了起来："李副官！"

他起身相迎，李副官一见他，那眼泪在眼眶里不住地打转，强挣着并没有落下来："少督，你受苦了！"

这一句来得莫名，韩凤亭奇道："我现下好好的，倒是你……"话没说完，已被李副官截断："我都知道了，少督在乡下吃苦了，那群东西想对付少督，绝不会有好下场的。"说到这里，他见到一旁的卢秋心，上前就是一个敬礼："卢先生，别的什么都不说了。少督这条命是你保下来的，你说一句话，以后老李都听你的。"这李副官也是个精明人物，只因这时激动过了头，什么话都说了出来。

卢秋心忙起身道："凤亭是我学生，李副官何必这般说？"

韩凤亭在一旁听了，想到从前之事，不由也站起来："老师，李副官并没说错。"

卢秋心哭笑不得，道："你这说的是什么话？"又有些奇怪，李副官刚刚回京，怎的对自己与韩凤亭在乡间之事这般熟悉？韩凤亭这时也想到了，奇道：“你怎样知道这些事的？”

李副官道：“我怎不知道，我还知道是谁在背后，乘着督军战败的传言，要取少督的人头！”

这句话一出口，韩凤亭也是一惊。他自知在京中仇人众多，想查出背后主使绝非易事，未想李副官竟然知道了，忙问道：“是什么人？”

李副官切齿道：“还能是什么人！自是闫东起那王八蛋！”

韩凤亭又吃了一惊：“闫东起？我刚听到消息，他和他弟弟都死了!”

李副官的面上便带出一点得意之色：“自然，他既做了这样的事，怎能没有报应？”

韩凤亭觉得这话中的意思不对：“报应？”

李副官道：“少督，我与你讲，有一个人听到了你出事的消息，便赶了过来，他详详细细地查了一遭，才知道你们在乡间这些事情。又查出了闫东起这狗东西，闫东起和他弟弟出了事，就是这个人一手办的。”说到这里，他的头昂得高高的，一副与有荣焉的样子。又道：“就是追杀少督那些人，有的跑了，有的已被他逮住了，还有那个马成鞍不是东西，将来一定要他不得好死。”

韩凤亭听得一怔一怔，心道是什么人这样能耐，忽然间他心中一动：“你是说……”

话音未落，一阵脚步声从外面传来。这些脚步声并不是一个人发出的，可是整齐划一，显得铿锵有力。韩凤亭透过玻璃窗子，看到十几个大兵齐刷刷地跑了进来，随后分两排站在院子里，一个个站得溜直。韩凤亭自己身边也有护兵，可就绝没有这些兵身上的那股精气神儿，若打个比方，那就像两把不一样的刀，没开刃的和见过血的，那是绝不能同日而语的。

看到这些兵，韩凤亭心里已有了数，脸上便带了欣喜的颜色，起身就要往外走。刚走两步，就听外面又一阵脚步声传过来。那人走得极快，片刻便已到了门前，把门一推，韩凤亭当即叫了起来："大哥！"

大哥？卢秋心知道韩督军有两子，幼子就是韩凤亭，长子韩文龙一直跟在韩督军身边，能征善战，乃是有名的一个"天煞星"。卢秋心虽早就听过他的名声，却并未见过，不免也向门口看去。只见一个身形高大的戎装男子大踏步走了进来，韩凤亭本生得不矮，和他一比还是低了半个头。

这戎装男子身上挎着枪，军靴上全是尘土，一副赳赳的铁血气概。但他的面貌却生得甚是阴柔，照相书上的说法，这个叫作男生女相，不是大富贵人，也生不得这般。

此人见韩凤亭活蹦乱跳地冲了过来，神色虽然未变，眼睛里却也带了笑影，一把按住韩凤亭的头："小王八蛋四处惹祸，差点吓死老子！"一旁的卢秋心险些笑出声来，心道这位天煞星在韩凤亭面前自称老子，倒不知又要置韩督军于何地？

但韩凤亭和李副官显然都不介意这些言语上的小节，韩凤亭一脸欣喜："大哥，你怎的回来了？"

韩文龙道："亲弟弟都要被人杀了，我还看着不成？闫东起和他兄弟已经被我派的人宰了，只可惜围杀你的那些人溜得快，只逮了个会打枪的回来。"说着往身后使了个眼色，便有大兵提了个捆得粽子似的人上来，韩凤亭一看，正是曾在大王庄围攻过他的神枪手白横宇。

韩文龙道："这人便给你处置，剐成几块随你心意。"

韩凤亭呆了一呆。要是照他从前的性子，也就动手了。可如今他经过卢秋心教导，便想白横宇虽也曾想刺杀自己，但两次都被拦下，并不曾造成什么实质伤害，倒不愿杀了这个京里闻名的神枪手。但他也知道自己兄长的个性，直言拒绝并不妥当，便道："先把他押下去，我今天刚和大哥见面，还有许多事要问呢。”

韩文龙听了道：“也好，先让他多活两天。”他向身后看了一眼，自有人把那白横宇带了下去。他上前两步，走到卢秋心面前，上下打量了一遍，那目光真如电光一般。卢秋心坦然自若，道：“原来是韩大爷。”

韩文龙又定定看了他几眼：“原来你就是那卢先生，好，很好！”说着，伸出一只手用力一拍卢秋心的肩，力道奇大：“我弟弟多蒙你救助，这件事，我必要报答你！”

卢秋心若不是身有武功，非被他拍倒不可，饶是如此，也觉得肩头疼痛。他心中苦笑，暗想这位韩大爷谢人的方式倒也与众不同，只道：“应为之事，不必客气。”

韩文龙“嗯”了一声，随手捞起一杯冰激凌，一口干了大半杯，皱眉道：“外国人的玩意儿，我倒不乐意它，有大碗的凉茶拿上来。”又向韩凤亭道：“好些日子不见，听老李说，你可是长进了许多。”

这一句话说出，韩凤亭尚未答话，卢秋心先起身道：“我报馆里还有些事情，先走一步。”他看出韩文龙韩凤亭兄弟久别重逢，必有许多话要说，因此假托了个理由离开。

韩文龙暗自点了点头，心道韩凤亭这个老师却也识趣。韩凤亭早已恭敬起身相送，李副官见了，也一同走了出去。

待到书房里只余韩家兄弟两人，韩文龙便向韩凤亭道：“这次惹出这么大的事儿，倒出乎我的意料。这事儿的前因后果，我都已经明白了。现下闫东起已经处置，姓白的小子也被我逮了。其他的人虽跑了，早晚也逃不出我的手掌心。尤其可恶的是那马成鞍，他原是咱家人，竟敢吃里爬外，若拿住他，定将他剥皮抽筋。”

韩凤亭对马成鞍自也是十分痛恨，只是后来卢秋心重伤，错过搜寻他的好时机，竟被他逃到不知哪里去了。如今听韩文龙提起，不由切齿道："正是！"

韩文龙便拍他肩："这事包在我身上。又有一桩事，我听闻这次有个大鼓娘，叫作齐四喜的，在乡下也救了你？"

提到齐四喜，韩凤亭多少有些不好意思，在齐四喜以为韩家兵败的时候，曾说过愿意托付终身的话。这事儿他当时不觉怎样，但当着自己大哥面提起，便觉得有些别扭。

韩文龙见他不语，便道："你和这齐四喜的事，我原听老李说过。听说她的相貌是生得很好的。若没有她救你这档子事，你娶她做个姨太太也没什么。但现在她既是你的恩人，做小的却不合适，你若真对她有意，做正房也不是不行。若觉得身份上不合，我可以寻人让她认个干亲，外人看着也好看。"

韩凤亭越听越是不对，忙道："大哥，我并没有这个意思。"

韩文龙奇道："那你是对谁有意思？我听老李说还有个小姑娘叫蝶影，是你花了大价钱从窑子里赎回来的，难道你中意她？这窑子里出来的，可不能做正室啊。"

韩凤亭一时无语："那个蝶影和我没关系。"

韩文龙道："没关系？没关系你花几千大洋赎一个不红的清倌人出来？"

韩凤亭道："这原是我为老师赎的，谁想又误会了，老师和她也没关系，也不对……"蝶影对卢秋心一片痴心，连韩凤亭都有所察觉。韩文龙听得直皱眉，道："这都什么乱七八糟的，我也不管你们这些事，你那个老师，倒是很能干的一个人，又对你有救命的恩情，这样的人我不能错过，必要好好地报答。"

这话韩凤亭爱听，便问："大哥你有什么打算？"

韩文龙道："我决意把他带在身边，好好地栽培他。像他这般的身手，不用多久，必有一番作为。"

韩凤亭目瞪口呆，带在韩文龙的身边，那便是要做一个军人了。卢秋心身手出众，枪法过人，然而他若要走这样一条路，又何必等到今天。忙向韩文龙道："大哥，老师不是这样的人，他不爱财，也不爱女色，不会乐意跟你去的。"

韩文龙道："你懂什么，大丈夫生在世间，自是要轰轰烈烈做一番事业。求财求女色那都是小道，你还年轻，哪里懂你老师的志向。"又道，"我这次回来也不全为了你，有一桩亲事，我回来相看相看。"

韩凤亭还想着韩文龙方才的话，正想着如何辩驳，敷衍道："哦……什么！"韩文龙年长他十余岁，早年便娶了妻子，三年前一病而死，倒不想他现下又要成家，忙问："是谁家的小姐？"

韩文龙无可无不可地道："是财政总长夏子奇的二女儿。"

韩凤亭一直住在京中，对这些名媛很是熟悉，便道："可是那个叫夏静好的？她在法国读过书，是个顶时髦的小姐。"

韩文龙道："谁晓得呢？女人读多了书便要作怪，我倒不很中意这样的。只这亲事是老头子定的，他心里有些念头讲究，我便也回来看看。"

韩凤亭一听这话，就晓得这是有政治的关系在里面。他虽然有个少督的名头，其实既没带过兵，也未曾接触过家中的事，这个话，倒不知要如何插口了。

韩文龙与韩凤亭又谈论了一会儿，韩文龙道："久没来你这里，我四处转转，你也不必陪我。"他之于韩凤亭，正所谓"长兄如父"，韩凤亭自无异议。

韩凤亭这住处后面圈出了一小块园子，韩文龙东转西转，不觉便转到了这里，却见一个洵洵儒雅的书生立于一棵枣树下，那浓荫笼罩了他大半个身体，眉目中显出一种氤氲的颜色，正是卢秋心。韩文龙凝神看了片刻，忽地抬脚，一块碗口大的石头被他一踢，直奔着卢秋心的胸口而去！

二

韩文龙与其弟不同，这一位是实打实的“天煞星”，战场上练出的功底。这一脚踢得是劲力十足，石头来得既快，中间又挟带了风声，若是正中胸口，怕不要吐出一口血来。卢秋心眼见石头飞来，却视若无睹，眼见石头将近，他才向后退了半步，步伐十分轻巧，仿若闲庭信步一般，但只这半步之差，那石头便擦着他的胸口飞了过去，长衫上连个灰印都没留。

卢秋心从从容容地上前行礼，就仿佛方才那一幕并未发生一般：“韩大爷。”

韩文龙大踏步走了过来，一双眼睛鹰隼一般在卢秋心身上打了个转，随后也不打招呼，也没有征兆，两个拳头暴风骤雨一般朝着卢秋心就打了过去。粗粗一看，他这一通拳好似没什么章法，可是一招一式，又快又狠。躲得了前面一拳，就躲不过他后面一拳，躲他左面一拳，右面一拳却又打了过来。可若说要还手，他这般一通乱打，如何还法？

这一通拳法，可不是什么名家的手腕，乃是韩督军手下那班老兵痞子的所为，在战场上大有妙用。韩文龙自学会这一手之后，还没遇到过破解的办法。谁想卢秋心也不招架，也不闪躲，一个指头朝着韩文龙的咽喉就按了过去。

咽喉乃是人身上的要害，若是一拳打中，自然是十分危险。但此刻卢秋心不过按来一只手指，因此韩文龙并未如何在乎，拳头照出，招式未变。卢秋心这一个指头擦上了他的咽喉，些微有些疼痛。但与此同时，韩文龙的一拳也沾上了卢秋心的肩膀，卢秋心被打得身子一歪。这一场交锋说来，算是二人平手。

韩文龙从来对自己的功夫甚是得意，如今见卢秋心可以与他持平，不由得赞道："好，你这个先生，果然是有本领的人！"

卢秋心微微一笑，并未答话。

韩文龙现下看他十分顺眼，又道："我方才说要报答你，这不是一句虚言。现下看了你的功夫，就更中意了。听闻你还有一手好枪法，使给我看看？"说罢，从腰间摘下他的佩枪来。这一把手枪，乃是韩大爷自洋人那里淘换来的勃朗宁，是他极心爱的一样物什，旁人碰一下都不准，如今却要给卢秋心试枪，可见对其看重。

无奈这一番心意，卢秋心并没有接受。他只笑道："我的枪法稀松平常，只怕不能入韩大爷的法眼。何况京师之中，也没有随意开枪的道理。"竟是拒绝了韩文龙的意思。

韩文龙一条入鬓的长眉，就不由得高高地挑了起来，换成他身边的人就知道，这是韩大爷要大发雷霆之怒的意思了，都是要吓得连忙求饶的。卢秋心却并不知晓，不想那韩文龙看了他一会儿，那竖起的眉毛竟又慢慢放了下来，原来他想到这是一个自己看中，要招揽在身边的人，又是幼弟的救命恩人，竟克制住了脾气。

他耐着性子道："也罢，日后总有机会。"卢秋心听这"日后"二字便觉不好，果然韩文龙又道："你的本事，我是知道的，我打算好好栽培你做一番事业，过两日我在这里的事办完了，你便和我一路去山东。"竟是自顾做了决定，并不给卢秋心商量的机会。

卢秋心一怔，不由想到当日里韩凤亭要拜自己为师，不由分说把自己的行李从会馆里拉走的事情，不免哑然失笑，心道这兄弟俩倒是一样的脾气。韩文龙见他面上带笑，却当是他听闻此事，欢喜赞同，又道："我听说你还做个什么新闻记者，这两天赶紧辞了。凤亭那里倒不用担心，他也大了，并不需要老师教导。再过两年，我把他也带到山东去。"他自觉自己这番安排，处理得四角俱全。未想卢秋心却道："承蒙韩大爷的好意，但我只是一介文人，没有什么本事，也不敢当韩大爷的栽培。这番好意，恐怕是只能心领了。”

韩文龙不由大怒，他年纪轻轻便手掌大权，就是父亲韩督军也要让他三分，自来要风得风，要雨得雨。谁想就有个卢秋心，接二连三地拒绝他！他眉毛又竖了起来：“你这是什么意思，难道竟是不愿跟我去吗？”

卢秋心从从容容地道：“正是。”

韩文龙被他一顶，险些说不出话来，面前这人若不是自己弟弟的救命恩人，自己非要大大发作一番不可。饶是如此，他那声气里也带了怒气：“你要仔细思量，明日我再找你答话！”说罢一怒离开。卢秋心看着他背影，不免叹气。

此时并未到去报馆的时间，但卢秋心觉得自己在这里不便久留，索性便去了报馆做事。只处理了两三篇稿子，却见一个人推门进来，笑道：“你今日倒来得早。”正是陈燕客。

卢秋心叹了口气：“这也是不得不为之。”

陈燕客觑着他面色：“你这是怎么了，我看好似心里有事。”

陈燕客现下也知晓他与韩凤亭的渊源，因此卢秋心并不隐瞒，把今日之事说了一遍。陈燕客听了笑道：“这在旁人，乃是可遇不可求的好事，你倒逃了出来。”

卢秋心笑道：“莫要取笑。”

陈燕客见他虽是笑着说话，面上确有些为难的神气，便也认真为卢秋心筹划起来：“这件事说起来是有些为难。你拒绝韩大爷也便罢了，中间到底又碍着你的学生。不过你是少督的救命恩人，韩大爷也不会真把你如何，依我看，三十六计走为上策吧！”

卢秋心一怔：“这话怎么说？”

陈燕客笑道：“你说有多巧，前几日有一则新闻，说是小王庄那里有人见到蛟龙出没，原说派我去看看，现下你替我去就是了。”

卢秋心道："蛟龙出吗？这只怕是无稽之谈吧。"

陈燕客一拍腿道："可不是吗，我原也这样说，哪里就有那许多神怪了？前两年还有一个关帝庙号称显灵，说是拿相机对着空中，能拍下关老爷的模样。我便去看了，你道怎样？那庙中看门人有个傻儿子，生得且是雄壮，若贴上胡子，倒和那相片里的一个模子！"

卢秋心听了也笑："真是大千世界，无奇不有。"

陈燕客道："可不是，现下暂不说那些闲话，有蛟龙也好，没蛟龙也罢，你先去走上一遭，躲他个几天再回来。那韩大爷权重事多，能在这里多久？等他走了，你再回来便是。"

卢秋心一听，也觉得这主意甚好，便向陈燕客道谢。想了一想，又打了个电话给韩凤亭，告知自己这几天的去向。

韩凤亭也听说了大哥和老师这一番争执，听卢秋心这般说，很是不好意思，道："这都是我惹的麻烦，我总是要和大哥说明，不叫老师为难。"

卢秋心心里把他当一个晚辈看待，笑道："这也不干你的事，你不必多想。"因担心韩文龙知道，他简短说了几句，便放下了电话。

韩凤亭原有许多歉意的言辞，却因卢秋心挂了电话，又都咽回了肚子里。他心中闷闷，虽想着要说服大哥，却也知兄长未必会听从自己的言语。恰是这时李副官走过，叫了他一声"少督"，韩凤亭忽地蹦了起来，问道："你叫我什么？"

李副官吓了一跳，心道少督这是怎么了，便道："自然是叫少督啊。"

这个称呼，韩凤亭一天不知要听上几十遍，然而这时他却如若从梦中惊醒："是了，你叫我少督，其实我一不曾掌兵，二不曾做事，哪里就配得上少督这两个字了？反是大哥，大家只称他作韩大爷，可是哪一个敢小觑了他？"

李副官心想这不是废话吗，谁敢惹你大哥啊。却听韩凤亭又道："只因我并无什么本事，所以只能在这些称呼小事上做文章，也正因我没什么本事，大哥才不会听我的话。"

李副官又吓了一跳，心道难不成这对兄弟要生分不成？韩凤亭却看出他的意思，道："你不要多想！我的意思，是想之后需做出一番事业才好。"

李副官这才放下心来，因笑道："这当什么紧，您是督军的公子，将来还愁这些？"

韩凤亭摇手道："不是这样讲。"他心里觉得，自己想做的事，和父亲、兄长，当是不大相同的。只是具体应该做些什么，一时却还没有个定论。

韩凤亭思量不提，韩文龙这边睡了一个午觉，便起身装束，预备去参加财政总长夏子奇家的宴会。韩凤亭道："大哥，你今日才到，怎就要去参加什么宴会，不如好好歇歇。"

韩文龙道："你懂什么，这都是事先计议好的，要不是清理闫东起那老家伙，我早就到京城了。"

韩凤亭一听就明白了，说是宴会，实际上很有些相亲的味道。只夏静好原是个受过西方教育的小姐，又被父母宠惯了，因此夏子奇并没有把这件事露出端倪来，面上只说是财政总长宴请宾朋，韩文龙又是其中之一罢了。

韩文龙既然要去，韩凤亭自然也要一同前往。他得知兄长此行目的后，便准备了一套如今京城里最时式的西装，韩文龙却把手一挥："我不耐烦穿这个，活像个小白脸。"其实以他的相貌，倒是很符合"小白脸"这三个字的概念，但这个话自然没人敢说。到后来韩文龙依旧是一身军服，和韩凤亭一起去了夏家。

这夏子奇官居财政总长，正是一等一的位置。他的小姐又是一位最时髦的京中名媛。这一晚的宴会自然也就布置得格外隆重，只见那长桌上铺了雪白的台布，上面一束束鲜花争奇斗艳，一旁的跳舞厅里洒了云母粉，又有夏总长专门请来的一位俄国的钢琴圣手伴奏。再看那一位位夫人小姐衣香鬓影，笑语声声，真是好一番繁华景象。

韩凤亭是久见这样场合的，并不以为异。韩文龙却皱起了眉头，道："京里的女人原都是这样打扮的？"

他说这话时，前面不远处正站着两位小姐，一位穿着中式的旗袍，颈项间一条熠熠生辉的珠链，也还罢了。另一位穿的却是西式的跳舞服，露了半个雪白晶莹的后背出来。韩文龙道："这都是什么衣裳，很不像样！"

韩凤亭一听，就知道自己这位兄长久不进京，倒要闹笑话了，忙把他拉到一旁，道："那西式的跳舞服都是这样子的，大哥你可不要乱说！"

韩文龙倒也晓得这西方的风俗服饰，有许多是与东方的审美大相径庭的。况这又是旁人的女眷，因此虽看不惯，到底不曾多说，心里只想：那位夏家的二小姐，顶好不要是这般装束。

二人进了夏家，自然是先要见过夏子奇，这位财政总长矮胖的身材，左右手上，各戴了一个金刚钻的戒指。他自然也知道韩文龙今晚所为何来，但因一切未定，口头上却不挑明，只十分亲热地寒暄了几句，又笑道："我年纪大了，二位贤侄却是青春年少的时候，那边有一个跳舞厅，正是青年人聚会的地方，二位不妨也过去转转。"

所谓听话听音，夏子奇说是"青年人聚会的地方"，韩文龙心里明白，那位夏二小姐多半就在里面，便点了点头，同韩凤亭一路去了。他一身戎装，又生得是这般模样，这一路上，也颇收获了一些小姐赞赏的目光。

韩凤亭因笑道："那位夏二小姐我是识得的，等下便介绍你们认识。”谁想二人进了跳舞厅，韩凤亭扫视一周，并未见得那位夏二小姐的人影，不由奇怪，道：“大概是夏二小姐还没有进来，我们且等等就是。”

谁想一等两等，仍是不见这位夏二小姐，这其中又有许多人得知韩文龙身份，也不怕他一张冷脸，都上来大献殷勤。韩文龙很是不耐烦，向韩凤亭道：“我去外面走走。”竟不待韩凤亭答话，便径直来到了院子里。

这夏家的花园，自然也是巧心布置，此时月上中天，如冰似水，正是一番清幽的景致，只是许多宾客都在房中，并无人在外面赏玩。韩文龙跺一跺脚，倒觉得这里比那些夫人小姐聚集之处要舒服许多。

正在此时，忽听一个柔细声音道：“我方才看了韩家那位大公子一眼，生得也是相貌堂堂的，静好你怎的不满意他呢？”

这句话一出，韩文龙心中不由一动，这说话声音是自旁边一簇花树后传来的，随即便听另一个女声道：“他生得再好，也不干我事，这韩大公子，旁人都说他声威赫赫，我却说他有三不可嫁。”

韩文龙心里知道，这说话的人，定就是那夏家的二小姐夏静好了，听她的声音也还动听，其中又带了许多高傲的声气。只听她道：“这韩大公子原有妻子，却一病死了，此刻不过是续娶，我夏静好焉有为人做继室的道理？这是其一。其二，从未听说这韩大公子受过什么西式的教育，将来我说东，他倒以为是说西，婚后如何可以交谈？其三，嫁了韩大公子，便要随他去往山东，这我也是不愿的。京城里的繁华，岂是外面可以比拟的？”

先前那女声道：“这也说得是，只是你若不愿，你的父亲可同意吗？”

夏静好便道：“我父亲最是疼我，我若不肯，他定不会强迫我嫁人的。我细细想了，将来总是要嫁一个外交官的，又要有程芳容那般的相貌，方才遂我的心愿。”

韩文龙只听得大皱眉头，心道一个女子分分钟把自己想嫁何人挂在嘴头，也不是个好的。况她既不愿，难道我还上杆子求你不成？不由得转身就走，那两个女子立在花树之后，却不知自己这一番谈话已被人听了去。

韩文龙大踏步朝厅堂里走，要去找夏子奇，告诉他不做这门亲事。谁想刚进门里，正有一个女子往外出去，韩文龙走得疾，险些撞在她身上。那女子可也不慌，轻轻地一个侧步，便让了开来。向韩文龙笑了一笑，便径直而去了。

这女子并不在意，韩文龙却不免多看了她两眼，原来这大厅中处处繁华，这女子可只穿了一件雪青的长衫，上面也没有什么绣花，身上除小指上戴了一枚银戒指，并无其他的首饰，简素无华，风韵天然。再看她年纪约有二十五六岁，气质并不似一个仆役，倒不知是个什么人物。

三

韩文龙琢磨着回到跳舞厅里，韩凤亭见了他，忙一把拉住："大哥你去哪里了？那夏二小姐已经到了！”原来这花园里另有一条捷径可通往跳舞厅，韩文龙并不知情，因此反而是夏静好先走了进来。

韩文龙便顺着韩凤亭的指点看过去，只见一个穿水红色闪光缎西装的小姐正站在那里，水红本来是艳丽的颜色，偏又是闪光的面料，灯下一衬，真是满室生春。她胸前也佩了一串珠链，手腕上戴了一个钻镯，那只钻镯上的钻石足有黄豆大小，上面又间隔了红蓝宝石，微微一动，宝光灿烂。再看她的相貌，自也是十分美丽，只有一件事奇异，这位夏二小姐的眉眼之间，和方才见到那女子很有些相像的意思。

因这一点，韩文龙不由注目片刻，他这样一个人，就是不言不动站在那里也足够惹人注目，何况如今他目光炯炯。夏静妤也向他看去，这一看却是一惊，她原当韩文龙行伍出身，必然是一个粗野的相貌。现下一看却不尽然，她不由和身边密友窃窃私语："那个就是韩文龙？"

韩文龙久不在京中，那密友也不识得，却道："穿着军装又是生面孔，我猜测定是他。"

夏静妤不由道："真令人想不到，不想这样一个人，竟有兰陵王的品格。"

韩文龙与韩凤亭不同，他幼时是被乃父逼着扎扎实实读过几年私塾的，又因他是战场上下来的，夏静妤声音虽小，他也听得清楚，心中不由恼怒，暗想这是说我像个女人？再说那高长恭又是被毒死的，这是咒我不成？其实夏静妤受的是西洋教育，一口英文说得虽好，却并不晓得兰陵王真实事迹，不过当这是一个俊美男子的代名词而已。

且说韩文龙这边又有了误会，自然也就不想再和夏静妤多做交谈，而那夏静妤又看了韩文龙一会儿，见他外貌虽然不差，可举止却全不讲究，饮葡萄酒如喝大碗茶，半点不似个文明种子，便也失了兴趣。

这一对男女尚未交谈，已有了些相看两厌的味道。韩文龙觉得索然无味，转身正要走时，却见方才那衣着简素的女子走了进来，在这金粉场中，这女子实是与众不同的一个存在。又见她上前和夏静妤道："母亲在小花厅里等你。"夏静妤听了，便匆匆而去。那女子也随着过去了。

韩文龙不由便问："那个女子是谁？"

韩凤亭道：“哪个女子？”

韩文龙道：“就是刚才和夏静好说话，穿雪青衫子，二十五六岁的。”

韩凤亭想了一番：“哦，那是夏家的大小姐夏静好，她不喜欢交际的，大哥你怎注意了她？”

韩文龙道：“也只她打扮的，还像个女人的样子。”

韩凤亭啼笑皆非，也不好多说，韩文龙又道：“看看就走吧，我去找夏子奇打个招呼。”

韩凤亭奇道：“这是怎样说？大哥你和夏二小姐连一句话都还未说吧？”

韩文龙道：“这不必说。总而言之，我对这样的女子无甚兴趣，虽然老头子有意思，他总做不了我的主。”他是一个性情很骄傲的人，便不肯说出夏静好也看不上他的事情。

韩凤亭一听，倒觉有些可惜。但这种事情，自己一个做幼弟的并不好插口。只得随着韩文龙一起去向夏子奇告辞。这时，夏子奇也从妻子那里得知了二女儿对韩文龙不甚满意的事情，此刻见到韩文龙也没有看中自己的女儿，这心情可就有些复杂。既觉得韩文龙也不中意，省去了许多麻烦；又遗憾自己与韩督军的合作虽然达成，到底少了一层保障；私下里，又暗想我家静好在京城的仕女里也是有名声的，你小子居然看不中，实是没甚眼光。

夏子奇心里许多纠葛不提，面子上还是摆了个和蔼的态度。双方告别之后，韩凤亭又向韩文龙问道：“大哥，你不娶夏家的小姐，果真没什么妨碍吗？”

韩文龙不耐道：“这都是我们的事，你一个小孩子，管这些做什么。”

韩凤亭心中就有些酸涩，道：“大哥，我可已经二十岁了。”

韩文龙一听，不免停下脚步，上下打量了韩凤亭一番，原来他长了韩凤亭十余岁，又有数年未见，心中还把韩凤亭当成那个十来岁的孩子。这时一看，自己这弟弟身高腿长，一表人才，不由笑道：“原来你也这般大了。也罢，老头子和夏子奇私下里原是有一种合作的，这联姻，不过也是合作的办法之一，说起来确是从夏家娶一个小姐要好些，不过……”正说到这里，忽听前面一阵喧哗，有人叫道：“怎么回事？”又有人道：“没事，一个穷要饭的撞了腿，讹钱呢！”

此时二人已走到夏家门前，兄弟两人一起向前面看去，原来是一辆汽车撞倒了一个乞丐，那乞丐一条腿都是鲜血淋漓，那汽车上的司机可并没有下来，只扔了两块钱，嚷道：“这也足够你看病了，还不快走？”

韩凤亭看了，也不知怎的，心里忽然有一个念头：“若是老师在这里，必会救助。”这样一想，他便也有了上前的意思，谁想这时却走出一个人来，道：“我来看看。”

这人一身雪青色衫子，竟然是夏家的大小姐夏静好，她手中提着一个小箱子，来到那乞丐面前，道：“别慌。”

这样一个大小姐竟来为乞丐看伤，那乞丐都呆住了，道：“不，我哪里配……”夏静好笑道：“这又有什么不可以呢？”便从箱子中取出酒精棉花等物，先清洗了伤口，又细细检查一番，随后为那乞丐上了药，又包扎伤口，道：“你的骨头并没有断，只是些外伤。好好休息一些时日，伤口不要沾水，不要碰到脏的东西。”细细交代，绝没有因这是一个乞丐而有半点轻视的意思。

那汽车上的司机也怔住了，夏静好处理完毕，便站起身向他道：“你撞了人，总要予以补偿，我想这两块钱是不够的吧。”

若是一个寻常人说这样的话，那司机必不理睬。然而，如今这夏静好明明白白是从总长的家里走出来的，气度又不凡，那司机只得掏出二十块钱，掷给那乞丐道：“算你好运道！”

那乞丐接了钱，向夏静好千恩万谢，夏静好只一笑，并不如何在意，提着箱子要往回走。韩凤亭在一旁看了，不由赞道："这个夏家的大小姐，倒还真是个好样的。"回头却见韩文龙一双眼睛紧紧盯着夏静好，奇道："大哥？"

他却不知，韩文龙见到方才夏静好的所为，想到了自己幼时经历。

原来韩家当年亦是寒微，韩文龙幼年时，一日去私塾路上，也曾被马车撞倒。当时那马车是镇上大户人家所有，撞了他之后不但没有救助，反而口出秽言。韩文龙当时年纪尚小，不知应对，是镇上一位老医生的女儿救助了他，又为他包扎伤口。

这一幕在韩文龙心中留下的印象极深，后来韩家有了势力，韩文龙一心想要报答，谁想那老医生早已搬了家，这许多年再未寻得他们下落。如今他见了夏静好为那乞丐包扎，不知不觉中，这位夏家大小姐的身影竟同幼时那救治过他的女子合在了一起。

鬼使神差地，韩文龙上前叫住了夏静好："夏大小姐。"

夏静好回头见到是韩文龙，她对家中之事亦有所知，便上前笑道："韩大爷。"

韩文龙问道："你成亲了吗？"

这一句话问出，连韩凤亭都呆了一下，交际场上也要讲究个分寸，绝没有这样上前直不愣登问人家婚事的。幸而夏静好并未生气，只笑道："韩大爷不知，我原是守独身主义的。"说罢，拎着箱子翩然而入。

韩文龙听得茫然，便问韩凤亭道："什么叫作守独身主义？"

韩凤亭到底在北京住了几年，这些事情上比韩文龙要懂得多，道："你看她小手指上戴那个银戒指，那便是独身主义的意思。"

韩文龙还是不解，道："那又是怎么说？"

韩凤亭道："就是一辈子守着独身，不结婚的意思。我倒忘了，夏家的这位大小姐这般宣言也有个两三年了。听说她在外国读过书，学的是医学，回来后便说要守独身主义。”

韩文龙一听，哈哈大笑：“这都是胡扯，但凡是个女人，哪有不嫁人的道理。”韩凤亭听他话里的意思不对，便犹疑道：“大哥，你……”

韩文龙摸着下巴道：“若要和夏家联姻，这位大小姐倒是很好。”

夏府这边灯火辉煌，在韩宅，被关着的白横宇可是一阵阵的凄风苦雨。嘴里也不知念叨了多少神仙菩萨，好保佑他逃过眼下一劫。

正念叨时，忽见那地窖的门无声无息地开了。白横宇一惊，心说这不是要拿我出去吃枪子吧，再一看，进来的却是个貌美的大姑娘，手里提着一盏灯，面上笑意盈盈的。白横宇奇道：“你来做什么？”

这女子正是大鼓娘齐四喜，白横宇也听说过韩凤亭身边有这么一个人，心中纳闷，心说这女人不跟在韩凤亭身边，怎么到地窖里来了？却见齐四喜放下灯，上下打量了他一阵，道：“你就是白横宇啊？”

这话音儿里显着并没有什么恶意，白横宇就道：“是我。”

齐四喜笑道：“我听说你在北京城大小也是一号人物，这些年，你在银行里应该也有不少存款吧。”

白横宇道：“了不得！你也懂得银行存款这回事，不瞒你说，我在城里有宅子，银行里还存了三万块钱。”他心中忽然生起希望：“你要能放我出去，我这些钱都给你。”

齐四喜的眼睛亮了一下，随即道：“我要是放了你，你打算怎么办呢？”

白横宇道：“这里是不能待啦，了不起我便到南方去，我有这个能耐，怎么还不能活了？”

齐四喜点了点头，忽然又问：“你有老婆没有？”

白横宇一呆，心说她问这个做什么，便道："没有。你放是不放我？虽说韩凤亭有钱，他也总不成一次就给你几万吧。这个钱你拿着，就是你的私房钱，谁能说个不字。再不然，我的宅子也可以转到你名下，只要你肯放我。"

齐四喜雪白的门牙咬着嘴唇，也不说话，过了好一会儿，终于开口道："我放了你也可以，只有一个条件。"

白横宇大喜："什么条件？但凡我能做到的，我都给你。"

齐四喜道："却也不是什么难为的。"她半扭了脸，笑道："你得娶我。"

这一下，白横宇真正呆住了。他吭哧了半天，终于道："你……你不是韩少督的人吗？"他心说我设计韩凤亭不成，又要拐他的女人，这要真叫韩文龙知道，还不把我活剐了啊！

齐四喜道："谁说的！"眼见白横宇一副不信的态度，又道："我也不瞒你，我起先……也不是没有这个意思，人家看不上我，我能怎样？"原来自大王庄回来后，她也曾再三向韩凤亭询问，但韩凤亭亦是明明白白地表示，对她并没有男女之间的意思。

白横宇还是不信，道："你这样美貌，韩少督竟看不中你？"

齐四喜把嘴一撇："若他有这个意思，我又来找你干吗？"这话说得不好听，可白横宇反倒信了，心说果然是这样，可又不免怀疑，道："你到底是韩少督的恩人，他难道就少金钱上的报答了？为何要找我呢？"

齐四喜道："我一个女子，光有钱也不成啊，总得嫁人才成。不嫁人，我哪里有依靠啊。"她见白横宇神色愕然，又道："我可也不图别的，就要三样：第一，我得当大老婆；第二，他得有钱；第三，也得是个年纪轻轻的长得又好的，配得上我才是。"

白横宇不由道："你……"他原想说你难道就找不到这样的，偏要寻一个得罪了韩大爷的我？可细一想，这还真不容易，齐四喜一个唱大鼓书的，平日里所遇到的，多是些下层人。便有那年轻有钱的，也多是存了玩弄的心态。真要做到她说的那三样，实在是难之又难。他正想到这里，齐四喜又道："我这样说，你是不是觉得我很没有廉耻？"

白横宇皱眉道："这倒不是。"真说起来，三教九流里，尽有那为了钱什么都不顾的，齐四喜多少要比她们好些。齐四喜见他语气也还诚恳，叹一口气道："这宅子里，我有个小姊妹叫蝶影，心心念念等着一个男人，可那男人没钱不说，又未必能娶她，这样的事，我是不肯的；我也见过你们江湖人里，有一位庞二当家的，真正是女中豪杰，快三十岁了还是老姑娘，可是人家有本事，自己就能支撑起来，我是比不得的；别样的我做不到，我就想正经嫁个人，这有错吗？"

白横宇嘴张了又合，可也说不出来什么。他心里想着，若是让齐四喜把自己放出来，一来自己能逃得一命，二来又白得一个美妻，就算这事儿泄露出去，韩文龙恼怒了自己，那结果还能比现在更差？便爽快道："成，你要能把我放出来，我包准娶你！"

四

韩文龙是个雷厉风行的人，他既觉得这夏家大小姐要比二小姐好，转身就要往回走，韩凤亭忙把他拦住，问道："大哥，你怎么又要回去？"

韩文龙道："我去和夏子奇讲，二小姐不娶了，娶他家大小姐。"

韩凤亭忙道："等等！夏大小姐守独身主义的事情，京里人都知道的，你去找夏子奇……"话未说完，已经被韩文龙截断，他不以为然地道："女人不嫁人，还成了什么世界，这都是胡扯。"

韩凤亭道："我听说夏子奇也做不了他家大小姐的主，你去找他也没用。"

这句话倒是打动了韩文龙，他思索片刻道："你说得也是，我竟不如直接去问夏大小姐。"正说着，却见夏静好提了一个更大些的箱子再度出来，韩文龙大踏步走上前，道："夏大小姐，我有话和你说。"

韩凤亭心说大哥怎么当面锣对面鼓地就说上了，只怕是行不通，可这时也不好说，只站在一旁。就听到韩文龙与夏静好道："韩家和夏家的约定，我看夏大小姐似乎也不是一无所知。我就直说了，我看夏大小姐你人很不错，不如就你嫁给我。"韩凤亭从前虽也是个无法无天的，听到这里却也一伸舌头，心说大哥你也太直接了，哪有第一次见面的一个小姐，就这般说话的。

可夏静好不气不恼，只微微笑着听了，直到韩文龙说完了，方道："韩大爷只怕没有明白我刚才的意思，我原是奉行不婚主义的。"她这次用的是"不婚主义"，意思就更分明了些。

韩文龙皱眉："我知道，刚才也听凤亭说了。只是女人家不嫁人，哪成个道理？你既终究要嫁人，不如便嫁我。"

夏静好道："我读书时，学的是医学。"

韩文龙不明所以："这又怎样？"

夏静好道："也没什么，但我既学了这个，便想把终生的事业用于此处。我想一个人的一生，时间精力终是有限的，嫁人生子固也很好，却非我所愿。韩大爷手握重权，自有鸿鹄之志，对我这燕雀的念头不甚了然，也在情理之中。"说罢欠欠身，越过韩文龙，径自走了。

韩凤亭这些时日随着卢秋心，颇学了些东西，自也听懂了夏静好这一番话的意思，见她给了大哥不软不硬的一个钉子碰，竟有些好笑，可看了韩文龙的脸色，到底没敢笑出来。

韩文龙面沉似水地上了汽车，这一路上，一句话都没有说。直到回了韩宅，他忽地向前来迎接的李副官问道："那卢先生呢？"

韩凤亭一听着了慌，心说大哥这是怎的，在夏大小姐那里碰了钉子，又想到老师这里来寻赞同不成？却听李副官道："卢先生出去了，一直没有回来。"

韩文龙哼了一声，声气儿中就已带了些不好。韩凤亭想了想，上前道："老师倒是和我说过，因有一桩新闻，他要出去几天。"

韩文龙冷冷扫了他一眼："这个时候他出去，只怕是躲我吧？"心里更加不乐，便进了屋，只觉今天是处处不顺，连喝了几大口凉茶，也没压下心中的火气，又问："那个白横宇呢，把他给我带上来。"

两个护兵下去地窖里提人，不多会儿回来道："报告，白横宇不在地窖里！"

韩文龙"噌"地一下站了起来："不在！你们是饭桶不成？这样一个人也看不住！"他连骂了几声，又道："这人必跑不远，你们先把家里这几道门都锁上看好，然后挨个方向去追！"护兵答应一声，忙忙下去。

韩文龙平顺了一下心气，正要再细致安排一下如何追捕人之类的事情，谁想还没等他分配，就有护兵上来报告，说是已捉住了人。原来白横宇还未跑远，四下里门一关，正成了个瓮中捉鳖。韩文龙一听，怒道："把他给我带上来！"那护兵却犹豫着不肯答话，韩文龙道："怎的？"

那护兵犹豫着道："抓住白横宇时，那齐小姐也在……"

韩文龙一听恍然，心道难怪白横宇能逃出去，原来有这么个吃里爬外的，不由大怒："把那个女人……"到底想着齐四喜曾救过韩凤亭，便道："那个女人先关起来，把姓白的小子先带过来。"护兵答应一声，时间不久，便把白横宇拖了上来。

这时白横宇已是魂飞魄散，韩文龙拔出勃朗宁，点着他的下巴：“你这小子倒是胆子很大，只可惜，也只到今天为止了。”说罢手指便摸上了扳机。

白横宇自身就有神枪手的名号，哪里看不出韩文龙这是要动真格的，一时间汗出如浆。可他也知道这个时候，求饶哭喊是一概没用，眼见韩文龙的食指就要扣下，他鬼使神差般地大喊一声：“我知道马成鞍的下落！”

这一句话，这时候真比什么都管用，韩文龙眉峰一挑，食指慢慢地放了下来：“你再说一遍？”

刚才那一句话，白横宇实是脱口而出，并不经思索。如今暂时逃离了死境，他的脑筋便飞速地运转起来，心道：我刚才说了什么？对，我刚才说我知道马成鞍的下落，所以这天煞星便住了手。可我为什么要说我知道马成鞍的下落？是了，马成鞍出卖了韩凤亭，韩家人必定最想杀他，因此我说知道他的下落，韩文龙才留了我一条命，问题是……

问题是我知道马成鞍的下落吗？

这句话在他舌尖打了个转，可没敢说出口。他心里想着，在离开大王庄的时候，在大王庄旁边的小王庄里曾见到一个酷似马成鞍的身影，可一来自己并未确定，二来又隔了一段时日，谁知道马成鞍还在不在那里？然而话又说回来，现下自己若要说个不字，必会送命当场。他整理了一下思绪，便道：“韩大爷，我确实是知道那马成鞍的下落，但是须得我带您去才可。”他生怕自己报个地名，韩文龙知道后又杀了他，因此这般说。

韩文龙慢慢转着勃朗宁：“你这是威胁我？”

白横宇忙道：“我哪里敢！只是想着要能替韩大爷带路，也算为您尽了一点儿心力。”这话说得他自己都有些恶心，无奈人在屋檐下，不得不低头。

韩文龙又转了一圈勃朗宁，忽地调转枪口，正戳在白横宇的脑门上，白横宇被他吓得一哆嗦，韩文龙却哈哈大笑："好，我便先记下你这条命，明天便由你带路去抓那叛徒。"

白横宇忙道："是，是！"

待到有大兵要将白横宇带下时，白横宇到底还是顾念着齐四喜，道："韩大爷，那位齐小姐也只是起了同情的心理……"

韩文龙不耐烦道："得了，一个唱大鼓的，什么小姐，她总是救过凤亭，老韩家不干那忘恩负义的事。"

白横宇一听，知道齐四喜没有性命危险，这才放下心来。

这一晚闹闹哄哄，发生了不少事情。次日一大早，韩文龙点了六个护兵，带着白横宇就要往郊外去，韩凤亭念着那马成鞍，也随着一起去。李副官老成持重，就留下看家。

韩文龙出门自然是要开汽车的，风驰电掣的，不用多久就到了白横宇指点的小王庄，这村子并不很大，里面也不过十来户人家，村口一条河倒是不窄，弯弯曲曲由山里流出。韩文龙扫视一圈，道："你说马成鞍就藏在这里？"

白横宇一双眼滴溜乱转，韩文龙也不等他回答，吩咐两个护兵道："去，你们挨家去问上一遍。"

两个护兵答应一声，这村里人少见大兵，不免闹得鸡飞狗跳，然而一圈搜了下来，并没有见到这村里有一个与马成鞍相似的人。韩文龙冷森森看着白横宇："你怎么讲？"

白横宇心说我怎么讲，马成鞍跑了呗！但这话自然不能说，否则自己还要命不要？也亏他脑筋转得快，张口就道："马成鞍也不是傻子，他白日里并不在此处，都躲在周围山里，晚上回来弄些吃的。"说这话时，他想着当日在小王庄里见到那酷似马成鞍的身影时，确也是在傍晚，自己这话可也不算空穴来风。

韩文龙看了一眼，这小王庄附近的山虽不算多高多广，可自己也只带了六个兵进来，就算加上自己和韩凤亭也才八个人。他自己带过兵，情知这点人撒进山里就看不到了，便阴沉沉地道："也罢，我便给你多一晚时间，到时若捉不到，先崩了你。"白横宇连声称是。

这时离入夜还有一段时间，便有一个护兵去找了小王庄的村长，商量住宿的事情，那村长战战兢兢，连忙让了自己住的屋子出来，又去打酒杀鸡。韩文龙道："我也不白要你的。"甩了五十块钱出来，那村长不料自己倒发了一笔小财，千恩万谢不提。

韩文龙自也不会在这屋子里待上太久，眼见那村口那条河还算是个景致，便到河畔去转上一转。谁想到了河边，却见到地上摆着猪羊香烛，不免奇怪，问道："这是什么个意思？"

那村长一直远远缀着，不敢太过上前，可也不敢真就放这煞星四处闲走。此时见韩文龙问话，忙上前道："回军爷，因河里有龙王爷，所以我们祭祀供奉。"

"龙王爷？"韩文龙把那长眉一挑，"不过是些愚夫愚妇的说法。"

村长忙道："这实是真的。那龙王爷也是今年才来我们这小村子的，就住在这河里。"

韩文龙眼角扫了面前河水一眼："这么个小河沟子，也说是有龙？"其实这河水颇宽阔，并不似他说的那般。那村长听了，连忙又道："是真的，是真的！蛟龙出水，老辈儿都有说法的。况且那龙王爷见过的人也不止一个，先前我们不知道，还有人冒犯了龙王爷，反被伤了，现下供奉之后，龙王爷便不伤人了。"

韩文龙对此嗤之以鼻，倒是韩凤亭问了一句："你怎知那人是被龙王伤的？"

村长正色道："不瞒军爷，原是被伤那人自己也见过龙王爷的，何况就看那伤口，可不是什么寻常野兽做得出的。”

韩凤亭也是年轻好事，就问道：“那人在你们村里吗？”

村长道：“在的。”

韩凤亭道：“那你带我去看看，我倒要问问这龙王爷到底长个什么样子。”

韩凤亭既去了，韩文龙无可无不可地也一同前往，委实是因为这村里实在小且无聊，这好歹也算一桩事做。谁想他们随着村长进了村口一间屋子，却见到房中有个熟悉的女子人影，韩文龙不由道：“夏大小姐？”

那女子转过身，正是夏静好，只是她现在身上穿的衣衫更为朴素，不过是一件蓝竹布的长衫，小手指上依旧戴着那个戒指，灯光下反射出一点银光。韩文龙见了，不免有些刺心，韩凤亭知道兄长昨日和夏静好有过那样一番对话，担心二人不好对答，便抢先上前道：“夏大小姐，没想到今日在这里见面。”

夏静好笑了一笑，招呼道：“韩大爷，韩少督。”

韩文龙皱眉道：“你一个大家小姐，到这里是做什么？”

夏静好还未说话，那村长忙道：“夏小姐是有名的‘菩萨小姐’，常来这附近治病看伤，又不要钱，真是菩萨一样的人物。”

韩文龙不免又要皱眉，心道你是总长的女儿，做些什么不好呢，倒要这样难为自己？可是转念又想到夏静好为那乞丐看伤之事，若她没有这样的胸襟，又怎会做出这样的事情？这些话到了嘴边，竟难得地踌躇起来。夏静好反倒从从容容地道：“我学医数年，不过是学以致用而已，王村长客气了。”

村长搓着手，有心想说两句客套的话，苦于不知从何说起。夏静好却向韩文龙道：“韩大爷，我有一事不明，你请看这位伤者，他的伤口十分奇怪，我从未见过。”

韩文龙这才醒悟到自己前来的目的，此时一看，那伤者是个四十多岁的男子，生得很是雄壮，然而一条左手臂却已断折，虽已被夏静好处理过，仍是十分狰狞。夏静好叹道："这条手臂已经废了，实在可惜。"

韩文龙"嗯"了一声，素日在战场上，他见过的士兵比这惨烈的更有许多，并不以为意，倒是那男子的伤口让他注目了半晌："这……"

那并不是被刀切断、炮弹炸断的伤口，倒像是被什么东西生生咬断的，可这里能有什么动物？狼？狼可咬不成这般平整。熊？却也不像。那还能是什么？可没听说这里也有老虎啊……他正沉吟时，韩凤亭却先叫出来："这倒像个巨嘴怪咬的。"

这其实是他先前看些神怪小说，中间恰提到个巨嘴怪，一张巨口，一嘴钢牙，因此脱口而出。然而韩文龙与夏静好听了，却均觉十分恰当，那男子反是一脸惊惶，挣扎着道："不，不，是龙王，龙王爷！"

韩文龙不耐烦道："你还真见到了不成？龙王是个什么样子，你倒是说说？"

那男子瞪着眼睛："真的是龙王爷，那身子有几丈长，一身的鳞甲，会腾云驾雾……"韩文龙听他越说越不成话，便走了出去。

夏静好又在里面处理了一下伤势，方走了出来，向韩文龙道："韩大爷，这个人是前几日夜里去到河边，才受了伤，据他说，他是死命地跑方才挣了一条命回来。"

韩文龙道："夏大小姐，你是在西洋念过书的，倒信有这些事？"

夏静好笑了一下："我不大信，何况他也未必看清。他被咬伤那一晚原起了大雾。白雾掩映下，他心中又恐慌，一时错乱也是有的。"

韩文龙阴沉沉道："照我看，这倒是人祸，说不得是什么人在这里装神弄鬼。"正说着，忽然一大滴冰凉的雨滴直滴到头上，他一怔，随即就手把夏静好往屋里一推："下雨了，快进去。"

这场雨来得又大又疾，把几个人都阻在屋里。韩文龙觉得夏静好一个女子待在这村里不好，原想叫人先开汽车送她回去。没想那汽车偏又坏了，韩文龙不由得暴躁起来，夏静好倒不介意，笑道："韩大爷，不妨的，我从前也在这里住过。"

韩文龙沉着脸："今晚上，你就和我们在这里。"又跟上一句："和你单独一个屋子，我不是要对你怎样，只是我觉得这里有些不对。"以他个性，能加上这么一句解释，已是很不容易。

夏静好点了点头："如此，那就谢过了。"

这一场雨，淋淋漓漓直下到了晚上，村长见韩文龙心情不好，特地寻了一坛老酒出来，韩文龙尝了一口，虽说是乡野风味，倒也有些意趣。他分了些给那几个护兵，自己只留了一壶，温了分与夏静好，又要给韩凤亭，韩凤亭却觉得自己在这里有些碍事，寻个借口溜了出去。

夏静好接了那杯酒，并不推辞，只道："多谢韩大爷，只我酒量不好，喝这一杯也就是了。"说罢双手扶起酒杯，一饮而尽，只看这个架势，并不似酒量浅的。韩文龙看着她纤纤的一双手，治得了伤，喝得了酒；再看面前这个人，灯红酒绿的宴席也去得，这黄土朝天的乡间也来得。这样的女子真是难得，若要嫁了自己，可是一件快事，可她偏又守什么独身主义，真令人想不明白。

他心里想着，也就说了出来："我便是不懂，你是个女子，怎的不嫁人呢？"

夏静好笑道："为何一个女子定要嫁人呢？"

韩文龙道："这不是天经地义的事儿吗？"

夏静好道："何为天，何为地，经是什么，义又是什么？还请韩大爷细细地说来。"

韩文龙怔了一怔，真让他说其中的道理，他可也不知该说些什么，便道："你一个女子，若不嫁人，岂不孤单？"

夏静好道："我既有家人，亦有友人，平日又需去看病，并不觉孤单。"

韩文龙又道："那你无有子女，年老之后，何人赡养？"

夏静好道："我自有本事谋生，便是年老，靠积蓄也可养得自身，何须旁人赡养？"

韩文龙被她问得说不出话来，正在这时，韩凤亭急匆匆跑进来道："大哥，我在外面看到了一个人影，倒像是那马成鞍！"

五

韩文龙之所以来这村子，便是为了马成鞍，一听韩凤亭这般说，忙冲了出来，百忙中犹留下两个护兵，一个看守白横宇，一个护着夏静好。自己则和韩凤亭带着其余四个护兵一路出外搜捕。

这时雨已比白日里小了许多，但地上泥泞不堪，天上又无星月，搜寻一个人实在也是十分困难。几人绕着村长的屋子走了一圈，并未看到人影。韩文龙问道："你是怎样看到他的？"

韩凤亭道："我方才走到门前看雨，遥遥看到有个人影偷偷摸摸地过来，面目看得不清楚，但身形实在很是像他。"

韩文龙挑眉道："他倒胆大。"这时村长听得外面骚乱，也跑了出来，韩文龙便道："你告诉村里的人，我要找一个可疑的男人，中等的身材，四方脸。但凡出来找的，都有五块大洋可以拿，若找到的，便有二十块大洋的奖赏。"

村长一听，忙去叫人，正所谓重赏之下必有勇夫，许多人连同妇女都出来寻找，谁想找了半晌，并无所获，到后来忽有一个青年道："这是什么？"

韩文龙上前一看，见是个包裹，已经散了，里面胡乱裹了几块玉米饼子，有个妇女便叫出声："这是我家的东西！"韩凤亭在一旁听了，暗想莫非真如白横宇所说，那马成鞍是躲在周围山里，自己方才见到他是来村里找吃的？可是现下这人又到哪里去了？

他正寻思着，忽听远处隐隐传来一声惨叫，因在黑夜之中，四周又有雨声隐隐，格外令人胆寒。韩文龙霎时就拔出了勃朗宁："走！"刚迈了一步，村长却一把拉住他的手臂："走不得，大爷！那声响是河边发出来的，怕不是龙王爷发怒了！"

韩文龙怒道："见他娘的鬼！"一把甩开村长，朝着河边的方向便去，韩凤亭忙跟在他身后，余下的四个护兵跟随韩文龙多年，同他水里来火里去，这时自不惧怕，随着韩文龙便走。

谁想才走了十余步，忽一个炸雷下来，只震得人双耳嗡嗡作响，随后那头顶的天便似漏了一个大洞，大雨不要钱一般猛浇下来，只浇得人双目难睁，步履维艰。那村长吓得忙跪倒在地，磕头不止："龙王爷息怒，龙王爷息怒！"

这等情形之下，就那四个护兵中都有一个忍不住道："难道真有什么龙……"一句未完，韩文龙一个耳光已经抡了上去，那护兵连忙把嘴巴闭得跟蚌壳一般。

然而这般大雨，实在也是无法前行，万般无奈之下，韩文龙也只得愤愤然带着兵回去了。

一夜无话，次日一大早韩文龙便醒了，他心中惦念着这件事，也不及吃早饭，召集了手下便要往河边去。韩凤亭还没怎么清醒，喃喃道："大哥，你做什么？"

韩文龙道："我要去河边看个究竟，你若要睡便留在这里。"

韩凤亭昨晚半夜没睡，虽然困倦，想一想到底还是爬了起来，道："我也一同去。"

几人路过夏静好门前时，韩文龙扫了一眼，见房门紧闭，心道这女子多半还未醒来，又想这时天已亮了，那白横宇也被锁得紧紧的，便把六个护兵都带上，一同走了。

一天一夜的大雨之后，满地积水，行走十分困难，几人足花了三倍的时间才走到河边，只见河水涨了许多，看去白茫茫的一片。韩文龙道：“两人一组，散开细找找！”他自己则和韩凤亭两人一起，在河边搜寻。

韩凤亭还有些不大清醒，来来回回走了几段，又有些迷糊，脚下不知被什么一绊，险些摔一跟斗，韩文龙一把拉住他：“这么大个人，路都不会走？”韩凤亭有些羞愧，嘟囔道：“什么玩意儿。”用脚一踢，眼睛却不由瞪大。

他踢出来的，是一只已经泡得发白的断手。

这一下韩凤亭也不困了，精神也来了：“这是谁的手？”

韩文龙弯下腰，拾了根树枝扒拉着那只断手：“这手断了没多久，这伤口……”他忽地紧紧皱起眉头。

这伤口，与昨日里见到被咬断手臂那男人身上的伤口一般无二。

韩凤亭却还看不出来这些：“这手断了多久？不会真是马成鞍的吧，天下也没那么巧的事儿……”他忽然顿住了，眼睛紧紧盯着那只断手上的中指。那上面戴了个金戒指，那戒面与众不同，上面雕了个硕大的牛头。

看着那牛头，韩凤亭忽然想起从前自己无意间听到李副官和马成鞍的一段对话。

那时李副官向马成鞍玩笑道：“你原姓马，这戒指上雕个牛头是做什么？”

马成鞍道：“你有所不知，我虽姓马，却属牛，有个算命的给我算过，就是要随身带一只牛，才能保家宅平安。”

后来李副官又说了些什么他记不得了，可是马成鞍戒指上的这只牛，却在他脑海中留下了深刻印象。想到这里，韩凤亭忙道："大哥，这是马成鞍的手，这戒指我认识的！"

韩文龙道："你确定？"

韩凤亭道："没错，这戒指是他特意做的，旁人再不会有。"

韩文龙沉吟道："难道昨晚那一声叫真个是他？——这村子里必然有鬼！"心中竟有些懊恼未把夏静好一并带出来，便站直了身子道："都过来，先别找了！"谁想他起身之后，却发觉河畔不知何时已起了白雾，视野遮蔽，那几个护兵都不见了人影。韩文龙心里一凛，暗道不好，若真有人捣鬼，这样大雾正是最好帮凶，又喝一声："人呢，都给我过来！"

这一声中气十足，传得极远，便有护兵远远应道："是！这……"

一个"这"字说完，那护兵的声音忽然一转为惶恐："这是什么鬼东西！"可想而知，他先前想说的，必不是这样一句话。韩文龙扬声喝道："陈三，你做什么？"

那护兵再未开口，回答韩文龙的，却是一声枪响。

因着距离尚远，这枪声听起来也很是沉闷，韩文龙晓得这陈三枪法甚好，在他身边数年，也是一条好汉，谁想这枪声之后，接连又是两三枪，那声音听着很是杂乱，全不像个有章法的模样。韩文龙怒道："陈三，陈三！"

他觉得以陈三的枪法为人，绝不应如此，然而他的喊话并没有人应声，反有一声沉闷的惨叫自远方传来，那声惨叫已失了魂魄，竟分不出究竟是何人发出。韩文龙犹可，一旁的韩凤亭汗毛都竖了起来，心中暗想：难道真有什么鬼怪不成？一念至此，又一声惨叫传了过来，韩文龙展手便掏出了勃朗宁，把韩凤亭往身后一拽："别乱动弹！"

韩凤亭却上前一步，来到了韩文龙身前，比了个架势出来，道：“大哥，我最近也学了些拳脚，你小心些。”

韩文龙听得啼笑皆非。他看着韩凤亭长大，韩凤亭这等做法，在他心里就好比小孩子学大人说话，虽有感动，更多的却是好笑，正要训斥两句，却听韩凤亭又道：“世间焉有鬼怪，我猜想，这定是有人在背后捣鬼。那村长像是个老实的，只怕有旁人作祟。”

这几句话一出，倒令韩文龙有些刮目相看。原来他心中也是这般想法，何况此时远方惨叫，近处大雾，韩凤亭居然并未失措，反而能说出一番道理，这就是一件难得的事情，不由道：“你长大了。”

韩凤亭暗道一声惭愧，心道若自己未逢卢秋心之时，绝做不到如此。便道：“这都是老师教导我的。”

这句话一入耳，倒令韩文龙有所触动。先前他虽感激卢秋心，可这感激，更多是因为卢秋心不顾生死救了韩凤亭之故。虽然李副官也言道这位卢先生对少督颇有教导之功，但他心里并不以为然。可是听了韩凤亭此时所言，他心中的想法倒有些转变了。

脑子里转着念头，韩文龙依旧把韩凤亭推到了后面：“你那两下子怎比得上我，到后面去。”到底还是补了一句：“四下里都是白雾，你把身后顾好了。”

这就是把后方交给韩凤亭的意思。韩凤亭心里明白，便仔细探看。

白雾越来越大，越来越浓，先前稍远处还能模糊见到人影，现如今身前数尺便已看不分明。若是白雾中有人施个暗算，那可真是防不胜防。韩文龙回忆了一番来时的路线，向韩凤亭道：“此地不宜久留，你跟在我身后，咱们先回去。”

韩凤亭答应一声，小心翼翼跟在韩文龙身后，两人深一脚浅一脚，慢慢摸索着向回走去。来时路本就艰辛，这回去的路就更加麻烦，半天也没走出多远。韩文龙忽道：“停一停。”

韩凤亭依言停下，韩文龙道："你听，方才水声不对。"

韩凤亭便也侧耳细听，河水已涨，水声汤汤，然而他并未听出有什么不同，便道："大哥，有什么不对？我倒是没听出来。"

韩文龙又听了一听，方道："许是我方才听岔了，只是刚才一阵确有些特别。也罢，咱们先走吧。"正说到这里，他眼神忽然一变："有人，噤声！"

韩凤亭一怔，这次他也听到了，那是一个人的脚步声，不紧不慢，不疾不缓。按说这地上又是水又是泥，这人的脚步声却好像走在平地上一般，甚至听不到什么拖沓的声音。这样的脚步声，在平时自然是一件再寻常不过的事情，可是这时听来，就显得十分诡异，甚至让人产生一种疑心："有这样脚步声的，到底是不是一个人？"

这一次，韩文龙收回了勃朗宁，盖因这样的地方，手枪委实不易瞄准，反而容易误伤，他双拳护于胸前，一条腿前伸微曲，进可攻，退可守。韩凤亭也做好了防护的手段，只等那人前来。

那人的脚步声越来越近，韩文龙屏息凝视白雾，谁想就在脚步声距离五六尺的时候，那人却忽地停了下来。此时三人之间的距离极近，彼此的面目却难以辨别，韩文龙只觉那人的呼吸声几可听闻，他却不是个束手等待的，索性一跃向前，一掌就照着那人肩膀劈了下去！

这一掌来得忽然，力道又大，按说本该是难以闪避，然而那人却似已经有了准备，只把身子轻轻一侧，便闪过了这一掌。随即也是一掌还击，轻巧自如。韩文龙飞腿踢出，那人把手掌收回，悄无声息地也是一腿绊了过去。韩文龙向旁一跳，又一脚踢出，两条腿恰好别在一处。

那人动作轻巧，力道却并不小，二人相抗片刻，不分上下，到头来却是那人先收回腿，双掌一转，击向韩文龙胸前。

这人仿佛从天而降，功夫却委实精深。虽然如此，韩文龙反倒放下心来，毕竟方才许多诡秘之事，他纵然对自己说此乃人为，内心深处到底还是有三分疑惑，此时交上了手，知道面前这人并非什么妖魔鬼怪，略觉安慰。

一来一往，两人都是以快打快，转眼间已交手了十余招，那人游刃有余，韩文龙却不免焦躁，心道这敌手委实了得，再打下去，自己恐怕并不是他的对手。又想陈三虽有好枪法，拳脚却是一般，只怕便是栽在了这人的手里，一念至此，他左手打出一拳，右手便去拔枪。不想那人耳力极好，韩文龙尚未摸到枪柄，他一只手竟已搭到了韩文龙的手腕子上。韩文龙暗叫一声不好，幸而这时风声又起，原来韩凤亭观察片刻，亦是上前，小擒拿手向那人抓去。

这一套小擒拿手，实在是韩凤亭随卢秋心学艺以来，最先学起也是学得最到家的一套功夫。那人去搭韩文龙手腕，他就去抓那人的手，这一抓若是着实，那人筋骨非要受伤不可。

那人听得风声，便不再管韩文龙，手掌游蛇一般闪避开来，向上一移，韩凤亭只觉三根温暖修长的手指搭到了自己手背上，这一招实在熟悉得很，当日里卢秋心教授自己擒拿手时，这一招足拆了上百次，不由便道："老师？"

与此同时，那人也诧异道："凤亭？"

这人竟是卢秋心。

韩凤亭不由大喜，叫道："老师，你怎么在这里？"忽地他想到卢秋心说是要来乡下采集一个什么新闻，心道难不成真这样巧？

韩文龙也没想到在这里竟能遇到卢秋心，适才二人交手，自己眼见着就要落下风。他心道当时在后院里自己迫这先生出招，二人平手，卢秋心原来是手下留了情的，心里一时也说不上是个什么滋味，最终只道："你看到我的兵没有？"

卢秋心道："韩大爷带来的护兵？我并未见到。"

韩文龙心中便急，就在这时，忽听得一阵十分尖厉的哨声，韩文龙精神一振："咱们往那边去！"

白雾中虽然行走不易，可喜这哨音间歇后便会响起，又过一会儿，韩文龙终于觅到那哨音之处，另有四个护兵也循着哨音找了过来，再看那吹哨的人，竟是夏静好。

韩文龙怒道："你怎这般胆大，一个女人也敢跑出来……"韩凤亭忍不住插口道："哥，若不是夏大小姐带了这哨子，我们哪能会和？"

这话韩文龙竟无可反驳，卢秋心在一旁行礼道："多谢夏小姐。"

夏静好道："客气了，我因念着河边的事儿，一早便来这里想寻觅些线索，这哨子还是当年在法兰西带回的一件纪念品，没想今日倒有用处。"

韩文龙看那四个护兵中，并没有陈三那一组，心中揣测他们只怕是已遭了不测，只是这个时候，实在也无法营救，只得与卢秋心夏静好等人先行回了小王庄。

回到小王庄之后，卢秋心先向韩文龙道："不想韩大爷也来了这里。"

韩文龙沉着脸道："躲人竟未躲成，我看你很是懊恼吧？"

卢秋心却不被他这一句话挤对，只道："我到这里，原是为了调查那蛟龙的新闻。昨日里我进了山，被大雨拦阻着没能回来，今日才回到小王庄。"

韩凤亭忙问："老师你可在山里发现了什么？"

卢秋心苦笑道："蛟龙我并未觅得，只是昨晚我在一个山洞里避雨，见得有人藏在里面的痕迹。"

韩文龙冷笑道："我便说是有人作祟，是个什么人？"

卢秋心摇头道："我也不知，我去时，他并不在山洞里。今早我走时，那人也并未归来。"

韩凤亭忽然开口："怕不是那马成鞍？"

卢秋心一怔："马成鞍？"

韩凤亭道："老师你有所不知，我们就是为了这个人来的。"便把前因后果说了一遍，随后道："这马成鞍怕是真的已经死了。老师你看，这到底是怎么回事？"

卢秋心一怔，一时沉吟不语。在他起初想来，所谓的蛟龙一事也无非是有人假装，然而村里先前那人的受伤、马成鞍的断手、陈三等人的遭袭又做何解释？

韩文龙想得却更深一层，自己才下手除去了闫东起，可是闫东起的哥哥闫大帅虽然失了势，人却还活着，莫不是他为了给两个弟弟报仇，设了这样一个套给自己钻？那白横宇又在中间起了怎样的作用？他一念至此，便站起身来："白横宇呢？"

白横宇不见了，清晨韩文龙出去搜捕，把他捆上又锁了起来。现下那门仍是锁着的，可里面只留下了一堆绳子，人却是踪影皆无。

六

白横宇这一跑，正落实了韩文龙心中的想法。他带兵多年，到这时，一种危机感不自觉地从骨子里生发出来。周遭一看，昨日在他眼里还是安静寻常的一个小村，这时就变得处处杀机。他心里想着：自己只带了六个兵，就这样贸然跑到乡下来，真是大意了。

不，现在只剩下了四个，陈三他们现在到底人在哪里？当初在战场上，陈三为他挡过枪子，跟着他出生入死。以韩文龙的为人，绝不愿意把陈三他们就这么扔在这鬼地方。

他心中翻腾不止，正这个时候，那村长小心翼翼地敲门，送了大碗的羊肉面条进来。韩文龙几人连早饭都还没吃，这个时候看到了这面条，自然是十分的欢迎。韩文龙拿筷子挑了一口面条，尚未放入口中，又放了下来，道："卢先生，你且出来一下。"

自他和卢秋心相识以来，卢秋心从没见过他这般客气，便随着韩文龙一并走了出来。到了外面，韩文龙把自己那把勃朗宁手枪往卢秋心手里一拍，道："卢先生，我只怕是遭了人的暗算，只我手下的两个兵还陷在这里，我不好先走。这把枪给你，你带着凤亭和夏大小姐两个先出去，回了城，便找李副官，叫他多多派人过来。"

卢秋心把枪推还给韩文龙，拧起眉头道："韩大爷，不知你所说遭人暗算，是指什么人？"

韩文龙见他不接枪，索性又插回腰间，不耐烦道："你哪懂这些政治上的事？"

卢秋心却道："韩大爷莫非疑惑是闫大帅？"

韩文龙没想他能一口说出这个名字，上下看了他两眼："你们这些新闻记者，倒也有些主张。只这事儿你管不了。"

卢秋心道："并非如此，我……"刚说了半句，就被韩文龙打断，他瞪着一双眼睛："我只问你，这件事你应是不应？"

卢秋心耐心地道："凤亭是我学生，他的安全我必会保护。夏小姐是女子，我自然也会留意。"

这一句话韩文龙听得还算顺耳，却听卢秋心又道："然而韩大爷是凤亭兄长，你的安危，难道凤亭便不重视吗？"

韩文龙倒没想他问出这样的话来，怔了一怔，还没想出怎样回答，卢秋心又道："何况我以为这桩事情，并不似韩大爷思想得那般紧张。"

韩文龙正要说话，忽听韩凤亭惶急的声音传过来："老师，大哥，出事了！"

韩卢两人都是一惊，匆忙回到屋里，却见韩凤亭夏静好二人都还好，韩凤亭指的却是隔壁的房门："那四个护兵，不知怎的都倒下了！”

两人忙又冲进那间屋里，见那四人碗里的面条只剩一少半，人却已倒在桌上。夏静好是个学医的人，忙去查看他们的脉搏呼吸，见都还算平稳，人却是昏迷不醒，不由诧异。

卢秋心沉吟道：“这像是中了迷药的模样，需寻冷水来。”

韩文龙大怒道：“你还说事态不如何紧张，下一个便要向我们出手了！”卢秋心也不反驳，夏静好曾来小王庄数次，晓得水井在何处，连忙打了些冷水回来。卢秋心取了一杯，向一个护兵面上一喷，又喂他喝了半杯，不想那护兵并未醒来。

卢秋心眉头微皱，细细地观察那护兵的模样，又端了那护兵吃剩下的面汤，放到鼻端轻嗅。片刻后，又来到外面，去厨房里看那灶台、水缸之类的地方。

韩文龙此刻又急又怒，但他毕竟是领兵的人，见卢秋心这一系列动作有条不紊，到底耐心等他归来，问道：“你说，这是怎么一回事！”

卢秋心不慌不忙地道：“他们确是中了迷药，这迷药便下在水缸里。那村长用水缸里的水煮了面条，因此四位都倒了下来。”韩凤亭、夏静好与韩文龙、卢秋心一桌吃饭，因韩文龙没等吃饭便先拉着卢秋心去谈话，他二人自然也要放下筷子等候，反而逃过了这一劫。

韩文龙沉着脸道：“你说这话，有什么根据？”

卢秋心取了面汤来：“您且闻一下。”

这面条自然是一股羊肉的鲜香味道，韩文龙细细闻了半晌，隐约觉得其中夹杂了佛香的气息。只这气息十分清淡，若无旁人提示，是无论如何也分辨不出来的。卢秋心道：“水缸中的味道更重些。另外，那村长也倒下了。”

韩凤亭一听，便道：“这般说来，下迷药的定不是那村长，不然他下在面里岂不方便？”夏静好则问道：“这迷药是什么？这般好用，若能用在手术中，岂不是很好？”

卢秋心苦笑道：“寻常的迷药，绝没有这样效果。”他翻起其中一个护兵的指甲，只见那指甲微微有些变绿：“这种迷药，叫作佛前香。这指甲就是一个征兆。佛前香无色无味，见效又快，只是隐约有些佛香气味，下在羊肉汤中，更难察觉。二十年前，北京城里有位绰号叫大名档的，专做这种迷药，只是他并没有传人，他死后，佛前香便失传了。”

韩凤亭诧异道：“失传了？那这又是怎样来的？”

卢秋心道：“大名档收了一个养子为他养老送终，那养子从小喜欢西洋的东西，因此大名档的东西，他一样没有学会。不过依我的见解，他手里若还有些佛前香，也是十分正常的事情。”

韩文龙看着他问道：“那养子是谁？”

卢秋心静静道：“白横宇。”

这三个字一出，几人都是一怔，韩文龙道：“不可能，我逮住那小子时，他身上衣服都翻了个遍，哪里还可能藏什么迷药？”

卢秋心道：“韩大爷可有翻他的鞋底？”

韩文龙又是一怔，试想捉一个人，谁还会翻一双鞋不成？卢秋心道：“这都是江湖人的伎俩，韩大爷不知也是常情。我猜测，白横宇逃跑时怕韩大爷追来，因此在水里放了佛前香。”

韩文龙道：“怎说不是他要借此害我！”

卢秋心叹道：“那他下些毒药岂不是更为方便？”他看着韩文龙双眼道：“韩大爷，我知晓你心中此刻定有许多的猜疑。我是一个新闻记者，自也有一些通晓消息的渠道，那闫大帅人本在山东，纵然他与你一般，暗地里来了北京，然而若说他要图谋害你，总要有许多的布置，我在这里这些时间，可并未见多余的人口出入。若说他们躲在山里，也总要有举火炊烟，但这些也并不曾见。”

他这般列出许多证据，韩文龙并不是一个莽撞没有计较的人，不由也沉吟起来，片刻道："你这话说得，倒也不无道理。"

这一句话说出，卢秋心先松了一口气。他最怕的一件事，就是这位韩大爷刚愎自用，听不得旁人一点言语，如今见他能采纳自己的意见，略安下心来，又道："依我的一点浅见，这许多事情，说不得还来自河边那蛟龙之说。我在村中查探，除却有人受伤之外，尚有牛羊被食。再加上昨夜马成鞍身死，两名护兵失踪，可见，这背后定有我们尚不得知的某种源头。"

韩文龙看一眼窗外，此时已是正午，白晃晃的一个太阳照进了屋里，料想浓雾多是已经散了。他有意再去河边，眼角余光却扫到瘫倒在地的四个护兵，问道："那佛前香是怎么个解法？"

卢秋心道："我听闻，要么服用大名档的解药，要么过六个时辰，佛前香自解。"

这要再过六个时辰，可就到半夜了，韩文龙眉头一皱："先吃点东西，再到河边去搜上一圈。白横宇那小子，闻说是个好享受的，他这一跑定不会往山里走，多半是出村子往京里返。那条河便在村口，说不得还能见到他。"

他们在厨房里找了一遍，寻到一些玉米饼子，这些是夏静好见到昨晚做的，倒不会有事，几人简单吃了一些，便一同向村口那条河边走去。韩文龙见夏静好也和他们一同前往，眉头又皱了起来，然而他心里又想：连那村长都倒下了，那村里万一再有什么问题，竟不如跟在自己身边，还放心些。他这样想着，便不曾阻止。

河畔的白雾确已经散了，地上的泥泞略少了些，也不似前番那般举步维艰。四人沿着河畔走了一遭，忽然间韩凤亭叫了起来："大哥你看！"

韩文龙一看，却见前方不远处，两个着军装的人正倒在河畔沙地上，下半身都掩在水里，周遭大片的血水，红得瘆人。看那服色，正是之前消失不见的陈三两人。而更令人惊诧的是，在两人身上还伏着一个人，身上也沾了血，正是白横宇。

韩文龙不由大怒，大踏步上前，白横宇闻得声音，抬头一看，头皮都炸了，连忙地拔腿就走，韩文龙哪容他离开，几步抢上，一拳朝着白横宇的脸砸了过去。这相似的一拳，他当初也曾向卢秋心使来，但卢秋心躲得轻松，白横宇的拳脚却是稀松平常，这一拳正正砸中，眼眶子霎时青了一大块。

白横宇只觉得面前金星乱冒。他勉强站直身子，跌跌撞撞地又要跑，韩文龙上前一脚把他绊倒在地上，接连几脚又踢过去。白横宇全无反抗之力，被踢得蜷成一团，嘴里冒出血来。

就在这时，卢秋心扬声道："韩大爷，请过来，这两人并不是白横宇杀的。"

韩文龙一竖眉，面色仍是很不好看。他微一矮身，拽着白横宇的衣领子把人拎了过来，眼神里还带着杀气："你说什么？"

卢秋心用手一指，原来地上的两具尸体身体上皆有极大的伤口，陈三更是双腿几断。韩文龙看那伤口，竟与昨晚自己见到的那伤者十分相似。

夏静好也站在一边。韩文龙看了半晌，方注意到她，心道这一个女子怎能看这些东西，伸手要把她推开。夏静好却道："我看这两人，怕是已经死去一些时辰了，并不是方才出事的，可见不是白横宇出手。"

韩文龙倒忘了她是学医之人，可一个女人这样平平静静地说死人的事，他心中甚是别扭，便向白横宇道："你方才在做什么？"

白横宇被他打得太狠，嘴唇哆嗦着说不出话，卢秋心道："想必是为了他们身上的枪吧。"

韩文龙恍然，白横宇一身的本事都在一把枪上。他逃跑路上看到这两个护兵的尸体，还有个不心动的？他低头看去，见到陈三的枪掉在水里，另一个护兵的枪则好好地挂在身上，并没有被白横宇拿走，略觉安慰。

他正想向白横宇要那佛前香的解药，忽然间想到一件事，身子竟是一抖。

陈三和另一个护兵，都是跟随他多年，胆量极大，枪法极好的，这是遇到了什么事情，竟然会这般惨死？

就在这时，韩凤亭忽然大喊出声：“大哥，你看这是什么？”

韩文龙道：“做什么大呼小叫？”便顺着他所指方向看去，却见地上一道痕迹，因阳光已出，泥泞干涸，这道痕迹便十分清晰。韩文龙细细看去，倒好似一个什么满身鳞片的极大动物，一直爬入了河中一般。

那龙王爷的说法，韩文龙素来是不信的。然而面对这两具死相极惨的尸体，掉入水中与未拔出的枪支，又联想到之前受伤的伤者，只余下一只断手的马成鞍，激灵灵地打了个冷战，手指不由便触上了腰间的勃朗宁，偏是这时韩凤亭又叫了起来，那声音都有些颤了：“大哥！”

韩文龙一抬头，却见离他们不远处的河水里，一小片鳞甲闪了过去。

那鳞甲是灰黑色的，暗淡无光泽，反而有一种压抑人心的力量，一闪之后，随即便消失在水中。韩文龙只疑心自己看错了，道：“凤亭，你叫我看什么？”

韩凤亭急道：“龙鳞，你看到没有，刚才有龙鳞闪过去了！”

韩文龙不耐烦道：“天下哪来的……”

一个“龙”字尚未出口，忽然间又一小片鳞甲在水面闪现，与此同时，另有一小段同色的鳞甲在远处一闪。若说这是同一样物什身上的，那这物什怕不有几丈长！且不说北方并没有这样大的动物，就算有，也绝不会长成这个样子。鱼虽有鳞，可没这般的突起；龟虽有壳，可不是这般的一片一片；蛇身虽长，可也不见哪个蟒蛇能在水中游曳。韩文龙不由喃喃道："难道真个有龙？"

卢秋心道："我在南方长大，那里有一种猪婆龙……"话没说完，已被韩文龙打断："我知道那个东西，不就是鳄鱼吗？那东西长到七八尺顶天了，哪会有这般长大？"

卢秋心还没回话，一直未曾开口的夏静好忽然道："快走！"

那几片鳞甲忽然再度闪现，这一次距离岸边竟已极近，而鳞甲露出的面积更超从前，虽未窥其全貌，仍是狰狞可怖之极。韩文龙不管三七二十一，掏出勃朗宁手枪，对准其中一片鳞甲便是一枪，他枪法不错，这一枪倒也击中了鳞甲，却因那怪物在水中一滑，不过是擦伤了一小片而已。那怪物把身子一转，忽然之间，一条又粗又长的尾巴从水中挥起，直向韩文龙扫了过去。那一击力道奇大，若是当真被打中，怕不就要筋断骨折。千钧一发之时，韩文龙向旁一闪，这才勉强躲过那一击，只是他的右手到底被扫中，腕骨剧痛，勃朗宁在空中高高划出一道弧线，直飞到了远处的河水里。

七

那究竟是个什么怪物？！

韩文龙惊诧之余，尚不及深想，那怪物已张开一张血盆大口，露出无数尖利牙齿，朝着韩文龙便咬了下去。

青天白日，天光朗朗，然而那一幕却真是最黑暗的梦魇中也不会出现的情景。那一张巨口之大之阔，韩文龙平生未见。那一瞬间他心中有如惊涛骇浪，暗想："难不成世间真有蛟龙不成？"

心里再如何惊诧，他动作究竟不慢，向后连跃，好容易脱出那张巨口，到底也是十分惊险，那巨口中的腥臭气息熏了他一身，粗糙的鳞甲险些擦到他的皮肤。他气息未定，那张巨口忽地向前一伸，又奔着他合了下去。

这一次，韩文龙再难躲过。危急关头，有一只稳稳的手一把拉住了他，用力往身边一带，韩文龙被拉得一个踉跄，几乎栽倒在那人身上。这要换在平时，他定要先骂上几声，可这个时候他心中只叫侥幸，若非如此，他两条腿都要被那张巨口咬断。

那人拉住了他，又向后连退了七八步，韩文龙这才醒悟到救他一命之人，正是卢秋心。

兄弟二人都被这卢先生相救，一时之间，韩文龙百感交集，只这时也不及多说什么，他又抬头看去，这一看却吃了一惊，只见面前一条足有两丈余长的怪物，身形粗壮、面目狰狞，除却腹部是灰白色之外，周身上下全都是灰黑色的鳞甲。观其体重，怕不要有千斤上下！

倒卧在一旁的白横宇惨叫出声："龙，蛟龙！"

韩文龙怒道："没见识的玩意儿，龙个鬼！这分明是、是……"

他很想说："这分明就是条鳄鱼！"可话到嘴边，终又停住，天下间哪有这般大的鳄鱼，别说见，就连想都没有想过！可这样一个怪物，怎就出现在了北京城外？天下间没有这样的道理！难不成，这真是鳄鱼成了精，又或是蛟龙变了种，要拿他们几个人的性命不成？

他心中翻腾不已，又向四下一看，夏静好虽是个女子，行动却并不慢，紧跟着他们的脚步，距那怪物颇有一段距离。白横宇被自己打得惨，这时动弹也难，可是他倒走狗屎运，离那怪物的距离反是最远的。其余两人，卢秋心正在自己身后，等等，凤亭，凤亭呢？

韩文龙正思量间，忽然闻得一声枪响，原来韩凤亭此番来时也带了枪，见得兄长被那怪物袭击，当下拔枪便射了过去。

这怪物身躯颇大，射中并不困难，韩凤亭这一枪正中它的躯干，惜乎未中要害。然而这一枪却是大大激怒了那怪物，它转头朝向韩凤亭，却并未张开那张血盆大口，而是一尾巴抽了过去。

这怪物身躯奇大，动作却并不迟缓，这一抽疾如闪电一般。韩文龙先前吃过它的亏，知道这一尾巴绝不是好惹的，只是距离太远，不及救助，大喊道："凤亭，快跑！"

韩凤亭并非不想跑，只是以他本事，实没有能力离开，索性又扣了数下扳机，可是他并未专门练过枪法，这时那怪物又已转身，这两枪并未打中，那条巨尾却已抽了过来，紧急关头，韩凤亭着地一滚，躲开大部分攻击，只尾巴尖儿抽中他后背，一阵火烧火燎的疼痛。

还没等他庆幸，怪物向前一冲，那张血盆大口朝他身子便咬了过来，这一咬若是咬实，韩凤亭一条胳膊外加半个身子都要被咬断。韩凤亭骇得双目圆睁，只是方才那一滚实在已尽了他一身所能，再躲并不能够。眼见那散发着腥臭的牙齿就要咬到他身上，那怪物的巨口忽然一歪，原来紧急关头，卢秋心纵身一跃，一个鸳鸯连环脚便朝那怪物的巨口踹了过去，这一踹本就有内力的因素在里面，卢秋心腾空而起，又加了体重的力量，那怪物纵然力大，头也被他踹得一歪，卢秋心疾声道："快走！"只说这句话的工夫，那怪物却又赶了上来，卢秋心把身子一展，一腿又向它双眼之间踢了过去。一脚未实，另一脚又跟了上去，只见他双腿如风，瞬间已踢出了七八腿。这原有个名堂，叫作"旋风腿"，正是当年聂神通所授。

当年聂神通最为出名的，乃是他的点穴之法。然而，聂隽然一身武学，并不限制在一双手上。这套旋风腿是他少年时所习，只是成名后渐少应用而已，传给卢秋心后，后者用时亦少，此时见这怪物奇大，拳掌并不能伤它，卢秋心便使出了这一套腿法。只听得空中风声喝喝，不出片刻，那怪物已中了好几脚，有一脚更是踢在它左眼上，眼珠险些被踢爆。那怪物先前虽被韩家兄弟击中，可也比不上卢秋心这伤目之恨。它张开巨口，抡起巨尾，恨不得霎时便把卢秋心置于死地。

韩凤亭的枪还在他手里，只是此刻这一人一怪物正缠斗在一起，以他的本事一枪打过去，打不中又或打到卢秋心的身上可能性更大。他一眼扫到韩文龙正要上前支援，连忙把枪朝韩文龙方向一扔："大哥，你来打它！"

韩文龙叫道："好！"伸手要接，谁想就这个时候，那怪物和卢秋心且战且走，已退到了河边，卢秋心一条裤腿已浸到了水里，那水下偏又有一块石头，卢秋心一个不稳，一脚踏空，当即便摔进了水里。那怪物窥得时机，上前便冲，在水里它要比陆地上灵活十倍，眼见着就要咬中。韩凤亭大惊失色："老师！"

他惊也就罢了，这一惊，手也随之一颤，那枪掷得方向便歪了，直落到河边的芦苇丛里，距离那怪物倒是很近，韩文龙心中大骂小混蛋甚不靠谱，却也无计可施。

另一边，韩凤亭见自己这一下扔岔，心中也是大悔，索性冲了上去，只是他两人到底距离甚远，救助不及。眼见那怪物的鼻端已贴近卢秋心，忽然一个小小火把从外围掷了过来，准头极好，正扔在那怪物的鼻端，那怪物骤然遇火，被燎得一摇头，卢秋心借此机会在水中一个翻滚，到底躲过一劫。

一个火把扔罢，又一个小小火把扔了过来，也是正中那怪物身上。韩文龙一回头，却见夏静好站在外面，手里拿着扎好的五六个火把，另一手拿了一只打火机，镇定地朝那怪物一个个扔去。

这女子……韩文龙心中悸动不已。在他心中，女子多应是娇弱为人保护，然而这个夏静好却实在是处处打破他的认识。

几个火把扔出，影响了那怪物的行动，而卢秋心虽然未死，但他身体犹在水中，一缕鲜血已顺着水面漂了上来，显是方才搏斗之中，他已有了伤势。

韩凤亭眼睛都红了，也不知哪里来的勇气，上前一把竟拽住了那怪物的长尾，那怪物把头一转，一双绿色的瞳孔里满是阴森可怖。韩文龙情知就是卢秋心在水里，也不过是给这怪物送菜，何况一个韩凤亭！正在惶急之时，忽然一个坚硬的物什塞到了他的手里："韩大爷……"

竟是白横宇！这危急的时候，他从另一个护兵的尸体上摘下佩枪递给了韩文龙，看着韩文龙的一双眼里满是恳求。韩文龙实没想到这时竟是这个小子救人，他更不多言，双手平举枪身。

"砰！"

"砰砰！"

他们这一行五人，在这小村庄内的时间不过两天一夜，然而这一番遭遇在他们心中留下的印记，只怕是毕生也难以磨灭。

夺得手枪之后的韩文龙，三枪到底打死了那怪物。巨大的尸体沉浮在浅水中，几人惊魂未定，唯有卢秋心上前细查那尸体，半晌后叹了一句道："果然是……"

韩凤亭问道："果然是什么？"

卢秋心道："我听聂先生言道，在南洋有一种巨大的鳄鱼，极是厉害，能伤人畜，又能在海水里过活，当地人都叫它作咸水鳄，应当就是此物。"

韩凤亭吃惊道："南洋的鳄鱼？怎么会出现在这里？"

卢秋心叹道："我亦不知，唐时广东还有这等鳄鱼出没，你可还记得我曾讲过一篇韩愈的《祭鳄鱼文》？说的便是此物，我又听说在宣统元年时，有水师都督曾在海南击毙过一条咸水鳄，可北方却是从未见过。"

韩凤亭也诧异不解，只是这时卢秋心、韩文龙，包括他自己都受了伤，也只得先行回转村中，再议其他。那白横宇是个很通时务的人，一到村中，便连忙地拿出了佛前香的解药，后来韩文龙念着他今日里冒险递枪一事，终究留了他一条性命。

那条咸水鳄来源成谜，直到很久之后，韩凤亭偶然见到昔日闫东起的一个手下，方知闫东起的那个弟弟鬼迷心窍，笃信大哥闫东洋是真龙天子，又觉这咸水鳄体型巨大，定是蛟龙化身，因此特地花费大笔金钱自南洋捉了一条咸水鳄来，养在京郊，谁想不久便和二哥闫东起一道被韩文龙所杀，手下亦作鸟兽散，这条咸水鳄也便逃了出来，躲在小王庄外的河里过活。饥饿之时，它便出来吃些牛羊牲畜，亦时常伤人。因它这个狰狞巨大的面目，竟被些无知的村民认为是龙王，后又死在枪口之下，实在是可发一叹。

这些事情，韩文龙眼下都不晓得。他整理着行装，预备回转山东，韩凤亭站在他身边，道："大哥，你这样快就走了？"

韩文龙手里不停，嘴里冷笑："不走又如何？我好容易来北京一遭，看上一个男人，一个女人，都卷了我的面子，偏我又无法奈何。"

他原是发泄，韩凤亭倒听得好笑起来："大家生死场上拼过一场，也是缘分。"

韩文龙说的，自然是卢秋心与夏静好两人。他曾想让卢秋心跟随他去山东做一番事业，又想借着韩夏两家联合的机会娶了夏静好，无奈竟是一同碰了钉子。要叫韩文龙平素为人，定不肯轻易罢休，然而经过了小王庄咸水鳄这一桩事，卢秋心救他性命，夏静好危急智生，再强人所难，未免有些不对。韩文龙思量再三，到底还是由了他二人的意愿。只是这般行事到底大违他平素个性，做归做了，心里实在也是很不舒服。

然而，他毕竟是个拿得起放得下的人，便向韩凤亭道："这两个人，我心里委实不能明白，一个不乐意出名，一个不乐意出嫁，可见这年头变了，总有些奇奇怪怪的人，我且不去管他。倒是你如今和从前大不一样，听你说话做事，并不是昔日的孩童了。"说完这句话，心中到底有些感慨。

韩凤亭只笑了笑。韩文龙停了手，站直了身子看着他道：“旁人也罢了，你呢，自己是个什么章程？换成从前，你就在北京这么吃喝玩乐地过上一辈子，我和老头子也供得了你，但我现在看你，怕是不愿意一辈子这样吧？”

韩凤亭正了面色：“将来如何，我也不知。”

韩文龙便皱了眉头：“这话什么意思？”

韩凤亭诚恳道：“大哥，我这话是实情。我如今一无知识，二无处世的经历，如何能得知自己的将来？总要先细细地想上一想，方能知道自己将来能做些什么。”

韩文龙看着他，忽然把腰间的枪摘下拍到桌上：“我是你大哥，我就告诉你这把枪是好的，难道还有假？”

韩凤亭道：“我更乐意自己去选。”他看向韩文龙，那双属于年轻人的眸子里，满满的都是神光。韩文龙怔了一下，随即道：“也罢，随你。”

“好，大哥，你就信我吧。”

遇到生死攸关的大事时，倘若那人能从中不违本心地活下来，总能成长一些，再多一些。昨天的孩子，今天的大人，差别也可能就在那一念之间。

却也很好，实是很好。

篇七
归期

一

韩文龙走后，连续几日，韩凤亭都在书房中踌躇。他拿了一张纸，一支笔，涂抹了许多字迹。

他年已弱冠，需得做一番事业。然而，他究竟能做些什么呢？

与父兄一般走那行伍生涯？韩凤亭摇一摇头，他对军事并无多少兴趣，又因受了卢秋心影响，隐隐觉得父兄的做法，并无多少可称道之处，便在“从军”二字上重重地画了一条墨线。

又或是从政？以韩督军的势力，就为韩凤亭谋一个有油水的职位，也不是什么难为的事情，然而韩凤亭却也有自知之明，他从卢秋心识字学武不到一年时间，若真去做事，自己并没有那样的能力，空占着职位领钱，这又算得什么？因此思量一番，又画去了“从政”二字。

这两件事，毕竟还是他家中有这样的背景，尚可做到的。若换成其他，譬如像卢秋心一般去做新闻记者，如岳剑尘一般去做教师，则更是他能力之外的事情。想到这里，韩凤亭不由烦闷起来，把笔往纸上重重一戳，戳出偌大一个黑点。

恰在这时，蝶影送茶进来，韩凤亭心绪烦乱，忍不住便问道："蝶影，你说做个什么事业，才算是对人有用呢？

蝶影一怔，不知道这位韩少督因何问起这样一句话，便笑道："我哪里懂得这些个事？"

韩凤亭催促道："你心里怎样想，怎样说就是。"

他既这般说，蝶影也就想了一想，道："我虽不懂什么，但据我这点浅薄的见识，一人过活，总离不开衣食住行，这总该是有用的。"

这倒是给韩凤亭提供了一个新的方向，他先前所想，总是些大的作为。但如今蝶影一说，又觉做些贴近的事情，也是不错。可归结到实处，他又踌躇起来，衣食住行说来简单，可自己如何去做？开个饭馆子？给人盖房子？难道自己要去做这些个杂事？

晚上他从书房出来的时候，李副官见他心情不好，忙过来赔笑道："少督，今天厨子特意做了个鸡包翅，我看着，火候不差！要不要再拿点酒过来？"

韩凤亭摆一摆手："不用。"

他来到饭厅，卢秋心正坐在里面看着报纸，饭桌上满满的一桌菜，除了李副官说的鸡包翅，还有肥鸭、火腿、海参这样大菜。卢秋心放下报纸笑道："今晚怎的这样丰盛？"

韩凤亭未免有些不好意思，晓得是李副官疑心他烦恼，特意为之，原想含糊过去。可他又一想，自己这点心思，未必就能瞒得过老师，便把自己近来的念头，一五一十说了一遍。

卢秋心听了，并不曾取笑他，反而认真筹划起来，道："其实蝶影所言很有道理，衣食住行看着寻常，其实是涉及国计民生的大事，能从这方面着手，也是好的。"

韩凤亭不解道："那我怎样做？难不成开个饭馆子？"

卢秋心道："也不用如此。"指一指桌上一碟口蘑道："这个味道怎样？"

韩凤亭很欢喜这道菜，道："自然是鲜的。"

卢秋心笑道："口蘑虽鲜，可也还不到这份儿上，你吃着它鲜，是里面加了味精的缘故。"

韩凤亭道："这我知道，菜里加了它便好吃，只是吃多了口渴。"

卢秋心道："正是。这个东西，是从日本传过来的。试想要是中国人自己研究出这个，又是怎样？"韩凤亭若有所悟，卢秋心又道："再比如我们住这房子，从前盖它用的是砖头瓦块，现在却少不了水泥。如今进口水泥大行其道，若是中国能自行生产，岂不是要好上许多？"说着推过面前的报纸："这上面恰有一篇文章，你可以看看。"

韩凤亭便接过报纸，上面"实业救国"四个大字正映入他的眼帘。他从前多用洋人的东西，并不觉得什么，如今听了卢秋心一番话，又看了这一篇文字，便生出了许多雄心壮志。

然而，他心气儿虽高，归结到实处，还是不知如何着手。试想味精也好，水泥也罢，又或是其他种种，韩凤亭自己不懂得技术，也不识得这方面的人才，真是老虎咬刺猬——没处下嘴。

说来也巧，这番谈话之后，又过一段时间，恰有一个银行家的公子请韩凤亭吃饭，此人姓贾名世骥，出身本好，又是确有几分真才实学的，因此韩凤亭虽与许多旧日的朋友断了交，和此人倒还保持了来往。

菜未上齐，忽然间贾世骥道："田博士，你何时从德国回来了？"便站起身来，韩凤亭随他目光看去，见到一位青年博士，西装笔挺，架一副金丝眼镜，只体格略有些瘦弱。贾世骥握着他的手道："少督，我向你介绍，这位乃是田启新田博士，在德国研究化学，是一位很有学识的人。"

韩凤亭并不懂"化学"研究的是何物，只听他是国外留学回来的，不由得心念一动，向那田启新道："你在外国留学，你懂得怎么做水泥吗？"

田启新并不识得韩凤亭为何人，然而见贾世骥对他的态度恭敬，又称呼他为"少督"，料定这是一个有身份的人，便笑道："我学的虽不是这个，但也略懂得一些。"

韩凤亭道："略懂是个什么意思？你能做出来吗？"

田启新说"略懂"，其实是一种谦虚的说法，没想到这位少督倒当了真。他心中不满，只是这位博士的个性柔软，并不惯于发火，贾世骥便笑着打圆场："少督！田博士为人谦逊，他的学识我就可以作保，绝对没有问题。"

贾世骥此人倒不是那种说大话的，但兹事体大，韩凤亭便向田启新问道："你这位博士，这次打算在北京住多久？我有意请你吃个饭。"

田启新眨一眨眼睛，有些不明所以，贾世骥笑道："田博士，你有所不知，这一位乃是韩凤亭韩少督，我料想你也听过他的名声，他说要请你吃饭，必是真心诚意的。"

田启新虽然还有些疑惑，但韩少督相邀，又有贾世骥作保，总不成拒绝，只得答应下来，因他另有事务，谈了几句，便先告辞。田启新一走，贾世骥便笑问道："少督，你素来不喜欢和这类人来往，今日怎的要请这田博士吃饭？

韩凤亭含糊道："我看这田博士很好，想和他结交。"

贾世骥自然不信，心里做了打算，日后需得与这田启新多加来往才是。

你道韩凤亭为何要请田启新吃饭？原来他听得田启新会做水泥，有意请他帮忙，可又怕此人并没有什么真实本领，因此借吃饭之名，请卢秋心来鉴别一二。

等他回家说了此事，卢秋心不由失笑："我哪里懂得这些。"韩凤亭坚持道："老师总比我懂得多，你又会看人，倒看看这个田启新是不是瞎说大话的。"

卢秋心到底还是答应了下来，他并不懂这些，便先寻了些相关书籍翻阅一二，待到那一日时，他与田启新在饭桌上交谈，看出这位田博士确是一个有能力的人。随后又发现田启新原也是苏州人，与卢秋心乃是同乡，不由更是亲密了几分。

原来这位田博士出身于苏州富户，他的父亲是崇尚新学的，因此儿子长大后，便送去外国留学。这田启新又是一个会读书的人，一直读到了博士的学位，如今学成归国，想着北京是个人才汇集的地方，便来到京城，打算做一番事业。

他这个目的，正与韩凤亭的想法相合，韩凤亭便把自己要做实业的打算一说。这田启新年纪还轻，听了韩凤亭的意思，不由也踌躇满志起来，宾主虽是初识，亦是相谈甚欢。

为着田启新是个留学的博士，这一顿请的是西餐。饭后，上来栗子面拌奶油的甜点，这时正事谈毕，卢秋心毕竟是个新闻记者，便谈些近来的时事，田启新听得津津有味。后来卢秋心又说到京城里的一些新闻，道是两日前有个银行职员，傍晚时分血流披面死在一条胡同里。按说偌大一个京城，死一个人并不是特别稀奇的事情，但这个职员死时天还没黑，那条胡同也不是什么人迹罕至的地方，可他被一刀毙命，周围人连个听到声的都没有，因此才上了新闻。

田启新猜测着道："难不成是鬼怪作祟？"

韩凤亭嘲笑道："你一个留学的博士，怎的说这样话？"

卢秋心则笑道："鬼怪怎会用刀？那人确是被一刀杀死的。"

田启新便问道："那怎么一点儿声音也没有？"

卢秋心思量着道："若刀极快，人当即就死，确有可能不发出声音。”又道：“还有一样诧异处，从刀痕看，那刀很是古怪，当是一把极长极锋利的刀，就算在中国的武林，也少见这样的武器，倒像是倭刀。”

这个时候，北京城里是很有一些日本浪人的。这些人风评并不甚好，田启新吃了一口西点，皱眉道：“怪吓人的，且不谈这些。”卢秋心笑了笑，转谈起其他话题。

虽有这样一个插曲，也算是宾主尽欢。餐后，卢秋心私下对韩凤亭道：“这位田博士确是有学识的，你可与他多谈谈。”

韩凤亭点了点头，又问：“老师，你们是同乡，怎不多聊聊？”

卢秋心笑道：“报馆里还有事，我就先走一步。”

韩凤亭不好阻挡。卢秋心戴了呢帽，转身离去，只是他去的却非报馆，而是街边的一家酒馆。那里面坐了一个落落大方的女子，乃是曾救他一命，江湖上人称庞二当家的庞冬秀。

二

卢秋心这半生识得的女子也多，可只有这一位庞冬秀，是感激中带着些敬意，敬意之外，又有些钦佩与自叹不如的心思。卢秋心武学根底不浅，这位庞二当家武功却更在他之上。二人见面不多，相处亦不算久，尽管不会时时念起，然而偶一相见，卢秋心心中亦有摇曳之意。

这一次见面却是庞冬秀与他相约，卢秋心并不知她相邀自己所为何事，进到小酒店馆，却见庞冬秀已点了几个小菜，又有一壶烧酒。她见得卢秋心进来，便斟了两杯酒，笑道：“卢先生，请。”

卢秋心忙端起酒杯，一饮而尽，随后道：“庞姑娘太过客气。”又笑道，“这顿酒原应我请才是。”

庞冬秀笑道："原也是要你请，因我要离京了。"

卢秋心倒是一惊，未承想这竟是一场饯别的宴席，忙道："庞姑娘何时走？"

庞冬秀道："我买的是晚上的票。"

卢秋心道："今日？"庞冬秀点一点头。卢秋心只觉心中翻涌，喝入口中的酒都不知是个什么滋味，又问了一句："那庞姑娘往何处去呢？"

庞冬秀笑而不答，卢秋心知道她不肯说，自也不会强问。他已吃过了饭，便斟了酒，双手捧了，敬给庞冬秀，庞冬秀微微笑着，并不曾拒绝。她酒量倒似比卢秋心还要好些，连喝了数杯，脸上一些颜色也没有改。卢秋心却觉得面上有些发烫，他不愿在庞冬秀面前失态，便要了两个热手巾，热气一扑，这才定一定神，看一眼外面的天色道："也不知庞姑娘是几点的车，只怕误了事。"

庞冬秀道："还来得及。"又要了一壶热茶。

这酒肆的茶，自然不是多么好的，一壶茶里加了几个陈年的茉莉骨朵儿，便叫作香片，酽酽地沏了一大壶，摸着烫手，喝着烫嘴。卢秋心也不在乎这些，倒在杯子里便喝了一口，热茶碰上冷酒，合着外面胶皮车上的铃铛儿响，激得脑子里一阵阵的氤氲如梦。

这一杯茶喝完了，庞冬秀就站起身，卢秋心忙也随着站起，又会了账，心知此时与庞冬秀一别，也不知何年何月再能相逢，忍不住便道："岳……"

他是想问岳剑尘是否与她一同离开，但只说了一个字，便觉自己僭越，这句话自己实不该问出。事实上，若非卢秋心喝了几杯酒，就这一个字他也说不出口。

庞冬秀微微一笑："卢先生是说剑尘？"她称呼很是亲切，下一句却是："早年里虽有那一层因缘在，然而大家并非一路，我来京一次本为复仇，事情已了，自然也就该回去了。"

在大王庄时，卢秋心曾见得岳剑尘与她相处，他看得分明。那青年对她实有情愫，却未想庞冬秀这般洒落，这些感情并不在她心上。思及至此，他也便端正了神色道："是，庞姑娘处事果决，那便就此别过。"

庞冬秀却笑道："卢先生，我还有一件事与你细说，请随我来。"

她当先带路，卢秋心不解她是何意，忙跟在后面。只见庞冬秀越走越快，可也越走越是偏僻，足走了一刻钟，两人停在一条胡同的尽头。这里虽有些房屋，可因着年久失修，半面墙都塌了，里面的屋子也是破旧不堪，倒空出好大一块场地来。

庞冬秀轻巧巧地翻过那断瓦残垣，卢秋心也随着她进来。这时天已经晚了，圆白的一个月亮挂在天上，四下里安安静静的，只远处隐约传来一两声犬吠。庞冬秀站定了脚步，笑道："卢先生。"

她原生得丰秀，这月下的一笑，卢秋心也不知怎的，心竟怦怦地跳了起来，暗忖："她要与我说些什么？"面上却控制了情绪，道："庞姑娘请讲。"

庞冬秀道："卢先生，你知道我是一个飘零江湖的人。得意的武功原有两样，一是颠倒掌，它的本名叫作'颠倒梦想'，这个我已教给了剑尘；另有一套腿法，唤作如意腿，我心里的意思，是想请卢先生学了这套功夫。"

卢秋心万没想到庞冬秀请他来是为了这样一件事，便道："这是庞姑娘的好意，只不知这套功夫，尊师可容许传到外面吗？"这虽是民国时期，但武林中人不少还守着旧日的规矩，故而卢秋心有此一问。

庞冬秀听了笑道："我晓得卢先生的意思。只是我教卢先生这套腿法，难道还要定什么师徒的名分不成？这些功夫会的人原已不多，我之所以请卢先生学它，也无非是想多一个合适的人会使这功夫。譬如有一日我死了，可还有剑尘会使颠倒掌，卢先生会用如意腿，不至失传而已。”她看了天上的月亮，叹一口气道：“我也不是没想过正经收一个徒弟，只是这年头，寻一个肯沉下心又心性好的，实在是太难了。”

故而，她教授卢秋心武功，还要用上一个“请”字。卢秋心听了这番话，再不能辞，便行一礼道：“承蒙庞姑娘授艺。”

二人当下便在月下拉开架势，授起了这套腿法，卢秋心功底本就扎实，这套腿法又不甚烦琐，不出一时半刻，也便学完。他演习一遍，并无偏差，庞冬秀赞道：“卢先生好悟性。”便立定了身子，向卢秋心行了一礼。卢秋心一时不解，连忙还礼，这一个礼尚未行完，他忽然反应过来，这当是辞别的礼节，忙站直身子，一个“庞”字尚未出口，面前的女子已在十几丈外，再一展眼，鸿飞渺渺，伊人已去。

卢秋心立于月下良久，方才举步前行，他心中明了，这一次分别之后，若说再次相逢，几不可期。

他方踏出第一步，忽听远处传来一声冷哼。他循声看去，却见胡同处立了个十分高大瘦削的东洋浪人，逆着光看不大分明——却也只这一眼，待卢秋心走到胡同口时，那浪人便已不见了。

韩凤亭自从结识了田启新，便大张旗鼓地张罗起来。他手下这两个人，田博士是一个行家，李副官又通实务。至于他自己虽是任事不懂，好在有钱又有势，虽不过筹划了三两分，新闻记者早已是铺天盖地宣扬开了。韩凤亭本是个喜好张扬的，见得如此，心下很是得意。

私下里，田启新也为韩凤亭讲些眼下国内的状况，例如北方早就有了一家启新洋灰公司，南方也有人建了水泥厂，但日本在大连建的一家水泥厂也是大有名气。韩凤亭听了半晌，问道：“这么说，咱们要是再建，还能赚钱吗？”

田启新笑道："怎么不能，就这些厂子加在一起，一年到头也做不出一百万桶水泥，咱们偌大一个国家，四处都要建设，这点子水泥哪里够呢？"韩凤亭听了，也觉有理，便和田启新商量起选址的事情来。田启新便提议为着运输方便起见，还是选在有港口的地方较为合适。韩凤亭听了，应道："那是在天津了？我有个叔叔倒在那里。"又想自己这位叔叔也是个纨绔，只怕帮不得什么，正寻思时，田启新却笑道："再有一月就要过年，现下也是天寒地冻，少督不如先选了址，春暖花开时再动工不迟。"

韩凤亭一想可不是这样，这时光荏苒，竟又是华岁之时了。

年节将至，北京城里大小宴会也便多了起来。往年韩凤亭要么自家赴宴，要么带一个李副官。今年他为了宣扬自己的事业，便把田启新带在身边，田启新也乐得多认识一些人物，并不拒绝。

今日里，韩凤亭来参加的便是金融家华之廷的宴会。这位华先生本是崇尚文明的，娶的太太更是一个罗曼蒂克的人，故而田启新到了这里如鱼得水，韩凤亭见他去恭维那位华太太，很是自如的样子，自己便找了一个地方坐下，倒了一杯葡萄酒喝。

这一杯酒还没喝完，门口忽然传来一阵喧哗的声音。韩凤亭抬头一看，见到一个矮胖的日本商人走了进来。这日本商人穿着富丽，态度儒雅，也还罢了。他身边可还跟了一个人，看那身份像是个帮闲，穿着甚是时式，左颧骨处有一颗豆粒大的红痣，很是显眼。这人交际很广，全场的客人他认识十之七八，和谁都能说上几句，见了年轻漂亮的女子，那更好似逐了血的苍蝇，恨不得扑上去。待到那日本商人叫他时，又是一副极其谦恭的态度。韩凤亭看了，心里便觉得不乐。

恰好那贾世骧也来赴宴，韩凤亭便问他道："那是个什么人？"

贾世骧看了笑道："那是松原润一郎，新来北京做生意的。听说这个人和一般的商人不同，对汉诗很有研究，倒不知真假。"

韩凤亭道："谁要问他！我是说他旁边那个，看着很不像话。"

贾世骥一怔，笑道："少督怎么也注意起这样人了，无非是个帮闲罢了，我听说似乎是叫什么梅若水。"

韩凤亭皱了眉头道："这么个东西，倒有个雅致名字，他也配。"

贾世骥心道，你韩少督还知道"雅致"两字如何写法？口里倒不好说。

如梅若水这样的人，平时实不在韩凤亭眼里，无奈这个梅若水就跟只花蝴蝶儿似的四处乱窜，到后来竟撩到了韩凤亭旁边的一位小姐身上。韩凤亭虽经过这许多事情，那性子却还是张扬激烈的，一杯水便泼到了梅若水面上。梅若水被他泼得一怔，张口就要骂人，再一抬头见是韩少督，那压在舌尖的话也只得收了回去，赔着笑道："原来是少督！少督今儿心情不好？"

韩凤亭沉着脸道："我看你心情便不好，少在我面前晃荡！"这话说得十分不客气，梅若水可也不敢多言，自掏了块手绢擦脸，便躲到了一旁。

过一会儿吃饭的时候，说来也巧，那位松原润一郎恰安排在韩凤亭的切近，他的态度倒很是文静，又说得一口好汉话，轻声细语地和身边一个人谈着汉诗，韩凤亭听他念什么"何处生春早，春生曙火中。星围分暗陌，烟气满晴风"，自己全没听过，也就吃菜喝酒，不理这些。

酒过三巡时，华之廷便向众人介绍这松原润一郎，众人听了，自然也都寒暄几句。也有人问道："松原先生不知打算做什么生意？"那松原润一郎便笑眯眯地道："是打算做水泥的买卖。"

这一句话灌到韩凤亭的耳朵里，他眼睛跳了一跳。原本，他听田启新说到日本的水泥在中国卖得好时，心中就很不舒服，这松原润一郎偏也要做水泥生意，又兼跟着松原的梅若水是个他再看不惯的，这几样事加在一起，他便冷笑道："巧了！我也正打算做这个，可要小心了！”他这几句话说得很不客气，那松原润一郎可也不恼，只很注意地看了他一眼，见是个华服少年，便微笑着请华之廷引荐。

华之廷是一个主人，自也不愿两方起冲突，连忙打了几句圆场，那松原润一郎的态度很是婉顺，故而这不过是宴席上小小的一个插曲，并未当真酿成什么冲突。

然而，韩凤亭的心中到底有些不平。归来之后，他还向卢秋心抱怨了几句，卢秋心凝神听了，并未就此事多做评论，只静静地喝了一杯茶，片刻方道："凤亭……"说了半句，欲言又止。

韩凤亭少见老师这般，忙问："老师你说什么？"

卢秋心又犹豫片刻，道："你肯做事自是好的，不要冒进为上。"他内心深处，实在是觉得韩凤亭的做法有些张扬求快，只因遇到一个田启新，便贸贸然定下了目标，行事实不算稳妥。然而，这却又是韩凤亭立志以来做的第一件实事，若言语失当打击了他的信心，却也不好。因此即便是卢秋心，言语上也不免谨慎了起来。

韩凤亭倒也不是不明白卢秋心的意思，只是他这时正是一身的干劲儿，听是听了，并不以为意，只笑道："老师你就等着吧！"

又过数日，年关将至，田启新原是苏州人氏，此时也要归乡探亲。他已买好了车票，韩凤亭便要为他践行，谁想在西餐厅等了良久，并不见田启新的人影。韩凤亭等得不耐烦，叫个听差去问。半晌那听差回来，面色却有些改变，道："少督，田博士已走了，只留了封信。"说着，从口袋中拿出一封信来。

韩凤亭此刻颇识了些字，便拆开信封，那封信并不长，韩凤亭只看了前面几行，面上便变了颜色，待看到后来，便怒气冲冲地把信摔到桌上："他什么意思！"

卢秋心见他神气不对，拿过信纸来看。原来田启新在信上写道，家中忽然有事，因此提前回去，年后恐怕也不能回京，水泥生意无法参与云云。

这也难怪韩凤亭生气，好好的事业刚开了个头儿，田启新便要撒手，谁能乐意？说什么家中有事，真要有事，还差这一餐饭的时间不成？不过是一种敷衍的说法罢了。

李副官在一旁也看到了这封信，他看韩凤亭面色不好，忙道："少督莫要气恼，说不定那田博士家里真出了什么大事……"话音没落，卢秋心忽道："这封信有问题。"

三

这句话吸引了几人的注意，韩凤亭第一个凑过头来："什么？"

卢秋心指着信纸道："看这里。"韩凤亭便细看过去，见信纸上有一块字迹被墨水模糊了些，除此并无其他。卢秋心又指一指另一处，韩凤亭也没看到什么，只是卢秋心手指之处，折叠得略有些歪斜。卢秋心道："田博士是在德国留学，那里的风气最是严谨，田博士也沾染了这等一丝不苟的习惯，你看他就是切个牛排，都要切得方方正正，怎会把信纸弄成这般模样？"

李副官也看到了，猜疑道："莫不是田博士真有急事，一时疏忽也是有的。"

卢秋心又指抬头道："那田博士为何这样写？"韩凤亭见那上写的是"韩少督台鉴"，奇道："这又有什么问题？"

卢秋心叹气道："田博士不是也给你留过条子？他口头上虽称你为少督，落在纸上，还不是称呼你韩凤亭先生？"韩凤亭仔细一想，可不真是这样，便又不明白了："他怎么写的和叫的还不一样？"

这个缘由，卢秋心倒是隐约能猜到一点。田启新毕竟是个留学的博士，身上还有些清高的习气，平时虽从众叫一声“少督”，但韩凤亭何曾带过兵，这句少督其实是奉承的说法，口头叫叫也就罢了，真付诸笔端，他便不愿意这般写了。然而这些话却也不好多说，卢秋心只道：“且不管这些，只看这个称呼，就可知不是田博士素日风格。”

韩凤亭略一思量，面色也变了：“老师是说，这条子不是田博士写的？”

卢秋心道：“字是田博士字迹，只我疑心这其中有缘故，不如去看上一看。”

事不宜迟，几人匆匆赶到田博士住处。原来田启新来京未久，为图便宜，就在旅馆里包了一个房间，几人赶到时那房间正在清扫，恰有一个茶房经过，韩凤亭把他拦住，塞了一张钞票在他手里，问道：“这里住着个田博士，什么时候走的？”

那茶房见韩凤亭这样的神气，不敢怠慢，想一想道：“我是没有看到，可我有个同伴在这里伺候，多半晓得，我这就叫他过来。”韩凤亭便又掏出一张钞票来：“你那同伴若能说上来，这个就给他。”

那茶房忙又叫了一个青年茶房过来。这人长的就是一副机灵相，行了个礼道：“这位田博士先前在房间里收拾行李，后来有两个客人过来拜访，说是田博士的朋友，敲了门就进去了。过了好一会儿，那两位客人就带着田博士出来。可我看田博士的样子，好似昏昏沉沉的，被扶着上了门口一辆汽车，行李也都拿走了。”

几人一听都变了颜色，莫不是说田博士被人劫走了？卢秋心便问：“你可记得那两个客人长什么样子，那汽车又是什么颜色？”韩凤亭随手又掏了一张钞票，却只在那青年茶房面上晃了一晃。那青年茶房忙道：“我都记得清楚！那两个客人，一个有二十七八岁，穿的是西装，打了个玫瑰紫的领结，很是齐整，长得也漂亮，只是身形不高。另一个比他大几岁，穿得更加时髦些，左颧骨处有一颗红痣。”

韩凤亭听到这里就是一惊。前一人的描述还含糊，这后一个，不正像是那梅若水的样子？那青年茶房续道：“那汽车是黑色的。”韩凤亭一听，不免有些失望，这原是最寻常的一种颜色，青年茶房窥得韩凤亭神色，连忙又道：“那号码牌末尾一个数字，我也记下来了！”

李副官拧着眉毛道：“那有什么用，你知道这北京城里有多少汽车？”卢秋心却道：“也不尽然。”韩凤亭和李副官都看向他，卢秋心道：“我猜想这两人自己未必有车，就算有，大约也不会用，多半是在租车行租的汽车。”

这一句提醒了李副官，若有这些线索，去租车行里查询可不是难事，忙和韩凤亭道：“少督，我这就去查。”韩凤亭点头应许。卢秋心又走进房间，细细看了一番，出来时面色微沉。韩凤亭上前问道：“老师看到什么了？”卢秋心叹口气道：“并没有什么，我只是疑心……遇到了一个熟人。”韩凤亭想要追问，看卢秋心不像想回答的样子，又闭了嘴。

李副官那一边，却是动作很快。说来也巧，他刚查到第一家租车行，就遇到一辆黑色汽车回来，朝司机一对，正是刚才去那家旅馆的汽车，又问了那汽车带田博士去的地方，却也是一家旅馆，忙禀了韩凤亭，带了护兵上门。

一到那旅馆门口，韩凤亭就见那梅若水斜倚着，正和一个少年女子闲扯，他一见韩凤亭下车就变了颜色。韩凤亭哪还容他，两步来到他面前，一拳就打了过去。这一拳力道不小，又打个正着，梅若水的面上霎时开了油酱铺，那少年女子见到斗殴，忙逃走了。

韩凤亭打了一拳，心中怒火犹未平息，一拳又要打来，梅若水却把身子一闪，这一下动作奇快，原来此人竟也是有功夫的。然而，韩风亭随卢秋心学了些时日的小擒拿手，便把左手一伸，一把捏住了梅若水的腕子。按说梅若水本来功夫不差，只因实未想到这个素来有纨绔之名的少督竟也有些身手，竟被叼住手腕，又挨了一拳。

这个时候，李副官带着护兵也赶了过来。梅若水见到这般声势也不打了，一转身就往后面跑，谁想才跑了两步，一只手已牢牢抓住了他。这一招与方才韩风亭抓他并无差异，可力道手法却是天渊之别。他心中咯噔一下，这是个行家！也不转头，一腿向后一扫，抓他那人却把手一松，拎住他脚腕子朝后一带，梅若水咣当一声已栽到了地上，只摔得头晕眼花。待要爬起来时，已被李副官用枪抵住了下巴。也只这时他才看到，制住他的人竟是个容貌斯文的书生。

卢秋心两招制住了梅若水，并不耽误，见到一个茶房便问道："这位客人的房间是哪一个？"那茶房见这许多人进来，又有护兵，疑心是梅若水做了什么犯罪的勾当，忙指给了卢秋心，李副官觉得叫卢秋心冲在前面实在不好，便把梅若水交给旁人，自己先要过去。只是刚到那房间门口，却被卢秋心一把拎住衣领甩了回去。这动作委实不甚雅观，李副官茫然地站直身体，还没等他说话，就见卢秋心一派如临大敌的架势，站到了那房间门前。

没等有人敲门，房门却自己开了道缝，一个二十七八岁的俊秀青年站在门前，一身西装甚是时式，玫瑰紫的领结里夹了金丝，一动一晃眼，后面的韩风亭看得分明，叫道："周幻！"

卢秋心却是道一声："果然是你。"

其实，当卢秋心看到田启新那封信时，心中其实就已经有了疑惑，若说田启新是被人胁迫，因此故意留下称呼上的破绽，那信纸上的问题又不可解。但听到茶房对来人的描述后，他心思一动，想到若说这人是周幻，那么他以催眠术操纵田启新，按照自己的指示写下这样一封信，催眠术中人有恍惚，弄脏了信封信纸，那一切就都可解释了。

周幻的神色并不见惊惶。他理一理袖口，垂下眼睛道："接了这笔生意，我就知早晚要对上你，只是没想到这么快。你反应不错，运气也实在是好。本来再过一刻钟，我们就要走了。"

这句话倒也没错，只要李副官在租车行那里略晚一会儿，这里便是人去楼空。卢秋心沉了面色："不必说这些，田博士可是在你们的手上？"

"在。"周幻点了点头，忽然闪电般从袖口处抽出一把手枪来，就要指向卢秋心，谁想卢秋心自他理袖口时就一直注视着他的手，这动作虽然奇突，却并没有出乎卢秋心的意料。那新闻记者飞起一脚，周幻手中那柄可纳入掌心的掌心雷直飞到空中，未等落到地上，卢秋心又飞起一脚，那柄掌心雷被他踢到远处，李副官忙伸手捞起，赞道："好精致，这样小巧的枪倒不多见。"

周幻一击未中，面色就是一变，他知道自己的真实功夫不及卢秋心，外面又有护兵，如今自己这张牌也未成功。他看着卢秋心，忽然笑了起来："我猜，自《平复帖》那件事之后，你一直想杀我吧？"卢秋心还未答话，他又道，"来，谈个交易，我刚才给田博士吃了点儿药，我走，解药给你。"

卢秋心微一皱眉，周幻这话真假难辨，但万一是真，岂不是伤了一个无辜之人？他回头看向韩凤亭，两人同时点了一下头，卢秋心道："药拿来，你可以走，待田博士确实无事，再放梅若水。"

周幻满不在乎地道："他关我什么事？"随手扔了个白纸包过来："分成两份，用水冲了给他喝，先喝一份，过半天再喝一份。"便向前走去，直到旅馆门口，才笑道："我知道卢先生说话算数，再送你个消息，你想这事儿背后的人是谁？梅若水的主子又是谁？

我不怕告诉你，就这药，也是他给我的。”

韩凤亭面色当即就变了。

田启新果然在房间里面，人昏昏沉沉的。卢秋心探察了一番，不由失笑，原来田启新中的不过是种最寻常不过的迷药，就不用什么解药，喝些冷水也就醒了，到底还是上了周幻的当。但不管怎样，田启新能安然无恙，总是一件好事。

他这边看护着田启新，一转眼却不见了韩凤亭，不由诧异，却见一个护兵跑进来道：“卢先生，少督去找那个叫松原的日本人了！李副官拦不住，只能跟上去，要我告诉您老一声。”又低声道：“李副官的意思，是请您也过去看看，少督的那个脾气，您……也是知道的。”

卢秋心啼笑皆非，问了地址，连忙在门前叫了辆胶皮车预备赶去。可上了车才发现，那拉车的车夫一副白胡子，竟是个老人。卢秋心又不好催促，行了一段后索性下车，寻那人少的道路，疾疾来到了松原润一郎的门前。纵然是他体力极佳，又在冬日，一头一脸也都是汗水。

他深呼吸数次，这才进了大门。

一进正厅，就见松原润一郎、韩凤亭、李副官等人都在其中，松原润一郎双手捧着一杯茶，恭恭敬敬地向韩凤亭道：“韩少督，这件事虽然是一场误会，但毕竟是我的不对，中国有句老话，‘不打不相识’，我这里敬一杯茶，谨向少督赔罪。”他的语气和态度都是十分诚恳，令人难以推却。而韩凤亭坐在他的对面，手里也拿了一杯茶，脸上的表情有些腻味。

一见卢秋心进来，韩凤亭便高兴起来，笑道：“老师，您怎么来了？”顺手就把手里的茶递到卢秋心手里：“老师怎么一头的汗？喝杯茶解渴。”

松原面上的神色有些不好看，他敬茶赔罪，韩凤亭却将茶递给别人，很是不给面子。但韩凤亭这一举措，毕竟还是借着尊师重道的名义，却也指责不来，便笑道：“这位原来是少督的老师，真是如切如磋，如琢如磨。”

此人能够脱口而出《诗经》中的词句，可见确实是有文学造诣的人，卢秋心也觉难得，他微笑一下，便喝了几口茶。这种茶与他素日喝的不同，茶水呈淡绿颜色，入口极苦，良久方有些许回甘，他曾听聂神通讲过日本茶道与中国不同，也不以为意。

韩凤亭见卢秋心喝了茶，觉得自己卷了松原的面子，很是得意，就道：“这件事先撂在这儿，是不是误会，日后走着瞧！”便带人走了。

待到回去之后，李副官悄悄地告诉卢秋心，原来韩凤亭一到松原家里，松原便马上承认是自己派梅若水前来，却只说是一场误会，自己不过是请田启新过来相谈而已。梅若水办错了事，韩凤亭想怎样罚他都成，他自己又放下身段，极其恳切地向韩凤亭赔罪。有道是伸手不打笑脸人，韩凤亭毕竟年轻，被他这样赔了半天礼，倒也把这事儿放了过去。

卢秋心听罢久久不语，以他的心思，自然不愿韩凤亭把事情闹得太大。然而松原如此，他却隐隐有种此事未了的感觉。

田启新恢复之后回了苏州，梅若水被韩凤亭揍了一顿后也扔了出去，周幻影踪不见。眼看着就到了过年的时候，韩凤亭虽不去山东，但他有个叔叔在天津，叔侄关系不错，以往韩凤亭都是到叔父那边过年，今年也是如此。

卢秋心却不知为何，这几日里身体总是有些不爽。他自己也通些医术，猜测是染了风寒，随意抓了些药吃，却是时好时坏，他自己不甚在意，并未同韩凤亭说起。

韩凤亭这边却不知为何，心下总有些不愉。往年他不识得卢秋心也就罢了，如今既与卢秋心有了师生的情谊，想到自己到天津一派繁华热闹，却把老师一人落在这里，总觉不好。卢秋心笑道："你看我可是喜欢那些的？你只去就是了。"

这话韩凤亭可也没法反驳，一步三回头地上了火车，李副官等人自也和他一同前往。

卢秋心留在韩宅，想着要过年了，大部分听差也被他放了假，只有蝶影无处可去，小姑娘含羞带怯的，想到要和卢秋心一同过年，心中很是喜欢，买了许多鱼肉，恰有一个厨子是扬州人，也不曾回去，加意奉承，做了一大桌子菜。卢秋心虽觉有些过奢，但毕竟是除夕之夜，也便没有多说什么。

吃饭的时候，卢秋心见蝶影换了一件水红色的袍子，越发衬得一张小脸雪白，不免想起从前想让蝶影读书的事情，只因《平复帖》、韩凤亭被悬赏几件事连在一起，竟搁置了，此时便旧事重提，道："蝶影，你原是一个聪明的女子，我想为你报名一个学校，不知你的意思是怎样？"

这个意思，卢秋心从前也隐约向蝶影透露过几次，只是蝶影的心中，对卢秋心实在是倾慕得很，如今见卢秋心劝她读书，又是二人独处的时候，忍不住就道："多谢先生的好意，我宁可侍候您一辈子。"

她这两句话说得十分诚恳，中间又有一种脉脉的深情，卢秋心也不免为之震动。他正想着一句妥当的回答，忽觉一阵头晕目眩。他定一定神，拿起面前一杯酒喝了，谁想一杯酒下肚，那头晕得感觉更加严重了。他把酒杯放到桌上，惊见杯子底竟有了一丝血痕，忙把酒杯倒扣在桌上，道："我酒喝得有些急了，且去躺一下。"

蝶影却心生误会，以为卢秋心是因她这番话避开了，羞红了一张脸，并不敢跟上去。卢秋心扶着墙，跌跌撞撞回到自己房间，人几乎摔倒在床上。

然而倒在床上之后，他的情形并没有因此而好转。又过片刻，他忽觉嗓子眼里一腥，连忙尽力地俯身向下，一大口血就这么喷到了地上。

他躺回床上，只觉全身乏力，窗外白的雪对了黑的天，一串串的鞭炮声音此起彼伏。而这房间里虽是锦帷玉帐，温暖如春，却被衬出一阵冷清的意味。

卢秋心也不知自己昏昏沉沉地在床上躺了多少时候，只觉那鞭炮声时断时续良久。忽然间，他觉得床边多了一个人。

四

这人绝不是蝶影，卢秋心勉力向外看去，隐约见得床头这人似是个男子，然而听差是不会随意进他这房间的，难道是韩凤亭，可他又怎会在这大年夜里回来？

蒙蒙眬眬地，卢秋心又晕了过去，昏沉之中，似乎有人大力摇晃着他，声音惶急："老师，老师！"又有人道："赶快请大夫过来！"先前那惶急的声音便道："这时候哪有大夫，赶快拿汽车送到外国人的医院里去！"之后，卢秋心便再不记得什么了。

等他再度醒来，已是三日之后。他自己躺在一张医院的病床上，韩凤亭守在一边，熬得双眼通红，见卢秋心醒来，眼泪险些掉下来，又一迭声叫医生过来。卢秋心欲待开口，只觉喉咙火烧般痛，竟连一句劝慰的话都说不出来。

不一会儿，医生就赶了过来。这外国医院的规矩，医生检查的时候，旁人是不准在里面的，因此韩凤亭也被请了出去。这番检查颇花了一段时间，之后医生又为卢秋心打了一针，这一针之后，卢秋心昏昏沉沉地又睡着了。

待到他醒来的时候，就见到李副官坐在床前，见到他醒来惊喜道："卢先生，你可算醒了！"

这一次卢秋心总比先前有了些气力，道："这……是怎么一回事？"

李副官拍了腿道："说起来真是奇了，少督原在天津守岁，不知怎的就觉得心慌，嚷着说怕不是您出了事要回来，我们起初都不信，谁想一回来，就看到您……哎哟，床上地上吐的都是血，这是怎么闹的啊！"又道："也亏得少督赶回来，那外国医生都说，再晚一会儿，只怕人就救不回来了。"

卢秋心没想自己获救竟有这样一番缘由，不免很是感动，可又心生疑惑，自己怎的突如其来这样一场大病？若说前段时间染了些风寒是有的，可似乎也不至于如此，便问："凤亭呢？"

李副官道："少督在您病床前熬了好几天，才被我撵去睡觉。那外国医生说，卢先生您似乎是食物中毒，留下来那扬州厨子已被关起来了。"

卢秋心忙问道："蝶影可有事？"

李副官一怔："蝶影姑娘？她自然也是很担忧您……"被卢秋心截断道："她有没有中毒？"李副官道："没有啊，她挺好的。"

卢秋心长出了一口气，随即道："不是厨子的干系。"那天晚上的年夜饭，他并未吃几口，而他吃过的菜，蝶影也都吃了。

李副官也明白了他的意思，诧异道："不是食物中毒？那是怎么一回事啊？"卢秋心这场病来得奇怪，韩凤亭回来得也有些奇异，他忍不住道："难不成……是招惹了什么不干净的东西？"卢秋心不免失笑，他忽然想到一事，问道："李副官，凤亭他回来之后，是一个人进去我的房间，还是你们一起进来的？"

李副官不明所以，道："少督先前是一个人进来的，可一进来，他就看到了四下里的血，便喊我们进来。”

一个人进来……随即就有李副官等人进来……

卢秋心忽然醒悟过来，大年三十那一晚，先前立在他床头那个男子，绝不会是韩凤亭，可那个人又是谁呢？来到自己的房间是所为何事？他尽力回忆，然而彼时他病得严重，只依稀想到，那个男子身形高瘦，腰间似乎挂了一物，却无论如何想不起是什么了。

卢秋心这一场病来势汹汹，去得可也并不顺利，入住医院的头几天虽好了些，可时隔不久却又恶化，那吐血的症状是克制住了，却又常常昏睡不醒，那昏睡的时间更是一日比一日长，医生也没了办法。韩凤亭嘴上的燎泡一层层起了老高，亦是无计可施。

他报馆的同事也都知道了这件事，陈燕客便前来探望，一进病房，只见卢秋心人都消瘦了一圈，面上颜色苍白，心中不由难过。因卢秋心还昏睡着，便坐在一边守候，过了一会儿，卢秋心好容易醒来，陈燕客便抹一把脸，做出个欢喜的模样，道：“窗外日迟迟了！怎的才醒？”

卢秋心面上也露了个笑影：“你这张嘴。”

陈燕客道：“我这张嘴怎了，没说你一句每日家情思睡昏昏便算好的了。”卢秋心指着他，又气又笑，陈燕客又与他说些近来报馆的新闻，诸如除却先前那被一刀毙命的银行职员外，又有一个果子铺里的伙计也是一样身死，等等，不过是给卢秋心解闷的意思。说了一会儿，见卢秋心神思困顿，便笑道：“我先回去了，你安心养病，那许多稿子我一个人且看不过来，还得等你回来。”

卢秋心却握住他的手，叹道：“我知晓你的好意，只是我的病只怕不好，你知我母亲在苏州，之后的事情还是要托付于你。”陈燕客心头便是一紧，强笑道：“你胡说些什么。”然而抬眼见卢秋心病骨支离，到底不忍，反握住他手道：“你心头需放开些，不要总想那些无谓的事情。无论如何，我们这一班朋友同事都是在的。”

这最后一句，内里其实还是应了卢秋心的意思。卢秋心便笑着点一点头，陈燕客与他交往多年，不由心酸不已，匆匆告别而去。

他离开时心神不属，险些撞到门前一个服饰华贵的青年，陈燕客随口道歉了一句，并不曾放在心上。

那青年可也没有与陈燕客计较，他立于病房门前，却没有进去，只看了一眼，随后便扬长而去。

他出了医院的大门，上了一辆黑色汽车，来到北京城里有名的一家饭店门前，直接进到二楼的一个房间里。这原是个套房，他脱了大衣挂在外间，听得里间一阵阵大说大笑的声音，脚步顿了一下，随即便走了进去。

这里间里原有三个人，离门最近的一个便是梅若水。他口沫横飞地正在说着什么，手边放了一杯酒也不及喝，这房里的声音倒有一大半是他弄出来的。他身边坐了个日本人，和他年纪相仿，穿得也很阔气，但是一张脸生得狭长，人中又短，是个急躁易怒的相貌。此刻他正向梅若水问道："你就这样跑出来了？"竟说的一口好汉话。

梅若水哈哈地笑道："可不是，姓韩的小毛孩子哪里知道我的本事，寻个机会我便大摇大摆地出来了，连个阻挡都没有。"

那日本人便也狂笑起来，道："他们这些新兴的军阀也不过是这个样子，血统毕竟是低贱的，那血统高贵的人就是落魄了，身份也比他们高上一等。"梅若水笑道："就是这个理儿。"便拿起身边的酒杯，和那日本人喝了一杯。这一杯酒下肚，他才和那青年道："你来晚了。"

那青年没有理他的话，自顾坐到沙发上，把领结扯开几分，向后一靠。梅若水笑道："真不愧是在法兰西喝过洋墨水的，看你这派头儿！"

青年眉头拧了下，反唇相讥道："什么大摇大摆，姓韩的哪有时间理你？多半是他把你轰出来的吧？”

梅若水嚷道：“周幻，你这么说就没意思了。”原来那青年正是周幻，他靠在沙发上一副懒洋洋的样子，并不搭理梅若水。梅若水看了他一会儿，自己先笑起来，拿着酒杯坐到他身边，用肩膀推了推他道：“咱们兄弟几个，别闹这个脾气。你知道吗，道上的人给咱们起了个绰号，叫‘酒色财气’，我觉得有点意思。”

那日本人便问：“什么叫酒色财气？这是怎么个解法？”梅若水便笑道：“老大正如那戏本里的英雄，喜好美酒宝刀，自然就是酒；我喜欢女人，这个叫色；周幻喜欢钱嘛，那就是财。”那日本人忙问：“那我呢？”

梅若水笑道：“你坂本五郎最有气性，自然是气。”

坂本五郎一听，觉得甚好，倒很得意。周幻哼了一声，一个字也没说，梅若水又问他：“今天你可去医院了？那卢秋心怎样？死了没有？”

周幻沉默了一会儿，道：“没有，不过当是快了。”

梅若水一听，哈哈大笑，自己倒了一杯酒，给坂本五郎也倒了一杯，两人一碰杯，又都大笑起来。梅若水起身来又要给周幻拿杯子倒酒，周幻却把手一推：“我现在不想喝。”梅若水便拿着酒瓶，来到房间最里面一个人面前，笑道：“老大，旁人我不敢说，您可是最好这一口的。”

这个人一直未曾言语，他穿的是倭人的衣服，坐得极端正。而他虽是坐着，也可看出这人十分高瘦，身边则摆了一柄武士刀。

他听了梅若水的话，可并没有答言，过了好一会儿，方缓缓开口道：“那个卢秋心，我见过他练武，此人，是个豪杰。”他的汉话，可就不如坂本五郎那样流畅，很有些生硬。

梅若水倒没想他竟夸起卢秋心来，拿着酒瓶一时不知要说些什么，却听那人又道：“豪杰，都是要死的。”他拿起身畔的武士刀，冲着坂本五郎点一点头，两人一起出了门。

这两人都出去了，梅若水歪歪斜斜地往床上一倒："妈呀，可算走了。坂本那孙子傻不傻啊，还真当我夸他哪！"

周幻冷笑道："说你的那又是什么好词了？"

梅若水笑道："不是好词，可也没说错啊，我就好这一口怎么了，那楚霸王身边还有个虞姬呢。倒是你，我也弄不明白了，那么死要钱是为了什么？按说你孤身一个，一人吃饱全家不饿，你对女人又没兴趣，也不怕大洋在手里沤烂了？"

周幻没答话，梅若水又道："要说你家里当年，那是真有钱，我心里可还记得，小皇帝刚倒那两年，你家几个长辈在美国饭店里跳舞，那一身金刚钻披挂的，风头真叫十足。这也没多少年的光景啊。"他见周幻脸上的神气逐渐地不好起来，嘴里可没停："我家还不如你家，我家家底早空了，就算小皇帝还在上面，也好不到哪儿去。你可不一样，你家，那叫世代簪缨！家底多厚啊，也就是你爸爸那一支不争气，外加你上面两个老人，一个毒，一个赌，没两年就把家底败光了。你原在法兰西念书，念到一半也只能回来……啧啧啧，也难怪如今你对钱财这样看重。"

周幻面色铁青，梅若水却似全没眼力见儿一般，凑到周幻面前："你说，你难受不难受，心疼不心疼？"周幻不耐烦地把他一颗大头拨开："你喝多了！"

梅若水笑起来："喝是喝了点儿，也没喝多少。我是听了坂本今儿的话不痛快。就他，一个小日本的浪人，自个儿的国家混不下去了，才到中国来。他懂什么叫血统高贵？你这样的，才叫真正的贵人！"他忽然又颓丧起来："可有什么用呢？看看你，再看看我，我看不上坂本，还不是得和他合作拿钱？人这辈子啊，就这么回事……"说着，又躺回到床上。

房间里一时安静下来，过了好一会儿，周幻忽然开口，说的却是句不相干的话：“那个卢秋心，家世当年似也不错。”梅若水道：“卢秋心？我正是要说他，我看他要死了，你倒不是很欢喜的模样，现在你又这样说他，难不成从前你们还认识不成？”

周幻又沉默了一会儿，方道：“虽不算认识，倒打过几次交道。”他不愿意多说这个，那梅若水看着没成算，实则心思却很细腻，道：“你莫不是看着那卢秋心家里也是落魄过的，有些同情的心理？我和你说，就先不论咱们和他的纠葛，那就是个傻子！谁搭上韩风亭不往死里捞钱啊？就他清高？”

周幻不愿多谈这个话题，道：“那个什么‘酒色财气’，是你自己编的吧。”

梅若水本也对将死的卢秋心没多少兴趣，闻言挑指笑道：“了不得，这都被你猜到。”

周幻道：“你虽为松原办事，我可只和他们两个合作了这一桩事，道上哪儿那么快有传闻了——你编这个做什么？”

梅若水笑道：“俗话说得好，单丝不成线，独木不成林。一个人到底不便，那坂本虽是个王八蛋，可在日本人里人头熟，老大个性虽然古怪，本事倒真是厉害。我的意思，是咱们四个就此合作起来，又怕他们两个不应，因此先造一个势。”他话还没说完，周幻已经拂袖而起：“要合作你合作，我没那兴趣。”

梅若水被他吓了一跳，叫道：“你发什么癔症！叫唤什么？就此合作有什么不好？”他看着周幻的脸色，猜测道：“你不乐意他们是日本人？”

周幻道：“我没心思和你多说。”劈手把梅若水揪起来：“本就是我定的房间，我困了，要睡一会儿。”

梅若水嘟囔了两句，却也没走，只到了外间，跷着二郎腿坐着。周幻和衣睡在床上，不久便传来细弱的呼吸声，梅若水自语道：“这小子睡得倒快。”起身准备要走，忽听里间一声大叫，梅若水被吓了一跳，忙进了屋，就见周幻坐在床上，满脸都是冷汗。

“你怎么了？”

“我……梦见了一只白狼。”

梅若水吃了一惊：“你们家老祖宗也梦到过一只白狼……”他闭上嘴巴，这个梦不久，那人便一病死了，这事连梅若水都知道，周幻更是一清二楚。

周幻没有说话，眼睛里全是倦意。

就在这两人对话的时候，韩家大宅门前停下一辆汽车，一个青年男子走了下来。他眉眼生得锐利，一张脸晒得黑黑的，外面披着的大衣甚是华贵，里面露出雪白的长衫衫角。

五

这人来到韩宅门前，定睛看了一看。门房见到此人气势不凡，不敢小觑，上前正要招呼，却又听见汽车响，原来是韩凤亭同李副官刚从医院回来。那人扫了他们一眼，道：“韩少督，李副官？”

韩凤亭抬头一看，并不识得他，却也觉得他气派不同，迥异常人，便问：“你是什么人？”

那人笑道：“说起来，你倒要叫我一声师叔，我姓凌，名舞阳。”

韩凤亭不由“啊”了一声。十余年前卢秋心与凌舞阳在香港结识，共历生死，结为兄弟，这一番经历，卢秋心是同他讲过的。后来凌舞阳随金针神医聂隽然去了南洋，卢秋心与他还时有通信，没想到，这时凌舞阳竟来了北京！韩凤亭本就对聂神通十分崇敬，如今这凌舞阳既是师父的义弟，又是聂隽然的传人，他马上便叫了一声：“师叔！”

凌舞阳倒也没想到他说叫就叫，怔了一下笑道：“大哥呢？”

韩凤亭听他提到卢秋心，眼睛不由一红：“师父在医院里……”一句未了，眼泪险些流下来。凌舞阳道：“不要慌，出了什么事情？”

李副官忙上前来，将卢秋心除夕发病至今的事情说了一遍，凌舞阳听得双眉紧皱，道：“在哪一家医院？我这就去看他。”

他行李也没放下，随着韩凤亭便赶去了医院。

陈燕客走后，卢秋心在病床睡着，不知日月轮转，醒来时却见床边坐了个人，这人生得长身玉立，一派锐气英风。他觉这人眉眼莫名有些熟悉，脑中偏又昏沉，正思量间，那人却笑起来：“大哥！”

这一声唤起卢秋心往昔的记忆。他忍不住“哎呀”一声，道：“小云南！”忙坐起身来，凌舞阳笑得眉眼弯弯，便搭住了卢秋心的肩。

卢秋心又惊又喜，问道：“你什么时候来的北京？聂大夫可还好吗？阿虎他们现在又怎样？”他一口气问了这几句话，便有些气喘。凌舞阳笑道：“我是刚来北京，师父一家都好，师母最近喜欢侍弄蝴蝶兰，师父专门腾出一间房子给师母摆花。”卢秋心听着便笑了，凌舞阳又道：“阿虎田鸡还在香港做事，良子嘛……”他有意拖长了声音，卢秋心忙问：“良子又怎样？”

凌舞阳笑道：“她上个月嫁给我了。”

卢秋心甚是欢喜。凌舞阳与良子结识于微时，是患难生死的交情，如今又结为良缘，实在是一件可喜可贺的事情，遂道：“这样的好事，你竟不写信给我。”

凌舞阳笑道：“这样的好事，须得亲口说给大哥才有味道。”

两人又谈了几句家常，然而卢秋心身体虚弱，只说了这些就有些气喘，凌舞阳便拿一个枕头，拍了拍垫在卢秋心身后，随后道：“大哥你要是累了，就好好休息，我改日再来。”

卢秋心微笑颔首，又问：“你在北京几日，住在哪里？”

凌舞阳笑道：“这都是小事，只是大哥你除了这些，倒没有别的要和我说？”卢秋心诧异道：“还有什么事？”

凌舞阳道：“你真没什么要说的？”

卢秋心想一想道：“你还没有说，你来北京是为了什么？”

凌舞阳忽然上前，一把拽住了卢秋心的领子：“大哥，你中毒了吧？为何不肯明讲！”

这一句话说出，一直坐在一旁不曾言语的韩凤亭倒先跳了起来：“中毒，什么毒？”

卢秋心怔住，凌舞阳一双黑白分明的眼睛紧紧盯着他，卢秋心终于叹了一口气，道：“我也是前两日才醒悟到自己应是中毒，只是一来分辨不出是什么毒素，二来中毒已深，正所谓‘病入膏肓’，说了又有何益？”

韩凤亭又要跳起来，凌舞阳却道：“我也是跟随了师父这些年的，大哥你却不应小觑我。”说罢，他放开手，将三个指头搭在卢秋心的手腕上，左右手都看过后，又查看卢秋心的眼底舌苔，面色肃然道：“原来是……”

韩凤亭忙问：“是什么？”

凌舞阳不答，反问道：“你可听说过霍元甲霍大侠？”

韩凤亭是崇尚英雄的人，自然知道，连忙点头。凌舞阳道：“都说霍大侠是因病过世，其实江湖上都知道，他是中了日本医生的毒药，吐血而死。卢大哥中的这个毒药，和当年霍大侠中的毒药同出一源，不过经过了些改良，发作慢了许多而已。”

韩凤亭大惊失色：“那老师岂不是……”凌舞阳却微微一笑，道：“无妨。”

韩凤亭见他神态高深莫测，不由起了敬畏之心。只听凌舞阳道：“这毒药经过改良，发作虽缓，效力却也不如先前猛烈，这是其一；大哥虽然发作，却被及时送到医院，这外国医生虽不能根治，可也缓解许多，这是其二；其三嘛……”他有意停顿一下，韩凤亭忙问道："其三是什么？"

凌舞阳傲然道："其三自然是我在这里。"他说这句话时，头昂得高高的。卢秋心不觉想到当年那个白脸黑发的骄傲少年，他年纪虽长了许多，气质究竟未改，便微笑道："我自然信你。"

凌舞阳与韩凤亭都是那说做便做之人，当日便给卢秋心办了出院的手续。凌舞阳开了一张药单交予李副官，请他帮忙采购，自己则给卢秋心先施了一次针灸。说也奇怪，这次针灸之后，卢秋心的神态明显便松快了许多。众人见了，皆以为神医妙手。

韩凤亭在房间里转来转去，半晌停下，问李副官："那凌舞阳现在做什么？"

李副官笑道："他给卢先生针灸之后，又看着熬了一服药，现在多半是回去休息了。说起来，人家也是一路上舟车劳顿，又忙活到现在。"他说这话的意思，自然是希望韩凤亭若有话，且等等再说，毕竟现在也没有什么要紧的事情。但他也知自家这位少督的个性，只怕是不肯耽搁的。未想韩凤亭却道："你说得是，我明早再去找他。"李副官倒不免惊讶，心道少督这脾性，竟是和从前不大相同了。

一夜无话，次日清晨，韩凤亭起得极早，却见院中已多了一人正在练功，正是凌舞阳。此时正是呵气成霜的时候，凌舞阳却只穿了雪白的短衣，韩凤亭看得瞠目，他素日也见过卢秋心练功，然而卢秋心的身法中正平和，这凌舞阳却是柔韧中又多了一种刚锐之意，平淡一掌挥去，草木竟可一折两段。

凌舞阳一掌划个圆弧收尾，道："韩少督，早！"

韩凤亭老实答道："平日倒也没这般早，原是想着见师叔的。"

凌舞阳笑道："我这大哥，倒收了个实诚弟子。"又问道："你找我是为了什么事？"

韩凤亭握紧了拳头，道："老师那毒，我想到是什么人下的了！"

凌舞阳眉锋就是一挑："你倒说说，是怎么一回事？"韩凤亭还没说话，他又道："说得细些。"

韩凤亭便把自己前些时日有意做些实业，宴会上遇到松原，田启新被劫等事一五一十说了。末了道："师叔昨天说到是日本的毒药，我便想到了松原，下毒的除了他再不会有旁人，虽不知他怎样下毒……"刚说到这里，凌舞阳打断他道："你再说一遍。"

韩凤亭方才那一番话说得可是很长，他脚都有些冻麻了，心道："这师叔可也奇怪，怎的又让我再说一遍？"虽然不愿，可还是道："我之前要做些实业……"

凌舞阳道："我没让你说这些，只说你刚才那一句。"

韩凤亭便道："虽不知他怎样下毒……"凌舞阳冷冷道："你前二十年的白米饭都是白吃了，还没看出来你老师是替你中了毒？"

韩凤亭"啊"的一声，张大了嘴巴，脚麻都忘了。他原也聪明，凌舞阳这么一说，他当即便想道：卢秋心与松原哪有多少接触？若说有，最近的一次无非就是自己去找松原算账，卢秋心担心自己追了过来，在松原家，自己把松原斟茶赔罪的那一杯茶递给了卢秋心！要说松原和卢秋心本无实质上的冲突，他意图毒死自己才是真的！想到自己亲手把毒药给了卢秋心，不由得痛彻心扉。

凌舞阳见他面上有痛悔之色，心中暗自点头，又道："其实你与松原之间的纠葛，我之前便已了解得分明。"韩凤亭不由惊讶抬头，凌舞阳道："你道我来北京城做什么来了？我在南洋原也做些生意，这次回来，就是要研究水泥、火柴等几样生意哪些可做，事先自然要有一番调查，你和松原之间的事情传得也大，我自然清楚。

"松原这个人，他在日本的时候就有个绰号，叫作'鬼松原'，下手又快又狠的一个人，现在看来，那周幻和梅若水多半就是他派出来的，釜底抽薪弄走了田启新，你的公司便做不下去。可是一旦被发现，他面上装作诚恳歉意，随即就向你下手，可见他的决断狠毒。要知道这药发作是很缓慢的，如我一般能看出的人也是极少。到时候你要真是死了，谁又能想到是他动的手？”

韩凤亭听到这里，心头一震，他可又多想了一层，这凌舞阳能想到的事情，卢秋心就想不到？师父不说自己是中毒，固然也是因为中毒已深，说之无益。可另一方面，师父也怕自己知道这中毒的真实原因，内疚难过。他不禁便道：“老师一定也想到这些，他是因为我才不说的！”说罢，忍不住便落了泪。

凌舞阳倒是一怔，这一层原因他并没说出来，没想韩凤亭自己倒说出口，心里就想：大哥收这徒弟，虽不晓事，到底还有良心。便道：“我去吃早饭，等会儿去看看你师父，上午你要有时间，我和你谈谈。”

早饭后两人一同去看了卢秋心，凌舞阳看着卢秋心喝了一碗药，笑道：“等下我再来为你针灸。”叮嘱几句，方离开了房间。韩凤亭便引他去了自己的书房，自有听差奉上茶水点心，韩凤亭挥挥手要他们出去，凌舞阳方问道：“大哥与我信中写到他收了一个学生，又有许多赞扬的言语，然而我看你出身很是显贵，为何想要拜大哥为师呢？”

凌舞阳这个问话，却引起了韩凤亭许多回忆。他道：“起初原不是我要拜师，我也不知他懂武功，是李副官看中老师的学问，所以请了他过来……”便把自己如何与卢秋心结识，自己偶然发现卢秋心会武，如何在相处中钦佩卢秋心的品德为人，卢秋心又怎样救过自己等事一一告知了凌舞阳，末了道：“我觉得自己过去这些年一无是处，因此想做一番事业出来，没想却害了老师，我……”说到这里，不免又是惭愧又是难过。

凌舞阳听到这里，心中暗想：我原当这韩少督办事潦草笨拙，不想一年前他还是个纨绔子弟，照这样说，他能做到如此，竟已算是不错了。凌舞阳自己是贫贱出身，能至今日，那是实实在在经过一番挣扎拼斗的。也正因如此，他对那些上进的青年格外有好感。再看韩凤亭时，目光就和从前不同。

他端起茶杯喝了一口，心中又想：大哥性情温和，对这弟子未必能狠下心肠；再说大哥是个读书的人，对这商贾的事情又非很懂，我既然逢了这个机缘，索性就帮他教导一番。

想到这里，凌舞阳把茶杯一放，道："你有这个心思，当然很好。我看你也请了人，想必是确要做事的，只是有几件事，我倒要问问你。"

韩凤亭不知所以，只听凌舞阳问道："你要做水泥，你可知现在国内有几家公司做这个？各家公司一年产出多少？这些公司一年又要卖出多少，都卖给哪些人？"

韩凤亭思量一下，答道："我听那田博士道，在天津原还有一家公司，南方也有，日本也有公司……"但具体到数字，他却是无论如何也说不出来了。

凌舞阳笑了一下，又问他道："那你再说说，建一个公司，制造水泥要选多大的地方，花多少钱买？雇多少工人？一月又要开多少工钱，给多少奖金？"

韩凤亭张口结舌，这些事多是李副官在筹划，他还没有过问。

凌舞阳又笑了一下："那你这公司，一年又打算产出多少？卖给什么人？怎么卖、怎么运？赚了钱怎么扩大规模？赔了钱怎么扭转？你可曾有一个计划？"

韩凤亭只觉汗出如浆。凌舞阳说的这些事，字字戳中他心里，他忽然福至心灵，大声叫道："师叔你这样内行，定是懂生意的人，要请师叔教我！"

凌舞阳哈哈一笑，不由回忆起当年他在香港与卢秋心初识之事。那时他天不怕地不怕，一副凶狠狠的样子，私下里却与卢秋心讲：将来的心愿不过是开一间小店，养活自身便可。待他到了南洋，跟在聂隽然手下，有了自立的能力，当真做起生意来，一来身后有个聂神通支援，二来他竟有这方面天赋，颇做出一番事业来。

此刻他见韩凤亭虚心求教，便道："你若想学，我自可教你。"说着和韩凤亭讲了他在南洋做生意时的一些事情，韩凤亭听得津津有味。然而，凌舞阳讲了一会儿也就收住，道："这些事情，说难倒也不难，眼下这个不急。倒是你师父的事儿，有些棘手。"

韩凤亭不由愕然！他原当凌舞阳一来，卢秋心当是无事，凌舞阳道："我在你老师面前那般说，是为了宽他的心！可惜我来得晚了，这毒中得已深，我并没有万全的把握。"又道："若我师父在这里，自然万事不怕；就我那师兄也有了师父的六七成本事，想来也是可以的。只可惜他们远在南洋，解救不及。我当年在师父门下却是以学武为主。唉！"他长叹一声，颇有早知今日，何必当初的感觉。

凌舞阳又看看天日，道："我去给大哥针灸。"便先走了。

韩凤亭留在原地，心里想着凌舞阳说的这些事情，若按了他从前的脾气，怕不就要先冲到那松原的家里，天翻地覆地闹上一番。然而，此刻他想：就我烧了那松原的家又如何？老师的毒还是一样无法可解。

他坐在原地怔了一会儿，慢慢理顺了思路，抹一把脸，站起身来。

韩凤亭找到了李副官，对他道："先撒出人手去，到北京城各个饭店、舞厅里找周幻、梅若水两个人，有动静了，立刻告诉我知道。再有，派两个能干的看在松原家附近，他落单的时候也告诉我。"

李副官吃了一惊："少督这是……"

韩凤亭恶狠狠地笑道："老师的毒还没解呢，那周幻和梅若水是他身边的人，说不定就会有这解药，先找出他俩的踪迹来。至于松原，哼哼！”他冷哼了一声：“先绑过来再说！”他心里想着，梅若水和周幻的手里未必就有解药，因此要两面下手，至于那松原交了解药，自己要不要放他，这又是另外一回事了。

他大踏步走出去，险些又撞到一个人，一抬眼却是蝶影，一张雪白的小脸上，两只眼睛烂桃子也似。他奇道：“你怎么在这儿？”又道：“老师没事，可也需要人照顾，你便去照顾他吧。那凌先生原也需要人打下手。”

蝶影听了以为有理，忙匆匆地去了。韩凤亭看着她的背影，自嘲地笑笑，想到自己却也会在旁人面前虚饰太平了。

那松原润一郎极是机警。李副官盯了他几日，竟未寻到一个空隙，反而是在几日后的一个宴会上，韩凤亭偶然见到了周幻。

六

觥筹交错，灯火辉煌，周幻一张俊秀的面庞在里面却显得黯淡。韩凤亭走到他身后，一拍他肩膀，朝他使了个眼色。周幻一见是韩凤亭，倒是毫不诧异的样子，跟着他走了出去。

两人一前一后来到小花园里，这里寂寂无人，韩凤亭开门见山道：“你知道我老师中了松原的毒吧，你有解药没有？若有，开个价出来。”他知道周幻好钱，因此直接就点了出来。

周幻倚在花树上，擦火柴点着烟卷，似笑非笑地道：“韩少督倒不怕我拿了钱走人？”

韩凤亭道：“老师教过我预防你催眠术的法子，我不怕中招。若说动手，这里许多名流人物，你却不敢。”

这几句话，他说得很是镇定，周幻诧异地看了他一眼，韩凤亭又道："你给那松原办事，无非是为了一个钱字，他给你多少，我翻个倍给你。"

周幻抽了一口烟，定定看了他一眼，忽然就笑了。他把烟卷按在树干上慢慢碾灭，道："什么了不起的大事儿？我还真为松原那个日本人弄死你老师不成？"说着从内怀口袋里掏出个小药瓶，掷给韩凤亭，道："就这一颗，给你老师吃了吧。"

韩凤亭大喜，便掏出支票本子要写支票给他，周幻却道："钱我也不要你的，你手上那个翡翠扳指倒还不错，给我就是了。"

这倒是出乎韩凤亭的意料。他过去喜好奢华，手指上常戴着三两个金刚钻的戒指，拜卢秋心为师之后，这习惯自然要改上一改，但毕竟旧习难去。这个翡翠扳指是他花了五十块钱在东安市场买的，看着不如金刚钻那般显眼，也没那般贵重，因此他才戴在手上。如今听周幻一说，自然毫不犹豫摘下来，递给了周幻。

周幻接过扳指，哈哈一笑便离开了。这时李副官便从树影后走出来，抹一把头上冷汗道："少督也真是胆大，您就怎么料定他会把解药给你呢？"

韩凤亭道："他手里有没有解药我可不知道，但我想他若真有，定会给我。你还记不记得老师给我讲《平复帖》的事情？"

李副官道："那不是周幻一手策划的吗，谢兰圃也因此死了，可见他是个心狠手辣的人。"

韩凤亭道："这是不假，可老师也说过，当日里《平复帖》本已到了那日本人手里，若不是周幻通风报信，怎样也抢不回来了。"

当日里，卢秋心也疑惑过这件事，对此，周幻只说了一句："好歹，我也是个中国人。"

思及至此，韩凤亭抬头向李副官道："他究竟是个中国人。"

李副官"啊"了一声，还没说什么，韩凤亭笑道："先不提这个，既有了解药，先拿去给师叔看看，没问题就给老师吃了。"说着大笑着率先走了出去。

他们回去的时候，凌舞阳却并不在家里。李副官忙询问一个听差道：“凌先生人呢？”

那听差也不清楚，道：“凌先生方才出去了，并不知去了哪里。”他也知道这回答是不如人意的，忙又道，“前些时候不久，曹大个子带着人也出去了。”

曹大个子是韩凤亭手下护兵中的一个头目，虽是这样一个名字，为人倒是很警醒的，韩凤亭派人看着松原家附近，就是由他负责。韩凤亭心里想着：难道是出了什么事？心中正疑惑，却听门外一片嘈杂，原来是凌舞阳带人回来了。

凌舞阳尚好，曹大个子等人却十分狼狈，尤其是曹大个子一只手都险些被人砍断。韩凤亭吃了一惊，曹大个子叫道：“少督，那松原手下有个高手！”

原来曹大个子奉命查看松原踪迹，说来也巧，今日里恰就是那松原一人出门，他打电话回来告知，却因韩凤亭与李副官出去赴宴，一时难寻。他一想，那松原只有一个人，错过了这个机会未免可惜，就带了手下两个护兵意图把松原绑回去。不想松原润一郎表面上是一人出行，其实身边暗自跟了个高手。曹大个子几人都被打伤，幸而凌舞阳听说这件事，及时赶了过去，不然，这几人恐怕都要死在那里。

韩凤亭先谢过凌舞阳，又忙问道：“那高手是个什么人？”心里却想：难道是周幻？不对啊，明明我才看到他。

凌舞阳道：“是个日本人，生得高瘦，刀法真是不错。我早年的启蒙师父在云南做刀客，较他还逊色一筹。”又道：“不过更难得是他那把刀，这东洋的刀也不知是如何铸得，好生锋利。”实际上，若不是他及时拦上一拦，曹大个子那只手就要废了。

李副官听了惊道：“真有这么个厉害的人物，若他要伤害少督那还了得！”凌舞阳笑道：“他虽厉害，我却也不惧他。你们少督在家里是不必怕的。若是出门，我且画一张图出来，你们见到这个人，小心就是了。”原来他在南洋日久，学会了西洋画法，当下便寻了纸笔来，画了一张图形出来，曹大个子看了称赞道：“凌先生这图画的，竟和真人一样！”

韩凤亭等人也围过来看，见纸上画的是一个高瘦的日本人，一张脸也是瘦长的，穿的是倭人的衣服，腰间挎着一把武士刀。虽是图纸上，也觉得那眼睛锐利得和刀锋一样，皆是惊讶。

凌舞阳对这幅图甚是自许，又拿去给卢秋心看，此时卢秋心经他几日调养，好转了许多。凌舞阳便笑嘻嘻地坐了，把今日事情说与他听，又拿出那张图来，不想卢秋心一见之下便道：“这人我见过的！”

原来当日卢秋心与庞冬秀分别之时，见到的那浪人便是此人。而除夕夜里，卢秋心床边恍惚曾有一人，身形也与他十分相似。

凌舞阳一听便叫道：“大哥这样说不会有差，定是他无误了！”又道：“他定是松原的身边人，那晚来说不得就是要对你们不利，只是韩凤亭不在，你又中了毒，因此他没有出手罢了。”

卢秋心低声道：“我另有一事担心。”

凌舞阳问道：“什么事？”

卢秋心道：“你说他手中刀极是锋利。我忽然想到之前有两个普通人被一刀毙命，那痕迹恍惚就是一把倭刀。”

凌舞阳奇道：“大哥怀疑是同一人？可按大哥所说，那死的都是普通人，他一个武士，杀普通人做什么？”

卢秋心道：“试刀。”他垂下眼帘，道：“我听闻日本有一种武者，虽秉性高傲，但只有对他同等的武者方会如此。寻常人的性命在他眼中如同草芥一般。对上这样的人，是很棘手的一件事。”他皱紧眉头，思量对策。凌舞阳食中二指在他额前一抹，笑道：“行啦，你还想这么多，好好养病就是。打架的事，就交给我了。”

卢秋心笑了笑，犹不放心。他也知凌舞阳跟了聂神通这些年，功夫想必早已在自身之上，然而在他眼中，凌舞阳却始终是当年那个小云南，需得自己这个做兄长的照拂才是。他口中不语，心中却暗自想着若自己遇到那日本高手，当以何种武功应对方是。

另一边，凌舞阳在照料过卢秋心之后，回到自己房间，把皮箱翻出来，从里面抽出一把小刀子来。这把刀外形粗陋，刀锋却极利，乃是当年那云南刀客留给他的东西。凌舞阳把它一直带到了南洋。后来聂神通教他点穴等高深功夫，可还是以这柄刀做底子。

我倒盼着他早点上门呢！凌舞阳拿着刀子，刀刃如水清澈，上面映出他一个笑来。

他们这边计较暂且不提，再说周幻给了韩风亭解药，正要往回走，梅若水便走了出来，口中啧啧有声：“那解药是你好不容易从松原那儿偷来的吧，原是自己留着防身的，怎么就给韩家那小子了？”

周幻没说话，转着手上的扳指向外就走，梅若水眼尖看到：“这哪儿来的？是老物件吧？”他忽然想到了什么：“这原是你家的东西？”

周幻头也没回：“是我家的，不是祖传的。”

梅若水追了上去：“什么意思？”

周幻一边走一边漫不经心地道：“我有个远房的表叔还是表舅，年轻的时候还参加过革命党，我还小的时候他来过我家一次，给了我这么个东西——你看这里那一块绿，像不像一把宝剑？没想现在落到了韩家小子手里。”

梅若水奇道：“你家流落在外面的物件不知多少，就为了这么个玩意儿换了解药？这不对，不是你的作风。”

他絮絮叨叨说了半天，直到周幻回了饭店自家房间，也没问出个所以然来。周幻被他问得烦了，把外衣一摔，瞪着眼睛叫了一个名字，梅若水一听他叫这个名字就怔了一下，原来这是他的本名，他二人都觉用旧日姓氏愧对先人，在外面用的都是化名，因此梅若水一听周幻叫这个名字，就晓得周幻是真的动怒了。

“得了得了。”梅若水就说，“不说这个，我倒听说一件事，那个卢秋心别看病成那样，身边倒有个小美人儿陪着，你说奇是不奇？她若是跟韩凤亭也说得过去，就跟我，那也是好得很啊……”

周幻知他素来好色，也不理他，梅若水又道：“韩凤亭那里，听说倒是又来了一个人，我溜了一眼，大冬天穿了一身白，看那步伐，像是个有功夫的。”他嘴上虽花，私下里消息倒收集了不少。

周幻一听，忽然看了过去，问道：“穿一身白？”

梅若水笑道：“可不是，衣衫极单薄，我还想着，这年头儿难道还有练内家功夫的？”抬眼见周幻一张脸煞白，怔了一下忽然想到他之前那个梦，惊道：“你……”

他心里不由打起了小鼓，心道难道真有这么巧，周幻梦到了白狼，真就来了个穿白的厉害人物，难不成真有什么说头不成？不由就坐到了周幻身边，仔细打量起周幻来。

周幻原生得俊秀，此刻紧闭着双眼，扯松了领结，呼吸间都有几分急迫，仿佛霜日之花，摇摇欲坠，和他素日的锋芒大相径庭。梅若水心里又是一跳，心道：老辈人都说，这人要是将死，那表现和往日都是大不一样的，难道这真是准的？

但如同他这样人，江湖混久了，心下虽然这般想，口头上却万万不能这般说，反要寻个不正经的由头说出来。梅若水一拍周幻的肩头，调笑道：“看你这颓唐的样子，竟不像平时，也就是我从小认识你，换成旁人，只怕倒要以为你是个女人，看上那卢秋心，才把松原的解药给他。”他知道周幻的秉性很是高傲，若用女人相比，周幻必然不忿，也就不想这白狼的事情，果然周幻听到这句话，眼睛就瞪了起来。

只是尚未等周幻说什么反击的讽刺言语，房门忽然被一脚踹开，正是那被梅若水称为“酒色财气”中排行第四的坂本五郎。此刻他一只手指着周幻，一张狭长的脸上都是怒气，恶狠狠地骂了一句日本话出来。

梅若水和周幻对日本话都不精熟，虽然如此，也猜出这应是一句很难听的骂人话。坂本五郎一句骂完，也醒悟到周幻并不明白，便又换了汉话，叛徒懦夫地骂了一通。

梅若水知道自己方才说的话惹了祸，急着上前分辩，周幻抱着手，冷冷看着坂本五郎，就好像他说的事情和自己一分关系也没有。可他这样的态度，反而令坂本五郎更加恼怒。他跳着脚，唾沫星子溅得老高，骂道：“没骨头的东西，和你的祖先是一个模子！”

周幻的脸色当即变了，他从怀里掏出一根藤鞭，又快又狠一鞭子抽到坂本五郎嘴上。坂本五郎没想他忽然出手，反应不及，嘴唇舌头都被抽破，一颗牙齿也松动了。如坂本五郎这样的人，是绝不能忍受自己吃一点儿亏的，他怒吼一声，从怀里掏出一把匕首，朝着周幻就扎了过去。

这一匕首对着的方向，正是周幻的心脏，而这匕首的锋刃上闪着寒光，可见坂本五郎这一匕首，明显就是要周幻的命。周幻眼角瞥了他一眼，也不退让，也不躲闪，直等坂本五郎到他近前的时候，他才忽然向后一带，坂本五郎“哎唷”一声，踉踉跄跄向前直冲了好几步，险些摔倒在地上，那一匕首自然也是全失了方向。

周幻冷笑了一声：“什么玩意儿！”

这一句话口气里的轻蔑意味，甚至超过字面上的讥讽，坂本五郎一跳三尺，举着匕首又冲了过来。这一次对着的则是周幻的咽喉，又是置人死地的杀招。梅若水急道：“都别动手，听我说句话！”

回答他的，是轻轻悄悄的一声响。周幻吹着手里一把小手枪的枪管，那把小手枪上安了消音器，动作间倒是没什么动静，再看坂本五郎头顶一个乌溜溜的洞口，人已经倒了下去。

“什么玩意儿！”

七

梅若水大惊失色：“你怎么就把他打死了！”

周幻放下手枪，面上的戾气消散了几分：“他自己找死。”

梅若水一想，倒真是这样。依周幻平素的个性，坂本五郎扎第一刀的时候，他早就下了手，这还算是客气的，就道：“按说单一个坂本五郎，也不值什么。可惜咱们现在正打算和他合作呢，这背后可是一笔大财……”说到这里，他见周幻面色不对，心下一颤，暗道这人翻脸无情，自己莫惹了他，就改口道，“只他身后的人是松原。我听说这个松原很是护短，那坂本五郎是他一个表弟还是什么亲戚，倒要提防他报复。”

周幻从怀里抽出条手绢，把手枪仔仔细细擦了一遍，又放回怀里，梅若水窥着他的脸色又道：“我倒有个主意，韩凤亭现在不是正和松原作对吗，坂本又是中枪死的，不如就把这事栽到姓韩的身上，让他们两个斗去。”他心里，未尝不存着这事抹过，自己还能和松原继续合作的念头，只是这话现在可不敢说了。

周幻没说话，梅若水就当他同意了，看着尸体又犯愁，心想这里是人来人往的饭店，这一具尸体该如何处理？周幻却不理他，拿起房间里的电话，拨到汽车公司叫了一辆汽车过来，又拿起坂本五郎的围巾，在他头上裹了几圈，遮住弹孔和大半张脸，随后抄起一瓶洋酒，用牙咬开瓶塞，劈头盖脸从坂本头上浇了下去，烈酒味道弥漫在房间里，把那一点血腥味道也掩盖下去。梅若水看得一怔一怔，周幻却已架住了坂本五郎一边的胳膊，不耐烦地道：“还愣着干什么？”

梅若水这才反应过来，忙架了坂本五郎另一边的胳膊，这么一来，衣着凌乱，一身酒气的坂本看上去就似一个寻常喝醉的客人，而这样的客人饭店最是寻常，谁也不会过问。

坂本五郎的死，就仿佛一块不大的石头扔进了水里，石沉水静，竟没有发出什么声响。之后的两天，就这般安静地度过。

早春的风格外地硬而干爽，凛冽中带着一丝丝不自觉的温度，然而究竟还是冷的。路上的行人穿着仍是厚实暖和，只有一个人，穿了件雪白的长衫，风一吹，衫角轻轻拂起，可见其质地轻薄。再看这个人的面上一双入鬓的长眉，一双眼蕴藏锋芒，可知是一个不凡的人物。

这人原在街上不紧不慢地闲走，忽然间他见到街边的一间西餐厅里，临窗坐着个西装青年，不由露齿一笑，大踏步便走了进去。

那青年正是周幻，他一眼看到进来那人，怔了一下，手里雪亮的刀叉“啪”的一声掉到餐盘上。那人笑了笑，指指自己道：“我，凌舞阳。”又指一指周幻道：“你，周幻。”他看到周幻眼中毫不掩饰的惊骇神色，心下倒有些诧异，暗道照卢秋心所说，这周幻原是一个了不得的狠角色，现下看来喜怒形于色，并不见出众。

但这话凌舞阳此刻自不会说出，只笑道：“别看咱们是第一次见面，可我猜，你早知道了我，我自然也早知道了你。”他忽然出手如电，一把按住周幻的右手：“动什么手？别急！”

周幻被他一按，就如一把铁钳钳住手腕一般，不由得心下暗惊。当初与卢秋心对峙时，他也曾有过这等处处被压制的情形，然而卢秋心为人毕竟温厚，再不似凌舞阳这般咄咄逼人。他眉头一皱，暗自踢出一脚，这一脚看似阴狠，其实是虚招，他左手已探入内怀，意欲拿手枪出来。凌舞阳却低声喝道："我无意和你动手，何况你难道还有罗师叔那般双手开枪的本事？"

凌舞阳第一句话，周幻不过听听而已，但第二句话却道中周幻心病。他掏枪乃是无奈之举，左手开枪委实难为，即使距离这般近也未必能保证，他慢慢收回左手，一字字道："你有什么事？"

凌舞阳也放开周幻右手，向椅子上一靠笑道："我只问你，松原身边那个高手，是个什么来路？"

周幻看了他片刻，然而并未从凌舞阳面上看出任何端倪，慢慢开口道："日本有许多刀术流派，有的极大，有的极小，刀法各自不同，松原身边的这个人就出身于其中一个极小的门派，闻说这个门派的刀法配上最利的刀，会有无敌于天下的本事。只因并无一人练成，所以日趋衰落，只余一人。然而，该门派中刀法竟被这人练成，最近松原又送了他一把宝刀，因此他愿为松原效命。"

"这个人在日本似乎有个绰号，我只听他们提过一次，不知道是什么意思，倒记了下来。"说着周幻说了一句日本话，这一句异域的言语，又只听过一次，难为他竟说得分明。凌舞阳也暗赞一句此人聪明了得。周幻又道："他真实姓名叫什么，我不清楚，松原只叫他作'林'，不知是不是到中国起的汉名。"

凌舞阳笑道："林也是日本姓氏，想必此人姓林。"

周幻"哦"了一声，就在这时，梅若水忽然急匆匆地走过来："我来晚了，松原正……"刚说到这里，一眼看到凌舞阳，不由吃了一惊，凌舞阳却站起身："我先走了。"见到两人神色诧异，又笑道："你给我大哥一颗药，我还不能放你一次？"说着哈哈一笑而去。

眼见着凌舞阳的身影消失在门外，梅若水抹一把脸上的汗："怎么碰到了这个人，还好他走了。"又道："松原托我请你办件事。"

周幻听到松原这名字，不免有些腻烦："他又有什么事？"

梅若水笑道："这事情可好，原是他有一个日本的仇人新近来了中国，松原要请你做了他，价钱开得可不少！”说着比了个“二”字：“两万，你不接？”

周幻挑眉道：“松原身边那样一个高手，怎么想到了我？”

梅若水笑道：“你有所不知，松原那个仇人原也是一个什么流派的，和林有些渊源，况且林你也知道，杀了人便不管，不比你机智百变，不留痕迹。”又笑道：“你要是有意，这桩生意我也来帮你，大家兄弟，沾点甜头不是？”

他二人从前合作不止一次，周幻思索片刻道：“走吧，便去松原那里看看。”

到了松原家中，因是熟客，二人便直接来到松原书房中。

松原润一郎正在写字，周幻见他写的是一笔行草，乃是“迟日江山丽，春风花草香”。纵他不喜松原，也不由点头暗赞，一个日本人的书法到这般地步，委实难得。

松原见他进来，便含笑搁笔，道：“周君，我闻说你在书法上有很深的造诣，不如就来续上后面几句。”

周幻一怔，他少年时确曾精研书画，可无此闲情已是多年，然而见到面前笔墨皆是精良，一时间也起了兴致。他思量片刻，终拿起羊毫，向后便续，起初两句略觉生涩，到“江碧鸟逾白，山青花欲燃”两句时便已甚是流畅，写到结句时挥洒自如，一句“何日是归年”被他写得逸兴横飞，风流四溢。他放下毛笔，从头审视一番，初时欢喜兴奋，之后却不觉意兴阑珊。

松原击掌赞叹：“好字，当浮一大白！”他寻思四周，然而书房无酒，便倒了一杯茶：“当以此为庆！”

周幻接过茶杯，喝了一口，便放回桌上，面上又恢复从前的神态，道：“这桩生意当如何做，松原先生便请说吧。”

松原润一郎笑道：“周君来前，梅先生未对您说明吗？”

周幻道：“大略一谈，并未细说，譬如那人姓甚名谁，住在何处，又有何等要求，松原先生还请细细说来。”

松原笑道：“这事不急，周君，你不如再看一下这幅字。”

周幻不知他是何用意，但仍是依言低头看字，谁想甫一低头，只觉头晕目眩。他暗叫一声不好，尚未反应，喉头便是一阵发咸，一口血直喷到白纸黑字上。

茶里有毒！这同样的一招，之前曾用在卢秋心身上，如今中招的则是周幻，只是这毒药发作却要快速许多。周幻又吐了一口血，面色已是苍白若纸。

松原润一郎谨慎地后退数步，藏身于梅若水身后，与此同时书房大门打开，两个日本男子快步小跑进来。这两人皆是五短身材，肌肉虬结，都护卫在松原前面。

电光石火之间，周幻已看穿一切，他勉力看向梅若水，冷笑出声：“松原给了你多少钱？”

梅若水扭过头去，不敢看他：“我原说是韩凤亭杀的人，只是松原先生竟看出来了……生死事大，你不要怪我。”

周幻低声道：“好个生死事大……”他似已无力支撑，整个人慢慢瘫倒在地上，梅若水松了一口气，慢慢来到前面探看，却也不免心酸，叹道：“我们也是打小的交情……”一语未了，周幻忽然一跃而起，右手一柄手枪应手而出，梅若水原就离得近，这一枪几已触到了他胸口，他大惊失色，就要后退，周幻左手揪住他领子，向前一拽，右手同时开枪，只听枪声不绝于耳，梅若水一声惨呼后再动弹不得，周幻却不停歇，一把枪里的子弹都打在了他身上，才把手枪一掷，松开梅若水的衣领：“我只和人有交情，不是你。”

这一变故来得突然，也直到梅若水一死，松原才反应过来，连忙朝门口退去。周幻忽地弯身，闪电一般直冲过去，那两个日本男子见他来势汹汹，向前便挡，然而周幻冲到他二人面前时，手里却忽然多了一把小小匕首，左右一抹，两条血线直冲屋顶，两个日本男子喉管皆被划开，左右栽倒在地，露出后面的松原润一郎来。

这时的周幻，体力可也已到了极限，他喝的茶原不多，因此还有余力，然而那毒药却也实在厉害，到这时不过是凭着一口不甘之气硬撑下去。他喘一口气，抹一把面上的冷汗，握着手中还在滴血的匕首，慢慢向前走了一步。

松原直愣愣地瞪着他，此时的周幻衣领散乱，衬衫上还带着血渍，前额的发都披落下来，一半遮住他的眼睛，犹遮不住其中幽幽的寒光。周幻原生得俊秀，此刻格外有了一种奇异的美感，松原也知书房门在他身后，再退两步，便可逃出，然而看着周幻此刻眉目慑人，竟移不动步子。

周幻又向前一步，眼见他匕首就要递出之时，书房大门忽被打开，一个高瘦人影大踏步走了进来。他手臂一动，一把雪亮如银的武士刀已出现在他手里，下一刻便见血光四溢，周幻一条右臂已经掉到了地上。

中毒断臂，按说这时周幻本该已支撑不住，未想就在断臂一瞬，他脚尖一踢，竟将那把匕首踢起，左手一抄抄在手中，再度向松原一击而去，松原万没想到他竟能如此，只吓得全身发抖，林却在此时再度挥刀，一条银线泼洒而下。

一道纵长血线破空而起，淋漓房中，更有不少溅在那张字上，许多字迹均已模糊，唯有结尾两行还依稀看得清楚。

“今春看又过，何日是归年。”

八

凌舞阳回到韩宅，先换了衣服陪卢秋心闲话。他笑道："今天不想倒见了那周幻，我和他打听了那日本高手的事情。"

卢秋心也有些兴趣，问道："周幻都说了些什么？"

凌舞阳就把周幻今日所说言语讲了一遍，末了道："师父当年是在日本留学过的，我从他也学了些日语，只不大精，那姓林的绰号，大抵是什么'关中之狼'的意思。"

两人谈笑一段，也便罢了。卢秋心如今精气神都很不错，但凌舞阳还是看着他喝了一次药，这才嘱咐几句，离开房间去寻韩凤亭。

韩凤亭正等在书房里。这些时日卢秋心恢复得不错，他的心情也好了很多，见到凌舞阳便笑道："师叔，你再与我讲讲做生意的事情。"

凌舞阳一撩长衫坐下，笑道："这些天也聊得差不多了。其实也简单，如你这般的条件，就更加容易些，无非是利用自己的优势，去挤对旁人的不足。譬如你是一只螃蟹，便用钳子去夹；是一条鲨鱼，便用牙齿去咬；若是只墨斗鱼，那便喷墨汁去迷惑对方。若你是螃蟹却要用口去咬，那便不对了。"他住在南洋海畔，因此也多用这海中的动物举例。

韩凤亭皱眉道："那若是条小鱼，岂不是没有翻身的机会？"

凌舞阳道："谁说的？小鱼可以伪装成大鱼，再不然，就是那寻常的小鱼，在海中也不是没有生机。"

这一句话，韩凤亭便不能理解。凌舞阳挑眉笑道："你可知道，我在南洋最初是做什么起家的？"

韩凤亭自然不知，凌舞阳笑道："我最初是做水果罐头出身。"

在韩凤亭看来，水果罐头是极微小的一种事物，他不懂这如何可以赚钱。凌舞阳笑道："南洋水果是极多的，因易腐烂，价格也低，可若制成罐头，便可储存很久，卖到外埠又是一样新鲜事物。别看它小，却是极赚钱的一样买卖，我的第一桶金，便是从此而来。"

韩凤亭恍然："原来如此。"又好奇道："那师叔是怎么想起做这等买卖？"

凌舞阳笑而不言，神思却飞到十余年前与卢秋心初逢，去街边吃面的事情。他在街头长大，这些小食便是他记忆中最为温暖之事。因此成年后做生意，寻的也是这些身边常见的水果。

韩凤亭见凌舞阳不答，又想到另一件事，便问道："师叔，你在南洋的生意做得怎么样？"

凌舞阳恍过神来，笑道："我在南洋做的是橡胶生意，过去听到张弼士先生事迹，甚是向往。"这位张弼士乃是广东人氏，十八岁下南洋谋生，生意做得极大，人送绰号叫作"南洋首富"，美国人更叫他作"中国的洛克菲勒"，凌舞阳特意提出这一位人物来，就可见他的能力心气。

韩凤亭还想再问，凌舞阳笑道："先不说这些，你师父现在已没了性命的危险，咱们报仇的事情，也该着手做上一做了。"

这件事一直压在韩凤亭心头，以他的性子，若不是顾忌卢秋心身体，一早就动手了。此刻听到凌舞阳这般说，不由得摩拳擦掌。凌舞阳笑道："你先别急，动手不难，难的是如何动手。我也听说过你从前的事情，然而若是直接冲进他家中，未免不太讲究，传扬出去，对你老师的声名也不好。"

韩凤亭不由道："但若要送他进局子，一来无甚证据，二来也弄他不死。"

凌舞阳笑道："没错，我之前和你谈过许多做生意的事情。你不妨把这事也看成一件生意，如何能做得圆满，做得过瘾，就看你的了。”说罢，径自去了。

韩凤亭看着凌舞阳的背影，怔了一会儿。他低下头看着桌上的砚台，那砚台还是卢秋心的，过去他有一次发作，曾将砚台上摔出了好大一条裂纹，此刻他摩挲着砚台，片刻后站起身，从里面关上了书房的大门。

门这一关，就是整整大半天，晚饭也不曾出来吃。李副官看得着急，想去敲门，凌舞阳却笑道：“他想出来的时候，自然就会出来的。”

李副官急道：“不吃饭怎能行呢？”

凌舞阳道：“饿一顿又饿不死人。”

李副官被这话噎了一下，心道这凌先生虽是卢先生的师弟，为人可真不如卢先生温厚。但这话也不好说，就在这时，书房门忽然被推开，韩凤亭拿着一张纸走了出来。李副官一见大喜，道：“少督……”却见韩凤亭摇一摇手，向凌舞阳道：“师叔，我想是想了，你倒看看我的主意。”说着举着那张纸向凌舞阳指点。

凌舞阳看了一眼，只见一张纸错字白字占了一半还多，至于那字迹也就不必说了，不由摇头，韩凤亭见他摇头，手就不由动了动，凌舞阳却指着上面一行字道：“你怎么知道定会如此？”

韩凤亭道：“先前我对松原出手一次，我猜想以他的个性，一定会这样做。”

这要是换成旁人，说的当是“多半会这样做”“大抵会这样做”，韩凤亭却是语气肯定。凌舞阳不由点一点头，觉得这小子的脾气很对胃口。他又接着看下去，失笑道：“你怎么把我也算进去了？”

韩凤亭道：“师叔刚才还说，需得利用自己的优势，挤对他人的不足，师叔就是我的优势，怎的不用？”

凌舞阳哈哈一笑：“你说得很对，就这样去做。”想了想又笑道："这事先不用告诉大哥知道，你办成了，再与他说。"

松原润一郎家中连死了数人，杀人容易，处理一干相关后续却要烦琐许多，况且常为松原办事的梅若水也死了，就更加麻烦一些。松原好容易弄清爽这些，心道他来中国，原是为了办厂的大事，先前已耽搁了许多时日，这时就要继续着手起来。可是他再度出门的时候，就处处碰壁。他觉得不好，便向熟识的那个金融家华之廷探问。华之廷叹道："你先前可不是惹了韩少督，他那个脾气，北京城里都是有名的。原是他叫嚷出来，谁若和你搭讪，谁便是和他过不去。他是一个少爷，你先不要理他，过几日也就好了。"

松原听了，心里暗自寻思。他对卢秋心下毒之事，因自诩毒药隐秘，发作又慢，绝不知有个凌舞阳看出了端倪；而曹大个子等人绑架他时，并未穿军装，他也不知是何人的手下，北京城里帮派地痞也多，绑架富人也是有的，因此过去这些时候，他并未怀疑到韩凤亭知道了下毒的事情。此刻他听了华之廷的话，就想莫非这韩少督到底是看出来了，不由出了一身冷汗。可转念又一想，不对，如韩凤亭这样的出身性子，若是看出来，一早就要打上门来，哪容得这时才缓缓地说！

这时，华之廷就提示道："你也知道，像韩少督这样的人，要的就是一个面子。"

松原恍然，他也知中国人的秉性，在许多人眼里，面子要比里子重要许多。这韩少督身居高位，想必更是如此，自己先前劫了田启新，却只在自己家里赔罪，想必韩少督并不满意，便赔笑道："我明白了，我有意大大地请一次客，就请华先生帮忙多多邀请客人，我当面向少督赔罪。"

华之廷笑道："这事好办，就包在我身上，你也不必在外面请客，我愿意把花园借你。”

华家的花园原是京城有名的，松原连声道谢，又道一切费用都在自己身上。

到了请客那一日，果然宾客皆至，韩凤亭很晚才到，身后带了许多护兵，声势赫赫，松原见了，暗自庆幸自己带了林过来，不由得就回头看了一眼，见林高瘦的身影在身后，内里的衣服透出那柄武士刀的影子，便安心了几分。

酒过三巡，华之廷向松原使个眼色，松原便捧着酒杯站起身来，恭恭敬敬地向韩凤亭道歉。韩凤亭翻一翻眼睛，不屑道：“玩虚的可没意思，本少督平生最爱快枪宝刀，我听说你有个手下有一柄好刀，你若肯送给我，便算是真心赔罪。”

众人起初听了，都觉这韩少督未免有些欺人，松原这般落下面子赔礼，他还不依不饶。可又一想，韩少督可不就是这样纨绔少爷的性子，若非如此，可也不是他了，再说不过是一个手下人的刀，就给了也不是什么大事。便有人上前劝说松原：“是什么刀？少督就爱这个，送了他也好。”

松原面上渗出汗水，换成旁的，他也不会在意，但林一生视爱刀如性命，就跟在他身边，那也是为了他赠了林这把宝刀，令他刀法得以圆满之故，这话可实在不好说。他便笑道：“少督想是听错了，我手下人并无什么宝刀，少督若中意这个，我便去寻几把来送与少督。”

韩凤亭冷笑道：“你糊弄谁呢？”使个眼色，站在他身后的一个护兵就上前来，去撩林的衣服：“不就是这人的刀吗？”话音未落，众人只见一道寒光闪过，林手中的长刀已抵到了那护兵的脖子上，韩凤亭大喝一声：“你想动我的人？”

松原一看不好，连忙和林说了几句日语，林这才勉强推开那护兵，但长刀仍未入鞘，灯光之下，众人看得分明，只见那把长刀刀身似雪，从刀尖到刀柄，宛如一条水线直流下来，就是再不懂兵器的人，也看得出这是一把宝刀无疑。再看林，只见他手里仍擎着刀身，面上全无表情，眼神一派冷硬，不少人心里就打了个突儿，心说这是个手下人？怕不是那杀人越货的主儿吧？

韩凤亭冷笑道："我看你也做不了他的主，这样吧，我就给你点儿时间，让你和你这手下单独谈谈，看看这刀让是不让？老华，你这偏厅旁边不是有间屋子吗？"

那间屋子是供客人休息之用，并不甚大，此刻里面也无人，到这个时候，华之廷也只好答应下来。韩凤亭把个金壳镶钻的怀表往桌上一摔，道："一刻钟后，出来见我。"

松原润一郎虽不情愿，却也想找个机会和林单独谈一谈这件事，又兼有时间拖延，说不定还能想出些对策，便也赞同，带着林一同走了进去。

一刻钟转瞬即过，然而松原与林均未出来，韩凤亭带着人就往偏厅走。华之廷身为主人，生怕出事，忙跟在后面，许多客人本着看热闹的心思，也一同跟了过去。

然而一推门，众人却都吃了一惊，只见松原润一郎血流披面倒在地上，竟然已经身死，再看地上扔着那把长刀，上面满是血迹，林呆站在一旁，直到众人进来后才忽地反应过来，尚未开口，韩凤亭已叫了出来："你竟杀了人！"

这句话一出，众人皆是赞同，心道此人真是胆大包天之极，林喃喃了一句日语，众人皆未听懂是什么，韩凤亭身边的护兵却都已举起了枪，华之廷更是使眼色给身旁人，叫他速去给警察局打电话。

九

凌舞阳坐在窗边，手里拿着一把日本刀，正在给卢秋心展示。

“这就是那把刀？”卢秋心叹道。

“正是。”

林已被逮捕入狱，这把刀凌舞阳借着辨认证物的由头借了过来，对照之下，果然无误。先前那银行职员与果子铺的伙计也是死在这把刀下，只怕真如卢秋心所说，乃是为了试刀。林在警局中一语不发，然而就不算这两人，松原之死也是证据确凿，因此他是难逃一死了。

卢秋心问道：“这都是凤亭的主意？”

凌舞阳道：“可不是，大哥你猜那松原是怎样死的，原来是你那好学生抓我做劳工，要我事先躲在那房间门后，林一进来，我先点了他穴道——要说这也算是我偷袭，不然没这般轻易。松原可是我拿刀杀的。”他眉毛一挑：“大哥，我可为你报仇了不是？”

这倒是要个赞扬的意思，卢秋心不由失笑：“是，大哥多谢你。”

凌舞阳便很得意，笑道：“后来他们进来的时候，林的穴道刚解开不久，身上还没力气呢，故而也反抗不得。说起来，你这学生出这主意时，我还问他，你怎就知松原定会带林在身边，他便说，先前松原险些被绑走，眼下定然十分谨慎。这倒也不错，只是这计划中，问题却也不少，虽说人都知是林杀了松原，可一问原因，必会有人议论是他引起的事情。又有那华之廷与他并无串联，万一那房间另有他用，我来不及赶去，也是麻烦，再有其他种种漏洞也不必多说。”他话音一转，叹道：“话虽如此，他这样一个出身，能想出这样一个主意，又做得不错，却也是难得了。”

卢秋心道："这都是你的功劳，我听李副官说道，这些天你教导凤亭不少，我知自己守旧不前，而你为人进取，凤亭方能如此。"

凌舞阳笑着摇头："错了，那韩少督先前是个什么人，大哥你当我不知道啊？也只有你这样的人，才能一步步引着他走到正路上来，又有了一番雄心。虽先前激进些，不通事务些，然则不过是世间常情，少年人哪个不是如此？我所做的，不过是最后推了他一把罢了。"

卢秋心摇一摇头，可又笑了。

凌舞阳又道："只可惜，那梅若水和周幻竟不知哪里去了，这两个人，我还没有找他们算账。"

卢秋心微微摇头："罢了。"

他没有再提周幻，而终卢秋心一生，也没有再提过周幻一次。

凌舞阳看他一会儿，又问道："那我之前问你的话，大哥怎么打算？"

卢秋心道："就依你的说法。"

凌舞阳笑道："这可好极了，就有一件事，蝶影那小姑娘大哥是怎样想？你可别说你不知，连我都看出来了。要说我都成家了，大哥你年纪长于我，也该想到这事才对。"

谈到这个，卢秋心正色道："是，我想和她谈上一谈。"

凌舞阳哈了一声，兴致勃勃道："择日不如撞日，我这就去寻她。"说着起身就走，不一会儿便把蝶影寻了过来，笑道："你们谈，我出去走走。"说罢，竟做了个鬼脸。

卢秋心笑骂道："小云南你这家伙！"当年凌舞阳在香港时，也没这般顽皮过，卢秋心心想，这些年在聂大夫身边，看来他过得不坏，性情也疏朗了许多，又见蝶影羞怯怯地进来，沾一点椅子边儿坐了，便微笑道："蝶影，我有一件重要的事情要与你说。"

蝶影怔了怔，除夕夜里她与卢秋心说的话，已经近乎表白，之后因出了许多事情，卢秋心并未回应。此刻她心里忐忑，暗想莫非卢先生是要与我说这件事了？面上不由红得更甚。

卢秋心虽然看到，只作不知，从怀里取出一个信封来，递给蝶影，蝶影打开一看，却是树人美术学院的简章，又有一沓钞票，不由怔住。卢秋心笑道："这个学校颇有些名气，且岳剑尘先生也在里面任职，我已和他说了这件事。你原有功底，录取当不困难。这些钱便是你的学费。"

蝶影万没想到卢秋心和她说的竟是这件事，一时情急，不由说道："先生，除夕夜里我和你说的话，原是真心实意！"

卢秋心却问她道："蝶影，你如今多大年纪？"

蝶影不知卢秋心为何问到这个，便道："我今年是十六岁。"卢秋心微笑道："这就是了，我已近三十，年纪几乎是你一倍。"蝶影急急道："先生，我并不在意这个……"却被卢秋心打断，他道："蝶影，你的感情，我并非不知。"

蝶影又是一怔，卢秋心道："你年纪尚小，又因早年经历，因此对我有些特别情感，这原是寻常之事。然而，我不过是个落伍之人，并无特别之处。待你年长之后，自然也就将其视若平常，况且，"他正了颜色，"你此时年少，正是求上进的时候，且不要为感情的事情羁绊。"

他于蝶影，原有师生之分，这一正了颜色说话，蝶影不由就站起身来，低声道了个"是"字。卢秋心笑道："这就是了，入学的事情，这一月内，岳先生便会与你联系，你且去温习一下功课吧。"

蝶影站起身来，只是垂首不语，忽然她抬起头来："先生……"这一声还很低微，但下一句却慢慢坚定起来："先生刚才说的都有道理，那要是五年之后，我学业有成，心志不改，先生又当如何呢？"

卢秋心怔了一下，随即无奈笑道："那自是另当别论。"

蝶影眼睛便是一亮，她向卢秋心行了个礼，转身正要出门之时，房门忽然被一脚踢开，一个高瘦身影幽灵般出现在门前，披头散发，裸露出的肌肤上都是血痕。蝶影惊叫一声，却见那人手里拿着一把短刀，朝着卢秋心就刺了过来！

蝶影这些时候照料卢秋心，知道他虽然有凌舞阳的救治，身体还是虚的，一时间也不及思索，上去便挡在了卢秋心前面，电光石火之间，那刀刃上的血味儿都冲到了鼻端。她心中究竟还是害怕的，便闭上了双眼，只觉面前一阵风声掠过，又一声重响，不由得睁眼一看，却见那高瘦身影竟已摔了出去。

生死关头，卢秋心一脚飞出，将那人踢了出去，正是庞冬秀传授他的“如意腿”。

这一腿踢出，卢秋心自己亦是虚软。他大口喘着气，那人却已爬了起来，恶狠狠地与他对峙，正是林。这样的紧要关头，卢秋心却忽觉一阵惆怅，心道：庞姑娘，你又救了我一次。

房门忽然再次被踹开，这一次却是凌舞阳出现在门口，他向林冷笑道：“方才警察局打电话来说你越了狱，这速度还真快！我大哥病体未愈，有本事，你出来和我打过！”

林舔一舔嘴唇，执着那把短刀冲窗外就跳了出去。凌舞阳却不曾动，他看得分明，林手中那把短刀多应是临时抢来的，上面锈迹斑斑，便一抬手，将房间里林原先那把武士刀掷了出去：“用你应手的兵器打！”一句未了，他翻身也跃出了窗外。

月下小园之中，两个人影对峙，凌舞阳冷笑道：“我听说你门中的刀法十分了得，现在不妨见个输赢！”手一展，从袖中擎出那把外表粗陋、刀身如水的小刀子来。

林握紧刀柄，平平举起，一道月光直照到他的刀刃上来，他一腿向后，一腿前屈，眼前似有杀气迸射，忽地大喝一声，直冲上来，速度之快，实所罕见。

然而，就在他冲到一半的时候，忽地顿住脚步，手中寒气四溢的刀子也落了下来。他身子又摇晃两下，便栽倒在地上。

在林的咽喉间，插着一把锋利之极的小刀子，而就在他冲出那一刹那，凌舞阳掷出飞刀，正中要害。

三日后，韩凤亭在书房里看信。

这封信却是田启新博士自苏州寄来的。原来田启新虽然是个留洋的博士，胆量却并不大，经历这一番事情，究竟还是害怕，因此写信给韩凤亭，道是自己要留在苏州一段时间，办厂一事，暂且搁置。

换成从前，韩凤亭就要恼怒，说不定还要丧气灰心，可经历了这许多事情之后，他觉得自己尚未准备好，且凡事皆可从容，因此并未就此失望。

他把信收好，正在思量下一番行动的时候，却见卢秋心和凌舞阳联袂走了进来。他忙起身笑道："老师，师叔。"

卢秋心犹豫了一下，并没有开口，凌舞阳便笑道："得了，还是我说，韩少督，我们得和你辞行了。"

韩凤亭一惊，忙道："这是什么意思？"

凌舞阳道："你老师身上的毒，还是余了不少作用，我的能力也就到这里了。因此我是想，乘他身体还成，带他去一次南洋，让我师父给他彻底治治。"

韩凤亭惊道："这是怎样说，不是弄来解药了吗？"

凌舞阳笑道："傻孩子！你可真是武侠小说看多了。你老师中毒那么久，那毒素都浸入五脏六腑，虽有解药，不过是缓解一二，如何真就能根治了？你老师看着现在尚好，其实底子都虚了，时间一长，他这些年的武功也都废了。除了我师父，我再想不到什么人能治好他。"

这么一说，韩凤亭再无法反驳，他这才注意到卢秋心已收拾好了箱子。凌舞阳道：“这事宜早不宜迟，我已订好了火车票，一会儿就出发。”

韩凤亭没想到他们速度这样快，可又是没法阻拦的。卢秋心这才开口道：“凤亭，你已是一个大人了，我看你最近所为，也没多少可担心之处，便在这里祝你今后鹏程万里，好好地做一番事业。”

韩凤亭怔怔地点头，凌舞阳就扶着卢秋心出了房门。韩凤亭看着两人身影消失在门外，不由跌坐在椅子上，又过片刻，他忽然反应过来什么，“啊”的一声，忙冲了出去。

外面，凌舞阳已经雇好了一辆汽车，卢秋心也已坐了上去，韩凤亭三两步跑到车门前，趴着车窗叫道：“老师，老师！你刚才那话什么意思！”

卢秋心骤然把眼睛转了开去。韩凤亭叫道：“老师你是不是不回来了？”

凌舞阳拍开他的手：“南洋不错，你老师一干朋友都在那里，再说他身体不好，在那里休养不是蛮好？其他的也不必担心，就你老师这一支笔，一身本事，又有我在，他必能过得好好的。”

韩凤亭固执地又把手放回了车窗上：“老师，你是不是真的要走了？”

卢秋心终于抬起头，看着他道：“凤亭，你我师徒一场，已是意外缘分，聚散离合，世间常事，顺其自然便可，望你珍重！”

韩凤亭叫起来：“什么叫顺其自然？我偏要问个清楚！老师你去南洋也好，休养个几年也好，我只问你日后还回不回来，我还能不能再看到你？”

凌舞阳道：“你这小子好不啰唆！你们师徒缘分一场，好聚好散的岂不甚好？至于将来能不能见到，天下这么大，这谁说得准？”

韩凤亭也不理他，只固执地看着卢秋心。良久，那汽车司机都有些等得不耐烦了，卢秋心终是开了口，声音轻而坚定：“必有一日，再会相见。”

篇八
八年

冬去春来，花谢花开，似乎只是一展眼的时间，实则已过去了好些年。

国内掌权的人换了好几拨，国际上的形势也已有了许多的变化，唯有卢秋心当年任职的那家报馆还是在的。正所谓，一代新人换旧人！现下里面一个有名的年轻记者，名字叫作曹小雅，正要去监狱里执行一项采访的任务。

第一天

一推开厚重的铁门，一阵阴冷的风便袭了过来。

跟在曹小雅身后的看守说：“曹少爷，就这儿了，您自己一个人进去？”

曹小雅点一点头：“对。”

看守说：“好嘞，我就在门外，您有事招呼一声，不用怕。”说着自己倒情不自禁打了个冷战，便推门退了出去。

曹小雅向前看去，见到前面还有一扇铁门，两旁的铁栅栏都有儿臂粗细，可见对栅栏中人的重视。在那铁栅栏中间，一个人踞坐着。他的身躯十分雄壮，须发蓬乱，面带血痕，左颊上好大一块新鲜烧伤伤疤，凶神恶煞一般。

这便是自己要见的那个人了，曹小雅想着。他生得有些女相，又架一副银丝眼镜，单看外表未免文弱，但在这监牢里，面色却是半点没变。

在京城的一干记者里，曹小雅算是出身极好的。他的父亲是北平城里一位有名的富商，一个哥哥曹风也有经济的头脑，姐姐曹大雅则嫁给了北平城警察署的高级官员宋同光。他自己读过大学，按说，这样的青年前途不知如何光明。但曹小雅与众不同，他是家里出名的怪胎，少年时便很有自己的主意，待到长大后，既不帮忙哥哥做事，也不去政府部门谋一个职位，反是迷恋起江湖上的事情。他的父亲很是发怒，说我辛苦半辈子，难道是要你和天桥上那些打把式卖艺的混在一起吗？曹小雅听了，倒也真不再和这些人来往，但也没有去帮忙父兄，而去做了一名擅写江湖怪奇的记者。可也别说，现下这个年头，这样的文字反而最受欢迎。

最近，他的姐夫宋同光抓了一个十分了得的江洋大盗，没人知道他本名叫什么，人送他一个绰号“云里七”。此人凶狠狡诈，无恶不作，据说曾经欺师灭祖，灭人满门，甚至连人肉都吃过。这样一个恶人被抓住，自然是宋同光一个大大的功劳。这正是曹小雅喜好的题材，他便提出想单独与云里七见上一面，做一篇独家的报道。

他姐姐曹大雅便道：“你总搞这些异想天开的事情，要知道你姐夫现在多么辛苦。你看看现在的形势，东三省是叫日本人占了，政治的重心，也从北平转到了南京。你姐夫总留在这里，有什么前途？总要想法调到南京才是，他这样忙，你还给他添乱。”

恰好这时宋同光叼着烟斗进来，他只听到最后一句，就笑道："出了什么事情，你这样训斥他。"曹小雅便说了，宋同光素来知道这个小舅子的，便说："见一见倒也无妨，只是他的身上牵挂着大案，你也要小心一二。"

曹小雅道一声好，今日才到了这监狱里。

他仔细看去，见云里七的手脚上都戴了手铐脚镣，比平常的镣铐都加粗一倍，又隔着铁栅栏，在这等情形下，就是一只猛虎，也绝没了伤人的力量。他咳嗽一声，那云里七忽然间抬了头，一双眼睛骤然睁开，精光骇人。曹小雅心想：武侠小说上常说什么"目光如电"，今日得见，竟是真的。

他便说："云里七，我是一名新闻记者，叫作曹小雅，如今来这里并没有什么恶意，只是想与你谈谈，做一个采访。"

他说了一遍，云里七只是看着他，双目中精光四射，仿佛猛兽想要择人而噬，曹小雅清一清嗓子，又说了一遍。

一直到曹小雅说了第三遍的时候，云里七这才开口。他的声音很是嘶哑，但并不虚弱，依旧雄浑有力。他说："你叫曹小雅，还有个兄姐叫曹大雅？"

曹小雅这名字看起来简单，其实他父亲中过前清的举人，四诗风雅颂，诗经有《大雅》《小雅》。他和他姐姐的名字就是从这里来的。曹小雅便说："原来你也听说过《诗经》？"

云里七冷笑道："什么干的湿的，有小不就有大吗？只是你这小子胆大。我现下，可是知道你的名字，你家里人的名字，你是做什么的，你就不怕等我出来……"说到这里，他不往下说了，只露出一口白森森的牙，反而更增了些恐怖的意思。

曹小雅说："你我无冤无仇，你招呼我又有什么用处？"

云里七看着他，森白的牙齿在黑暗里反着光："那些被我灭过门的，大概和你也是一样的想法。"

曹小雅问他："你真灭过门？"

云里七轻蔑地看着他："你说呢？"

先前云里七也说了一些威胁言语，都不如这一句轻描淡写的话。也不是说这句话本身多么吓人，而是云里七说这话时的神情目光，令人觉得，他说的话，是真的。

曹小雅看了他几眼，云里七也上下打量着他："你害怕了？"

按说，两人一个在监牢里，一个在监牢外面，就算有人害怕，那也该是被关起来的人才对。可云里七这么一说，就让人觉得，他才是掌控局面的那个人。曹小雅口气平静："我还是那句话，我与你无仇，怕你何来？"

云里七忽然狂笑起来："你与我无仇？哈哈哈，你骗谁来？你当我不知道？你姐姐曹大雅是宋同光的老婆！"说完这句话，他又是一阵狂笑，随即咆哮不已，用力摇撼着铁栅栏，手脚上的镣铐跟着哗啦啦乱响不已。这么一通闹下来，外面那看守也听到了，忙跑进来，连声说："曹少爷，曹少爷，您快出来！"一把拉出曹小雅，又把外面那一道门上了锁，这才抚着胸口说："这么个凶神恶煞，也就是您，还敢和他说话。"

曹小雅扶一扶银丝镜架，没有说什么。

当晚曹小雅去了报馆。这时报馆里当年的前辈，只余下陈燕客一人，见到他便笑着问："怎么样？那云里七是怎样一个人物？"

曹小雅说："性情果然凶悍。"又问："前辈可知道他这名字的来历？"

陈燕客笑道："你问别的我未必晓得，这我还真知道。这个人原来的绰号，叫作云里去。他排行第七，又有人叫他云七，再后来以讹传讹，便成了云里七。"

曹小雅点头："从他这名字，便可见他身手委实不错。现在很多人都说武功之事是些骗人的把式，可也未必。”

陈燕客原本拿着几张稿子在看，听到他这样说，便放下了稿子：“可不就是这样？武功这种事是真的有的。我旧年里有一个同事，叫作卢酬，你看他的外表斯文儒雅，就是一个书生，实际上却懂武功。不但懂，那根底还不浅。那时有个韩督军你听说过吧？卢酬就给他家公子韩凤亭当过老师。”

曹小雅说：“我只知韩凤亭是个有名的实业家，原来他是督军家的公子。”

陈燕客说：“可不是，后来他爹打了败仗，也就慢慢地没人记得，反是他有了名气。”

曹小雅又问：“那这卢先生还在北平吗？我都不知报馆里还有过这样一号人物。”

“早不在了。”陈燕客笑道，“我说的这事，都好些年了，现在除了我，也未必有人记得这些。卢酬后来生了一场病，去了南洋。他在这报馆时，笔名叫作卢秋心，你去看一看旧报纸，说不定还能找到他的名字。”

“卢秋心？”龚定庵有诗写道，“秋心如海复如潮，但有秋魂不可招。漠漠郁金香在臂，亭亭古玉佩当腰。”十分俊丽，曹小雅心里想着这首诗，不自觉念了出来。陈燕客说：“就是了！这诗可也配他。”

但曹小雅念这诗，可不是为了这个。在云里七起身发狂的时候，他眼角余光瞄到，云里七原先坐的那位置身后墙壁上，拿石头刻了几个字，正是“秋心如海”。字虽不好，可云里七一个杀人不眨眼的强盗，怎么竟知道这话呢？

第二天

这一次曹小雅去监牢的时候，云里七正在吃饭。

按说这监狱里的饭，本是不好吃的，但云里七这顿饭与众不同，他的面前摆着好几个盘子，里面有烧鸡、焦溜丸子，还有一只炖得稀烂的肘子。云里七用手抓着，蘸了蒜泥，吃得酣畅。

曹小雅便站在那里看着，直到云里七吃了个大八成，才开口说："你这顿饭，可挺奇怪。"

云里七早就看到了他，听他说话，也不理会，只又拿了一只鸡腿在手里，大口咀嚼。曹小雅接着说下去："这样丰盛，就说是断头饭，也差不多了。"

云里七"呸"的一声，吐出一块鸡骨头，森白的牙齿在黑暗里反着光："等我死，可还早着呢！"

曹小雅说："我也觉得，这并不是断头饭。"

云里七翻着眼睛看他。曹小雅说："你是一个有名的大盗，自然要明正典刑，现在并没有这样的风声，怎会今天就给你断头饭呢。"话说到这里，还是情理之中，随后曹小雅又说："难道，这是俞掌柜给你送的？"

听到"俞掌柜"几个字，云里七面上一动，那表情虽然没有太大变化，瞳孔却缩紧了："你这个记者，倒知道一些事。"

曹小雅说："若不事先调查个清楚，怎能来采访你呢。都说你一生三大恶，欺师灭祖、灭人满门，又吃人肉，可这件事，倒也做得不错。"

云里七垂下眼睛，说："记者里，原是有能人的。"说罢，便放下了手里的食物，把满是油渍的双手在衣襟上擦了一擦，只那囚衣原也很是肮脏，这样一擦，更加不堪。

这云里七和俞掌柜的渊源，就要归结到好些年前了。

某一天的冬日，天降大雪，云里七在京郊喝得大醉，敞开衣襟醉倒在雪地里。这样的情形原是十分危险的，就是云里七身体强壮，也很有可能被活活冻死。这个时候，有一对兄妹恰好路过，就救了他回去。

云里七这一日原是醉得狠了。被救回去之后，依旧呼呼大睡，直到半夜方才醒来，这个时候，就听到隔壁有说话声，间或又有一两声抽泣，他心里头好奇，仔细一听，才知道这兄妹俩的父亲是个赌鬼，欠了一大笔赌账后自家跑了。那债主自然不肯罢休，就找到这兄妹两个，逼迫他们三日之内必须还清。但这笔赌账极大，别说砸锅卖铁，就是把这兄妹俩都卖了，也未必还得清。

那哥哥便哭泣道："实在还不清，咱们拿绳子上吊吧。"

妹妹倒还有决断："死了就是白死，不如大哥你连夜跑了，他们那边我来应付。"

做兄长自然不允，可也想不出什么好主意。两兄妹正说话的时候，云里七大踏步走进来："你们欠了多少钱？"

哥哥吃了一惊，还没说话，妹妹就说："欠了五百大洋。"

恰好云里七因了一桩事，现得了六百元的现钱，就从身上拿出一沓钞票来，说："活人还能让尿憋死，我这里恰好有钱，你们拿去吧！"

这真是天上掉下来的财喜，兄妹俩感激不已，就想着，受了人这样大一笔恩惠，拿什么报答呢？可也实在没什么可报答的，就在第二天的早晨，用心思做了早餐出来，乃是烧饼夹肉，又有一大碗豆腐脑。

这豆腐脑原是最常见的一种吃食，平常的人家，也就是卤汁里加些黄花菜肉丝木耳之类。但他家这豆腐脑不同，是用自家卤得极嫩的鸭肉做卤，加上一勺子腌得蜡黄的菜心，因为云里七昨晚喝得大醉，又加了一勺子醋蒜汁，配上碧绿的香菜、鲜红的辣油，这么雪白滚烫的一大碗端上来，云里七没吃几个烧饼，倒连喝了三大碗豆腐脑。

妹妹抿着嘴笑着说："您倒是得意这一口，其实我们家的卤汁，是祖传下来的，配料原本更全，只是这仓促之间，也没得准备。"

云里七抹一抹嘴说："这就很好了，你们怎么不去城里面开一家店？保准来银子！"

哥哥犹豫着说："那城里面都是大饭庄子，我们这也就是个家常吃食。"

但那妹妹听了这一番话倒是心动，后来他们还清了银子，那哥哥还留在乡下，妹妹真就来到京城里开了一家食肆，专卖豆腐脑、烧饼这些吃食。因他家的卤汁调得好，还有了些小小的声名。这妹妹姓俞，人也就称她一声"俞掌柜"。

俞掌柜也并不避讳云里七资助他们银钱的事情，常说："要是云里七当年不给我们这些个钱，我们兄妹俩说不准就一索子吊死了，你们外面说他怎样我是不管，在我这里，就不准说他一个字。"

这位俞掌柜性情泼辣分明，只可惜幼年时脸被火筷子烫了，留了好大一个伤疤，但也正因如此，云里七慨然助这兄妹俩，也绝没人疑惑他是为了美色。

此时曹小雅提到俞掌柜，却又说："可我说，这也不是俞掌柜给你的。俞掌柜后来离开了北平，现下一直也没听到她回来的消息，可见并不是她。"他看向云里七身后的石壁："是那个'秋心如海'之人吗？"

云里七身子忽然一震，一双眼炯炯有神地看向他，半晌，方要开口，忽然曹小雅身后的铁门开了，他姐夫宋同光带着几个人进来，见他诧异道："小雅你怎么还在这儿？你先出去吧，我有事要问这贼人。"

曹小雅听到这话，不好多待，就先回了家。

说是回家，其实就是他姐姐的宅子，原来他的父兄近来也去了南方，曹大雅挂念着这个弟弟，便硬要他搬来和自己一起住。曹小雅回来时，他姐姐正在打麻将，见他回来眼睛也没离开牌面，说："吃饭了吗？今天新来了个厨子，南京菜做得不错。"又吩咐女仆："端一碗鸭血粉丝汤给少爷喝。"

曹小雅便不说什么，静静坐在一边喝汤，过一会儿曹大雅打完了八圈，过来和他说话，问他这汤的味道怎样。

曹小雅说："汤是不差。可见姐姐你是用心姐夫的差事，连厨子都寻了南京的来。"

曹大雅叹一口气说："可不是这话，现下北平虽好，到底比不得南京。你姐夫那里也是有几分分数了。真要是去了，别的不说，我倒有些舍不得这房子。听说这先前是韩风亭住过的地方，你想他是个有名的实业家，做下那样的成绩，可见是个有运道的人。"

曹小雅倒不知道这房子还有这样的来由。又听他姐姐说："还有一件事，我得和你说道说道，你也老大不小了，总不成一直这样下去。我介绍一个人，你准乐意。"

曹小雅顺手拿起手边一张报纸："姐姐你说。"

这态度虽然不好，曹大雅倒笑了："可见是有缘分，你看，就是报纸上说的这个人。"说着一指。曹小雅一看，是个年纪轻轻的女孩子，穿得花红柳绿的，旁边还有大字称她是"当代之木兰"。曹小雅笑了，一弹报纸："这个样子，怎么就和木兰相比。我还当是她做了义勇军呢。"

曹大雅便瞪他："什么义勇军？胡乱说话。真要是那样的女孩子，我敢介绍给你？这说的是大义，可真去东北当什么义勇军，那还能有命回来吗？"

曹小雅不答这话，只说："明天我想再去看看那云里七。"

曹大雅又瞪他："你那什么报道还没写完？别去了，你姐夫和他有正事。"又说："一篇报道能卖几个钱？总是做这些不合时宜的事情。"

曹小雅只"哦"了一声，把那张报纸放下，又拿了一张看起来。

第三天

这一日阴云密布，闷雷响了一整天，可一直到晚上也没下成雨，空气闷热得厉害。曹小雅晚上来的时候，那看守拦着他不让他进去。

"曹少爷，曹少爷，今天可真不行！"

"怎么了？"曹小雅停下来问。

看守也说不出来什么，只是打躬作揖地不让曹小雅进去，曹小雅啧了一声，拿了几张钞票塞过去："我就是进去看一眼。"

看守得了钱，想着这位毕竟是宋同光的小舅子，也不好再拦，只说："您可千万别说出来啊。"

曹小雅进去一看，就明白了，原来昨天这云里七还是凶狠狠的一个人，今天就大不相同，眼见着是受了重刑的模样。现下云里七躺在角落里，听到声音便睁开了眼睛，见到是他，冷冷哼了一声："宋同光真有本事，软的不行来硬的，硬的不行，又把你这小舅子派出来？别说小舅子，就派小姨子来也没用！"

曹小雅说："我没妹妹。"心里寻思，硬的自然是指上刑，那软的呢？这一想就明白了："原来昨儿那一顿好的是姐夫给你的。"

云里七没再开口。曹小雅便走近那铁栅栏，蹲下来说："我姐夫没叫我来，这是我贿赂了看守偷着进来的，真被姐夫发现了他也得骂我。"

他说这话，云里七压根儿不信。曹小雅又说："你这话倒也奇怪，什么软了硬硬了软，我姐夫不就是问你些口供吗？"

云里七"呸"了一声："他是为了那些东西吧！"

曹小雅说："这可和我没关系。你看，我是个新闻记者，又不是抓贼的。原想对你做一番采访，竟几次三番没能成功。你现在这个样子，总不能好好说话，这个给你吧。"说着扔了一个瓷瓶进去，骨碌碌地一滚，恰好就滚到云里七脚边。

云里七把那瓷瓶打开一闻，就知道这是同仁堂上好的伤药。他心里不由冷笑，这还说不是伎俩，谁能没事带瓶伤药在身上？可是令他没想到的是，曹小雅给完了药，转身就走了出去，并没有询问他什么事。云里七不免奇怪：难道这个姓曹的记者，真的就只是好心送药而已？

曹小雅一出门，最高兴的是那看守："曹少爷真守信用，一刻也没多待，您快点走吧，千万别叫……"

话刚说到这儿，外面一个闪电闪过，又一阵闷雷响起，直到那雷声停了，那看守一缩脖子："这雷打了一晚上了，也没说下个雨，妈呀！"

他一回头，正好看到宋同光站在他身后，原来方才那一阵雷声，正好遮住了宋同光进来的脚步声。

那看守吓得要命，曹小雅却是大大方方："姐夫，你来了？"

宋同光上下打量着他："你怎么来了？"眼神中颇多猜疑。

曹小雅却全无隐瞒："我那报道还没写完呢，心想着再来问问云里七。"

宋同光问："他倒和你说话？"

曹小雅说："他们这些会功夫的人的事儿，我多少都知道些。因此总能说上几句。"

宋同光又打量了他几眼，忽把曹小雅拉到一旁："这真是难得，小雅，你得帮姐夫一个忙。"

"这个云里七，先前偷了南京一位林专员的许多钱财首饰，我想了许多办法，没想他嘴紧得很，硬是不肯说出那些赃物藏在什么地方，你既能和他说得来，不如就想法问问他。"他又想一想，"不如这样，你拿些伤药给他，让他承你人情，说不定他就会告诉你。"

第四天

于是这一天，曹小雅正大光明地进了牢房。云里七见这记者来了，想到昨晚的伤药，态度多少有些缓和。虽说如此，他心里却也想着，要是曹小雅问他那些财物的事情，那是别想他多说一个字。

谁想曹小雅半个字没提，只拿了一个烫金的笔记本子，一支自来水笔，也不嫌地面肮脏，就地一坐，说："我看你今日精神好多了，你们这一行人，不是总讲究什么以恩报恩，快把你过去的经历说一说吧。"

云里七真是没想到："你真是要问这个？"

曹小雅说："不然你以为我几次三番进来找你干什么？难道是因为这监狱里的味道好吗？我少年时就许下一个愿望，要把那些江湖人物的生平都写上一遍。我写过的也不止一个，近一些的，譬如万人敌、庞二当家、铁砂掌铁英；远一些的，譬如曾头市、聂神通、苏三醒、何凤三，我都写过。"

听到这最后一个名字，云里七面色略变，眼神中竟有惆怅：

“原来何凤三那篇文字，是你写的，我虽不识字，听到有这样一篇文章，也请人给我读过。”

这何凤三是清末京津两地一个有名的大盗，一生有许多传说，有人说他前清时盗过九龙杯，后来又帮助过革命党，单挑过外国的刀术高手等。曹小雅这篇报道，更写得十分精彩，尤其是何凤三在广州与印度高手艾敏对敌一段，何凤三使一把秋水雁翎刀，以“百花缭乱”刀法打败了艾敏的大马士革刀，又劝服艾敏重新振作，以刀复国，端的是妙笔生花。

曹小雅便问：“我写得怎样？”

云里七说：“你写何凤三和艾敏决斗一段极好，细节也都对，也算是难得了。只是结尾处你说，可惜何凤三一身武功，没有传人，这是错的。”

曹小雅说：“哪里错了？你不要欺我不懂。何凤三的武功这般出众，他要是有传人，当然会有大声名，但现在从没听说，可见他并没有传人。”

云里七便叹了口气，这个江洋大盗向来桀骜，这般神色几是绝无仅见，曹小雅扶一扶银丝眼镜的框架，手中拈着自来水笔，嘴角忽然带出一个笑来：“哦，我知道了，原来你是何凤三的徒弟。”

云里七一震：“你怎么……”曹小雅截断他说：“看你的表情，猜也猜到了。”

云里七不愿否认，答说：“是。”

曹小雅便问：“我听说何凤三这个人向来是独来独往，怎么能收你当徒弟呢？”

云里七说：“那是我少年时候的事了。”

云里七少年的时候家里贫穷，他进京来讨生活，谁想第一天进北京城，就惹了个煞星。

此人叫作曾玉函，也是京城里的一号人物，论到他的本领，虽然也是好的，却不算头号。但他有个哥哥曾头市，却是北方黑道里极有名的人物，对这个弟弟又十分维护。因此道上的人见了曾玉函，都让他三分。

这曾玉函年纪尚轻，素来喜欢华衣美服，又有些好洁。云里七一不小心，把一碗炒肝扣在了他身上，曾玉函当即大怒，一脚踢倒云里七，就是一顿好打。

换成旁个小孩，被曾玉函揍了，自然没有还手之力。可云里七手脚灵活，竟然乘曾玉函不注意爬了起来，一溜烟就跑。曾玉函更怒，心说我曾九爷要打你，你竟然敢跑？他自曾头市那里学过一套步法，名为“玉碎连环步”，十分厉害，上前几步追上云里七，接连又是几脚。云里七反抗不得，眼角余光瞥到旁边一个花盆，一手捞起便扣到了曾玉函的头上，曾玉函把头一偏，虽未完全打中，却被花盆扫到了额角，一道血直流下来。这下可惹急了曾玉函，一掌打向云里七，这下乃是狠手，竟是要把云里七当场格杀。

就在这个关键时刻，忽然有一个人跳了出来。这人个子高大，生得却很瘦削，但力气很大，一掌就把曾玉函的手拨开：“曾九，你越发没出息了，朝个小孩子也下狠手！”

曾玉函认识这个人是与自家兄长齐名的何凤三，但他仗着曾头市的势力，并不惧怕，把头一昂：“怎么着，何老三你还敢管我？”

何凤三被他气笑：“就是你大哥，也没敢这么叫我，你倒在我面前撒野？”一掌打了过来，这是他练了二十年的翔凤掌，力道非同一般，曾玉函反手一格，只觉一股极大的力道从对方手上传来，自己竟不能抵挡。幸而他也是个有功夫的人，见到不好，连忙把手一缩，向后连退两步，就是这样，还觉得手掌边缘一阵疼痛，低头一看，竟然已经红肿起来。

换个旁人，知道自己不敌，转头就走也就是了。可是这曾玉函个性是十分骄傲的，三走两转，双脚快速移动，进退莫测，正是曾头市传他的那套玉碎连环步。何凤三起初也被晃了两下，索性站定，待到曾玉函走到第五步时，忽然一掌击出，曾玉函“啊”的一声，正被击中肩膀，身体连晃了几下，险些摔倒。

何凤三哈哈大笑：“看你学这玩意儿，比你大哥可真是差多了，这根本不用我打你，你自己就送上门来，傻是不傻？”

曾玉函气得一张白脸涨成红色，不管不顾，抢上去又要出手，就这个时候，一个人把他往身后一拦，一掌击出。何凤三“哈”了一声，还了一掌，两条手臂格在一起，谁也不能撼动对方分毫。

来的这人，正是与何凤三齐名的曾头市。

两人道上齐名，交手也不是一次两次，心里都清楚，对方奈何不了自己，可自己也未必拿得下对方，凝视片刻，慢慢地都收了手。曾头市沉声说：“何凤三，你这是什么意思？”

何凤三说：“你弟弟一个大人，平白和这孩子下死手，我怎么不管？”

曾玉函尖声道：“这小王八蛋偷袭我，你看我头上这血！”

曾头市最是护短，一看曾玉函头上血痕，脸色立刻就变了，云里七有心辩白，但他当时被打得厉害，一口气堵在嗓子里，说不出话来。何凤三虽然救了云里七，但他来得晚，实则不知道发生了什么事，便说：“这小子是我徒弟，你和他动手，还是个以大欺小，说什么偷袭！”

那个时候的师徒，和父子没什么两样。何凤三说云里七是自己徒弟，那曾头市还真就不能轻易杀他，不然，和何凤三就是生死的仇恨。曾头市又见云里七模样凄惨，觉得也是为弟弟出了气，这才离开。

而在之后，云里七就一直跟着何凤三，很学了几年的武艺。

曹小雅一边听一边记，又说："曾头市、曾玉函这兄弟俩我也都写过，倒是不知他们和何凤三还有这样一段故事，又多了一段素材。"

他放下笔，从银丝眼镜的上面打量着云里七，忽然说："你这师父对你有大恩啊，都说你一生三大恶，欺师灭祖、灭人满门、吃过人肉。我心里总想着，欺师灭祖虽然是个大罪过，可比起后两个，也不算什么，现在一看，排进来也说得过去。"他说这话时语气平淡，并没有特别讽刺的意思，就好像说今天天气如何，这条鱼价钱如何一样，但越是这样，越是触动云里七。云里七牙齿咬得咯咯作响，但终于一句话没说。

曹小雅说："我看你的意思是想说话，怎么又不说了？你是觉得我说得不对？"

云里七便开口，声音低沉地说："你说得对。"

曹小雅说："那你是怎么个欺师灭祖法呢？按通常的意思，欺师灭祖是说杀了师父，可何凤三又还活着，那你做了什么？"

这一句话口气也是平常，可云里七一听，竟然大惊失色："你说什么？"

曹小雅说："我说什么，你刚才自然是听见了。"他扫了云里七一眼："你的样子很奇怪啊，难不成你当何凤三死了？"

云里七低头不语，曹小雅又说："你以为他死了，看来当初你真动手杀了他？"

云里七沉着声音："你刚才说我师父还活着？"

曹小雅说："好话不说二遍，这样吧，你把怎么杀你师父的事儿，详详细细和我说上一说，我就告诉你何凤三的事情。"

论到这件事，云里七实在不想说，但他又实在想知道何凤三的消息，便说："我说给你，你不准写到那些报道上。"

曹小雅说："那你不必说，我走了。"说着真个起身要走，云里七大怒，只好说："你回来，我说！"

曹小雅早就等着这句话，便重新回来，提笔坐好。

说起来，这也是许多年前的事情了。

当年，何凤三在广州与印度高手艾敏决斗大胜，可说是他平生声誉抵达顶点之时。但他本是京津道上的大盗，缘何要去广州呢？原来，他那时喜欢上了一个革命党人唐英，这才一路护送她到广州。这两人身份性格相差极大，唐英虽知何凤三心意，但她素以革命事业为重，离开广州又去了南洋，何凤三心灰意冷之下，便回了北方。后来捡了个云里七，一来是为了救他，再来也是百无聊赖之下，权作排遣。

但别的排遣容易，感情之事却没那么简单，何凤三原有抽大烟的习惯，回到北方后抽得更凶，到后来形销骨立，面目全非。云里七看在眼里，急在心头，他那时不过十几岁，大主意是想不出来的，索性乘何凤三不注意，把家里的烟具烟膏拿大包袱皮裹了，寻思着找个地方扔了。

那个时候，他们师徒并没在北京，而是在山东的海边住着，云里七生怕这东西被旁人拾到，索性打算把这些东西丢到海里去。谁想刚到海边，何凤三就追了过来，先是大骂云里七不孝，后来两人干脆打了起来。

那时云里七跟随何凤三学武的时间并不算长，何凤三虽然烟瘾深重，但那功夫底子，远非云里七可以比拟，一脚就把云里七踢到了海里，随即便忙着捡丢了一地的烟膏子。就在这个时候，一个大浪袭来，眼见就要把云里七卷到海里，何凤三大叫一声，丢下手里的东西，跳到海中，硬是把云里七弄到了岸上，自己却被下一个巨浪卷了进去，再没有上来。

曹小雅一边听一边记，最后一个字写完了，他把自来水笔一放，说："还是从当事人嘴里知道的东西可靠，不然道听途说，写出的东西不得让人笑话？”一边说，一边收好笔记本：“今天就到这里，我要去报馆了，明天再寻你说话。”

云里七看他要走，不由发急：“你站住，你先前不是说我师父没死？”

曹小雅便立住脚步：“我写那些江湖人物的报道，你原来真的只看了你师父那一篇？苏三醒那一篇里写到，金宝帮的苏三醒受唐英之托，寻访何凤三，后来才知道，何凤三当日掉入海里之后，被一艘商船救了起来，自此流落南洋。苏三醒便去南洋把何凤三带了回来，又在金针神医聂神通的帮助下医好了他身上的鸦片烟毒。这些事情，我的报道里写得明明白白，唉，终究是不读书之过。”说着，摇着头走了出去。

曹小雅离开监狱，倒是没去报馆，而是先回了家。他姐姐曹大雅今天倒没有搓麻将，而是歪在沙发上看言情小说，见曹小雅换了衣服又要出门，便问他：“你这是去哪儿？”

曹小雅说：“我今天还没去报馆呢，现在去一趟。”

曹大雅便问：“那你先前去哪儿了？”

曹小雅说：“我去了趟监狱。”便把宋同光要他问赃物的事情说了一遍。

曹大雅撇了撇嘴，曹小雅就问：“大姐也知道这事儿？”曹大雅说：“我怎么不知道？说是南京来了个林专员，能力很大，好些人送礼给他。你姐夫原也想走他的门路，谁想他的东西就被云里七偷了，这林专员生气得很呢。”

曹小雅恍然：“我说这次抓云里七抓得这样快，原来是为了这么个缘故。”

曹大雅说：“可不是。听说这次被偷的东西里，有一对钻镯是约瑟芬皇后的旧物，那个林专员尤其心爱，就别的不要，这钻镯也必须找回来。那个林专员还说，要是你姐夫办成这件事，就想法调他回南京去。”

曹小雅一笑：“难怪姐夫这样用心，连我也给派了出去。”

曹大雅却说：“你也不必太认真了。”

曹小雅倒有些奇怪：“我看大姐对姐夫任职这件事十分在意，怎么还这样说。”

曹大雅说：“那林专员自从来北平，也不知道收了多少礼了。按他这个收礼的办法，他得办多少事才行？你看那些真正有能力的人，都说一是一，万没有他这样大包大揽的。我是觉得未必，可你姐夫心热得很，我也不好泼凉水。”又牢骚说：“还什么法国皇后约瑟芬的首饰，必是别人拿来讨好他的，也不知是真的假的，就算是真的，那个皇后后来没生出孩子，不还是叫皇帝离婚了？也不是什么好的兆头，就那林专员还当个宝贝。”

曹小雅笑着说：“大姐博古通今。”

曹大雅把手里的书一摔：“你少讽刺我，你大姐难道是没读过书的？只是现在想想，当年读那么些书有什么用呢？现在也无非是待在家里，做你姐夫的内助。唉！”说着，又拿起了那本言情小说。

曹小雅看了他姐姐一会儿，终于拿起外套走出了门。

第五天

这一天曹小雅来的时候，就把自己写苏三醒的那篇报道拿了过来，给云里七念了一遍。云里七听完了，半晌都没有说话。

曹小雅说：“我是不晓得何凤三现在哪里，但以他的本事，又没了烟瘾，自然是过得不错。行了，这一件事说完，你给我讲讲你灭人满门的事情。”

若是旁个记者问到云里七昔年旧事，他自然不理，但眼下曹小雅详细说明了何风三的消息，云里七却不好不说。他沉吟片刻，说："我师父掉到海里之后，我在外面很混了几年，后来各地军阀都起来了，我也就投了军，在韩督军的长子韩文龙手下当了一个护兵。"

曹小雅说："韩督军我知道，早年里他是个有名的军阀，手下势力不小，他的长子韩文龙听说也很会打仗，小儿子韩凤亭却和父兄不同，做了一个实业家。"

云里七叹了口气："你们新闻记者知道的东西果然不少。"

只是，那些曾经峥嵘的人物，都已经过去了，过去了。

曹小雅又问："按说，你当年是和何风三学武，我听说许多学武的人，对枪械都不赞同，没想到你还挺开通。"

云里七沉默半晌："不是开通。"

"一开始的时候，我没想过去当兵的，只在江湖上混，因为和师父学了那些本事，手里也弄了些钱，这时我就想着回家去看看。"

云里七家境穷苦，这一举动，自然也有些衣锦还乡的意思。谁想一进家门，只见满地尸体，原来当时军阀混战，有一小簇乱兵经过他父母村庄，四下抢劫，云里七父母略有反抗，便被枪杀。

云里七见到这一幕，自然悲愤，他一腿撂倒了一个，两拳又打倒了两个，其余几个兵士看他厉害，纷纷围了过来，云里七哪里会怕他们，他一脚踢飞离他最近的一个兵士，左手一带抓过另一个往地上一摔，右手一掌击出。这正是何风三当年闻名江湖的翔凤掌，云里七所练固然不如其师，但也是难得的功力。第三个兵士被他一掌击中，"哇"的一口血喷了出来，满衣襟都是鲜红颜色。

剩下两个兵士一看云里七这般厉害，转身要跑，云里七哪肯放过他们，上前又是两掌，一个被他拍中肩膀，半边肩骨都被打裂，那兵士只痛得哇哇大叫。另一个被他拍中前胸，也是狂吐鲜血，眼见性命不保。可就在这个时候，云里七只觉后心一凉，原来最后一个兵士见他这般厉害，躲在后面朝他开了一枪。

这一枪打个正中，云里七站立不住，一手紧紧抓着门框才未倒下，那木头门框硬被他抓出几道指痕，那兵士看了害怕，对着云里七的头又是一枪，幸而他吓得手抖，子弹只是擦着头皮过去，并没有真正击中。

说到这里，云里七把头一低，曹小雅看到他头皮上一道很深的伤疤，虽然历时已久，依旧看得分明，不由说："你还真个命大。"又问："然后呢？"

"然后我便去抢那把枪，那兵士没想到我还能动手，真个被我抢了过来。"

云里七拼力一搏，虽抢过了枪，可是他却忘了一件事、他虽会武，却从不懂枪。

恰如曹小雅先前所说，是时江湖上的人物，许多人并不赞同枪械，何凤三也是如此，云里七是何凤三一手带出来的，自然也从来没碰过枪。他枪是拿在手里了，可不知道怎么开，那几个兵士先前还害怕，后来见他不得要领，便纷纷端起了手里的枪。

就在这个时候，忽然有一个人从天而降，一双手快如闪电，以一套小擒拿手，三两下卸掉了那些兵士手中的枪支，一个稍远处的兵士看着不好，一枪朝那人打了过去。那人反应极快，见到那兵士手一动，就知端倪，向旁一闪，子弹走空，弹壳从墙上反弹回去，反在另一个兵士的脸上擦出一道血痕。

那兵士看着不好，又想开枪，那人恰在云里七身侧。他一把搭住云里七的手，云里七还没明白是怎样回事，就觉那人的手指扶住自己的手，不知怎么一推一扣，自己竟已扣下了扳机，一颗子弹端端正正射中了那兵士的额头。那兵士不发一声，仰面栽倒。

其余兵士见到此人这等威势，纷纷逃跑。云里七这才见到，自这位武功高明、枪法了得的救命恩人，竟是位外表斯文的书生。

这书生不但救了云里七，还带他找医生看了伤，随后又帮助他安葬了家人。云里七十分感激，问那书生的姓名，书生只说：“名字也没什么要紧。”云里七再三询问，那人才说：“你叫我秋心吧。”

秋心如海复如潮，但有秋魂不可招。

后来云里七感于此事，便去投了军，他打听到，当日里那些乱兵是闫东起的手下，而闫东起的哥哥闫东洋乃是韩督军的对头，便去了韩督军那里。因他有一身好功夫，不久便被韩督军的长子韩文龙看中，招到身边当了心腹。再后来闫东起兵败，又朝韩文龙的弟弟韩凤亭下手，韩文龙焉能放过？云里七主动领缨，带着韩文龙一干手下出门，把闫东起一家杀了个干净。

“原来这就是你灭门的由来。闫东起那一伙子人名声极恶，倒也不算冤枉。”曹小雅感慨，又问，“那你后来又见过那个秋心吗？”

云里七沉默了一会儿：“没有。”

“这样的救命大恩，你就不想着报答他？”

云里七又是一阵沉默。过了半晌，他终于开口，说的话，却和秋心其人并无关系。

他又说：“我的事，你已经知道得差不多了，就写什么报道，也尽是够了。明儿你不必来了。”

那天晚上曹小雅刚回去不久，一场大雨就哗啦啦地下了起来。曹小雅早早上床休息，半夜里，却被一阵吵闹声惊醒。

那是他姐姐和宋同光的声音，曹大雅虽然不是那等温柔娴静的性格，但这般吵架也是少见。曹小雅隔着门听到她朝宋同光嚷：“姓林的给你吃什么迷魂药了？他要什么你就给他什么？我那条翡翠项链是出嫁的时候曹家给的，你说给他就给他！”

宋同光也发了脾气：“你就是这样目光短浅，等将来我升了官，再补你几条不就完了！”

曹小雅听到这里，心下明白，便推门走了出去，宋氏夫妇原在客厅吵闹，见到他，都有些尴尬。曹大雅负气把头扭到一边，宋同光见了曹家人，多少有些愧意，就说：“怎么把你也吵醒了，原本也没多大事。”

曹大雅一听就发了怒：“没多大事，你不是要把我的嫁妆给人吗？”

曹小雅微微笑了：“姐夫，什么嫁妆？”

宋同光忙说：“没什么。”

曹小雅说：“要是别的东西，都是小事，大姐和姐夫夫妻一体，原该互相扶助，只是大姐当年出嫁时，父亲送的那条翡翠项链最好还是留下，那是当年宫里流出来的。父亲也是花了好大的价钱才弄到手，不说别的，就是将来留给后人，也是长辈的一种纪念。”

这几句话软里夹着硬，曹大雅便大声哭起来：“哪还有什么纪念！”

宋同光更加尴尬，尚未说话，忽然门卫走了进来：“不好了！刚才警察署的人前来找您，说是牢里那个大盗云里七，竟逃跑了！”

第六天

这是大事，当晚宋同光便匆匆赶去，曹小雅原也想跟去看个究竟，曹大雅却拉住他，哭了起来。

曹小雅也不说话，等他姐姐哭完了，才叹了口气：“大姐以前念书的时候，比我们都明白，现在我还能帮你说几句话，到以后，大姐还得自己护住自己才行啊。”

次日也便这么过去，晚上的时候曹小雅去报馆，陈燕客见他来了，说："今天还真有几件有意思的新闻，其中有一件，虽然是道听途说，我心里倒很振奋，只是不好登的。"

曹小雅就问："是什么事？"

"你听没听说关外那支'义勇军'？"陈燕客神神秘秘地说。

曹小雅便笑了："这里没有别人，还这样遮掩，我怎么不知道，也不知道是什么人领的头，说是有一千多人，我看他们身上，倒是有一种孤勇。"

"是啊。"陈燕客叹口气，"我听说前两天，他们在九门口那里又胜了一场，就算是道听途说吧，心里总算舒畅。"

曹小雅未加评论，而是问："你刚才说几件有意思的新闻，都有什么？"

"有一件你一定知道，就是云里七越狱的事情，还有一件……"

曹小雅回来的时候，宋同光并没回来，曹大雅说："你姐夫还在监狱里面找线索呢。"她眼睛还有些红肿，倒比昨夜有了些精神。

曹小雅说："我也去看看。"

他也没空手，想着这时晚了，便买了些夜宵带过去。宋同光带着人还在那里研究，曹小雅也不去扰他，只把带来的夜宵挨个发下去，连那监狱看守也有一份。

这时节已经晚了，曹小雅并没买什么大鱼大肉，每人两个夹肉烧饼，一碗豆腐脑，那豆腐脑的卤汁调法特别，乃是卤得嫩嫩的鸭肉，配上辣油香菜，吃着热乎乎的，十分爽口。有一个人就说："大晚上吃这个真是舒服，多谢曹少爷。"又说："这是俞掌柜家的东西吧？"

那监狱看守忽然开口："俞掌柜去东北嫁人了，这可不是她的手艺。"

先前那人反驳说："俞掌柜嫁人？她那个脸子，能嫁给谁啊？再说这味道，可不就是他家的。"

那监狱看守说："不是，你吃这个鸭肉就不一样，俞掌柜家里的卤鸭肉，里面加了一点子白胡椒，外面看不出来，吃着就特别爽利。旁人不知道，都觉得辣油是辣的，胡椒也是辣的，怎么能一起加，因此做不出来俞掌柜这个味道。"

众人都笑起来："看不出来，你平时没声气，倒是会吃。"

他们这边说笑，宋同光却十分气闷，盖因云里七这次的越狱，实在是十分诡异，关他的两道门锁动都没动，可云里七就不见了，手铐脚镣都扔在地上。那监狱看守也什么声音都没听到，而宋同光这一白天在外面，也是什么消息都没有。

这不对啊，一个大活人，怎么能凭空不见呢？宋同光在这牢房里转了几个圈，其实在牢房顶上，倒还有一个小小的天窗，但这天窗也安了铁栅栏，别说大人，就是个小孩子也绝过不去。

宋同光又想了一会儿，不得要领，就问曹小雅："我看你常写这些江湖人物的事情，那个……真有缩骨功？"

他平时对这些事情最不相信，这个时候迫于无奈，也只得来问曹小雅，就见他妻弟理所当然地说："有啊！"

"真有？"

"前些年有个叫凌舞阳的武术家，就懂这个。"

"他在哪儿？"

"南洋。"

宋同光泄了气，见到他手下还没吃完，不由迁怒："一群人没一个顶用的，北平城有多大？人丢了，找也找不到！难道你们就知道吃白饭？"

他是这些人的顶头上司，他一发话，手下自然赶快放下东西，垂手听训。但是人的心理总是微妙的，手下一句话不说，宋同光反而更加生气，又想到心里那点儿隐秘的想法，云里七一跑，自然都成了水中月镜中花，不由又怒吼起来。

狭小的监狱里回声阵阵，众人直被吼得耳朵都疼了，一直到宋同光有些累了，停上一个段落，曹小雅才凑近了，低声说：“姐夫，今儿有个新闻，你一天忙于公务，只怕还没听说？”

“有个骗子冒充是南京来的林专员，骗取了许多钱财，现时被人发现了，听说北平城里不少人都被他骗了钱呢……哎，姐夫，姐夫！”

第七天

宋同光活活给气病了。

云里七的搜捕自然还在继续，但已没了先时的急迫。倒是晚上的时候，曹小雅又来了，那看守看到他奇怪：“曹少爷，您怎么又来了？”

“来看云里七啊。”

看守赔着笑：“曹少爷，这云里七不都跑了吗？”

“谁说的，他不是在监狱里吗？”

看守一时间都不知道该怎么回答了，曹小雅却有些不耐烦，他扶了下银丝眼镜的镜框：“行了，俞万年，你也不用装了。”

就在叫出“俞万年”这个名字的时候，那个看守的表情瞬间变了，曹小雅说：“牢房门没坏，窗户没开，也没挖条地道什么的。可见是内部人捣的鬼，旁人放不了他，可你手里有钥匙，门一开人一放是轻而易举的事情。

“再说你，云里七救俞掌柜的事情，俞掌柜不避讳，常和人说，旁人都注意的是她，可当时云里七救的，分明是一对兄妹。俞这个姓不常见，巧得很，你连俞掌柜秘制卤汁的做法都知道呢，云里七是你放的吧？宋同光找了一天没找到人，我猜上一猜，云里七，不会还在牢房里吧？”

这两句话看似疑问，其实是肯定，看守半晌没说话，忽然间他一头撞向曹小雅，同时大喊：“云七爷，快走！”

俞万年看着瘦小，但这一撞他豁出命来，力气也是不小，眼看就要撞到曹小雅前胸，曹小雅忽然一转身，脚下一绊，俞万年一下子扑了空，扑通一声摔倒在地。曹小雅把他从地上拽起来，胳膊往后一拧：“别喊了。”

曹小雅看着像个书生，力气居然不小，俞万年没能挣脱，扯脖子又要叫，这个时候，隔壁一间牢房门一开，一个大汉大踏步走了出来，正是云里七。原来曹小雅猜个正着，俞万年放了云里七后，便给他换了套衣服，污秽面孔，打乱头发，放到旁边一间牢房里，宋同光万没想到云里七跑了之后，竟然会留在牢房中，并没有搜查这里。

云里七脸色很是难看：“曹小雅，你……”

他一句话没说完，曹小雅一松手，就把俞万年给放了。

这个举动出乎两人意料。曹小雅却说：“云里七，你的事，我还没问完呢。都说你一生三大恶，欺师灭祖，灭人满门，生吃过人肉。前两件我都清楚了，最后一件你给我讲讲。”

两人都没想到这个时候，曹小雅居然还要问这件事，一时间都没说出话来。曹小雅不等他们的回答，自己开口，只是他的声音，却也缓和了很多。

“你说俞掌柜嫁了人，那是真的。有个客人不在意她的容貌，真心相待，俞掌柜也感于他的诚意，嫁了给他，一起回了那个客人的老家东北。可是回去没多久，日本兵就占了那里，俞掌柜的丈夫是个热血汉子，奋起反抗，却连同俞掌柜一起被打死了。

“云里七，你知道这件事后，是去了东北吧？”

听到“东北”两字，云里七面上肌肉不由牵动。

“你去了东北。”曹小雅肯定地说，“你去报仇，杀了好几个日本兵，最后枪被夺了，硬还咬死了一个，我猜这是说你吃人肉的由来。就在紧急的时候，有人救了你一命。”

“你……”听到这里，云里七忍不住抬头，直瞪着曹小雅，曹小雅全不在意，慢慢地念了两句诗。

“秋心如海复如潮，但有秋魂不可招。”

这一次，云里七的嘴张大了，竟说不出话来。

“你和我讲你半生经历，其他全是对的，只有一件事你撒了谎，秋心其人，你后来见过！不但见过，你这次来北平，就是为了他！”

这次云里七终于发出了声音：“你、你是……”

曹小雅自顾自说下去，声音越来越快。

“在东北救你的人，就是卢秋心卢先生，他早年是韩凤亭韩少督的老师，先前去过南洋，国家罹难又赶了回来。而这位韩少督非同寻常，他父亲曾是有实权的督军，他自己却是个实业家，韩督军虽败，还有韩家残部愿意跟他，韩凤亭自己有钱，他带着这些人，组织了一支义勇军，打到现在，子弹将尽，派人回来采买，那个人却不知道什么原因，没找到北平的接应人，钱也没了……”

云里七低声说：“快到北平的时候，我遇到了一伙土匪，其中有一个小子往我身上扔了一块烧红的煤，整件衣服都烧着了，里面的钱，和那接应人联系的办法全烧没了。我没了办法，索性干起了老本行，偷了一个什么林专员家的东西，想着把东西脱手，再去设法买子弹，谁知竟被宋同光抓了，幸好，老俞是这儿的看守，这才想着把我放出来。”

“你也是义勇军的一员吧？”

“是，卢先生救了我之后，我就加入了义勇军。”

“那你跟我走吧。”

"你？"

"我就是那个接应人。看到'秋心如海'那句诗时便怀疑上了，试了好久才试出了你。走吧，子弹早就备好了，我自己手里也有几个钱，都买了子弹。"曹小雅向前走了几步，又停了下来，"哦，不对，不是你跟我走，是我跟你走。"

"你……"

"去东北。"曹小雅笑着，扶一扶银丝眼镜的镜框，"一起去。"

牢里七天，
人间八年。
再见，
再见。

后记

从前有位唐鲁孙先生，世家出身，见多识广，擅写各地民俗风情。读他追忆民国种种饮食的文章，印象最深的乃是北平的羊头肉。这是冬天才有的小吃，不登大雅之堂，小贩带一盏油灯，背着竹筐四下里吆喝。羊头是拿白水煮的，要吃时用大刀片片切下来，撒上椒盐，数九寒天，羊肉入口，如咬冰嚼雪。再配上二两烧刀子，那可真是难得的美味。

而卢秋心和韩少督韩凤亭的故事，一开始，正是从这样一份羊头肉上激起的灵感。由一份食物思及一个时代，又从这个时代，想到这个时代生活的人、事，大大小小、林林总总汇在一起，最终构成这个时代特有的传奇。

想写的故事，书里已有交代。这篇后记里，就聊一点故事里提到过的饮食，时光不管走过多久，总有一些东西是不变的，感情的喜怒哀乐是，对美食的向往，大概也是。

尽管这个故事是由羊头肉引起，然而卢先生是江南人，又是文人出身，未必会习惯这种气味浓烈的小吃。韩少督富贵里长大，大约也不耐烦这样简单的食物。两位主角的性情背景既然如此，故事里也就没有提到羊头肉。倒是在《双生》一章里，让这一对师徒寒夜之中，对着漫漫大雪吃了一回火酒锅子。《金粉世家》里，总理的大少爷金凤举背了老爹，躲到小楼上吃锅子喝黄酒，酒喝完一壶又要一壶。虽然最后被金总理发现教训，但吃喝时的爽快却也是真的。读时虽觉好笑，却也有两分向往。而韩少督这一顿锅子，既有老师与雪夜相伴，随后又有《夜深沉》可听，倒也不差了。

同是《双生》这一章里，还提了一笔无锡的肉骨头，三凤桥的肉骨头甜咸适中，骨酥肉烂，乃是我个人最爱之一，写在这里，算是一点小小的私心。这一份肉骨头，引出了贯穿全书的人物之一周幻。今春看又过，何日是归年。在写过的故事中，谢朗、杨守、周幻，是我个人特别喜爱的几个反派。

《为师》里，卢秋心与岳剑尘去吃了一顿河南馆子，其中黄河鲤鱼在做之前需要抽掉大筋，也是自唐鲁孙先生的文字得知。这一个细节，可见当时饭菜的讲究。后来，岳剑尘身边的小路子还买过一盒熏雁翅，夹在椒盐烧饼里吃。这名称乍一看，以为是大雁的翅膀，或者至少是鸡翅鸭翅之类，其实不然，所谓熏雁翅其实是熏大排骨，原本是下酒菜。但小路子年纪尚小，酒是喝不得的，故而得了岳剑尘的钱，买一盒解馋罢了。

庞冬秀亦是在这个故事里出场，岳剑尘初见她时，将她比作《儿女英雄传》中的十三妹。惜乎十三妹最终嫁了安公子，英雄气概转成了儿女情长，欢喜圆满并非不好，然而总觉遗憾。庞二当家最终月下远遁，料想自有归处。

《生死》一开头，韩少督为了躲避学业，跑去什刹海吃冰碗。昔日邓云乡先生写什刹海的荷花市场，除却冰碗之外，尚有一种鲜莲子粥也是美味。这种粥是用碧粳米加糯米所煮，放凉后，加煮酥的鲜莲子，鲜核桃仁，再配上雪花绵白糖和青红丝。不过这种粥更适合老人，也说不定李副官闲来无事的时候，会去荷花市场吃上一两碗。而韩少督与卢先生应该都是更喜欢冰碗的，只不过韩少督喜欢的是冰碗的凉劲儿，卢先生喜欢的则是菱角莲子的那股清气。

说到菱角，顺便多提一笔，《红楼梦》里的香菱姑娘曾道，不独菱角，莲叶莲蓬皆有清香，并非花香可比。香菱这个名字也是由此而来。莲叶莲蓬我是明白的，菱角的香气却一直不解，后来有一次买了生菱角，泡在水中数日，发芽后种到荷花缸里，长出的茎叶果然自带清香之气。陈燕客会拿红楼梦里的典故和卢秋心调侃，想必卢先生自是熟读《红楼》的。或许他坐在什刹海的水边吃冰碗的时候，也会想到香菱姑娘这一段话吧。

在《舞阳》里，罗觉蟾拿苏州酥糖配蝎子汤。苏州点心天下闻名，但通常是用来配茶的，和汤一起吃估计也只有罗觉蟾才干得出。而在吃酥糖之前，他拿了个珍珠地套绿料的鼻烟壶把玩，古人拿汉书下酒，他拿鼻烟壶配酥糖。所谓料器，其实说的就是玻璃做的器皿。盖因当时北京不能烧玻璃，只能把烧好的材料运到北京，故此得名。珍珠地则是指玻璃中的气泡。清时的料器很有一套，单以鼻烟壶而言，套色玻璃、玻璃胎画珐琅、内画玻璃鼻烟壶等不一而足。台北故宫做过鼻烟壶特展，也做过玻璃特展，颇有精品。不过，清廷流落到民间的精品也有许多。罗觉蟾手中那个，大概就是其中之一吧。

《驾龙》中则提到了冰激凌。在今天，冰激凌可说是再熟悉不过了。其实它早在清末便已传了进来。有小贩沿街叫卖，也有很多人买了冰激凌桶在家里做着吃。韩少督年轻好事，愿意自己做，亦在情理之中。这种冰激凌桶，也不只是京城有。当时的民国作家写江南的富家少爷，也常常在家里做冰激凌吃，且吃完冰激凌，还会喝汽水、吃西瓜。少时读书，看到此处，还想过这样吃会不会闹肚子。后来得知，这种自家摇出的冰激凌并没有冰碴儿，大概总要比冰箱里拿出的好些。

临近结尾，《归期》里李副官为了讨韩少督欢喜，特意做了一桌大菜，打头的一道就是鸡包翅，这道菜做法繁复，整鸡拆骨，鱼翅用火腿干贝鲍鱼煨烂，塞回鸡肚子里，用海带丝缝好再度清蒸。从环保的角度看，用鱼翅未免不宜。但这道菜本身确实清鲜丰腴，兼而有之。只可惜以韩少督当时心境，未必吃得出来。

后来韩少督又打算在西餐厅请田博士吃大菜。这一段情节所限，并未细写。但以韩少督的性情，应当是在北京饭店请客。是时北京有名的西餐厅不少，各有出色的菜品。但论到布置的富丽堂皇，北京饭店当属第一，韩少督自然要选择这里。但我个人而言，倒是很好奇撷英食堂的阳桃冻，果子冻不稀奇，但用阳桃做果冻还是首次听说。考虑一下书中诸人，大概也只有夏二小姐有心思会去尝尝。齐四喜的话，若说是旁人请客肯定也会去。换成旁人，估计都没什么兴趣——若是撒个谎骗韩少督，说卢先生最喜欢阳桃冻，他大概真会跑去买一份带给老师的。

最后一章是《八年》，时过境迁，斗转星移，只余下一碗豆腐脑还有滚烫的温度。自来豆腐脑总有甜咸之争，各有所长。但北京的豆腐脑确是咸的，热乎乎的一碗豆腐脑配上夹肉烧饼，虽非珍肴美味，也能吃一个痛快。

痛快就很好，人生难得是一个痛快。茫茫青简青山，此际何堪望眼。江湖中的故事至此结束，而故事里的饮食有些尚存，有些已然不在。而故事中的人，也终究各有各的归处。

赵晨光

2020年初夏

出 品 人：许　永
责任编辑：许宗华
特邀编辑：王菁菁　王佩佩
装帧设计：沐　一
印制总监：蒋　波
发行总监：田峰峥
投稿信箱：cmsdbj@163.com
发　　行：北京创美汇品图书有限公司
发行热线：010-59799930

创美工厂
微信公众平台

创美工厂
官方微博